翁还童 ◎著

春过江南

江西人民出版社

序

一个人的味道

不记得哪一天,读了一篇什么作品触动神经,突然有一种冲动,要静下心来,好好补上读中外经典的课。就这样,远离了电视、报纸、杂志、网络等大众休闲,从孔子、老子、孟子,到诗经、楚辞、唐诗;从圣经、古兰经、金刚经,到柏拉图、洛克、康德。坚持一本一本读下来,每年在五十本的样子,几年下来,囫囵吞枣,也读了几百本书。因为不是做学问,只是利用工作之余的点滴时间完成阅读,所以不成系统。虽然乐此不疲,却也知道,即便是一流的经典,也是不能穷尽的。

这种没有任何功利的阅读,是最快乐的熏养。每读完一本,坚持做读书笔记,又作了几十本笔记。有的写成文章,发表于报纸与杂志,与人分享,如《张潮〈幽梦影〉的跟帖》《〈诗经〉是心底的歌谣》《〈论语〉新编漫谈》之类的作品。经典的解读有千千万万,关键要有自己的一番心意在里面。

读书让我知道,古代先哲圣贤似乎都是不创作的,如果说有所创作的话,就是和学生讨论谈话,如释迦牟尼、孔子、苏格拉底、耶稣,他们都没有留下自己的文字。他们的思想都是弟子或者再传弟子留下来的。佛陀有言:"若人言如来有所说法,即为谤佛,不能解我所说故。"庄子记一个木匠以斫轮打比方,告诉人们其中的技巧是一个人的感觉,是无法言传的。因此说人读的书,都是古人的糟粕。那么,先贤是感觉人心难以相通,有那样一种寂寞,还是觉得道可道,非常道,所以不立文字是一种智慧?

　　读书还让我知道,一个人的作品就是他的人品,越是节制,就越是富有。学问可以做出许多,作品也可以写出许多,但是真正反映一个人面目的作品其实只有一篇或者一部。达尔文的《物种起源》告诉我们,一切动物和植物,都有依照几何比率增加的倾向,各个场所,只要它们能够生存,便会很快地把它充塞。就像《小王子》里的猴面包树一样,如果不及时拔除它的树苗,就会把整个星球撑破。书籍也是这样,多到泛滥,多到贫乏。节制的生活给人健康,节制的写作才会美好。实在说,一个人有一本自己的书足矣。

　　因为知道自己的贫薄,所以写得很少。有一部分是朋友约稿。出版社策划的选题也有点趣味,分别是你生命中的关键人物、关键事件、关键读物。当然约请的肯定大多是名家、大家,这样才好营销。那么一个普通人的独特体验,是不是也有其价值,也能给人带来启示呢?所以也就没有拒绝,强迫自己写下几万字。这个任务刚完成,又接到一个杂志社的专栏约稿,是关于教育方面的,要成系列。教育方面我很自卑,小的时候没有好好受教育,跟野人差不多。当教师几年,也不过记问之学,算不得做教育。后来进机关,就是个刀笔吏,离教育愈远了。只是在教育部门混的时间有点长,有一些胡思乱想,在某些讲堂当作我的教育思想来讲。我以为一篇文章有一个读者就可以写的,看过古时许多好的诗文都是为某一个人写的。而且人都是懒怠的时候多,很多作品都是因为有人逼才写出来的。所以几年来,也就有一些积累,如《白杨何萧萧》《我的烂柯山》《我的教育思想》之类的作品。

　　日前,有一位年逾古稀的山村老人特意来请,要我抽空去家里喝酒。原来他用几年的时间写了一部书,要请我来看一下。如果可以出书,要我写个序。一个只读过几年小学的农民,一辈子没有离开过山村,没有放下过锄头柴刀,竟写出一部有浓郁地方风情的传奇,实在叫人惊叹。这种事情经常碰到,人人有自己心里的歌谣。每年收到许多自己编印的作品,也有作家写不出来的精彩。我特别喜欢小地方的文化人,如果这人的书卷气又能影响一个地方,成为一个地方的元气就更好。比如古代的乡绅,民国时期学校的校长,那都是一个地方的读书种子,可以影响世道人心。虽然是在小地方,也是天下人世风景。同道雅聚,诗会兰亭,办刊出书,序跋之文,亦常为之。《诗经》有云:"嘤其鸣矣,求其友声。"这类文字,有《西海诗序》《记得小时去砍柴》《精神的高地》等作品。

朋友读过我的作品,有评价说传统,还有说平淡。虽然其本意也许是离题的,但却给我一种启示。实在说,我以为这是很高的境界,只有在古代作品或者民国大家的作品中才有的,只能让人仰慕。孔子说:"辞达而已矣。"过于浮华,其实是一种空虚。我生长在一个反传统的时代,凡事喜欢破旧立新。其实,人之所以为人,正是因为人有传统,凭空而起的文化是从来没有的。老子说:"五色令人目盲,五音令人耳聋。"但是无论在生活中,还是在文学上,都以弄得人眼花缭乱,目不暇接为美,仿佛能够吸引眼球、给人刺激就是好的艺术。至于说到平淡,更是不易。我是一个脾气急躁的人,又是生长在一个急功近利的时代,在滚滚尘嚣里,不知道世上有从容的修行。一个没有平和胸襟的人怎么能写出平淡的文字来呢?耶稣说:"人若不重生,就不能见神的国。"我希望在上一本书的基础上来写山村旧事、人间即景及世上温情,有一种尘埃落定的平淡,有一种传统精神的复活。但是不怕人说传统、平淡,能不能做到又是另外一回事,作为一种修行,也是我的一个心愿。

除上述写作外,还有每年一个总结,选三篇汇成《流年》。儿子外出两年又写了几十封家书,也选几封,作为纪念。因为这类作品不准备再出书,所以前面一本书也选几篇放到这里。各种类型的作品选一些,作个代表,算是这些年读书写作的一个总结。人就是这样一种喜欢寻找意义的动物,似乎不把自己对于这个世界的一番私意和礼敬讲出来,就好像没有存在过一样。

老子说:"道之出口,淡乎其无味。"所以圣贤述而不作。后世的作品,多的是饮食男女,多的是娱人耳目,多的是机心,多的是权术,所以把心里的光明和世间的大道都蒙蔽了,因此要摸着石头过河。只有心思复归简静,方可见万物皆有春意。

一部作品就是一个人的味道。我以为,文学不过是个体生命的表现。因此圣人说一言以为知,一言以为不知。知与不知,要感谢君子一读。

翁还童
丙申秋于庐山西海虎啸堂

目　录

序
一个人的味道

卷一　山村旧事 —— 1

煎糖 —— 3
游泳 —— 6
怕鬼 —— 12
取名 —— 17
剃头 —— 20
捡禾撒 —— 23
江南渔趣 —— 26
妈妈养猪 —— 32
童年游戏 —— 36
昨日歌谣 —— 40
户口故事 —— 45
土话品味 —— 48
围炉闲话 —— 52
露天电影 —— 55
粉牌书大字 —— 57

卷二　人间即景 —— 61

西海修竹 —— 63
百木之长 —— 67
梦里秆香 —— 70
品味黄花 —— 72
青涩苦珠 —— 74
阳台四季 —— 76
维桑与梓 —— 79
登九华山 —— 89
走过秦川 —— 93
从前有座山 —— 97
庐山西海记 —— 108
八里棚村记 —— 121

卷三　心灵岁月 —— 127

我的乡村学校 —— 129
我的读书生活 —— 136
我的读书思想 —— 141
我的读书检讨 —— 148
《论语》新编漫谈 —— 152
辜鸿铭讲论语 —— 179
《诗经》是心底的歌谣 —— 182
张潮《幽梦影》的跟帖 —— 191
一卷开天眼 —— 196

老子观要 —— 203

东坡札记 —— 206

楚辞的味道 —— 209

我的教育思想 —— 211

为表妹荐书说 —— 226

流年 —— 231

我的烂柯山 —— 241

卷四 世上温情 —— 251

同事 —— 253

同娘 —— 258

散步否 —— 261

白头吟 —— 265

亲情五章 —— 269

与儿说微信书 —— 283

寄儿从军书 —— 287

白杨何萧萧 —— 307

多年师生成兄弟 —— 320

卷五 序跋古韵 —— 323

昨日春来今日秋
——散文小说集《无人喝彩》序 —— 325
自己的文章
——散文小说集《无人喝彩》跋 —— 328

想起小时去砍柴
　　——散文集《生如夏花》跋 —— 331
一方教化知来自
　　——《武宁县教育志》跋 —— 334
回眸絮语
　　——《幕阜文学》卷首语之一 —— 337
海风轻轻吹
　　——《西海》创刊卷首语 —— 339
自己的世界
　　——《西海》卷首语之二 —— 341
文化的风
　　——《西海》卷首语之三 —— 344
乡音未改心沧桑
　　——写在《乡音》创刊十周年 —— 346
精神的高地
　　——《乡音》卷首语之一 —— 348
从忠实读者到签约作者
　　——写在《教师博览》创刊二十周年 —— 351
青瓷里的乡愁
　　——读李冬凤新书《鄱阳湖与女人》 —— 354
山水武宁赋 —— 358
武宁第一小学赋 —— 361
黄沙诗序 —— 363
西海诗序 —— 364
山里散人传 —— 366

跋

出书记 —— 371

卷一 山村旧事

一种生活方式消失了,与之相伴的文化也会随之湮灭。

煎　糖

杭州西湖十景中有"花港观鱼",景点石刻名据说是康熙皇帝手迹,只是繁体字"魚"字少了一点。在汉字里,三点为水,四点为火。康熙不忍鱼遇火,故将"魚"字底部的四点写成三点。《说文解字》:"煎,熬也,从火,前声。"在家乡赣北土语中,有煎糖、煎药。煎糖煎出甜味,煎药煎出苦味,人生的许多况味和气象都是需要煎熬的。

煎糖是一种慢活。这就像人生中需要许多等待。儿时春节,家家都要煎糖的。白白脆脆的米糖既是待客佳品,也是做芝麻糖片、米泡糖片等点心的主要原料。十几户人家的小山村,会煎糖的妇女只有两三个,我们家都是请一个叫母的人煎的。后来姐姐也学会了。进入腊月,家中早早就备好糯米,生好麦芽,买来石膏。只需这三种物品,通过水与火的煎熬,就变成了糖。乡村煎糖是一锅一锅煎的。头天晚上,取糯米洗净浸入水中,第二天黑早起床,烧开一锅水,将米倒入煮粥。一锅粥煮熟,天也亮了,将灶中柴火退去。将麦芽切碎放入粥中,叫做下芽,然后再放入些许石膏,依靠灶中的文火,慢慢将一锅米粥熬成一锅糖粥。这个过程很慢,要静静地等待。伊川先生说,静后见万物自然有春意。人生的春何尝不像煎糖一样需要静静地等候呢。俗话有云:"人生三苦,榨油、煎糖、打豆腐。"熬到太阳西斜了,锅中的颜色似乎发生了变化,用筷子沾一下锅里的粥,提起来发现有黏黏的糖了。此时,就用水瓢将粥糖舀出,用布袋将渣滤掉,将糖水滤至锅里。一锅粥就变成了一锅水了。然后要烧大火将这一锅水熬成小半锅糖。这一熬要熬到天黑,将熬成的黑黄的饴糖取出,放在一口小铁锅中,让它慢慢变凉。可以用手去捏了,就立即捧出,放到一个木架上,用手来扯,乡人叫做扯糖。饴糖是怎样由黑黄变白的,就是父亲百十次扯白的。糖越扯越长,越扯越硬,越扯越白,越扯越脆,轻轻一敲,就变成一块一块,放到米泡中蓄着,慢慢食用。煎熬的过程让人明白,来之不易的东西才是珍贵的。

　　煎糖是一种细活。煎糖不仅要耐得烦,更要学会把握火候,乡间土语叫作火色。火小了,煎出的糖会有酸味;火候过了,糖会有焦味。作火色的过程关键要细心。古人有云:"无论作何等人,总不可有势利气;无论习何等业,总不可有粗浮心。"妈妈总是盯着母,生怕她被别的事干扰,看错了火色。粥煮成要快些退火,并用灰将炭火盖住。屪水下芽后,灶中要保持一定的温度,所以,要慢慢把火拨开。粥糖生成过滤后,火候更要把握好,要时时注意糖水的变化。按姐姐的说法,糖要生成了,最先会冒米筛眼大的花;再过一阵儿,会冒出牛眼大的花;再过一阵儿,就会出现汤碗大的花。这样的花泡冒出来,要立即退火,把糖饼从热锅中取出。取出后要稍微摊凉,太热扯不成,太凉又硬了。整个煎糖的过程都要小心、细心,能静静感知造化的神奇和美好。

　　煎糖是一种心活。与春节有关的活动,村人都很虔诚。煎一次糖仿佛就是作一次修行。记得每年腊月煎糖前,妈妈总是担心,生怕糖煎不成气,或者太嫩了,上不得糖架;或者太老了,搭锅做烧气,对新一年的生活就有隐隐的担忧。因此在煎糖时就有许多的忌讳,不喜欢有外人在煎糖现场,生怕带来什么晦气。尤其下麦芽时怕人看见,潜花时更怕人看见，万一有村人不知道撞进厨房看见人家在煎糖，煎糖的人定要此人帮着放根柴，烧把火，以将晦气去掉。更怕怀孕的人看见。怀孕土语叫败肚，似乎败了肚的人就容易把别人的事也败掉。所以，此时怀了孕的妇女是不能随便去走门串户的。我知道，这就是一种恭敬心。我常想，乡村有许多古老的工艺，能够靠口传身授一代一代传下来，靠的不就是这种对造化的恭敬心么？小时候，家中每年都要煎一两锅糖，但我们都很懂事，从不去厨房灶下乱窜。等到晚上开始扯糖了，我们才站在堂前看父亲或姐夫轮换着将糖越扯越白。糖扯成了，一家人的心才算落了地，似乎甜美的日子就在来年。小孩子往往等不到糖扯好尝鲜就睡着了，做的梦也充满了麦芽糖的味道。大年初一，妈妈总会早早起床，烧好开水，等一家人洗漱好，每人泡上一碗糖茶，叫做过早，预示新的一年生活有一个好的开端。

《诗经·大雅·文王之什》有云："周原膴膴，堇荼如饴。"说的是西周远祖古公亶父时代，周人西迁到周原，这里土地宽广肥美，堇葵苦菜也像饴糖一样。可见，煎糖的历史已有数千年。在那漫长的农耕时代，它不仅给人们的生活增加了味道，也给人们以许多的人生启示。现在农村过春节煎糖的人家很少了，年轻一代习惯了过一种速成的生活，也没有谁去学这种古老的制造。姐姐在过年时偶尔也会煎一锅糖，感觉像是对过去生活的一种怀念。

游　泳

　　游泳我乡下叫划水、戏水，不是作为一项运动，也不是作为一项技能，而是作为一项游戏。人们因为喜欢，并没有一个人教，却个个像初下河的绒毛鸭子，可以无师自通地在水里嬉戏游玩。

　　小孩子没有不喜欢水的。这从给他们洗澡时可以看出来。人对于水的这种亲近是一种本性，抑或是一种悠久的记忆。古希腊"七贤"中的每个人都有一句名言流传于世，其中被誉为科学和哲学之父的泰勒斯的一句名言是："水是最好的。"与老子说的"上善若水"，可谓英雄所见略同。泰勒斯认为"万物皆由水构成"。后来的亚里士多德把构成万物的元素增加到四种，这就是著名的"水、气、火、土"四元素理论。中国古代"金、木、水、火、土"五行的学说，也是这种对于世界的朴素的认识。地球表面百分之七十多的面积被水覆盖，而人体的构成中有百分之八十左右是水。学了化学课以后，我们知道，生成水的氢元素，其他任何元素都能与它合成。这是不是人喜欢水的一种基因呢？

　　关于人类的起源，古希腊的哲学家认为生命起源于大海，由于海水退潮，某些生命被留在岸上，其中存活下来的生命学会了呼吸空气，从而演变成后来陆地上的一切生命形式。持这一观点的是阿那克西曼德,他因此告诫我们不要吃鱼。十分有趣的是,人群当中真是有人天生不吃鱼的,我少年时代的一个男同学是如此,后来到一个山乡中学教书又碰到一个同事的妻子,也是不能吃鱼。问他们为什么不能吃,说吃了要吐,就是炒了鱼的锅做的菜都不行,有这样敏感。

康德认为,早期人类在很大程度上还任由野生动物掳掠时,如果人类的孩子在呱呱坠地时和现在一样放声大哭,那他肯定已经被发现并被野兽吃掉了。还有,从我们现在的孩子要长期照顾和看护,我们可以推断,如果最初的人也像今天这个样子就不可能存活下来。我的意思是说,天地玄黄,宇宙洪荒的时候,人如果不会游泳也难以生存。从此可以看出,人离最初的面目已经非常遥远。

晋代张华《博物志》异俗一节记:"荆州极西南界至蜀,诸民曰獠子,妇人妊娠七月而产。临水生儿,便置水中。浮则取养之,沈便弃之,然千百多浮。"就是古时这个地方生下的孩子要放到水中,能浮游的就养,沉下去的就丢掉,但是大多数都会浮游。这种风俗向我们透露一个信息,就是人最初是会游泳的,也可以说有这个基因,只要放到一定的环境,这个本能可以被激发出来。小时有个同学,乳名叫毛狗,他父亲在修河上驾渡船为生,水性特别好。听说他父亲教两个儿子游泳的方法,就是把船开到河中间,然后把孩子往水里丢的,有点置之死地而后生的味道。也许在大的变故面前人才能显现出自己的面目来。

虽然游泳的基因还没有丢失,但也被深深地蒙蔽,小时喜欢水,大了反而望而生畏。因为在漫长的文明历史中,似乎看不见它的身影。在网上百度游泳,只有作为比赛和商业的游泳项目。其中有说到这项活动的来历,中外一致的看法是:居住在江、河、湖、海一带的古人,他们为了生存,必然要在水中捕捉水鸟和鱼类作食物,通过观察和模仿鱼类、青蛙等动物在水中游动的动作,逐渐学会了游泳。许多的东西都是这样,文明让人丢掉了自己本身具有的东西,反过来又向动物来学,大概只有人才是这样喜欢折腾的动物。

中国的古籍中几乎没有这方面的记载。在古代，洗澡称浴、洗发称沐、洗手称盥、洗足称濯。《论语》有一章记孔子和几位弟子在一起谈话，孔子叫他们各言其志，其中，被孔子点赞的是曾晳说的。原文是："莫春者，春服既成，冠者五六人，童子六七人，浴乎沂，风乎舞雩，咏而归。"这在论语中是非常著名的一章，自古以来，各家注解讲得头头是道。现代几家有名的解读，如杨伯峻、钱穆、辜鸿铭、李泽厚等注解《论语》时，都把这个"浴"解作洗澡或游泳的意思。只有清代一个叫俞越的人以为这个"浴"字是"沿"字之误。但我以自己的体验认为这个"浴乎沂"是有问题的。我们南方，在暮春三月也不会去河里游泳、洗澡，何况是山东曲阜的小孩子呢？孟子、屈原都在诗、文中记载过一首古老的歌谣，诗云："沧浪之水清兮，可以濯吾缨；沧浪之水浊兮，可以濯吾足。"在我们乡下孩子看来真是不爽，清水洗帽子，浑水洗脚，就是不敢跳下去游个痛快。而且似乎自古以来的文人都不会游泳，有一种说法，一千年才出一个的文人是屈原、李白、王国维，他们都是死于水。

直到写老百姓生活的《水浒传》里才有关于游泳的记载，用的这个字电脑中没有，是三点水写一个父字。浪里白跳张顺可以游四五十里，在水里可以呆七天七夜，两条腿踏着浪，如履平地，那水浸不过他肚皮。我们小的时候，也有这样的高手，就是不用手，只用两只脚踩水前进，手可托举东西过河，甚为神奇。现在的体育运动项目花样游泳也有这样的动作，可以把胸脯露出来做各种表演。由此可知，游泳虽不见于典籍，但在民间还是生动活泼的。这种文化也反映出，我们在很长一段历史时期，甚至到今天还有许多人不认为人体是美的，是可以通过游泳来展示的，所以有身份的人和女人大多不去游泳。似乎只有我们这些野孩子才可以不需要包裹自己，把自己心底的爱说出来。

与我们的情形不同，十七世纪英国的大思想家洛克认为游泳的好处是一项技能,可以应付急需,救人性命,同时对健康也有很多好处。古代罗马人重视游泳,把它和文学并列,他们有一句惯用的成语,形容一个人没有受到好教育、无用,就说他既不知道读书又不知道游泳。

　　我们小的时候确乎不知道读书,但喜欢游泳。乡间骂小孩有打短命、短命鬼之类,就是水、火、病等许多凶险确乎有人长不大。我有一个比我小一岁的妹妹,三四岁在门口的荷塘里淹死。我现在只记得她穿一双红色的凉鞋,妈妈长时间的悲痛,叫我不要喊她妈,喊她姨,有这样一种惊吓。因为戏水而亡的现象就是现在也每年都有。荷兰蔼覃童话《小约翰》写到,一切生在阴暗中的动物都把太阳作为父亲,因为爱而死在光中。那么,可不可以说,水是人类的母亲,为了记忆中的深爱,许多人献出了生命。因为家中管束得紧,我到上学后才有机会在荷塘里扑腾。有时是一伙人,有时是一个人偷偷地下水。《庄子·逍遥游》云:"且夫水之积也不厚,则其负大舟也无力。"在浅水中扑腾,只有弄浊一汪浅水,深水又不敢下,最初就是这样试探着与游泳见面。一次在门口荷塘往深水中慢慢走,是一个人,水到胸部,人就站不稳,就倒入水中,呛了几口水,好在又从水中走上来。就是为了游泳,也死过许多次。在其中的一次中似乎得到神启,突然就会了。我记得是眯着眼睛扑在水中游的,把自己交给了对方,就这样和水建立了最初的联系,与水从紧张的关系一下子和解了,根本不需要费多大力气就可以浮游。人要战胜的不是水,而是自己对于水的恐惧。

　　学会游泳,就多了一项游戏,也就多了一份快乐。《诗经》有云:"谁能执热,逝不以濯?"意思是谁能在大热天不去洗个澡?诗经里也只有文质彬彬的洗浴,没有快乐的游泳。我们在暑假里每天都要在水库里游戏许多的时间,总是要等到天黑下来,各家的妈妈大声地呼唤回家吃饭,才慢慢起来然后飞跑着回家。有时比赛谁划得远,有时比赛谁划得快,也常比赛谁跳水的姿势好看。通常都要潜入水底,从跳水的地方钻入,但谁也不知他将从哪里钻出来,所以我们土话叫做钻谜,真是形象生动。有的人一头钻下去,可以在十几米二十几米的地方钻出来,赢得大伙的喝彩。初中的时候,学校组织了一次游泳比赛,在学校附近的一座水库,从南到北的水路大概在两百米。各班选出的选手,只穿一条红领巾做的短裤,站在坝上,一字排开,一声号令,大家跃入水中。只见水花起处,就那样一路绽放过去,看不出有停歇,岸上观众喝彩如潮。我们班上的同学乳名叫做细毛的,一口气就划到岸,似乎就一瞬间的事,夺得第一名。从此以后,我们都学那种游法,就是双手交换出水向前抓下去,我们叫抢水,有一种急迫快捷。应该就是现在的自由泳,只有这样是速度最快的。

快乐的游戏也有许多的凶险。一次,我们一伙孩子去砍柴,那时柘林水库的水(现在叫庐山西海)刚淹到村里,又常常退下去,我们常去水淹区砍柴。有个叫瘦子的伙伴可能是刚学会划水,要显示一下自己的本事,丢下夹篮柴刀,脱了衣服就跳入水中。刚学划水都是狗刨式,我们土话叫打蒲湫,两脚一上一下打出水花,很是好看。大概划了十多米就划不动了,看着往下沉。他哥哥大我们两三岁,水性比我们这伙刚会的人要好,看见瘦子划不动了,衣服都没脱就冲过去。但他没有救人的经验,靠近瘦子,一下就被受到惊吓的弟弟抱住了脖子,只见他们抱着一团,一上一下,无法靠岸,眼见喝了几口水,体力不支。我们只有大声呼救。幸好附近有个叫大毛的伙伴,水性特别好,飞跑着赶来,跳下水去,三五下就抢水划到兄弟俩面前,拉开弟弟,托着他游回到岸边。这一幕,真是惊心。后来我们知道,救溺水的人不可以让他缠住,有时宁愿将其打昏。在水中,一个放松的人救起来并不需要费多大力气。

在水塘、水库中游泳和在江河、大海中游泳感觉是不一样的。那年到修河边的一座小城读书,学校在一个山沟里。大热天的我们才不愿意在水桶或者水沟里洗澡,就走好几里路到黄庭坚纪念馆所在地南崖下的修河里游泳。河边也有一些同学,大家都显示各人的本事,游得开心。我看修河不宽,就用力要游到对岸去。因为水是向下流的,所以想要游到对岸,必须对抗流水,这是我原来没碰到过的。游到中间,遇到一个漩涡,也不断有浪头打过来,就呛了几口水,觉得划不动了。就不与水对抗,翻过身,仰躺着,就看见天空的晚霞,看到太阳也很疲倦地躺在西边的山冈,在那里歇息,我一下就放松了。流动的水有一股力量,把我冲下去,慢慢地竟冲到对岸去了。我一下就悟到在流动的水里游泳可以更省力,于是又从对岸游回来。修河遇险,让我懂得顺其自然才是最好的智慧与姿态。

怕　鬼

乡村俗话说:"远处怕水,近处怕鬼。"讲的是陌生的地方水下情况不明,玩水时须得小心。近处太熟,何处是埋人的坟山,何处出过凶险,何处有鬼怪的传闻,心里都清楚,所以有个怕处。

码头上流氓多,乡村间鬼怪多,这是很长时期的一个现象。乡间鬼怪是说出来的。那时乡间文化生活单调,聚在一起多讲鬼故事。有民间流传的,也有生活中的,又有大人怕小孩乱跑乱玩,说哪里哪里有鬼,不能去的,就是吓唬小孩子的。夏天门口坪乘凉,冬天火炉边闲话,就有许多稀奇古怪的传闻在传播。记忆深的有这样几种:一说是鬼迷路。说某人月夜从某地回家,走着走着,看到眼前是宽阔的大路,实际上却走到刺圃中去了,然后怎么样都走不出来,有吓病的,有等着天亮的,天亮后发现路就在旁边。一说是鬼追人。大白天人在山道上走,走着走着感觉后面有脚步声,回头看又没有。再走,又有。然后吓得飞起来跑。又一说是鬼撒沙。就是在山道上走,突然旁边树木或竹林有沙沙的声音,动静还好大。我小时和姐姐也碰到过一回,就在祠堂后面的一条山路上,一阵一阵地撒,特别恐怖。好在离屋场近,一下就跑出来了。还一说是鬼扯脚。主要是怕小孩去玩水,说那些偏僻的、水深的河塘有水鬼的,淹死的都是被鬼扯脚的。所以一个人去游泳就总担心有鬼扯脚似的,这种印象怎样都不能除去。

上世纪七十年代,流行一个《碧绿色的尸体》的故事。那年夏天,屋场中一位老人去世,村人在那户人家门口坪里坐着乘凉守丧,其中有个叫细树哥的人,特别会讲故事,据说参加过县里的故事队,他那阵儿刚好回家,就讲了这个故事。因为离家近,我就随姐姐去听了。细树哥连讲了几个小时,讲那些恐怖惊奇的情节,可谓有声有色,活灵活现。听得一坪场的人大气不敢出,也没有一个人敢走的。直到月落西山,露水渐重,我才随姐姐回家,满脑子都是那些恐怖的形象。

村子后面有个山坳叫茅草窝,抗战时,国军有一个营的官兵在此殉难,所以有"茅草窝,鬼唱歌,国军死了三百多"的歌谣。村子上面有个养猪场,养猪场旁边有口水塘。小时候,屋场里有个三岁小孩在此淹死,此后经过这里就很有些害怕。上学路上,有个叫寒塘里的地方,前不着村,后不着店,是个山坎,坎下是口塘,没有车干过。坎上新修的土路,挖出许多坟墓,看得见刺眼的白石灰,走在此处就有阴森的感觉。那时,上学伙伴多,偶尔没有跟上伴,就很怕,然后就高声唱歌快速走过。

村上死了老人,办丧事期间,妈妈是不准我去看热闹的,怕我吓着。乡间有冲煞一说,就是有的人的八字与死者犯冲,就尽量不要去,特别是棺材抬出大门时不能看。所以,我小的时候没有看过死人。看到棺材,看到坟墓都很害怕,仿佛里面要钻出什么鬼怪出来似的。

也有弄鬼的人。小时得了病,或者有些病一下子又治不好,往往就想到会是受到惊吓,中了邪什么的。有个叫母的人就帮着收吓。到黄昏的时候,就抱着小孩到他玩过的地方,叫一声名字,说一声来屋啊,撒一点米。打告问卦的也有,叫人相信的是往往说得很准,也有效验,但我没有经历过。乡间工匠中,木匠喜欢弄鬼的。邻村有个拐子木匠,到堂姐家去帮打一鸡囚，鸡囚是土话，就是关鸡的笼子。鸡囚做好后，鸡关进去，天天晚上听到鸡在鸡囚中打架，不多久，一笼鸡全死掉了。拐子木匠的堂姐就说他，叫你打个鸡囚，搞得一笼鸡都死了。有责怪的意思。拐子就说，谁叫你屁眼，帮你做事，鸡都不舍得脱一只吃。屁眼就是抠门。堂姐听后气得与之断绝关系。我有一个亲戚，是邻近村子的，搬迁时建了一座土房子，搬进去住后特别不顺，几年之内，死了两个儿子。只好拆掉选址新建房子，在旧房的门头上发现有两块锯皮。这房子也是拐子木匠修的，但不知因果。又有一村人家架猪栏，木匠是位青年，在安放石础时发现此地有血，木匠是很注意这些凶相的，因为这家人心思不好，怕他害人，就做了一个菩萨放在下面，结果这家主人不得善终。而上面说的那个拐子木匠生个儿子是六指，自己也早亡。世上的人弄鬼一如做人，善有善报，恶有恶报，从来害人就是害己。也许人人心里都有一个鬼，不要让它出来害人。

小的时候怕鬼就表现为怕黑暗。那时还没有电灯，每到掌灯时分，妈妈就叫我到房里取灯，又不敢违抗，只得硬着头皮去取灯。灯在睡房的床头桌子上，就是头天晚上去房里睡觉时拿进去的，可见那时家中只有一盏灯，就这样提进提出。取到灯，还要大声问一声，妈，灯在哪呀？然后飞跑着拿出来。虽然每天黄昏到房中取灯怕得要哭，也不知早点去取出放到灶台上。小孩就这样没记性，想起来真是很笨。

我怕鬼的历史一直延续到后来，主要表现就是不敢一个人走夜路，特别是在阴森的地方。晚上不敢一个人睡一栋房。就是一个人睡一间房也会经常做噩梦，症状是被什么压得喘不上气来，但是醒不来，要挣扎着方能醒来。

又后来读书，知道有许多鬼怪故事。晋张华《博物志》、唐段成式《酉阳杂俎》，到明清的神魔鬼怪小说，许多文人的笔记都有鬼怪记录。感觉最早是当作新闻来讲，后来是当作人事来讲，有这样一个认识的过程，其中有许多的况味与情趣。

在怕鬼的日子里,我其实不知道什么是鬼,当然也没有看见过鬼。查《现代汉语词典》,对鬼的解释有七种,其一是迷信的人所说的人死后的灵魂。其二是称有不良嗜好或行为的人。其后几种都如第二种解释一样,是一种衍义。有意思的是这第二种解释,人间总是人鬼难分。多的时候,鬼成为一种贬义。迷信也是贬义,词典中这样带有色彩的解释多得是,这种流毒真是深远。真实的情况是:古代的人,以为人死了还有灵魂存在,这灵魂便叫鬼,因此死的祖先也叫鬼。《论语》有记:"子曰:非其鬼而祭之,谄也。"灵魂属于精神价值,如果不是不孝子孙,也不会怕祖先的神灵不保佑他;如果没有做过亏心事,心中也不会有个不良善的鬼。孔子说:"内省不疚,夫何忧何惧?"那年去开封铁塔公园,园内一寺庙有一联:"做个好人,身正心安梦魂稳;行些善事,天知地鉴鬼神钦。"灵魂高贵才会内心强大。李清照有诗:"死亦为鬼雄。"鬼魂并不是不好的东西,不好的是人意。

人是有胆大胆小的,这里有人的本能。譬如说恐高的人多,因为人来自泥土又归于泥土,要爬那么高干什么? 这是不是本能对人的一种警示呢? 科学研究表明,人脑是由新哺乳类脑、古哺乳类脑和爬虫类脑组成的。举例说就是古哺乳类脑强的人天生不怕老鼠,爬虫类脑强的人天生不怕蛇。我天生怕蛇,但看过捉蛇的人,蛇要怕他,因为他是追着蛇去捉的。我想说的是,这种本能的恐惧里有没有怕那些恶鬼呢?《诗经》有云:"战战兢兢,如履薄冰。"郑玄笺注说:"衰乱之世,贤人君子,虽无罪犹恐惧。"历史上无数惨绝人寰的祸乱与劫难,在人的灵魂深处怎么能没有记忆呢?

《论语》有记:"子不语怪、力、乱、神。"孔子对鬼神的态度是敬而远之。这正是孔子作为教育家的伟大之处,因为这些东西会造成人的恐惧,对孩子是不好的影响。十七世纪英国著名思想家和教育家洛克在

《教育漫话》中也说到这个问题:"当他年幼的时候,你也切记要保持他的幼稚的心灵,不可使它具有一切关于神灵鬼怪的印象和观念,不可使它对于黑暗存着任何畏惧的心理。……他们总爱拿些妖魔鬼怪等等可怖的害人的名目去恐吓儿童,去取得儿童的服从。儿童对于这些东西,当他只身无伴的时候,当然不能不害怕。……这种关于妖怪的思想,一旦侵入儿童幼稚的心灵,产生一种强烈的恐怖的印象之后,它就根深蒂固,即使能再拔除,也很不容易了。他们有了这种思想,就时时生出许多奇异的幻觉,没人做伴就很胆小,此后一生一世,看了自己的影子和黑暗都害怕。"读到这些的时候,感觉洛克说的就是我的状况。可见这种情况中外都有,就是用鬼怪吓唬儿童会造成恶果。我们距离孔子有两千多年,距离洛克也有三百多年,但是在说鬼谈怪成为经典的地方,这种情形又有多少改变呢。

有一个观点以为,怕鬼的人内心有稚嫩之处,也正是有可救赎之处。我们小时学过一首诗,其中有说"可上九天揽月,可下五洋捉鳖",因为没有个怕处,才弄成人间浩劫。《周易》有云:"君子以恐惧修身。"明代《了凡四训》讲一个人修养也是要发畏心,就是神明时时在看着我们的作为。佛门也是教人怕。就是怕该怕的,对人对事有个敬畏之心。这种怕可以成为人类的一个普世信仰,是人之所以为人的高贵所在。

取 名

翁家边是个小山村。从人口数量来看,翁姓是小姓,附近村庄几乎没有。看百家姓的来历,没有一个不是从王侯将相发脉,翁姓是周文王之后,大可不必因是小姓而自卑。有诗为证:

溯维我祖,诞降于周。
食采翁山,为国藩侯。

像其他姓一样,翁氏家族取名也是采用范字的,我们叫派行,一辈一辈往下排。先祖挑了一些自认为美好的字,把它编成了一首诗,便于记忆流传。范字排序诗云:

才兴旺世宗,俊英次第逢,
盛阶庚际运,光宇沐希雍,
派演金枝广,常开秀士钟,
绵延伸祖祚,善述庆云龙。

这样一代一代排下来,应该可管几百年。

取名的文化深厚,虽是穷乡僻壤,人们取名也是很有讲究的。村人取名不仅用范字,范字后面的字也喜欢弄点意思。如我的祖父兄弟两个,分别取名英鸰、英鸧,都是鸟字旁的字,也许是寄希望于他们都有鸿鹄之志,能够飞得更高更远罢。可惜家族人丁不旺,到我父亲一辈只有一根独苗,就做不成文章。

家族中有英永公,德高望重,生子三个,取春、满、堂,很是圆满。这个叫次春的伯伯,小时候家境蛮好,读了一点书。上个世纪四十年代结婚生子后,就以当时在学堂学过的国民教育训词为子女命名,放在范字后面。这个训词是"忠孝仁爱,信义和平"。这可以说是我中华民族留给世界的核心精神价值,可以与西方的自由、平等、博爱相媲美。长子为第忠,次子为第孝,一直到第平,想生一大群儿子,让家族兴旺起来。生第二个儿子时,遇着改朝换代,时兴的说法叫解放了,他没有注意这个重大变化,仍然为上个世纪五十年代出生的三子取名为"第仁"。村里人毕竟觉悟不高,也没有人说什么。不想伢崽上学后,晓得的人就多了,"第仁"、"第仁"地叫,就叫出了问题。这位伯伯本身成分不好,是地主出身,就驮了个"地主崽"的罪名,这下子又冒出一个"第仁"(谐音"敌人")来,就被"路教"工作组当作阶级斗争新动向,认为"地主崽"是想以"敌人"来对抗新社会和政府。于是每次召开批斗大会,都拿"第仁"说事。到了"五七"大军进村,又查出其老二的乳名也有问题。老二是解放那年生的,次春伯给他取了个"反生"的小名,意思是共产党反国民党,推翻民国政府成功,取个名字作纪念。没想到,"五七"大军说他妄想造反复辟。又是批又是斗,又是游又是跪,一大家人还被赶出了自己的房屋,腾出来让给了"五七"大军的一位排长住。后来这位族兄只有改名,还是村完小的一位老师改的,叫"红言"。政治上肯定是没有问题,可是我们当地土话"红"与"逢"同音,听起来把他的辈分直接改小了一辈。而他可怜的母亲受不得整日提心吊胆,遭批挨斗的折磨,还没有生到"和、平"就悬梁自尽了,给家人留下无尽的痛。

有了次春伯伯的前车之鉴,另一位叫英明的族公为子女取名就谨慎得多。英明公识文化,能写会算,是个人才,在民国时当过干部,新政后自然是难以抬头。其为四个儿子取的学名，在范字后面全部用的是助词、叹词，分别叫呀、啊、呢、咦。能够从这些词语中找出政治问题的人恐怕当时还没有出世。许多人都觉得奇怪，老师看到这些名字，同学叫喊这些名字，都觉得别扭。谁知这些毫无意义的名字背后有怎样的凄凉呢。一个山旮旯里的种田汉，在"全国江山一片红"的形势下，不以红、兵、军甚至"卫东""文革""斗争"等时兴词语为子女取名，而宁可用一些毫无意义的语气词，从而显示出一种无奈、一种匠心。他是感叹人心不古？还是对糟蹋民族传统文化行为表示愤懑呢？

还有一个叫次前的族叔，没有儿子，生有一女，招了姓林的外来青年为婿。翁婿两人为了四个男孩的姓名问题，多次吵翻了天。次前叔读了点老书，喜欢说文解字，说，姓者，女生也；氏者，根柢也。我招你进门，就是为了本家门的根本，伢崽不姓翁，我招你进来做甚？这位女婿也不错，硬是为自己争了两个儿子的林姓，双方也都未按本姓的派行来取名，四人的姓名分别为翁成林、林其翁、翁之林、林美翁，中间四字连起来就是"成其之美"，表达了双方的诚意。无奈翁字放在后面毕竟不美，显得老气。等这位族叔仙逝，两个孙子自己将后面的翁字改掉了。分别叫林其次、林美前，既美化了名字，又表达了对爱他们、痛他们的外祖父的怀念。

经过"文化大革命"的"洗礼"，传统文化遭受重创。从取名来看，山村到我们下一辈，取名都不用范字了，范字排序诗也没有人记得了。实行计划生育后，一对夫妇只生一个，按派行取名也显不出"派"来，范字似乎就显得多余，各人想怎么取就怎么取，许多人就直接在乳名前面加个姓，就成了孩子的大名。记得第一次办居民身份证时，全村人的名字都是组长一个人取的，凡他晓得该姓范字的就在乳名前加范字，不晓得该姓范字的，就采取姓加乳名为人取名。邻家有位族妹乳名叫瘦子，身份证上的名字就叫翁第瘦。还有袁姓老兄，乳名大头，身份证上的名字就是袁大头。到现在，就是叫皇帝，叫本·拉登也没有人管了。只是山村那位以叹词为儿子取名的族公仍然不忘取名的规范，临死之前，为最小的儿子刚生下的一名男丁取名时仍然使用本姓范字，说要将祖宗定的派行范字传下去，免得丢掉了一个家族的根本。

剃　头

我乡下理发叫剃头。小时候去剃头真的像要上杀场一样,有那样恐惧。头发总要蓄到老长,也不愿意去理。父亲就骂我是长毛贼,总是被逼着才去剃一次。

剃头匠是本村的一个老年男人,辈分比我父亲还高一层,村里人称呼都是按辈分来的,我就叫他英福公。但是英福公的妻子我们却又叫她母,就是伯母的意思。后来才知道母的丈夫和我父亲是一辈的,那个伯伯中年去世,英福公才与母结合。母之前没有生育,抱了一个望郎媳,取名邻香,招了一个青年做儿子,按派行取名第华,继承的是那个伯伯的香火。所以我就叫他们邻香姐,第华哥。我不记得邻香姐他们夫妻是怎样称呼英福公的,但是他们的儿女都是把英福公称作太的,就是比母要高了一个辈分。一个家庭里面这样称呼起来是有点尴尬的,显示礼的不可逾越。

英福公瘦小身材,常年剃光头,一双眼睛又小又深,好像个瞎子似的,大概也确实是近视眼。一个眼睛不好的人,在你头颅上动剪动刀,自然是提心吊胆。加之他辈分高,又不苟言笑,小孩子本来就有点怕他。尤其可怕的是,他喜欢用剃刀。我乡下形容一个人衣服脏,会说就像毙刀布一样。英福公剃头,不拘老少,推剪过后,就取出剃刀,在那个污秽不堪的毙刀布上来回擦拭,有点磨刀霍霍的架势。然后按着你的头,就前后左右地来回修刮。小孩子又没有什么毫毛胡须,他也要走程序一样,刮得人奇痒难忍,又不敢动。每剃一回头,就像过难一样。

那时候,村里人剃头都是一年一包的。就是一个头一年两块钱,每月剃一次,平时也不付钱,到年底一起结算。村子虽然小,才二十多户人家,剃头却享受上门服务的待遇。英福公背个剃头箱,走到人家里,喝一声,某某,剃头咯!这人不管在田里,还是在地里,就赶快洗脚上岸,回家,叫家里堂客烧洗脸水。或者是堂前,或者在门口坪,一椅一凳,就摆开摊子剃头。椅子是用来挂毙刀布放剃头箱的,凳子是剃头的人自己坐的。乡下没有什么新鲜事,小孩子看剃头也津津有味。英福公剃头的时候,一般的发型有四种,一是锅盖头,二是西装头,三是平头,四是光头。小孩一般是锅盖,青年一般是西装或平头,老年一般光头。人们享受的多是修脸和取耳,英福公也乐此不疲。修脸前面说过,不光脸上到边到角,洁净一新,就是眼皮,耳根里外都要反复修刮,大人好像非常享受这个过程,舒服得睡过去。取耳就是掏耳朵。他那个箱夹子里有一个竹筒,专门装这套工具,好像有刀、夹、勺、刷之类,也是按程序来的。取的人全神贯注,蹲着马步,眯缝眼睛,呲着牙齿,不停交替各种工具。被取的人闭着眼睛,裂着嘴巴,哼哈叫着。每取出一块,就叫剃头的人用手来接,小心嗑在掌心,像什么宝贝似的。这个过程,英福公说是给人出粪。一面出还一面交流,出得好不好,舒服不舒服。仿佛耳朵被塞住一样,取耳过后,有一种通达舒畅。

除开每个月为村里人剃一回头外,英福公还会用那把剃刀给别人家割猪。猪崽捉回来,养些日子,不管公猪母猪,都要割去生殖的根本,好让它一心长肉。到了时间,将英福公请来,主家在猪栏将猪崽捉住,英福公将剃刀放在嘴上咬着,用脚踩着猪身,用手来找准位置,然后从嘴上把剃刀取下来,划开那个地方,找出要切除的东西,一刀割去。伤口用刚刚从罗罐铁锅底下刮下来的烟锅煤糊上就好了。

人多一样手艺就多一份尊严。乡间百工让乡村自足,也让各种人有用武之地,让人生丰富。好像什么人适合做什么,早就由上天安排好似的,每个人都有自己的位置。

后来,不是每个村子都有剃头匠,英福公要背着剃头箱到附近村子去剃头。虽然要走上十几里路,一天下来也收入微薄。田地里的事本来就做得少,年纪大了更做不动了,日子就很艰难。

像裁缝、篾匠、铁匠、木匠在村子里消失一样,英福公走了之后,村子里也没有了剃头匠。

捡禾撒

捡禾撒是我乡下土话,用普通话说是拾稻穗。钱钟书先生说,翻译如嚼饭喂人,总是得不着本来的味道。土话所蕴含的意味,也是不好翻译,有那样一种深长。

小的时候,稻田满畈。收割稻谷的时候,有割禾的,有打谷的。有时是前面割,后面打;有时是一起割好,再一起来打。那时候都是种两季稻,不能误农时,要抢收抢种,割禾、打谷时都是非常忙碌的。割禾是一垄一垄割过去的,一般以一次手能握的蔸数为限,成为一个行列,每割两排放一堆,我们土话叫一铺,一路铺过去,非常整齐。打谷的工具叫方斛,就是木制的四方容器。后来有打谷机。一般每两铺或者三铺双手抱握用力甩在方斛四边脱粒,我们叫搭禾。脱粒后稻草又一铺一铺放过去,满一担就用撮箕将稻谷撮进谷箩,叫起桶。有人起桶,有人扎稻草,稻草一把把扎起,像一列一列的士兵,亦有美感。搭禾用的是暗劲,一记一记的,噗噗在山间回响,配着男人们嘿嘿的应声,让人觉得日子这样实在沉稳。

听到田畈传来搭禾的声音,我们小孩不用大人差使,大家会相邀去到打过谷的田里,捡拾遗漏的稻穗,叫做捡禾撒。无论割禾、搭禾,因为讲求效率,总是有遗漏的。有田边田角没有割尽的,有割倒掉落没有放进禾铺的。尤其打谷的男人,大手大脚的,有一铺禾没有取尽的,有抱起来后掉落的,也有在甩打的时候脱落的。我们发现一根稻穗就像发现一块宝贝样开心,蹦蹦跳跳的,把它们一一捡拾,这样就避免了浪费,有个珍惜的意思在里面。

  有时候,大人在前面打谷,我们就跟在后面捡拾他们遗漏的稻穗。就是大人每抱走一堆稻谷,我们就看那里有没有落下的。有孩子们看不到的,大人会指给我们去捡;更有好心的人会故意留下一小把,装做不知道,让孩子们开心。也有嫌小孩子碍事的,就收拾得干干净净的,小孩子就不喜欢,也懒得跟在他后面。所以捡禾撒可以看出一个人是不是有爱心。其实施舍是培养人的仁心,接受是培养人的谦卑,各得其所。每捡一根,就撕去稻衣,用嘴咬断干净香甜的稻秆,把稻穗比齐了左手握着。手握满为一把,我们乡下叫一掐,用稻草系好。有时候到远处已经收割的稻田捡禾撒,会有更大的收获,因为面积大,遗漏的自然就多。而且越是偏僻的地方,收获会越多,仿佛是给捡拾的人一种找寻的回报。捡拾的稻穗,弄得整整齐齐,一把一把拿回家,挂在屋檐或者厨房,有一种成就。

  《诗经·大田》里有云:"彼有遗秉,此有滞穗,伊寡妇之利。"意思是有遗漏禾把在那里,有落下的禾穗在这里,这都是寡妇得的利。可见捡禾撒在两千多年前的周朝就有了。那时捡拾的人不是小孩子,而是没有依靠的寡妇之类的人。清代方玉润在《诗经原始》中说:"其穗之遗也,有低小之穗,为刈获之所不及者;有刈而遗忘,为束缚之所不备者;亦有束缚虽备,而为辇载之所不尽者;且更有辇载虽尽,而折乱在垅,为刈获所不削,而束缚之难拾者,凡此皆寡妇之利也。"这样看来,方玉润小时候好像也捡拾过稻穗,知道田间收割时遗漏稻穗的种种情形。宋代朱熹在《诗集传》中说:"此见其丰成有余而不尽取,又与鳏寡共之,既足以为不费之惠,而亦不弃于地也。"朱熹以为让鳏寡有稻穗捡拾既有益于人,又不致浪费。周朝是井田制,有公田,有私田,但不管什么田,寡妇可以在田里捡禾撒,总之是人对于这样一种人的一番好意。

《圣经·旧约》里有一章《利末记》,是记耶和华向摩西晓谕祭祀和生活中的种种戒律和规矩的,其中有两处记述耶和华对摩西说:"在你们的地收割庄稼,不可割尽田角,也不可拾取所遗落的,要留给穷人和寄居的。我是耶和华你们的神。"可见,捡禾撒在别的民族和国家也有,而且,这样的一番对于穷苦人家的好意,在圣经里被作为上帝的神圣意志。

黄梅戏《天仙配》里有天女散花,亦是要分春色到凡尘,还有就是来撒给有情人。天上人间的意思,原来也是一样的好。《圣经》里还说道,不可摘尽葡萄园的果子,也不可拾取葡萄园所掉的果子,要留给穷人和寄居的。我乡下也是如此,不能去摘人树上的果子,但是一场风雨,满地的果实,大家都可以去捡。树上的果子从不摘尽,不唯是留给人,还要留给天上的鸟雀。

那时乡间读过《诗经》的几乎没有,《圣经》更是闻所未闻,唯一知道的是《天仙配》之类的戏曲与传说。而捡禾撒的事,却是一样的行得这样好。其实那时是强调颗粒归仓的,但是人心中如天空一样的道德律,无论怎样的世道也掩盖不住的。

苏东坡在《前赤壁赋》里感叹说:"夫天地之间,物各有主;苟非吾之所有,虽一毫而莫取。"那时捡禾撒,田间遍地是割倒或者未割的稻穗,但是孩子们从来就没有伸手去取过一根,只有收割过的田野才有拾捡的孩子或者老人。那个禾撒,是没有主的,因为人人可以拾捡;也是有主的,在周朝,是寡妇;在上帝那里,是穷人;在我小的时候,是孩子和老人。

遗落在田间的稻穗,原来是人有意或者无意留下的,它撒落在田间,是微不足道的。但是在撒的人,有一点仁心爱意,而不露施舍的痕迹;在捡的人,有一种温暖满足,觉得人世的可珍惜。

其实,人人生命里有捡禾撒的故事。有一种恩泽,是从不需提起,也难以忘记。

江南渔趣

放　笱

春暖花开时节,常想起儿时山村野塘放笱的种种趣事。

放笱,我乡下叫放篆。词典、词源、辞海中并没有这个篆字,这就如枫杨,我乡下土话叫解树,胡颓子叫荼都,也许就像乡间的孩子都有狗儿小毛之类的乳名,上不得台面。《诗经》中有关于"笱"的记载,《邶风·谷风》诗云:"毋逝我梁,毋发我笱。"可见放笱的历史已有两千多年了。虽然如此,知道其为何物的人并不多。我看过三种以上版本的《诗经》,把"毋发我笱"解释为"不要动我的鱼筐"。笱与筐,相差何其远也。《辞海》对"笱"的注释中有:"大口窄颈,腹大而长,无底。"其实,笱是没有颈部的,底可开合。它就是竹篾编成的一个笼子,圆形,关键部位在口舌,由大到小,倒须柔软,笼尾用绳缚住后,鱼可进而不得出。笱可大可小,用来捕泥鳅、黄鳝的径约三寸许,捕鱼的径大一尺多不等。好多年了,即便在穷乡僻壤,我再也没有发现这种可爱的透着鱼腥味的器具。

笱读狗。鱼笱捕鱼,实是有趣。在乡间,笱与其说是一种捕鱼的器具,毋宁说是孩童的一件玩具,像小狗小猫一样能给我们带来许多快乐。小鱼笱两尺来长,用细软的竹篾编织,一圈青篾、一圈黄篾,青黄相间,头大尾小,出口的"尾巴"经扭动可开可合,不用绳扎也行。说它是玩具还因为大人们从来不玩它,稍微大一点的青少年也不与我们为伍。放笱捕鱼我们也叫做"放鱼",有愿者上钩的意味。再者进入笱中的鱼不受任何伤害,可取可放,不像现在的电鱼、炸鱼、毒鱼、网鱼、叉鱼或竭泽而渔。在我看来,它是一种既原始又科学而最文明的捕鱼方式,体现了人与自然的和谐。

年拜过了,元宵闹过了,正月疯过了,天气渐渐暖和了,小伙伴们就相邀着去放笱。放学归来,书包一丢,就到田沟塘边拾来螺蛳,用石头在石板上将螺丝锤烂装进竹筒,然后用锄头或竹笆撬着夹篮装着的笱去塘中放。那时候三坜四汊野塘到处都是。放笱的塘不能太深,深了打不着底。因此门前的池塘、畈中的荷塘都不是放笱的所在。我们专挑远处山坳的塘沟,看来水清见底,但总能放起粗壮的泥鳅和黄鳝来。野塘周围长满了柴草和荆棘,能方便下笱的地方不多,因此,虽然各自只有几只笱,但也要穿坳过畈,翻山越岭,放去很远。其实田沟洼潭也能放着鳅、鳝,但嫌太脏,也不过瘾,也许怕弄坏了田沟,从来不在门口田畈的沟渠中下笱。来到一口塘前,大家各自选好方位,用竹笆在塘边推拉出一条小槽,然后抓一把螺蛳肉沫在笱口抹一下,多余的丢进笱腹中,将笱对准一团浑水放进水槽,用竹笆按一下。如果方便,还要挖块草皮压在其上,以作标记。一团浊水澄清,笱就隐蔽得很好了。六七个伙伴,多的有七八只笱,少的也有五六只笱,每天跑个三五口野塘,天快断黑,我们也就踏歌回家了。晚上做的梦,总是起出满笱活蹦乱跳的泥鳅。第二天早上,天刚蒙蒙亮,伙伴们又大呼小叫,相邀着去起笱,每起出一只,互相都要问候一声,有不有,多不多。起出的笱都要在塘中清洗干净,珍爱无比。全部起完了,大家还来比一下,看谁的多,谁的最大。这样的日子一直要到清明节才结束。平时放来的泥鳅、黄鳝,母亲就用一口坛养着。像小孩砍来码在阶沿的柴不准大人烧一样,向人显示各自的成就。养到清明节,大家互相都要将鱼缸鱼坛移至门外来展示一下。然后开始食用,小的泥鳅或不喜欢吃的黄鳝就放到祠堂门口的池塘里去。

到了"绿遍山原白满川,子规声里雨如烟"的时节,就可以用大笱在溪口沟坎放鱼了。那时的生态真好,鱼儿忙着产子,随便将笱放在哪个有点落差的沟坎上,都能装着逆水而上跃进去的鱼。

谁能想到,这样一个修河边上的鱼米之乡,现在是河塘淤塞,港沟断流。化肥农药经年累月的浸染,田沟渠圳中再也不见细密的鱼秧,泥鳅、黄鳝也不能幸免。我知道笱的消失不唯与自然生态有关,更与人的心态相连。翘首故园,望风怀想,有时聊发少年之狂,就想编制几只鱼笱,但又能到哪里去放呢?

车　塘

姐姐带信来说,承包了三年的水库年下要干,问能否回家看捉鱼啵?真是十分的诱人,叫我想起少年时代老家的车塘之乐。

翁家边是个美丽的山村,一条小溪在龙畈中缓缓向修河流去,几座古老的石拱桥将溪两边的山川和田畴连接起来。村人竹篱茅舍,一派田园风光。村里有座破祠堂,祠堂门前有口三四亩见方的池塘,名叫龙塘。龙塘有田田的荷叶,每到夏季,就开满了白莲。池塘水是活水,一年四季可用。全村十几户人家都在池塘洗菜清衣,溪口边的青条石板被忙捶敲得坑坑洼洼而又十分的光滑。门口池塘肥,鱼儿长得快,每年车一回塘,都要捉出许多鱼来。

"进了腊月天,车塘好过年。"适逢农闲,又近年边,村人就要车一回塘,一来清塘挖藕,二来捉鱼过年。车塘之日,是全村最快乐最热闹的日子。天刚放亮,村里的后生崽就在队长的指挥下,从仓库搬出龙骨水车,来到铺满霜花的塘畔,先将车架扎好。等太阳出来,吃了早饭,再由一人下到水中将水车一头在水中固定,一头放在塘塍缺口。一丈多的水车像条长龙,一头伸入水中,要把满塘的水喝个精干。水车扎好后,村里的男女劳力分成四人一组,轮番上阵。休息的人就在塘塍烧起火来。车塘不能歇,一歇水又浸满,等于白费力。手扶车架,脚踏车轮,龙骨随着"车"的转动,将水一筒一筒车出塘外。咿咿呀呀的水车声,哗哗的流水声撕破了村子的宁静,撩动了村人快乐的神经,大家时不时都要到塘边看一下。开始塘里水满,车水的步子都很沉稳,一脚一脚把水踩出龙塘,等到水车出大半,大家非但不觉得累,而且越车越有劲。男女同车时,有的男人臭刁,忽然加力,车轮飞快,女人就踩不着踏砣,只得吊起,十分狼狈,引来一阵哄笑。

　　吃完中午饭,全村男女老幼几乎倾巢出动,齐聚塘畔,喧闹了大半天的池塘眼看就要水落鱼出,大家都把眼睛睁得脱大,生怕错过鱼头攒动的美好时刻。渐渐地,耐不住性子的鳙鱼、鲢鱼开始浮头,而野生的乌鱼、鲶鱼、鲫鱼则不动声色。车水的人看到鱼儿露出水面,似乎得到鼓舞,脚下突然轻快了许多。乌黑的鱼脊终于一拨一拨、一团一团露了出来,岸上的男女老幼便"哟荷荷"地叫喊起来,我们这些孩子更是欢呼雀跃,满塘塍跑。沿着龙塘四周指手画脚,"这里一条!那里一只!这里好多哟!"大呼小叫,有的忍不住就要跳下塘去,被大人喝住,口水都要流出来。按村里规定,在大人未捉完之前,伢崽是不能下塘捉鱼的。水车停止了歌唱,大人们挽起裤脚,撸起衫袖,下塘捉鱼,大家分好了工,捉的捉,捡的捡,塘四周都有人提着竹箩,等人丢鱼过来。站在岸上的人眼尖心急,一下东,一下西,指挥着捉鱼的后生满塘跑。手、脚冻红了,就上塘塍烤一阵火。伢崽喜欢玩火,一边看捉鱼,一边手拿火把到处点火,把塘塍上的毛草烧个精光。那时候,塘里放养的鱼少,大都是些野生的鲫鱼、鲶鱼、黄丫头、乌鱼。最好捉的是鲫鱼,水一混就把小嘴伸出水面透气,容易发现,手到擒来。最难捉的是乌鱼,钻藏在泥中,很难发现,又不讨人喜欢,一般也懒得去找。公家捉得差不多了,伢崽一哄而下,去捉些小鱼小虾,装在小竹篮里,也有在大人脚坑里抠出巴掌大的鲫鱼饼的,乐得呼爷喊娘,哇哇大叫,巴不得全村人都看见。

太阳西下的时候,大家抬着一箩箩活蹦乱跳的鲜鱼来到仓库坪,开始分鱼。分鱼一般由队长分,大家评判着,监督着,尽量分得均匀,一般按户数分成股,大小搭匀,种类分齐,然后编成号。再按号做成阄大家来抓,一般分鱼的人只能得坐阄,大家打开阄,对号装鱼,各得其所,其乐融融,满意而归。

当炊烟袅袅升起之时,家家厨房里就弥漫起了浓浓的鱼香,快乐和满足便在小村氤氲开来,人们陶醉在年年有鱼(余)的日子,对来年充满了憧憬。

戽 鱼

戽鱼,是我乡下土话。戽是汲水灌田的农具,我们没有用过。孩子戽鱼的工具就是脸盆或者碗钵之类的,可见只能在小沟、小凼中进行,大一点的沟渠浸出的水比戽出的水还要快,是没有办法戽干的。

戽鱼一般在夏天,因为要在水里作业。先是在田沟,选一段水沟,把进水避开,就可以把沟里的水戽干,然后捉些小鱼小虾。也用小手将沟里泥巴一块一块翻开,可以抓出泥鳅和黄鳝来。但是这样把田沟弄得狼藉一片,大人会骂的,所以只能偷偷偶尔为之。

搬迁那几年,也同大一些的小孩去港里戽鱼。小溪,我乡下叫港,每个龙畈都有一条弯弯曲曲的小港。俗话说,易涨易落山溪水,易反易复小人心。小港的河床都是很深的,有深潭,有堰坝,有沙洲,有浅滩。不下雨的时候,小港平常都是水落石出的样子,我们就结伴去戽鱼。先是确定一个要戽干的水潭,在上面捉了水坝,然后在水潭的边上修出一道水沟,让上面水坝的水从这条沟里绕过水潭流到下面的港沟里去,这个水潭的水就可以戽干。两人或三人轮着用脸盆将水潭的水戽出,看见里面的水一寸一寸浅下去,直到水干鱼出。港沟多的是黑壳鲫鱼,还有鲶鱼、鳜鱼,捉起一桶来倒在地上,按参与人数,平均分成几堆,每人分到了一盆,欢喜地端回家去。

最惊喜的一次是在一块稻田的水凼里发现一堆鱼。田畈里,高坎田缺的水流到下块田的时候,冲出一个小水凼,稻子快成熟的时候,这个水凼因为较深还没干涸,在稻谷覆盖的这个小水凼,让我一下捉出几斤鲶鱼来,犹如发现宝藏一样的惊喜,可见山村生态的自然。

我乡下以鱼米之乡为自豪,又在重要节庆宴席必得有鱼,以得年年有余及"积善之家,必有余庆"的吉兆,可见鱼不仅家常,还是富足的证明。在这样的山水间,捕鱼是无师自通的,或放笱,或扳罾,或垂钓,或戽鱼,或罩鱼,或车塘,或放网,或放钩,在这些古老的捕捞活动中,几千年的快乐仍旧新鲜。

妈妈养猪

说文解字，一座房子里面养有一头猪，就是一个家。可见在农耕社会里，人与猪的关系及一头猪对一个家庭的重要。在赣北方言里，女人生育养育叫看(kān)，如看崽、看儿看女，我乡下养猪也叫看猪。

乡村家家户户养猪，自然就有交易，但人们重儒轻商，不言买卖。大集体时，上面对农户有生猪派购任务，猪养大可以卖了，叫出栏。卖给食品站，叫送购猪，或简称送猪。改革开放后，取消了生猪定购任务，只有猪贩子上门收购，叫吊猪。村人杀猪，叫高猪。哪家要高猪了，邻里去买肉，叫剁肉，也叫剁菜。世上人家，有这样一种养猪文化。

小的时候，妈妈养猪非常难。那时搞大集体，打下粮食都要交公，只能分到一点口粮。严格限制自留地，种的菜人都不够吃。养猪只能靠打猪草。黄梅戏经典小戏有《打猪草》，是我喜欢的。我乡下妇女儿童都会打猪草。孔子对学生说："小子何莫学夫诗……多识于鸟兽草木之名。"我乡下孩子却是在砍柴打草中认识大自然的。春天里，一只竹篮，一把小铁铲，将田畈里的黄瓜草、扣子草、碎米草等一篮一篮打回家。夏天，塘堰、港沟的溪草、菱角藤等是猪的主食。秋、冬，草少了，可以打葛藤，还有地里种的红薯藤。上世纪七十年代，不知从哪里引进了水葫芦,生长又快,时间又长,家家户户都在水塘里养,被村人戏称为"革命草"。有的时候,妈妈打草要打去很远。每到傍晚,我们一群伙伴都要找妈妈,就一起在村口大路上一边哭,一边叫,长声长调,有如唱歌,等妈妈打草回家。草打回来,要一把一把剁细,然后倒进大锅里煮成猪潲。我乡下家家打灶都有一大一小两口铁锅,小的用来煮饭炒菜,大的主要就是用来煮潲。白天打草,晚上剁草煮潲,总要忙到深更半夜。

"家"字以猪为内容,我想大概因为家里养了猪,肯定有主妇;因为有了猪,主妇就被籀在家中走不开。妈妈从来都很少外出,有时走亲戚别人留吃饭,她不说家里有孩子,总说家里看了猪,离不开的。猪像孩子一样,到了时间就要吃的,不按时喂潲,它就会趴在猪栏门上大声嚎叫。妈妈就笑骂一句,剁头的东西,赶快提了一桶潲去喂。猪虽然笨,但养在栏里,于人是可亲的。

养猪难,送猪也难。好不容易喂大一头猪,要送到集镇上的食品站,不到一百二十一斤不算够秤,食品站还不收。因为缺潲,有时养一年,猪还出不了栏。每次送猪,妈妈总担心食品站的人除潲除多了,猪的毛重不够秤。姐姐抬不动一头猪,只能和父亲两人慢慢赶。十多里山路,猪又不听话,总是到处乱窜,有时窜到刺圃里半天不出来。起大早上路,一般到中午边上才能赶到集镇上,此时,猪的肚子早扁了。父亲提了一点潲,赶快喂给它吃。到了食品站,还得看过磅人的脸色,他一不高兴,就要除二三十斤潲,如不够秤,就得往回赶;再说不同的毛重价格也不相同。为此,送一头购猪,不知要与食品站的人费几多口舌,说几多好话。我后来看到贾平凹的自传《我是农民》,里面就写到他和父亲、弟弟三人拉猪去镇上收购站卖的事,大黑早用架子车把猪拉到镇上,排队等了半天,好不容易轮上了,收购员把门一关,说下班了,下午再来。中午也没心思去吃饭,就在那死等。下午上班,收购员用脚踢一下猪,说不够等级,下一个。求他没用,还要凶你。那个过程读来令人心酸。那个时候,家里卖猪就是这样的难。

送完购猪,才可以裁屠税杀过年猪,有时全队(那时自然村叫小队)也只能杀几头猪分着过年。因为没有劳力,每年都是"超支户"(意为所赚工分钱不够买口粮的钱),有时队上就不分给过年肉,所以妈妈每年都要尽力养出两头猪,既可以完成送购任务,又可以杀一头猪过年。我乡下过年杀猪要放爆竹,在屠夫动刀时,妈妈就要我走开,说不能看的。妈妈自己也不看的,很不安的样子,说猪啊猪,你莫怪,你是人间一碗菜。后来知道这就是人的不忍之心,也就是孟子说的君子远庖厨。

平时只有在栽禾、双抢、过端午节时全队杀一头猪,一家能分到三两斤肉。因为肉有肥瘦,骨头有大小,屠夫也难以分匀,所以,乡村有"低头剁肉,起眼看人"的俗话,挖苦屠夫的势利。元旦我乡下叫过阳历年,一般要杀两头猪,全村老少在一起聚餐,叫打牙祭。有个叫庚尧的单身汉,会吟诗作对,却不懂得人世生活,每年聚餐时都要喝得酩酊大醉闹一回,给全村人带来许多欢乐。李白有诗:"我醉君复乐,陶然共忘机。"就是这个样子吧。

田地分到农户后,粮食打多了,菜也种得多了,妈妈养猪就可以少打些草了,猪也养得大些,不用担心猪不够秤。那年,妈妈养了一头大肥猪,送到食品站卖了八十多元钱。妈妈的心思是,我刚从学校毕业参加工作,没有一块手表哪像一个公家人。于是将一头猪的钱全部交给了姐姐,让姐姐坐船到县城为我买了一块宝石花牌的手表。

到上世纪八十年代后期,取消了生猪派购,因为流通不畅,又出现卖猪难。辛辛苦苦养了一头猪,但不知送到哪里去卖。一直到九十年代,这种状况都没有改变。每年有一两个猪贩到乡村收一次猪,没赶上,就只有挨家挨户地去邀人(预约)来买肉。邀掉了,也得不着现钱,邀不掉,就只有养着。一九九〇年,家里的一头大肥猪养了一年多,才在一个炎热的暑天被县里的一个屠夫吊去，有两百多斤，但不付现金，要等他卖了猪肉再去找他要钱。谁想因为天气太热，屠夫收的几头猪在船上全部热死了。这笔账，讨了一年多也没有讨着。此后，随着家庭条件的改善，我们就不让妈妈养猪了。

不管养猪有多难，但村人养猪的习俗不改。过年过节要杀猪，红白喜事要用猪，栏里不养头猪，心里不踏实。最近几年，乡村养猪人家再也不用担心没地方送，再也不用担心没有贩子来吊，再也不用担心杀了猪没有人来买。每次到乡村小住，发现山村周边村庄三天两头有人杀猪，几个电话一打，第二天黑早，附近村子里的人就相邀到这户人家去剁肉，每次都抢购一空。城里人不到乡村，已很难吃上喷香的土猪肉了。

妈妈养猪，让我们一家人在贫困的年代能度过一个个丰盛的年节，也是我外出求学的主要经济来源，还是过年过节能添置一些新衣的保障。我参加工作后，妈妈每年都要养一头猪在栏，预备着给我结婚用。后来又用养猪的钱为自己和父亲添置了"千岁屋"。我乡下妇女串门喜欢去看别人猪栏里的猪，不会养猪的女人常被人看不起。妈妈养猪是有成就的。现在感觉，在晚年的十多年里，她没有养猪，不知有多么无奈和失落。我想，妈妈如果还健在，看到农村人养的猪不仅自己宝贝，别人也珍爱，她不知有多么地开心呀。

童年游戏

山村只有十几户人家,但每家都有一群孩子,所以有许多的伙伴。那时也没有什么课业负担,也很少受父母管束,一天又一天,一年又一年,只放开了去游戏。

最热闹的游戏应该是清兵捉强盗。听这名字就知道是古老的游戏。人可多可少,分成两边,划定区域。有强盗的营地,有清兵设置的牢笼。营地就是在坪中一角画一条线,牢笼往往就是另一边的一棵树。强盗出了营地,跑动起来,清兵才可以追赶抓捉。跑累了没抓着又跑回营地休息;抓住了,象征性拴到那棵作为牢笼的树上。此时,清兵又要抓强盗,又要守强盗,容易顾此失彼。而只要强盗引开了清兵,等待营救的人一手挨着树,一手伸出老长,巴不得立即被来救的人拍一下手。救的人只要手碰着在牢笼中的强盗,这个强盗就可以大摇大摆回营,清兵只能追赶救人的强盗。有的时候,清兵一方保守,抓住一个,就死死守住,不敢主动出击,往往被强盗一方戏弄。强盗一方总是处于主动地位,跑得赢就跑,跑不赢就在营地附近活动。除非力量悬殊,清兵很难全部抓住强盗,因为还可以扭打、甩脱,有时玩金蝉脱壳,衣服也不要了。有的干脆赤膊上阵,硬是让人扭不住。所以,有时双方也议定,只要有身体接触就算抓住。出营被抓,气得跺脚,大喊救我。满场跑下来,有幸逃回,霍霍有声,奚落清兵无用。这个游戏,无论白天黑夜,无论春夏秋冬,只要有块坪场就可以玩。你追我赶,大呼小叫,左冲右突,斗智斗勇,满场闹腾,鸡飞狗跳。直到清兵把强盗全部抓住,一场游戏才完。然后交换角色,重新再来。有意思的是,大家都申请做强盗,往往清兵一方人就少些。不过我们并不说谁做清兵,谁做强盗,而是说谁跑谁捉,没有什么正反角色概念。

　　一度玩得比较多的游戏是打标。标是纸折的,两张书本或作业本纸,竖着齐中折一下,一上一下叠压着折成四方块,就是一只标。也可以用一张纸折成三角形的标。纸张大、小、厚、薄不同,折出的标质量也不一样,自然是纸张越好,标越好。一般两人对打,也可以数人一起打。标有正反两面,两人议定得正得反,然后向上一抛,猜中者先打。对方将标置于地下,打的一方用手中标向地上的标甩下去,将对方的标打翻就赢得这个标;没打翻,对方就将标捡起来打你的标。反复打,一直到有一方的标输光了,或要去吃饭了,上课了,游戏中止。多人打标一般用剪刀、锤子、布的方式确定秩序,有的标厚、重,威力就大,几个人的标铺下去,他可以一轮扫空。一般打的时候,都用厚薄、大小相似的标,打起来才旗鼓相当。打标拼的是力气,还有些技巧。根据对方标所处位置情况,可采取扇、穿、震等手段,把标打翻。还有一种打法是丢砖头,用一块砖置于坪中十米开外,各人将标置于砖上,然后按顺序用另一小砖块或石头来击打这块砖,击中砖倒就赢得所有标。大家又要放一只标上去。一场下来,力气大、投掷准心好的伙伴斩获颇丰。那时全国只读一本书,用来折标的纸张少,赢了一堆标,不仅赢得了许多玩具,而且可用来擦屁股、写字。上世纪末,我儿小童在幼儿园的时候,也与伙伴玩类似游戏,叫打拍牌。两寸见方的拍牌铺在地下,完全靠小手扇翻。无论是运动量还是技巧性、对抗性,都不及打标,而且,那拍牌都是要花钱买的,有水浒系列、三国系列,知识性倒是强些,只是感觉不及我们儿时打标那么有野性,那么痛快。

　　男孩女孩都喜欢的游戏是跳飞机,我们乡村土话叫踢房子。其实真正踢的是一块瓦片。随取小棍或瓦片在地上划成状似飞机一样的格子，一、二、三格竖着往前连排，形似飞机头部，四、五格连着横排，往前第六格同前三格一样，再往前七、八格同四五格一样，这五格形似机身机翼，最后是一个半圆形，类似机尾，也叫天。从地到天，一共九格，含有九重天的意味吧，那时的人真是有些上天入地的劲头的。站在起点格的线边，将瓦片丢入第一格，然后单脚跳进去，拐着脚把瓦片踢出来。然后丢入第二格，再单脚跳进去，拐着踢出来。一格一格丢进去，要按顺序一格一格踢出来。丢得要准，踢得要准。丢出格，或踢出格，或脚踩线，或双脚着地，或瓦片压线，都算失败，下场让下一个上。等这一轮别人踢完了，再接着上。四、五格和七、八格在没有瓦片的时候，经过时不用拐着脚，可一脚占一格落地，出这两格要拐着脚，踢完第八格时，第九格为天，到顶了，不用踢。站在第一格起点线将瓦片丢入天上，然后单脚跳三格，双脚落地，单脚跳一格，再两脚落地，然后跳着转身，用手在背后到天上将瓦片取上，丢入脚下格子，再单脚着地，把瓦片一格一格按顺序踢回来。所以即使每格都踢了，瓦片丢到天上丢远了，手够不着，也算失败。大多数时候，规则定为游戏进行时，下次入场的起点为上次失败的地方。大概是说从哪里摔倒再从哪里爬起来吧。还有一种踢法是从第一格开始，单脚着地，将瓦片从第一格依次踢到天上，天上不能入脚的，双脚落在七、八格，用手捡着瓦片然后从第八格踢回。只有技艺相当好的伙伴才会约定所有动作一次性完成为胜。

虽是穷乡僻壤，小小山村，但童年游戏丰富多彩，大多游戏不分男女，不管晴天下雨，不需要作什么准备，都是随地取材，见景起意，一拍即合，相聚就闹的。儿时百玩不厌的游戏还有打陀螺(山村土话叫打骆驼，更为形象生动)、滚铁环、捉迷藏(山村土话叫寻躲，一方躲，一方寻，发现即算赢，并不需要捉的)、瞎子捉拐子、打珠子、打弹弓等游戏。还有边游戏边唱童谣的集体游戏卖狗崽、丢手绢、跳绳等。比较剧烈的游戏还有摔跤、占场子、摔跟头等。在这些游戏中，有的以跑为主，有的以跳为主，有的以甩为主,能全面强身健体,各人的长处、天赋得到充分展现。伙伴中,有摔跤大王阿牛,我们叫他"霸王"。有跑得快,在游戏中谁也追不上的阿狗,我们叫他"草上飞",老师说有的同学"上课风都吹得倒,下课狗都撵不倒"说的就是他。有弹弓打得准的阿兵,我们称他为"小神弓"。有的伙伴特别善于合作,甘当配角;有的敢于猛打猛冲,从不气馁。浑浑噩噩的童年,我们在游戏中锻炼筋骨,在游戏中增长见识,在游戏中结下友情,在游戏中健康成长。

儿童是天生喜欢游戏的,也是天生会游戏的。以上游戏大部分都已近绝迹,不知是已经有更好的游戏替代了它们(网络游戏、电子游戏是无法替代那些游戏的),还是现在的孩子被人遗忘了童年呢?有一所名校的校长在自己的学校作过一次调查,让孩子们列出自己最喜欢的十个地方,结果没有人喜欢学校;他又让孩子们列出学校里最喜欢的十项活动,结果又没有课堂。有人提出"保卫童年""还我童年",并非是空穴来风。

昨日歌谣

有一首歌谣流传很广,看到许多地方志书都有收录。歌谣名为《三岁儿童唱好歌》,只有简单几句:

红鸡公,尾巴拖,三岁儿童唱好歌。
不要爹娘告诉我,自己聪明学来的歌。

它道出乡村歌谣通俗易学的特点。那些美好的歌谣已经渗入乡村生活,孩子们耳濡目染,不学自会。

那时,家家户户的喇叭每天只放样板戏,可惜总也听不懂,但妈妈、姐姐和伙伴唱的歌谣一听就会,这是阳春白雪与下里巴人的区别么?

童谣往往与游戏相伴。扯一把稻草,搓成一根草绳,两人一人扯一头甩起来,跳绳的孩子就一边跳一边唱:

铜锅仔,铁锅仔,炒萝卜丝仔宴酒仔。

边跳边唱,百唱不厌。伙伴们在一起玩卖狗崽游戏时,领头的就

会唱:

  卖狗崽,叮叮哨,出门撞见好老庚。
  买瓶油,买包盐,买只狗崽好过年。

  大家也就跟着一起唱。有点边唱边舞(跑)的味道。这些歌谣非常简单,一如人们当时简单而安贫乐道的生活。
  许多的歌谣并没有什么意思,纯为说大白话。如:

  桐子打桐油,枫树结枫球。
  人在桥上过,水在桥下流。

  东边的日头晒西边的墙。
  哥哥的丈婆(岳母)嫂子的娘。
  三个半壶壶半酒。
  六只草鞋共三双。

  不过说些生活常识,又是韵文,为不识字的儿童或村民喜欢。还有一种顶真格的歌谣,在童谣中多见。如:

  花鸟儿,尾巴长,
  剪掉尾巴嫁姑娘。
  姑娘矮,嫁老蟹(螃蟹)。
  老蟹八只脚,嫁螺索(螺丝)。
  螺索弯弯扭,嫁老牛。
  老牛皮松松,嫁裁缝。

裁缝手脚慢,嫁野雁。

野雁飞,嫁野鸡。

野鸡走,嫁毛狗。

毛狗进洞,对着屁股打一铳。

这种接字钩,看似乱连,但平实明快,字响韵圆,有吟咏不尽之感。

乡村生活单调、乏味,劳作沉闷、辛苦,需要歌谣来解乏,滋养心性。所谓"饭养身,歌养心"。儿童更需要歌谣来娱乐,所以在乡村有许多好玩的歌谣。仅录两首。其一为《唱支歌儿解解愁》:

唱支歌儿解解愁。

老鼠咬掉猫儿头。

蚂蟥咬掉犁头铁。

蚱蜢弹掉牛牯腰。

人不行时盐也馊。

其二为《从来不唱白搭歌》:

从来不唱白搭歌。

风吹石磙过江河。

高山头上鱼产子。

急水滩头鸟做窠。

嫩牛下出老牛婆。

白搭是土话,意思是说瞎话、吹牛皮。村夫野老,牧童村姑,说说大话、假话、瞎话不过是寻个开心,一笑了之。但社会上有身份、有地位的人也习惯于说假话、瞎话、大话就会造成人祸,幽默诙谐的歌谣是讽喻那时的世风么?

山村歌谣总是和生活密切相关。寒冷的冬天,家家烧地炉,围炉的日子,总是唱:

> 烟啊烟,莫烟我,只烟天上梅花朵。
> 猪衔柴,狗烧火,猫儿扫地请客坐。
> 客不坐,气煞我;客要坐,笑煞我。
> 老鼠关门咿咿哑,笑煞堂前一伙客。

歌谣里,动物都是可爱的,对老鼠也没有歧视,这在我们的文艺作品中是很少见的。还有车水谣、耘禾谣等,也都远离了乡村生活。一种生活方式消失了,与之相伴的文化也会随之湮灭。

姐姐常唱一首叫《一粒米》的歌谣:

> 一粒米,两头尖,爷娘留我过雪天。
> 千年万年留不住,一顶花轿到堂前。
> 爷哭三声抱上轿,娘哭三声锁轿门。
> 嫂呀嫂,你莫哭。翻过岭,就是屋。
> 多大的屋,巴掌大的屋;
> 多大的房,拳头大的房;
> 什么搁的床,扁担耙梳搭个床。
> 怪不得爷,怪不得娘,只怪那媒人烂肚肠。

这首歌谣是骂乡村媒婆说瞎话的。山村土话把人添油加醋说瞎话称为翻花,很是形象。人嘴两块皮,这边说过来,那边说过去,能把死的说活,假的说真,黑的说红,丑的说美,岂不翻出花来?我们村有位青年随媒人去相亲,媒人说,那姑娘就是厨房里拿面的。这位青年在厨房看正在下面的姑娘花容月貌,满口答应。不想接回来是个满脸疤痕的丑女。媒人说我已指给看你了,说是灶门前坐着烧火的"痲面"的。青年哑口无言,痛苦一生。

歌谣里不仅会有乡村媒婆等重要人物,还有裁缝、木匠、铁匠、剃头佬、庄稼汉,像一幅幅世俗风情画。唱裁缝的有:

> 日头出山一点红,
> 思思想想想裁缝。
> 嫁个裁缝真正好,
> 一有丝线二有针,
> 还有布角吊围裙。

唱木匠的是这样的:

> 日头出山一点黄,
> 思思想想想木匠。
> 嫁个木匠真正好,
> 一有橱柜二有箱,
> 还有火笼烤衣裳。

裁缝、木匠曾是乡村尊贵的手艺人,现在都不甚活跃了,许多的手艺也已失传,就如这些歌谣一样,已很少有人传唱了吧。

户口故事

我老家在庐山西海边上,是个移民小山村。搬迁三十多年了。突然有一天,政府要向这些移民及其后代发放一定的扶持经费。凡是农业户口的每人都有份,每年直接打到"惠农一卡通"上。山村一下子热闹起来,大家纷纷拿着户口本到村里去登记。姐姐特意到王镇找我,问我能不能把阿迁和崽崽的户口迁回去,说他们两个的户口空挂在王镇,又没有工作,将来怎么生活呢?阿迁是我妹妹,崽崽是姐姐的儿子,我的外甥。说到他们的户口,心中不禁五味杂陈。

说起来又是一些怎样平淡的事呢。

阿迁是搬迁那年生的,爹就给她取名为阿迁。她的非农户口是我们花钱买的。妹妹初中毕业那年,没有考上高中,但她的同学比她少一百多分都录取了,因为他们是居民户。那时候非农业家庭户口叫居民户,农业家庭户口叫农户,我们村里人分别称作吃商品粮、吃农业粮。那时,我们王镇高中招生,吃商品粮和吃农业粮的是两条分数线。妹妹失学后在家织网、缝纫,生意做得远近闻名。后来又到村里小学代课,所教班级的教学成绩连年在全乡排在前茅,很得家长、学生好评。乡里医院的一名青年医生阿进相中了妹妹,总是到村里来看妹妹,一来二去,妹妹对他也产生了好感。但因妹妹很自卑,他们一直不冷不热地处着。最终,阿进父母嫌妹妹是吃农业粮的,坚决不同意。并说,他们儿子好不容易跳出农门,取个农村女子,老婆孩子吃农业粮,岂不又回到农村。妹妹的初恋就这样夭折了。

说到妹妹的这段往事,我们姐弟不禁唏嘘,自然想起姐姐年轻时相亲的故事。

姐姐虽然是个村姑,却惊动了我们王镇的媒婆翘天菩萨。她钻进我家草屋后,檐下的燕子都飞跑了。她说话的时候,总喜欢贴近姐姐的脸,很知己的样子,笑起来,声音像老鸹的叫声一样,眼睛完全眯着,只剩下一张嘴。她帮姐姐说的对象是个公社干部,叫小秋。姐姐哪见过这阵势,让爹妈做主。我爹就说,让小秋来看一下吧。第二天,翘天菩萨就带了一位青年一脚高一脚低像划船一样走进我家。原来小秋是个瘸子(山村土话叫拐子)。他们离开我家时,我的伙伴就大声唱着:"拐子拐,一肚崽……"

翘天菩萨并没有放弃,又给姐姐在王镇介绍了一个,叫小亮,她指天发誓说,小亮是吃商品粮的,招工参加工作没有问题,保证不拐脚,不缺手。说实话,当时的农村美女,最大的希望是能嫁个吃商品粮的。所以,我爹还是同意翘天菩萨带小亮进门。小亮真的不缺胳膊少腿,人也高高大大的,脸色白净。但大热天的却戴着个黄军帽,一看就是个疤头。他们离开村子的时候,我的伙伴又在唱:"癞子癞,笑煞鸭……"

那时就这样,我们王镇街上谈婚论嫁首选吃商品粮有工作的,没有工作也要吃商品粮的,相反,那些拐子、疤子、麻子等有身体缺陷的人反而把美丽作为首选,让人对他们刮目相看。

好在爹妈是尊重姐姐意愿的,所以姐姐才没有嫁到王镇去。而我的一个堂姐阿秀,高中毕业后硬是被父母逼着嫁给王镇的一个麻子,他鼻子上的麻粒特别大,又总是红的,我们村的人都叫他红鼻子。红鼻子姐夫对阿秀姐百依百顺，但阿秀姐一直就是不开心。

现在妹妹碰到这种事，我们又能怎么样呢？所以，此后不多久，我们王镇公开卖些户口，姐姐和我商量，决定不惜血本，借钱为妹妹买一个吃商品粮的户口。买户口的四千多元钱，我们用了许多年时间才还清。妹妹就这样吃上了商品粮，离开了伤心之地，外出打工了。

说到崽崽，又何尝不是一样的平淡呢。

崽崽是姐姐的宝贝儿子，她做梦都想崽崽能跳出农门啊。崽崽初中毕业时，大中专毕业生已不包分配。姐姐还是让崽崽去读了中专，将崽崽的户口转了出去，由农业户口变成了非农业户口。起码可以不交村里"提留"了。当时农村的集资摊派，"三提五统"都是按户口征收的。一个人从出生一直到死，每年的提留一分不能少，所以被人称作"喘气费"。我们村有人将户口转出，放在口袋里，被看作是有能耐，令人钦羡。所以，崽崽"农转非"，姐姐是充满了美好希望的。三年后，崽崽中专毕业无处就业，户口转回来，只能像妹妹的户口一样挂我的户头上。

在等待办理崽崽"非转农"的日子，我想到这几十年来与户口有关的许多故事。我甚至想到数千年来的户籍制度。在那些漫长的岁月，户口总是与赋役相连，与身份相连，最直接的是与吃饭有关。那时生产队分粮食叫分口粮，有户口才有粮食，没有户口的人叫"黑人"，吃粮只能吃"黑市粮"，不知有几多的辛酸。"查户口""清理外来人口"一度成为耳熟能详的词儿。当这一切都成为历史的时候，让人感到社会的巨变。

经过漫长的等待，又经过层层审批，崽崽的户口终于转回到山村。他还是个青年，却让我生出叶落归根的意味。虽然崽崽没有得到库区移民扶持经费，也未分到山林田地，不免让人有些遗憾，但我知道附在户口上的东西将会越来越少，而普遍的社会福祉将会越来越多。

土话品味

那年春天,因为兼职参与编纂地方志书,我陪同九江学院李奇瑞教授到赣北武宁作方言调查。每到一地,都要请些人来对话,李教授说普通话,对方说本地话。反复对比中,感觉土语的语音好玩,词汇更是有趣。

有个段子在当地流传很广。说有个秀才自恃才高,扬言说没有不会写的字,而且可以做到别人说得赢他就写得赢。一天碰到一位大字不识一个的老农,老农就对秀才说,你书读得多,没有不会写的字,我且吟诗一首,请你记下来。秀才不屑地说,好,拿出纸墨,但等老农开口。老农随口道来:

忽忽划划担担谷,咿咿哑哑担到屋。
顶顶凼凼舂成米,叽叽呱呱煮成粥。
滴滴堕堕添进碗,塞塞窣窣吃进肚。

秀才提笔瞪眼,半日写不出一个字来。

老农说的正是方言土语。"忽忽划划"是状扁担挑谷时一上一下之意,"咿咿哑哑"是摹担谷绳索拉动之声,"顶顶凼凼""叽叽呱呱"之类是舂米煮粥之动静。秀才如果想将方言的摹声状物之语用本字记下来,根本是不可能的。记录土语当然最好用本字,但找不到本字只能记音,因为用国际音标,即便是鸟语也是可以记录的。但国际音标毕竟不普及,所以,我们往往找同音字来代替。就像以上句子,我那样记,本地人也可以看得懂,也读得出,一般读者阅读应该也没有什么障碍,只是用普通话来读不仅别扭,而且已经没有方言应有的味道。

快速,风快;很大,脱大;柔软,奶软;很绿,桔绿;很硬,绷硬;很圆,周圆;光亮,锃光;精瘦,刮瘦;厉害,杀青;很好,吃价;节省,掐细;吝啬,抠屑。这一组词汇,前面是李教授用普通话说的,后面是村民用土语说的。对话中,大家不时发出笑声。我们感觉土语明显要形象生动些,更接近于村人的生活实际。细小的东西还要掐着来用,多么节省;把屑小的东西抠分给别人,吝啬无以复加。女人怀孕叫败肚(也叫带肚);做事干脆叫撇脱;说话不着边际叫脱襻;玩得转叫荡转;做事认真叫钩筋;纠缠不清叫扯麻纱;喜欢偷人的女子被称作装香钵。仔细琢磨这些土语,莫不生动有趣。

土语蕴含文化。买卖菜油、酱油一律说打,买盐叫称,去药铺买药叫撮药。借钱借物叫递,赊欠东西叫让。人们似乎羞于言买卖。互相帮忙又很注意对方的脸面。讲话禁忌颇多。杀猪叫高猪,猪肉叫大菜,猪血叫旺子,猪耳叫顺风,猪舌叫利钱。牛发情叫惊栏,猪发情叫走草,猫发情叫嚷春。鸡交配叫打融,狗交配叫打花。这些土话是不是有文化?孔子说,礼失求诸野,一点也不错的。

土语保留古汉语词汇。赣人并不都说赣语,九江说的是江淮官话,赣北赣南还有客家话,赣语在汉方言中使用人口最少,只占百分之二。此地历史上叫做"吴头楚尾",春秋时属吴、越、楚三国交界处,汉代介乎荆扬之间,是个"三不管"的地方,方言也有点不三不四,汉代方言学家扬雄都没弄清楚，留下一片空白。易中天先生认为，赣语的特征至今也不十分明显。即便如此，作为赣方言昌靖片区的武宁土语仍可成为古汉语研究的活化石。名词如脸叫面，女孩叫嫽子，窗户叫阃子，小牛叫犙等；动词蹲叫跍，站叫跂，抓叫攥，闻叫嗅，生育和养护叫看（kán），如生孩子叫看崽，养儿育女叫看儿看女；形容词如受潮变软叫润，干而脆叫糙，饱足叫厌等；还有代词"该"等。据李教授说，这些语言都非常古老，慢慢都要失传了。

西方学者认为，从语言学角度出发，凡是互相之间不能通话的，均应列为不同的语言。所以有人略通西方几国语言，从本质上说，就如我们能说几地方言是一样的。按这个原则，汉语七大方言（也有说五大、六大、八大、九大的）分法，包括北方方言的四大次方言区的分法则不够细。从赣语来说，共分了昌靖、宜浏、吉茶、抚广和鹰弋五个片区，不说片区之间沟通有困难，就是片区内沟通也不流畅。"锣鼓不出乡，各是各的腔。"许多地方乡与乡之间，发音都有明显不同。武宁人说，小车坐不得，坐得头痛。修水人听起来以为在说黄段子。而修水一位女孩说，妈妈有银镯，姐姐也有银镯，就是我没有银镯。九江人听起来也有些不堪入耳。什么一词，仅在赣北地区就有莫得家、稀哩、么事、稀么等。武宁县志办一次会审方言，有些词汇每位编辑说出的都不一样，因为他们来自不同的乡镇。如蜻蜓，分别有叫蜻暝、燕公、蚂蛉、蟑哥、刁蛉、蛉汀的。本人编的俗语一章，在传阅中，也是被改得面目全非。由此可以看出，方言土语是很追求个性特色的，人类天性知道，只有许多不同的音符才能奏出和谐动听的乐曲。

猪牛，吃野草的比吃饲料的好；鸡鸭，放养的比圈养的好；鱼鳖，野生的比放养的好。农家菜甜，土猪肉香，这已成为人们的共识。与真正的土菜难求一样，许多的方言也在流失。现在的孩子，一进幼儿园就跟老师学普通话，回到家里，父母也同他讲普通话，慢慢地本地话不仅不会讲,听也听不懂了。我们作方言调查,要请年龄比较大而且没上过学的人才放心,因为许多人的方言已变了味。"宁卖祖宗田,不改祖宗言"的古训,在农耕社会容易做到,现在还守得住吗?

二〇〇八年十月十一日,中国语言资源有声数据库试点在苏州市启动,在苏州城区、常熟市、昆山市三个采录点开展采录工作,大范围抢救方言自此开始。此前,各地方电视台也录制了许多方言电视剧,为本地人喜闻乐见。方言电影也开始进入人们的视线,相声、小品一直大量使用方言。方言在塑造人物、反映社会生活上有明显优势,它能更好传达出"一方水土养一方人"的性情与趣味。但因为中国方言土语的多样性、复杂性,这些工作应有更多的人来参与。毕竟,语言不仅仅是一项交流的工具,它还有传承文化的功用。品味方言土语,能品味出五彩缤纷的生活,更能品味出丰富多彩的文化。

围炉闲话

小的时候,家家户户的堂前或厨房都砌有火炉,我们赣北箬溪方言称为"呼炉"。后来见过外国的壁炉,还有江南其他地方的地炉、地火窑,都不及家乡的呼炉叫得有味。壁炉、地炉不过说出火炉的位置,而呼炉则说出火炉的功能不仅仅是除湿驱寒,更有呼朋唤友,老少一堂,热热闹闹,人语喧哗的温暖。

这种火炉是简陋的,也是古老的,比古人掘炕生火进步不了多少。我猜想呼炉应为古语。我母亲是个文盲,但常说,有火就有伴。火炉的作用可以呼朋引伴。古兵制以十人为一火,共灶起火,故称同火者为火伴。《乐府·木兰诗》有:"出门看火伴,火伴皆惊忙。"唐元稹有诗:"密宇深房地火炉,饭香鱼熟近中厨。"几千年的一种生活方式,其文化积淀自然丰富。我觉得它最大的味道就是一个围字。

《诗经·小雅·白华》有云:"樵彼桑薪,卬烘于煁。"煁是古人发明的可移动的灶,就是铁做的"三脚猫",放在火炉上,可以一边取暖闲聊,一边炒菜做饭。小的时候见过这种器具,已不太用。每家的火炉上都挂有抽钩。乡间有个谜语:"秀秀气气的姑娘,嫁个大嘴筒,要他上就上,要他下就下。"打的就是这个物件,现在的人是无论如何也猜不出来的。抽钩上挂一只炉罐,根据火势大小,食物生熟情况上下移动,可烧水,可煮饭,可熬汤,一日三餐,在围炉闲话中悠然度过。所以,赣北山里有"薯丝饭,茶壳火,天上神仙不如我"的歌谣。火炉带来另一份收获,就是熏肉。猪肉野味,都可吊在火炉上方,日复一日地熏烤,直熏到表面墨黑,里面却是澄黄,此时什么腥膻之味都熏没了,还留有柴火香味,又可长期保鲜,是待客珍品。这种吃食,一直流传至今。只是现在不是在火炉上慢慢烤的,而是用柴烟急熏而成,最多用个三五日。这种所谓腊肉,只有一股烟臊味,像许多的速成品、快餐一样,失去了品位。

围炉是平民化的生活。不像壁炉,有贵族气。壁炉的火塘不是敞开的,干净但失去了围炉的基础。乡间火炉,几块砖头围着墙角或墙壁就做成了;也有做法讲究的,在火塘上顺墙砌个烟囱。火塘用三六九砖砌得规规整整,或半圆形,或长方形。一般人家的火炉都是敞开来烧的,要把一间屋子的梁柱、檩子熏得墨黑。时间一长就结了厚厚一层黑垢,有阳尘在上面吊着。火炉一般烧栗树筒和干树蔸,随地可取,易燃又耐久。烧一层就用火钳凿一层,不凿就自然烧得慢,有时一只树蔸可烧三五日。乡间特别重视大年三十的炉火,叫做"三十夜的火,月半夜的灯"。因此,三十夜烧的柴,早就准备好的。我们一般选干枯的柏树蔸,易燃而又有香气。一家人围炉守岁,喜迎新春。一炉大火,映红了大家的脸膛,也映照着大家对来年的希望。

俗语说:"过了重阳,移火进房。"又说:"吃过端午粽,棉衣高高送。"可见在以前,江南一带的山里,气候寒冷的日子还是蛮长,围炉活动的时间也就很多,有关的俗语不少。早上起来,扒开呼炉里头天晚上蒙着的火,妈妈总喜欢说一句:"不管有吃没吃,烧个大火炙(烤)。"因为"火炙胸前暖,风吹背上凉",所以村民们发明了一种坐桶,类似现在的围椅。一般坐桶放在烤火的最佳位置,只能让家中老人坐。就像如今单位会议室一把手的座位,大家都自觉不去乱坐。孩子们在炉边将火塘弄得满屋烟尘时,大人们总要教训一句:"人要忠心,火要空心。"孩子们烤火喜欢往大人面前拱,老人们就会说:"热莫遮别人风头,冷莫遮别人火头。"小孩子又喜欢用火钳扒火到自己面前,大人就会责怪说:"操,叫花子炙火,往胯里扒。"炉罐中烧水,大人们会告诉孩子:"开水不响,响水没开。"炉罐中煮饭,则会说:"饭不熟,气不匀。"虽然说的都是一些生活常识,都又蕴含了许多深刻的道理。这种文化的传承正像生活的火炬一样,生生不息。

北方烧炕,南方烧炉。我琢磨,炕是用来睡觉的,炉是用来休闲的;炕是对家里人开放的,炉是对所有人开放的;炕上只能烘人,炉上可以烧食。火炉是休闲中心,信息中心,具有广泛的接纳性。炉火烧得旺的,围炉的人就多,这家的人缘必定好。围炉的人少,就离火塘近些,火就可烧小一点;来了人,让开一点;再来人,再让开一点;十个八个没问题,把火烧大一些。火炉是亲人邻里间相聚一起的媒介,是发布信息的平台。虽然也难免有张家长、李家短的聒舌,就像现在电视的肥皂剧,但更多的是起着沟通思想、交流感情、传承文明的作用。譬如说牛郎织女的神仙故事,三国水浒的历史故事,更多的时候是乡间的鬼怪故事,都是在围炉时传播得多。围炉的年代里,人们是相信神仙鬼怪故事的,因此对天地神灵充满了敬畏。不像现在的人,把自己当作一切的主宰,睥睨万物。围炉的故事里有许多善良的心田。母亲总讲"范丹灰箩坐,不知道鸟雀怎么过"的故事。诙谐的背后是无邪的天真与善良。记得小时候,我家的火炉边,既有亲朋戚友,也有路过的乡邻;既有雨夜行路的陌生人,也有雪天打铳的猎人。一次,一位中年汉子从修河上岸,往箬溪搭车,竟饿昏在路边。在我家的炉边,汉子吃了一碗米爆茶,烤了一阵火,千恩万谢地走了。

随着生活条件的改善,呼炉在乡间已经很少见了,代替它的是火盆、电取暖器或空调。即便一家人,也很难找到围炉的感觉。那种悠闲的心境,那种自在的人生,那种知足的快乐,那种促膝的愉悦,似乎都丢失在匆匆的岁月里。人们宁愿去探究月亮上的嫦娥,也不愿去问对门住的是谁;宁愿在网上与人打得火热,也不愿真心去访一次友。

呼炉虽然消失了,但围炉的温暖还留在我的心中。

露天电影

那时信息闭塞,但集镇哪天放电影的消息,早早就会传到偏僻的村庄。终年劳累的村民,迎接一场电影就像是迎接一个盛大的节日。即便是繁忙的"双抢"季节,生产队也会在这一天提前收工,家家户户的炊烟早早升起。

我们的村子距集镇有上十里路,一般只有青年男女结伴去看电影。也有孩子少的人家,让小儿骑在父亲的肩脖上去的。我那时总是缠着姐姐带我去的。妈妈早早做饭,又炒些南瓜子、葵花子。我们洗了澡,吃过晚饭,揣上有点烫的瓜子,在太阳还没有下山前就成群结伴上路了。去的时候,大家兴致都很高,有说有笑的,虽然要走上一个小时,但并不觉得劳累。走到集镇,天已黑了。放电影的地方选在中心小学门口的操场,两根树干中间挂一块白幕。操场上人山人海,人声鼎沸。好一点的位置早已被人用高高矮矮的凳子占满了。各个村子来的只有站在旁边或远远的后面观看。也有的时候正面已站满了人,只有到银幕的反面观看。

去的时候紧赶慢赶,生怕赶不上。但往往到了集镇,电影还没有开始,只有先看热闹。等到发电机响了,看到有白光投到幕上,大家就欢呼起来。但在放正片之前往往要放些新闻简报之类的纪录片，就像现在的电视插播广告。那次纪录片放完，开始放《卖花姑娘》，是朝鲜影片，很长。每放完一盘，中间可以休息一下。有时影片传送时间紧，带子都未倒，放出来不对劲，要等着放映员倒带。也有匆忙换带换错的，又停下来重新换。最要命的是发动机坏了，一修要修半天。所以一场电影看下来，总是要到月落西山。许多孩子早已睡了。就是大人也疲惫不堪。回来的路上就再也提不起精神。加上要打瞌睡走不动路，每次姐姐都要责怪，说下次再也不带我看电影了。到上世纪七十年代末，集镇已建有简易的电影院，村子里也有放映点。看《红楼梦》那阵儿，村人等到天亮，片子才送来。可露天又无法放映，只有等到晚上再来放。

小时候最喜欢看的就是打仗的电影。只要出现八一制片厂的标记，五星闪闪发光，军乐高亢嘹亮，就激动不已。那时看《渡江侦察记》《南征北战》《闪闪的红星》，不知有多开心。每看完一部战争影片，伙伴们总要反复模仿。在山上砍柴或放学路上，就会摆开战场，分出敌我，说些经典台词，对练一番，给儿时生活带来无穷乐趣。

在镇上读书时，一部电影轮流到各个村去放，我们会每个村都去看，有这样大的兴趣。那时流行军帽，晚上看电影，有人戴军帽，往往就被人从头上摘走了。人山人海，黑灯瞎火，无从找处，被抢的人只有徒呼奈何。

上世纪八十年代初，我在彭泽二团子弟学校读高中。在农场场部有一个固定的露天电影场。它的幕是一堵长方形的白墙，专门用来放电影的，每周都要放一场电影。有《一江春水向东流》《三笑》《虎胆英雄》《甜蜜的事业》等优秀影片，全是宽银幕影片。这是我看过的最豪华的露天电影。

在乡村文化的沙漠上，露天电影是一朵特别亮丽的奇葩，给人们留下许多温暖的记忆。

粉牌书大字

小的时候,父亲喜欢讲解缙的故事。解缙从小才思过人,出口成章。一次,有人问路,问的是附近村庄的董兆中家在何处。解缙随口答道:"一直往南去,拐弯却向东。粉牌书大字,便是董兆中。"那时就感觉能够"粉牌书大字"的人家真是好人家。

只可惜生在穷乡僻壤,从未见过有什么"大夫第""进士第",更未看过如《红楼梦》中所写"荣国府""宁国府"之类的门第。虽然我生长的年代,这些东西都是被作为"四旧"扫除的,但人们对"粉牌书大字"的情愫并未终结,甚至有些发扬光大了。

那时,山村大都是泥墙草房,还有些竹篱茅舍。偶尔有公社或大队干部在田野砌了泥砖(未烧制),盖了瓦房,必在大门头上砌成凹下去的一个方块,然后用石灰粉白,再请人用黑漆写上大字,有写"无限风光"的,有写"还看今朝"的,都是主席诗词中的词儿,有些还模仿其书法,甚是气派。没有人敢说这是复辟,是"四旧"。在乡村土屋草房之间,这些粉牌大字显得鹤立鸡群,很是让人艳羡。

这个时候的人喜欢把许多的大字写满了许多的墙壁。村里有个好吃懒做的主,名叫大喜,在私塾念过几天书,会写几个字,都是没有简化的。看到别的村子墙上都有字,也和队长商量要到墙上写大字。队长求之不得,确定几户人家,凡是贫、雇农,军、烈属人家的墙上都可以写。大喜写字十分辛苦,请人粉了墙以后,他要打了格子,再用铅笔画个大概,然后用红漆涂上去。字的笔画都一样粗。据说黑体就是这样发明的。生产队的仓库也是一座干打垒的房子,大门两边一边用石灰粉一块像小黑板一样大的牌子,然后用红漆写上一句"最高指示"。墙脚上方也懒得粉白,就直接用石灰水在泥墙上大书"深挖洞,广积粮,备战备荒为人民"。队长家布满麻雀洞的土墙上方粉出的大字是"中国人民应该对全世界有较大贡献"。民兵排长家的土墙上写的大字是"我们应该解放全人类"。白底红字,感觉这土坯房就好看许多。队长和排长的儿子也仿佛真是可以解放全人类一样,神气了许多。其实,他们和我一样,对那几个字还认不全。有些路边猪栏茅厕的泥墙上也写满了大字。当然写得最多的是"毛主席万岁",这几个字我认识,上学第一课就是这句话。族中有位哥哥在自家的堂前也写上这句话,因为他也只会写这几个字。那时山村遍地文盲,那些大字除了写的人自己认识,很少人认得全。当时我家的土屋特别粗陋,总想有人来粉一下,写上那样气势磅礴的句子,可惜直到泥房倒塌重建也没有被人写过。

　　该写的墙壁都写满了诸如"斗私批修""批林批孔"之类的大字。大喜粉墙写字有功,被提拔为大队文书,专门负责宣传工作。这时,他又突发奇想,发现自己家的破瓦房上的瓦还可利用一下,然后请人一起把屋上的瓦全部卸下,再用石灰水粉一部分瓦,然后再盖上去,在屋顶上也排出了我们都认得的那几个字。他父亲看见自己的房子戴了个白帽子,脸气得铁青,却又不敢发作。大喜以粉墙写字为业,不断创新。不久,大喜又发现还有一块大牌没有粉,那就是村里垅畈上的水库坝。大队文书发了话,队长立即组织全队男女劳力用了三天时间把水库大坝整饰一新,又组织劳力搬运砖块、石头、石灰,按照大喜的要求用粉白的砖块、石头在水库坝上嵌出巨无霸的几个字:"文化大革命就是好!"做这块牌子,全队老少足足干了一星期。

　　大喜觉得该写的地方都写了,但感觉总有许多字要上墙,而且他发现这些石灰水写在泥墙上的字经不得久,日晒雨淋,几天下来就斑驳淋漓,模糊不清了。于是和队长商量,决定在村口路边建一座墙。于是将村中祠堂拆了,用其砖瓦,在村口建了一座高三米、长十米的牌子,粉上石灰。"农业学大寨"几个大字写上去的时候,村庄前面的门前山就由一座青山变成了梯田。山上泥土淤塞了山下溪涧的时候,粉墙上的字变得斑驳。此时大喜已犯了错误,放回队里劳动。原来,一次他在写大字的时候,旁边站了我们几个小学生,他就一面写一面解释这个字怎么写,在写到一个党字时,写的是繁体字,他就一面写一面说"党字就是尚字下面一个黑字"。我们是认得这个字的,说他写错了。他说没有错,简化字不好看。这事被蹲点干部知道了,又看着那个繁体字果然有问题,将大喜打成反革命。此后,这牌子上就没有人写字了。

　　后来乡、村干部发现这个牌子可以利用一下,有什么事,他们直接派人来写。"实行家庭承包责任制"几个字写上去后,生产队仓库倒了,写满大字的土屋也被砖木结构的房子代替。队长家盖砖瓦房时,仍然在门楼粉砌了一个方块,但他儿子,也就是我同学牛头坚决不让写字,留下一块无字的粉牌。其他人家都没有留粉牌,更不允许村里干部在墙上随便写字。但村口的粉墙因为不再写"最高指示",涂写的内容就越来越多,墙就越写越厚。从"坚决完成烧火土粪任务"到"建设槟榔芋之乡""百亩仙人掌基地",经常变化。后来村里人一看这牌上的大字,就知道上面又换领导了。经年累月的粉刷写字,这牌子竟然加厚三米,变成一个怪物矗在那里,生生把村口的道路给堵窄了大半。年久失修,日晒雨淋,这座墙牌已不堪书写大字了,我看到上面斑驳的几个大字是"严禁烧土粪、烧田坎等野外用火"。这个时候,大喜也死了,年轻人都外出打工了,谁要在牌上写什么根本没有人在意了,倒是有许多治病、购物等商业的广告,偶然有人看一下。几番风雨,这座粉牌已破败不堪了。

　　与这座破牌残墙形成对比的是,山村的房屋越来越美了,一座座小楼建起来,有两层的、有三层的,墙壁或贴了瓷砖,或粉了墙漆,与青山绿水相映衬,美丽自然。在新农村建设中,村中修建了水泥路,这座粉墙被拆除。村人用其残砖砌了一块路标一样的小牌,上书"棠下村",就是我们村的名字。

卷二 人间即景

喜欢一样东西,心里要有一个敬重,这样才是健康的爱。

西海修竹

我常常惊异于自然的美好，就是庄子说的"天地有大美而不言"。西海岸边的小山村不仅树种多样，一年四季色彩鲜明，竹子也丰富，让人取用不尽。小山竹是最多的，我们叫水竹，门前屋后到处都是。乔木林中的水竹为了争阳光往往长得高直粗壮，灌木树丛的水竹就随意高矮，只能用于做菜园篱笆。门前溪边有块湿地，长满实竹，其他地方很少有这种竹子，大小和水竹差不多，就是中间实心，外观看起来就要笨拙一些，多用于做手杖。祠堂后面的山上有一块专长大麦竹，就是比小山竹要粗壮些，竹身有麻点的竹子。又有些山洼长桂竹，与那种粗壮的小山竹相仿，但颜色没有那样青。《楚辞·七谏》云："便娟之修竹兮，寄生乎江潭。"说的就是桂竹，也叫刚竹的秀美。箬竹长满溪边，所以地名叫箬溪。毛竹在南山里，但村子里也种有一园，成为村庄的一道风景。

竹笋是农家菜肴。《诗经》有云："如竹苞矣。"有个成语叫雨后春笋，就是说它长起来快。清明就开始扳笋挖笋。最先长出竹笋的地方是朝阳的烧过荒的山坡，但这笋要小些，扳来吃图个新鲜。再是大麦竹，笋长得也早也快，这种笋不好吃，有些涩麻。因为笋壳要大些，又有麻点好看，我们喜欢剥了来做伞，就是把废弃的笋壳打开铺在地上折两下,又撕几下,就成了一把伞的样子。天地之道简单,在平凡的生活中也可享受创造艺术品的喜悦。实竹和深山里小山竹笋长得慢,又粗壮,肉也细嫩,生吃也不妨,是大人的选择,小孩子不过乱扳一气。那时油水少,笋是刮油的,也不敢多吃。扳来的笋吃不完就剥壳焯水晒干,成为干菜,可以慢慢吃。

毛竹笋主要用来做板笋。在山里垒灶架锅,将挖来的笋剥好,打通笋结,叫打通条,倒进大锅煮过,捞起放进冷水中冷却,再放进木制的长方形架子中,用板盖住,利用杠杆挂着巨石来压。这个杠杆乡间叫叼杠,就是一头有架子固定杠杆的一头,另一头吊着大石头,形似鸟嘴里叼着东西。大概到谷雨前,可把要挖的笋挖完,放满架子,叫做一架笋,一般要三万斤左右湿笋。封闭压榨,两个月后取出晾干,一只只的圆笋就变成一块块的小板一样,所以叫板笋。晒板笋有一些异味,但做成的板笋浸上一周后取出,用木杠麻绳绑上,用铁刨刨出细小的薄片,再用水煮过,放入冷水中保存,每次取一点做菜,无论炒、煮,都有一股特别的清香,成为过年或宴客的一道佳肴。做板笋程序繁琐,要流许多的汗水,花许多的心血,挖一百斤的春笋只能做成五斤左右的板笋,可见凡是好的东西都不易得。乡间有冬笋、春笋,有干笋、烟笋,却只有板笋成为红白喜事桌上的一道菜。

竹器是家常用品。下雨时戴的斗笠,挑谷子的竹箩,晾衣服的竹篙,晒谷子的晒箕,筛米的筛子,挑水的扁担,蒸粑的蒸笼,盛米饭的筲箕,挑土的土箢,打猪草的竹篮,挑柴的夹篮,吃饭的筷子,夏天乘凉的摇椅、竹床,还有小孩的摇篮,小孩吃饭的竹碗,玩的弓箭,放鱼的笱,吹的笛子、箫……又家里菜园是竹子围起来的,草屋的房间是竹子间出来的。父亲又用木制的轮盘和竹棍做小推车。在直径五寸左右的松树筒上锯下厚一寸多的一截,就是轮子;在轮子的中心穿过一根约四寸长,筷子粗细的竹棍;破开一根一米来长,两头留节的小山竹棍,将轮子中间的小竹棍两头放入破开的竹棍头上,再在破开的尾部用绳套固定一下,拿起竹棍的另一头就可以推着轮盘走。这就是我小时候的玩具车,百玩不厌的,简单生活也有它的快乐。后来看过字典里那些竹字头的字,知道竹子与人自古以来就是那样的亲密。

村里只有一个篾匠,他有一套工具,可以把一根毛竹破成许多薄薄的篾片,做成各种器具。一般村人破篾只能分出篾青篾黄,用小山竹的篾青编成竹篮、竹笼什么的,不过各人手艺粗细而已。篾黄一般用来编成栅子,用来晒薯丝。我家里的竹篮、筲箕,还有我放鱼的笱都是我父亲做的。孔子说颜回一箪食一瓢饮,我妈妈也是用箪一样的大小筲箕捞米盛饭的,过的是这种简单生活。至于孔子说的瑚琏,还有笾豆,那些竹制的祭祀器具,据说是相当尊贵的,我山野村人无缘一见。

我在外求学的时候,幸亏镇上有收购竹篾的土产公司。那时父亲因为年老体弱被生产队安排放牛。他就在放牛时每天砍一捆小山竹,晚上背回来,在油灯下破成篾片。一根竹一般破成六至八片篾,每一百片篾为一把,可以卖四毛多钱。一把一把扎好,放到屋后晾开,十把捆成一捆,赶大早走十多里山路背到镇上去卖。这样勉强补贴我读书的生活费用。

父亲打过许多谜语给我们猜。其中一个说竹笋的很是形象,谜面是:

爷穿绿袄,崽穿皮袄,
脱掉皮袄,跟爷一样老。

还有一个谜语是这样的:

少来青,老来黄,
麻绳捆绑上杀场。
剥皮抽筋尤自可,
火烧骨头肉还乡。

这讲的就是板笋,没有做板笋经历的人很难猜得出来。说船篙的谜语尤其生动,讲的就是一种人生境况吧:

在娘家眉清目秀,
到婆家面黄肌瘦。
不提起倒也罢了,
一提起泪满江河。

又喜欢讲解缙的故事,说一副对联害得对面员外家里砍掉一园毛竹。说有一年春节,解缙以门口员外家的一园竹子为题作了一副对联,上联是:门对千竿竹;下联是:家藏万卷书。这员外心眼小,要叫解缙出丑,就砍掉这一园竹。解缙就加一个字,上联加个短字,下联加个长字。员外见解缙还能圆,就索性把一园竹挖掉。解缙又加一个字,上联加个无字,下联加个有字,这对联还通畅。这故事虽是为说明解缙的机灵,却也说明仇富的现象自古就是有的。

有一副对联:"梅竹松岁寒三友;桃李杏春风一家。"普通的竹子被文人雅士寄托许多的情思。苏东坡是"可使食无肉,不可使居无竹",喜欢的原因是"无竹令人俗"。郑板桥以画竹著名,他有写竹子的诗云:"我自不开花,免撩蜂与蝶。"白居易说:"水能淡性为吾友,竹解心虚即我师。"还有一联不知出于何处:"未出土时先有节;及凌云时还虚心。"是我喜欢的。竹简曾经是中华文明的载体,镌刻着老子、孔子、孟子、庄子等人类价值,还有秦汉文明的记忆。竹简的朴拙与深刻,让中华文化完成了自己的精神原创。唐代张九龄有诗云,草木有本心。文字选择修竹,或者说修竹选择文字,是多么惊艳,又是多么自然。

百木之长

《本草纲目》有记:"王安石说,松柏为百木之长。松好比公,柏好比伯。故松从公,柏从伯。"兽中有王,好像是比的实力。鸟中的王,是美丽的传说。牡丹有倾国之色,兰花有王者之香。人对于自然的认识有个好意在里面,就是有人世的伦常礼乐。公、侯、伯、子、男是邦国时候的爵位,松为木中之公,因为木中之王是枉,不是一种树,或者树中之王,往往不得善终,所以叫枉。人在造字的时候就对松树有这样一种评价。

松树我乡下叫穷树,因为乡间有松的读音,并不读穷,所以百思不得其解。是穷人的树吗?是砍不穷尽的树吗?从这个意义上说,我们离古代文明是多么遥远。我看到王跃文先生在小说《漫水》中写作枞树,原文是这样的:"山上有茂密的枞树,春秋两季树林里会长枞菌。"我以为这里写的枞树应是读音,是松树。枞树又名冷杉,在我们这些地方,包括王跃文的家乡并不多见,其下也不会长菌。我以为把松树写作枞树不是很恰当的,不如用个无关的同音字,这是记方言的常用方法。

乡间有个传说,说是世间万物的命运都是罗衣秀才的金口玉言断好了的。说罗衣秀才背老娘在松树下歇息,背靠松树,黏了一身松油。

罗衣秀才就说,松树油,黏我身,叫你永远爆不了孙。爆孙是土话,就是重新发出新芽。他老娘善良,说爆不了孙,岂不要绝了。罗衣秀才是个孝子,就改口说,那就叫它飞籽传孙吧。一般的树,不管乔木、灌木砍了会从树蔸发芽重生,只有松树不会再发芽重生的,松树是靠松塔里的籽掉在地下再生的,这就是飞籽传孙了。所以,我乡间山野松树砍不尽,烧不绝,因为松塔对松籽的保护是很好的。《诗经》上说:"如松茂矣"。红土地上的山丘松林都是一片一片连绵不断的,有这样茂密。夏天的时候,在林间走路闷热了,打一声"喔呼",就有风从林中徐徐吹来,仿佛来呼应你的呼唤,远远地响起一片松涛。

　　松树是常绿乔木,但是每年会开花,结松塔,也会换一身新绿。到秋冬时候,松林里铺满厚厚的松针,我乡下叫穷毛丝。又柔软又干净,可以在上面打滚摔跤。松针是最好的引火柴,我们家家都有耙松针的竹耙,到山间把松针一担一担耙来,也起到防火的作用。进入腊月,又家家要打粉皮、豆粑,松针是最佳的柴火,因为打豆粑是一块一块烙熟的,不能常烧大火,每烧一灶松毛柴刚好合适,就这样一把一把放火,一块一块烙出香甜的豆粑。每家请人打豆粑,有专门烧火的,有专门舀浆倒入锅里烙的,有专门传送的,有专门切晒的,许多的妇女一起帮忙,要忙个大半天。松毛火烙出的豆粑恰到好处,吃了让人口齿留香。

　　乡间一般不砍乔木做柴烧,建房锯板才会砍松树。松树油脂特别多,因为脱脂难,日用建材没有杉树用得多。前面说过,松树砍掉后,树蔸不会再发新芽,就是不存在枯木逢春的现象,这个树蔸就会成为松油柴,我乡下叫穷光油。松油柴不仅像松毛一样是好的引火柴,更可以用来照明。《诗经·小雅·庭燎》有云:"夜如何其? 夜未央。庭燎之光。"《红楼梦》亦写道:"但见庭燎烧空,香屑布地,火树琪花,金窗玉槛。"这庭燎就是古人用来照明的火烛,主要原料是松油柴。乡人晚上出门就常用松油柴做火把照明。我小时候家里点煤油灯,煤油凭票购买,还要花钱。为了节省,家里常用松油柴做灯。一次将松油放在一块砚池中烧着读书,结果把砚池烧化,将八仙桌烧出一处坑来。烧松油的烟比煤油灯的烟还要重,在松油灯下读书写作业,鼻孔常是黑的。

松林里一般只有些檵柴、小橡树。春秋两季,林中毛草中常长菌菇,我乡下叫毛菇。雨后初晴,天气暖和,这毛菇就如变戏法一样从林中冒出来,给人以惊喜。毛菇大的有小碗口大,小的只有扣子那么大,圆圆的,肉厚,表面光滑,背面有柔和的细纹,蒂短,一般贴地而生。山间有香菇、枫树菇、草菇、地衣样的鼻涕菇等各种蘑菇,只有松林里的毛菇长得美丽,味道也最为鲜美。我小时候常随姐姐去捡毛菇,但总是姐姐先发现这里一只、那里一只,我一只都捡不着,就哭。姐姐就将捡着的当面放在我看见的地方,我假装着寻找,终于发现一只,才开心地笑起来。生活中的道理,多的是让人怎样捡到属于自己的毛菇。

《论语》有记,鲁哀公问孔子的学生宰我,在祭坛上用什么来作为国土的象征。宰我回答说:"夏后氏以松,殷人以柏,周人以栗。"栗是战栗的意思,对自然要有敬畏。孔子说:"岁寒,然后知松柏之后凋也。"人是自然之子,人类文明多的是向自然学习。但是有关松树的记忆,却让人常常觉得人距离自然还有自己竟是越来越远。

梦里秆香

家乡土语水稻叫禾,稻草叫秆。秦汉以前,禾有两层意思,其一泛指谷类。《诗经·豳风·七月》有云:"九月筑场圃,十月纳禾稼。"其二指粟,即今小米。后世以稻为禾。而秆为稻茎的专用词,因为其他谷物的茎并不称为秆,可见秆在农人心中的位置。

小的时候,山村的水田都种植水稻,除下禾种育秧不会,其他栽禾、耘禾、割禾、搭禾(打谷)都做过。那时种两季稻,每当放暑假的时候,早稻就黄了。"双抢"开始后,老少齐上阵。我们小孩子以割禾为主,后来大一些就参与搭禾、栽禾、耘禾。秋收时学校又放农忙假,让我们回到村里帮助收割晚稻。打谷是一抱一抱打的,稻草也就一抱一抱被丢在田里,打完一块田,一抱一抱的稻草扎成,像一个一个的草人,一排排立在田塍,晒上几个太阳,稻草就变得金黄。为了防雨淋,人们将稻草一堆一堆码好,田野里就出现了一个一个的像大蘑菇的稻草堆。农闲时,人们就用禾担将田畈中的稻草挑到牛栏边的场地,堆成一个巨大的金字塔,堆稻草的人要用楼梯才可以下得来。家家户户门前也会堆一些作为家用。草垛就像炊烟一样成为乡村的风景。

稻草是牛的粮食。隆冬之时,大雪封山,牛在栏里过冬,每天要牵着它去水塘喝一次水,为它扯两把稻草。看着那么大一个草垛,小孩子要扯下一把草来还真不容易,往往是两手抓着一些草,双脚吊起来用力踩着草垛,好不容易扯下一些草来,人往往就摔到草地上。老牛蹲卧牛栏一隅,慢慢咀嚼着香甜的稻草,似乎在反刍一年的农事,闲适而满足。稻草是猪的衣被。猪栏像牛栏一样,少不了要垫稻草的。天冷时,猪栏湿了,就要扯几把稻草为它垫好,为它御寒。而牛栏猪栏的稻草烂了,又是很好的肥料,可以养育新一茬的庄稼。

　稻草还是人的日用品。春夏拔秧要用稻草一把一把扎好;秋冬白菜铺满菜园,要用稻草一棵一棵绑起。搓绳要用,打草鞋也要用。村人杀猪剁肉,都是用稻草拴着提回家的。春节做碱水粑,也得烧两把稻草,用草灰滤过的水,浸了红米,磨成米浆,蒸出粑来,稻香扑鼻,成为乡土佳肴。

　儿时是躺在稻草上长大的。像狗窠、鸡窠一样,婴儿睡的摇篮称为笋窠。笋窠里垫的就是金黄柔软的稻草。孩子伸出小手胡乱扯出摇篮的稻草,放进嘴里嚼咬也是甜沁沁的。农家的木板床上垫的也是稻草。在木板上直接垫絮一者硌人,二者容易烂絮,垫上一层稻草既柔软又透气。每当秋收之后,母亲就会选好一些干净的晚稻草放在门口坪里晒得干干的,除去尘衣,把所有床上的稻草都换了,再铺上棉被。铺了新的稻草,就像是睡在一张新的床上,过上新的生活。睡在稻草床上,会有窸窸窣窣的声音,能闻到稻草带有大地与阳光的气息,它们不仅能安置人的身体,更能安置人的精神,稻草床上做梦也温暖的。

　草屋曾是农人温暖的家。那时,村子竹篱茅舍多。我家从祠堂搬出来做的土坯房盖的也是稻草。盖房的稻草要长而粗为好,一般选用糯稻草,这种稻草牛不吃,猪怕扎,盖房子正好。草屋日晒雨淋,每年都要换一次。父亲总要选一个晴好的日子,请来乡邻帮忙,将屋顶陈年发黑的稻草掀掉,将新的稻草一把一把地盖上去。新盖的草屋就像女人洗过头,头发蓬松,精神焕发。草屋焕然一新,不仅让人新鲜,也引来许多的鸟雀。每天早上,总是让草屋上叽叽喳喳的鸟儿叫醒。

　水稻山村还在种,都是一些老人潦草种点自己吃。为了防虫杀虫,从栽禾到割禾要打七八次药。丢弃在田间的稻草不仅人不用,牛也不能多吃。稻草似乎已经不能唤起人们心中温暖的感觉。

品味黄花

小的时候过春节,家里都是贴自己写的对联。父亲曾教我写过一副对联,叫做:

堂上椿萱茂;阶前玉树荣。

那时知道椿萱指的是父母,但并不知其来历,更不知萱草就是小时候家家菜地里都有的黄花。

黄花系多年生草本,很好种,每家都会在田头地角种一垄,不用施肥,不要打药,只等夏天来临采摘黄花做菜吃。它就像其他的草一样,一岁一枯荣。春天来了,一簇簇长得蓬蓬勃勃,叶基生,线形,排成两列,植株挺拔,翠绿刚健,叶丝繁茂,姿态潇洒。初夏抽茎,花茎粗壮,每根花茎生长着螺旋状聚伞花序,这"伞"大概从端阳前后,每天一把一把打开,要热热闹闹地开一个多月。花冠漏斗形,橘红色,花瓣中有褐色凸斑,非常艳丽灿烂。每天早上起来,老远就能看到黄花带露开放。母亲就叫我拿笤箕去把黄花采来,取几朵趁鲜吃,和黄瓜一起炒食,特别鲜美。大部分只能用开水焯一下,然后晒干,当干菜吃。那时没有什么调味品，黄花是最好的调料。乡间有红白喜事，头道菜叫什锦汤，黄花是最主要的原料。人们只知其色彩艳丽，味道鲜美，没有人把它作为一种象征母亲的花。就是现在，人们也只知有外国人的康乃馨，而不知有自己的母亲花。

其实，在民国及以前的启蒙读物《幼学琼林》中有清楚的记载："父母俱存，谓之椿萱并茂；子孙发达，谓之兰桂腾芳。""萱草可忘忧，屈轶能指佞。"为什么把椿萱比作父母呢？其中也讲得明白。《庄子·内篇·逍遥游》说，上古有大椿者，以八千岁为春，八千岁为秋。所以称父椿庭。《博物志》载，萱草，食之令人好欢乐，忘忧思，故谓忘忧草。又说，妇人有孕，佩其花生男，亦名宜男草。故称母萱堂。读这些文字以后，始知乡间黄花的诗意。

进一步探究，最早将萱草比作母亲的是孔子编订的第一部诗歌总集《诗经》。《诗经·卫风·伯兮》有云："焉得谖草，言树之背？"谖草就是萱草，诗的意思是，到哪去取一株萱草，把它种在母亲的堂前，让她没有忧愁呢？《实用中草药大全》称萱草为中国古典名花，《说文解字》称为"忘忧草"，《本草纲目》称为"疗愁"，而乡间百姓称为黄花。

黄花朝开暮谢，花期只有一天。所以明日黄花喻为过时。古老的母亲花，美丽的忘忧草，为什么就那般寂寞呢？

青涩苦珠

山野有许多的果实,春天有刺泡,夏天田畈的荷塘里有莲蓬,似乎永远摘不完。小溪边上有高大的胡颓子,结满了红红绿绿的果子,酸酸甜甜的,让我们在树下消磨许多的时光。梅子黄熟时节,坐在树上吃个饱,酸得牙齿几天都是软的。秋天,学校安排我们回家开展小秋收活动的时候,我们就一面采橡子,一面找饭米果、猴楂吃。猴楂是乡下土话,应该叫山楂吧,一种有刺的灌木,开的白花,结的果子像算盘珠子,成熟后由青变红或黄。猴楂不仅好吃,而且好看。回来用线串上,挂在脖子上,就是一串佛珠,或是一条玛瑙样的项链。还有什么八月绽,九月黄、刺果,只要到山间,总会有吃的。那时候乡村孩子几乎没有买的零食,但大自然给了我们多么丰富的绿色食品。

《庄子》有云:"古者禽兽多而人少,于是民皆巢居以避之。昼拾橡栗,暮栖木上,故命之曰有巢氏之民。"唐代诗人张籍在《野老歌》诗中写道:"岁暮锄犁倚空室,呼儿登山收橡实。"可见采摘橡子作粮食古已有之。我们小时也采橡子,土话叫栗子,都是交给学校的,家里并不食用,印象深的倒是捡苦珠。

我家草屋后的山边有两株巨大的苦槠树,老得空了心,树冠遮天蔽日，树根露出地面像虬龙盘曲，树上有啄木鸟、猫头鹰，晚上常听见它们的动静，有些怕。小时候山村孩子都是上树能掏鸟窝，下河能抓鱼虾的，但这树从来没去爬过。后来看到庄子《逍遥游》里写的那棵无所可用的大树，就想起小时候的那两棵苦槠树。屋后有户人家，叫王宝，是村子里负责放牛的，他常年把牛系在树下，树洞就成了老牛安卧的牛栏。苦槠树春天开花，秋天结果，花是黄绿色的，像桂花、香樟一样，细细的，满树都是。苦槠树的果实我们叫苦珠。苦珠包在绿色的皮里面，球形，褐色，有光泽，如板栗一般，只是形状不同，又板栗的绿色包皮外面有刺，苦珠没有。秋天山间苦珠多得很，但我们从不去捡拾，因为嫌那些苦珠太小。这两棵苦槠树上的苦珠特别大，一般的苦珠只和橡实差不多，只是橡子是长圆形，这树上的苦珠比一般的苦珠要大一倍。每到苦珠成熟，从果壳里绽出落下的时节，王宝就把树下扫得干干净净，让人找起来方便。我们就这样每天等待着苦珠一粒一粒掉下来，早上捡一次，傍晚捡一次。有时晚上一场风雨，第二天早上树下苦珠就特别多，我和姐姐早早起来，拿了水瓢、瓦盆什么的，总是跑着跳着这里一颗，那里一颗，快乐捡拾，满载而归。

　　捡来的苦珠，放在地上晾晒，晒干后就碾压去壳，将苦珠肉实取出，放入水中浸泡，再磨成苦珠浆，羼米做成苦珠豆腐。羼米的目的是为了去除苦珠豆腐的涩味。苦珠豆腐做成，总是给邻里送个三块两块，这种乡风，有分享的快乐。苦珠豆腐不苦的，有野果的清香。姐姐又挑一些到街上去卖，换几个零花钱。我后来到瑶里，看到这里有苦珠豆腐成为商品，买了不少，重温儿时的味道。

　　乡间捡苦珠有对自然的尊重。前面讲的采摘野果不一定会等到真正的瓜熟蒂落，总是带有掠夺性的，只有这个捡苦珠，总要等到它自己掉下来，然后去捡，似乎只有这样，才是顺其自然。

阳台四季

屈原说:"余既滋兰之九畹兮,又树蕙之百亩。"人类文明与自然的相亲,自古而然。

我们这样的寒素之家,又住在水泥的森林中,没有办法种那么多的花草。家住在四楼,南北各有一个外阳台,没有安装防盗网,也不用它来堆放物品,只装了花架,养些普通的树藤花草,朝夕之间,感受时序的变换,四季的消息。

搬新居的时候是初冬,朋友和亲人送来铁树、金橘、菊花、兰草、中华常春藤、鹅掌柴、金边吊兰、鱼尾葵、杜鹃、大丽、月季、茶梅等,妻子小艾也应景买些富贵树、鸿运当头、滴水观音什么的,就是要让春夏秋冬来到我堂前。冬天也有花开,如茶花,茶梅等,就像人中也有不怕冷的。《千字文》里说:"寒来暑往,秋收冬藏。"总的说到了秋冬,万物停止生长或缓慢的生长,面对肃杀的寒冬,生命有一种庄严。《易》云:"先王以至日闭关。"《大学》有云:"物有本末,事有终始。"古人不说始终,而说终始,因为季节和万物告诉人们,终了之后还会开始。所以,冬天的草木一样有生意。宋儒程颐说:"阳始生甚微,安静而后能长。"冬天的草木,多数也在闭关呢。

冬天送来的花草，就那样等待花开。水仙是为春节而开的，一年中多的是弃置一旁的寂寞。兰花不唯有王者之香，草叶长青，也很可观。乡下亲人送来的春兰、蕙兰都是山间寻常之物。写兰花品性的，喜欢一首唐诗。诗云：

我爱幽兰异众芳，不将颜色媚春阳。
西风寒露深林下，任是无人也自芳。

阳台上也许温度要高些，春兰在春节前就开始打苞。就是在冬天的时候，我们就知道这盆花会开几朵。儿子小的时候，就常去看，有时候用手去摸。我们就告诉他，花朵很害羞的，常去看去摸，它就不长了。历史上有看杀卫玠的故事，就是好的东西只可远观不可亵玩。喜欢一样东西，心里要有一个敬重，这样才是健康的爱。

春兰开过有蕙兰，春兰香味清幽，蕙兰香味馥郁，让人感到蕙风和畅。杜鹃也在清明节前开得红红火火。还有藤本的中华常春藤开出十字花形状的蓝色小花。吊兰抽出长茎，开出米粒样的白色小花。俗云：好花不常开。多数花开不会超过一个月，经过几场风雨就萎谢了。花谢了，明年会再开；草枯了，明年会再荣。花草就是这样告诉人们对人世的希望和信心。

草木的真正繁荣在夏季。就是不仅花儿开得更多，还要长出新一茬的叶子。许多的花，如石榴、合欢，在晚春时还是枯枝耸立，到仲夏就兀自开出花来，叫人惊奇。一钵朱顶红，来家十六年，每年只在初夏之时开一个来月，灿烂一回，其余的时间是不能叫人注意的了。它是那么普通，平常就有如几个大的蒜球寂寞挤在花钵中，一年只露一次脸，却有一种惊艳。因为不是贵重花草，平常很少施肥，浇水也只保证不干死，可它却这样的顽强，这样的有信。唐诗有云："早知潮有信，嫁与弄潮儿。"其实，自然万物都有一种品性，那就是守住自己的本分，而不移易。孔子说，人无信不立，也是这个意思吧。

金银花来到阳台，可观可闻，可药可食，真是让人欢喜。每天都要去饱饱地闻一下它的清香。看着它的身姿，"绿遍山原白满川，子规声里雨如烟"的风景就历历来到眼前。

阳台上的四季，从不寂寞。秋天虽不如春夏那么欣欣向荣，却有一种成熟的韵味。四季橘慢慢变成橙红，也有花所不能比的长久，如果不去考虑第二年的开花结果，这橘子可以在树上挂一年。菊花、大丽、常春应时而开，这样的季节，有一种简约的美。米兰、夜来香静静地开放。就是秋天的花儿不及春夏的蓬勃与娇艳。

许多的花草，像一时的朋友，来来往往，留下美好情意。苏铁养过多棵，每年发一次新绿，几年就长高了，铺开了，阳台容不下了，就得送人。送人铁树，关系自然很铁。家里的铁树也多是人送的，看着就温暖。金橘也送到乡下亲戚家去栽种了。兰花在阳台上养个三五年就不开花了，只好放到乡间去接地气。中华常春藤分了一次又一次，送给种花的朋友，这种藤比绿萝之类的藤要长久得多。也有一些花草在阳台这样的环境慢慢儿变枯萎了，就觉得愧疚。庄子说："相濡以沫，不若相忘于江湖。"

维桑与梓

题记：维桑与梓，必恭敬止。——《诗经·小雅·小弁》

一

说来惭愧，我第一次使用"桑梓"这个词竟然是稀里糊涂的。那时在黄庭坚的故里，修河边上的一个山沟里读师范。临近毕业了，除同班要照毕业合影外，同乡也要合个影的。自从一位伟人在夫人的照片题诗一首后，全国人民都跟着在照片上题词。此时虽然到了上世纪八十年代，但余风绵长。同乡共同推举我为这张几个人合影的照片写一句话。我站在修水大桥旁的一家小照相馆里搜索枯肠，满脑子在许多人为这类照片题写的"同乡知友"上打转转，又觉得显不出自己的文才。当时好像刚刚读过伟人的一首诗，后来知道是改日本人西乡隆盛的诗，而且只改了一个字，即将"男"改成"孩"。诗云：

孩儿立志出乡关，学不成名誓不还。
埋骨何须桑梓地，人生无处不青山。

这首气壮山河的小诗给了我灵感,于是小笔一挥,为照片题词为:"桑梓共渡修江春。"小的时候社会上有一句流行语,叫做无知者无畏。现在想来,无知是可以的,无畏就有些无耻了。

值得汗颜的又何止于此呢?在修水读书两年,学校、老师没有组织我们去参观过黄山谷的故里双井,没有去过陈氏五杰的故居陈家大屋。记得当时读书颇为刻苦,总是挑灯夜读高尔基、背诵ABC,却对脚下的文化或浑然不觉或弃之如敝屣。正如小的时候看《地道战》《地雷战》,耳熟能详《平原游击队》,却不知自己的家园曾是抗日的生死战场,无数热血男儿在此英勇抗敌,壮烈殉国。所以,我后来爬上家乡的棺材山凭吊过被人漠视的"中国兵";也邀友一同前往竹塅拜谒陈氏故里,听村人讲陈寅恪家族的传奇;访双井,感受那个"骑牛远远过前村"的牧童吹着笛子走过垅畈的情景……

二

从我不知"桑梓"为何物到如今二十多年过去了,国学似乎受到重视,传统经典摆满书店的书架,专家走上"百家讲坛",学校开展诵读经典活动,比起我们小的时候全国只读一本书,只看八个戏是不可同日而语了。

在大学生中作一简单调查,在十所高校中选取十位学生,男女各五,文理背景各五,口头访问:"什么是桑梓?"下面是十位学生的回答(隐去其学校和姓名):

甲:桑梓是一种很美好的植物,抑或是一种情感。

乙:桑树跟梓树吧。鲁迅先生的"百草园与三味书屋"里有采桑葚,所以第一感觉是吃的;梓是一种香木吧,在一篇古文里看到过。

丙:首次听到这个词,感觉如临仙境,应该是一片果林。

丁:我认为桑梓应该是伤心的意思,一种沧桑、伤感的情感。

戊:我学中文竟不知此为何物,惭愧惭愧!

己:桑梓是桑树和梓树的杂合体,一种新型植物。

庚:桑梓是指桑树和梓树,一般是用来表示家乡和住所吧。我也不是特别清楚它的来历。

辛:桑梓应该是一种药材吧,也有可能是一种植物。

壬:我在小说里看过它有表示贞烈爱情的意义。

癸:桑应该是指桑树,梓应该是指梓树。我认为它可以引申为以树喻人。

帮我做这项调查的是一名叫嘉嘉的优秀女大学生,她的调查做得非常好,有对象、有时间、有形式、有内容、有结论,还说出了存在的不足。为了确保调查真实,她通过实地、电话、视频、口头采访了全国不同高校的十名学生。为了调侃,她还发来一张某某高校新生入学成绩表,把她自己和这十名学生,还有我、李白、杜甫、苏东坡、曹雪芹编在一个班里,有语文、数学、英语三科分数和总分数,自然她和那十名同学的成绩都排在前面,因为李白、杜甫、苏东坡、曹雪芹虽然语文得了一百分,数学和英语都是零。我自然也排在李白前面去了,所以很是开心。嘉嘉是个诚实的青年,她也不知桑梓的含义,所以就用这种方式来缓解我给她带来的尴尬吧。

嘉嘉的结论写了三段话,其中有一句说:"我觉得作为中国人,对自己国家的文化知之甚少,这从某种程度上反映了现在的教育方式存在着一些问题。"我感到欣慰的是有一名学生知道其含义。我最深切的感受是，他们不唯对传统文化有深深的隔膜，而且对自然生态有深深的隔膜。生活在城镇中的孩子，甚至生长在乡村中的孩子已经很少接触大自然，对家园中寻常见的动植物或者漠然视之不知为何物，或者虽知其为何物却不知其中人文的趣味。就如一个时期以来，一些校园、庭院遍植桧柏、龙柏，弄得像个陵园。一看就知道是听着、唱着"我爹爹像松柏意志坚强，顶天立地是英勇的共产党……"唱词的那代人的杰作。

三

我使用的是一款品牌手机，在发送短信状态下输入"桑"字，联想词组为空白，还不如输入一点一横或不管什么笔画，不管输入一个笔画或是一个拼音都会出现与之有关的字，随便输入一个字，一般会出现该字的联想词组。用妻子的一部音乐手机"新建短信"，输入"桑"字，竟然出现联想词，分别为："一拿二蚕三田四达五椹六榆七你。"只是这"桑你"有些莫名其妙。办公室新换了一台品牌电脑，打开 word 文档，用拼音输入"桑"字，没有联想词，用标准输入"桑"字没有联想词，用五笔输入"桑"字仍然没有联想词。到隔壁办公室用另一台电脑来试，还是没有。不甘心，上网在百度中输入"桑"字，分别出现以下联想词："一桑葚；二桑塔纳；三桑德拉·布洛克；四桑乐太能阳；五桑兰。"再用谷歌搜索，大同小异，多了一个"桑叶"。桑德拉、桑兰，甚至桑乐太阳能都比"桑梓"有名气，我疑心这网络词库是比上面那群大学生还前卫的人做的。

有个段子说，现在知道比尔的越来越多，知道摩尔的越来越少；知道周迅的越来越多，知道鲁迅的越来越少；知道关之琳的越来越多，知道卞之琳的越来越少。如今可以加上一句：知道桑拿的人越来越多，知道桑梓的人越来越少。

四

前些年，在编纂地方志书时，发现上个世纪五六十年代的教育工作中，有一个词提得较为频繁，那就是"冬学"，国家和省级文件中都有，却不知其来历。近读陆游《秋日郊居》诗，其自注中有云："农子十月乃遣子弟入学，谓之冬学。所读《杂字》《百家姓》之类，谓之村书。"可见这个词在历史上延续的时间之长。但义务教育一普及，就没有人知道其为何物。一个时代有一个时代的话语，有些词汇的消亡正预示着历史的变迁和社会的进步。

被称为"帝王哲学家"的古罗马帝国皇帝马可·奥勒留在《沉思录》中说："时间好像一条由发生的各种事件构成的河流，而且是一条湍急的河流，因为刚刚看见了一个事物，它就被带走了，而另一个事物又来代替它，而这个也将被带走。"那么，桑梓是怎么被带走的呢？她又是可以带走的么？

五

小的时候，常听父亲讲："学会贤文好说话，学会幼学好拉白。"拉白是我们赣北当地土语，意思是指能侃。可惜我启蒙上学的年代，这些东西都被当作垃圾扫除干净。到上世纪八十年代读师范时，借到一本民间印刷的"增广贤文"，全文抄录在笔记本上（上初中时无有课外读物，还抄过《少女之心》）。一九八六年秋，在小城新华书店发现岳麓书社于当年三月第一版第一次印刷的《幼学琼林》，售价一元五角钱，毫不犹豫买了下来。但因为古文功底太差，读来颇为吃力，没有发现其趣，将其束之高阁。其实，在旧时，它就是陆游所说的"村书"，是儿童启蒙读物。

人生中,每个时期有每个时期的阅读领悟能力,每个时期应该有每个时期的读书趣味和积累,错过了就难以补上。《幼学琼林》涉及天文地理、家庭人事、饮食器具、鸟兽花木,知识广博,又颇多妙语。其卷一"地舆"篇有云:"帝都曰京师,故乡曰梓里。"原注按:"古者五庙之宅,树桑梓二木于墙下,以遗子孙,给蚕食,具器用。"我想在那漫长的农耕时代,桑、梓或许就是一个村庄或一户人家的标致性风景,就像现在的城市以最高房子为标致性建筑一样。我故乡有许多以树木为名的村庄,如樟树下、梨树下、槠树窝、桑园里、桃林、枣源等,但村子里早已没有了这些古树。有一首民谣流转较广:"问我故乡在何处,山西洪洞大槐树。祖先故居叫什么,大槐树下老鸦窝。"那些温暖的风景消失在岁月的河流,但人对故园的怀想不会断绝。

六

我的同乡、作家萧亮先生写过一部我非常喜欢的小说,题目叫《我的独角牛,我的南方》,忧伤而温暖的情调类似于史铁生的小说《我的遥远的清平湾》,但又更为深情。故事发生的地方叫做桑格拉子。当时想不明白,小说写的明明是故乡修河沿岸的人情和风物,怎么取了这样一个有点像藏区村庄的名字呢?现在终于明白,桑格拉子就是桑梓啊!这样的名字不仅美丽,而且抒情,正符合作品的基调。有人说,一个作家一辈子都在写他的童年,谁又说不是这样呢?

老家在箬溪。地方地名志上说,因溪边箬竹丛生,故名。但我小的时候,村中有水竹、实竹、桂竹、箭竹、大麦竹,就是没有箬竹。村人做斗笠,端午节包粽子,要到修河南岸的南山里去采摘箬叶。村中有祠堂、有河港、有莲塘、有拱桥、有碓房,山上有古木森森的坟场。我家有黄土筑的草房子,虽然是三间草房,但也披了舍。房是正屋,舍是偏房,也就是厨房,因为是简单架构,就像人随便披件衣服,所以土语叫披舍。舍是简陋的,所以称自己的家为寒舍,没有说寒房的。房前有一片柞林,有一块苎麻地。柞树有刺,叶可养蚕,总有养蚕人家早上来采摘。屋场里有椿树,有乌桕。椿树芽儿叫椿雕,椿雕炒蛋,是时令美味。乌桕我们叫木子树,树上爬满了藤萝,藤萝叫薜荔,夏天挂莲蓬一样的果,采摘下来可做凉粉,是去暑饮料。

村人过的是农历的日子,虽多为文盲,但都能谙熟节气,不误农时。人们从自然的点滴变化中感受时序更替,四时轮回。"交春一日,水暖三分",并非鸭子先知;"金井梧桐,立秋时至,则落一叶",是谓一叶知秋。那年清明,爹站在太公山上说一句:"清明半山青。"让我惊奇不已。那时没有钟表,没有收音机报时,更没有电视机、手机可以看时间,人们看太阳在大地上一寸寸地走动,看月亮的圆缺晦朔,就能感知时辰的变换,光阴的流逝。妈妈是个近视眼,做午饭前,总要问一句在门口坪玩耍的我,崽耶,看日头到阶沿么?到阶沿要煮饭啰。我想早点吃饭,就说,上阶沿了。妈妈就会赶快去做饭,生怕误了爹和姐的饭,那时生产队集体劳动,队长哨子一吹,就要上工的。

七

小的时候总羡慕别的伙伴有祖父、祖母的疼爱,老人对小孩有更多的理解和宽容,跟老人在一起的小孩往往更加顽劣和无忌,人的天性仿佛只要有所依恃,就喜欢为非作歹。羡慕别的伙伴有外公、外婆、伯、叔、姑、姨等可以亲近的人,逢年过节,可以走一回亲戚,然后将得到的礼品向同伴炫耀。羡慕别的伙伴有许多兄弟,那时候的小孩喜欢打架,兄弟多的人就能猖狂霸道。羡慕有的伙伴叫父亲叫爸,而我却是叫爹,感觉自己很土。羡慕别人的父母可以带"徒弟",而我家没有。那时下到村里的城市干部和青年叫"五七"大军，贫雇农人家每户带一个，双方以师徒相称。他们说是来拜村人为师，可分明就是来指导村人搞运动的。

那时的小孩能上树掏鸟，能下河抓鱼，喜欢玩清兵捉强盗、打骆驼、打标、踢房子、踢燕子、丢手绢等游戏。喜欢在水沟做坝，被水冲了再做，弄得房前屋后水漫金山。大人骂一句，造死，然后一锄下去就扒了。没想到大人也喜欢玩这种游戏，调集数县劳力在一个叫柘林的地方筑了一道据说是亚洲最大的土坝。在我刚刚上小学那年，大坝蓄水，结果就有几百个村庄，近十万人失去世世代代居住的家园。故土难离，我家土房拆了，但舍没拆，一直等无情的水一寸寸漾到家门前，然后离开，眼睁睁看着桑田变成一片汪洋。

八

我们搬迁到了一个叫做八里棚的山村，祖坟也没有迁出来。那个时代本身就是不要祖宗的年代，村人喜欢拆了别人祖坟的石碑来垫猪栏茅厕。乡间俗语云：近处怕鬼，远处怕水。到了新的地方，人往往就变成没有禁忌的鬼。山村到处被砍得一片光秃秃的，动物也都被捉了来吃。蛇是山里的神物，但现在山村哪里还有蛇。那时田地种什么庄稼，怎么种，比如栽禾行距几寸，株距几分，都是要拉线的，都是由那些不种庄稼的城里人来决定的。我家建筑的一座土屋，一面墙向外鼓出，是一座危房，一遇风雨天气，妈妈就提心吊胆，叫我住到姐姐家去。梦见自己的房子倒塌，成为我几十年来做梦的主题，就是现在也还做这样的梦。那座岌岌可危的土屋，我们一家住了十几年，始终没有倒塌，是被我们自己动手拆除的。比起现在的钢筋水泥的高楼大厦确实要牢固许多，这些房屋哪怕刚刚建好，或刚刚住进去，说不定哪天就要被推土机推掉。

十岁那年的一个春日,中午从学校回到家里,妈妈端上来两个鸡蛋,说:"崽啊,今日是你生日哦。"正经过生日,此生这是唯一的一次。上世纪九十年代,我儿出生后,妻子每年都要给儿子过生日。但我从未给父母做过一个生日,甚至直到他们离我而去,我都不知道他们出生的日子。孔子说:"父母之年,不可不知也。一则以喜,一则以惧。"其实孔子说的是每个做儿女的心路历程。但我成长的年代,孔子是被彻底丑化了的。即使到了上世纪八十年代,我读孔子,得到的却是一本《论语批注》,《论语》被印成黑颜色,"批注"被印成红色,在那种文化熏陶下,就是要与过去的一切决裂。一个失去了精神家园的族群,大概是没有什么可以敬畏的。人们对自己的家园总是一次又一次破坏,一次又一次重新再来,直到有一天再也回不去了。

九

在电脑前写这篇文章时,一直在放《我的父亲母亲》的音乐,一遍又一遍,温暖又忧伤,悠扬的笛声吹出的仿佛是童年,纯美的女声啊出的仿佛是惆怅。

我的父亲、母亲不仅多次失去过家园,而且做过亡国之奴,在日本鬼子的铁蹄下度过了少年时代,他们没有什么不可以忍受和宽恕的。妈妈常说的一句话是,刀在石上磨,人在世上拖。这是怎样一种艰难的日子呢?这就是人们总是想逃离生养自己的那方水土的原因?一位哲人说:过一种幸福生活所需要的东西确实是很少的。这很少的东西又是怎么失去的呢?

新世纪的第一个元旦,我迎来了人生的严冬,妈妈病重住院,在陪床的日子里,竟然生出依偎妈妈的幸福。在妈妈病情稳定后回山村疗养的日子,我每个星期来回要坐六个小时的船到山村为妈妈送一次药,探望妈妈的病情。渡船机声隆隆,人声嘈杂,但我内心特别的宁静。就是在那些日子里,我养成了在任何喧嚣的环境中都可以静静阅读、静静思考的习惯。我想到一个不能好好爱妈妈的人,怎么可能去爱其他的人;一个不把生养自己家园当回事的人又怎么可能会敬畏天地万物。三年后的冬日,妈妈在我的怀里咽气,一次次涕泪长流,不能自已。八里棚的乡亲老少都来帮忙周全善后,在我悲伤不想吃饭的时候,帮忙的妇女将饭菜送到手上,劝我吃饭。各项礼节甚为周到。想到自己从小外出,村里红白喜事父母也从不告诉我,生怕耽误我的工作。因此,我对乡亲是失礼欠情的。又三年后,父亲也离我而去。父亲去世的第二年,我家房前屋后的橘子树没有开一朵花,自然也没有结出一个果。这些橘树是我父亲所植。俗云:"人非草木,孰能无情。"由此看此言大谬。人间草木,都是有情之物。它们都是人类赖以生存的高贵的存在。

父母不在了,再也回不去山村那个温暖的家了。

登九华山

我去九华山是因为地藏菩萨的一句话。这句话我早些年还蛮喜欢引用,是用来说一个人的情怀的,而且与其他先贤的话一起来铺排:孟子说,达则兼济天下,穷则独善其身;范仲淹说,处江湖之远则忧其君,居庙堂之高则忧其民;顾炎武说,天下兴亡,匹夫有责;地藏菩萨说,我不下地狱,谁下地狱。

后来有机会到普陀山,知道中国四大佛教名山的说法。普陀山是观音菩萨的道场,峨眉山是普贤菩萨的道场,五台山是文殊菩萨的道场,九华山是地藏菩萨的道场。一个人说得好固然令人喜欢,但要做得好才会真正让人崇拜。去九华山看地藏菩萨的道场就成了一个心中的愿望。

一个晴好的秋日,学生余晖陪我一同驱车前往,夜宿青阳。第二天一早,即早早去排队买票,从山下游客服务中心购门票、车票,乘旅游客运公司的中巴车上山到九华街。车身刷写同一条大标语:"灵山九华,佛佑天下。"想到普陀山的彩旗标语是"自在人生,慈悲情怀",似乎要内敛一些。进入九华山,就如进入莲花佛国。天下名山僧占多,到底是僧占了山的名,还是山沾了僧的光,应该是相得益彰吧。李白改九子山为九华山,并留下"天河挂绿水,秀出九芙蓉"的诗句。九华山自然是名山,但因为成为著名道场而充满灵气。虽然游人如织,可一座座黄色庙宇,在水光山色中,有一股魔力,能让人在经声佛号中沉静。

从九华街换坐中巴车到凤凰松景区,这里有一个闵园尼庵群。黄色的尼庵一座连着一座,香火不断。随便走进一座庵堂,双手合十,问这寺里供的是地藏菩萨否?我们凡眼看来,所有佛也好,菩萨也好,都是法相庄严,他们没有年龄,没有性别,没有喜怒哀乐,没有爱恨情仇,不管是顺境,也不管是逆旅,只有节制,只有隐忍,只有宽恕,只有平和,永远那么俯视着众生。那些天王罗汉什么的,方显出凶神恶煞之相,不知是否欠修炼功夫。这样想着的时候,只听师傅说,这里供的是燃灯佛,是释迦牟尼佛的师傅,是过去佛。我放一点功德。我不说捐功德,因为我觉得凡是想要回报的功德就不是功德,就是俗语说的,善欲人知,不是真善。取一张卡片,上有咒语"唵嘛呢呗美吽",师傅叫我念一遍,说这是保平安的咒语,要连贯着念。咒语的背面写着:"自处超然,处人蔼然;无事澄然,有事斩然;失意泰然,得意淡然;自然而然。"这就是平安咒语的禅意么?

凤凰松被称为天下第一千年古松,据传为南北朝时高僧所植,形似凤凰展翅,故名。从这里步行登山多为陡峭石阶,被称为天梯。一路上有慧居寺、古祥寺、圆通寺、古拜经台等,到山顶就是地藏禅林。每次抬头望去,那古刹梵宇如在天上。路上的指示牌用中、英、韩三国文字。原来,这里成地藏菩萨道场与一个韩国人有关。唐开元末,古新罗国(韩国)王族金乔觉航海东来,时九华山为青阳闵公属地,金乔觉在慧居寺所在地向闵公募"袈裟之地",闵公慨然应允。金乔觉抖开袈裟竟然覆盖九座山峰,闵公心悦诚服,将九华山献给金乔觉做道场。古拜经台为金乔觉修行宝地,天台寺即地藏寺,当时金乔觉在此禅居。金乔觉九十九岁圆寂后,僧徒尊其为地藏菩萨化身。九华山从此成为地藏菩萨道场，誉满全球。这些建在悬崖峭壁之上的寺庙，是这样的雄伟，这样的巍峨，在此修行的人自然就有一种心胸。我想到修建这样的道场，一砖一木、一石一瓦是多么地来之不易，这样的人要有一种怎样的坚韧，一种怎样的隐忍，一种怎样的期待，一种怎样的襟怀。在我看来，当年，金乔觉在此修建道场的过程就是一个修行的过程，就是一个弘扬佛法的过程。清·王永彬《围炉夜话》有云："人之足传，在有德，不在有位；世所相信，在能行，不在能言。"九华山香火兴盛不绝，正是菩萨德行的表现啊！

　　登天台寺的路上，碰到三个特别的人。一位是在闵园尼庵群看到的，这是一位特别肥胖的男子，样子像弥勒佛。他一个人站在一个小台阶上，跪下磕头，然后站起，再跪下磕头，反复做这样一个动作。因为太胖，做这个动作不免气喘，所以站起来就要歇一下，擦一下汗。一位是在天梯处看见的，是一个中年汉子，长得瘦高清秀，理着平头，脚穿布鞋，身穿长裤短褂，左手无名指戴着一枚银白戒指。他走三步，然后跪地，双手合十，匍匐于地，磕头，翻转双手，就是五体投地的一种拜法。有好几次，我走到前面去，因为走不动了，坐下来歇，看到他又超过去。还有一位年龄比较大的矮个子男子，是在古拜经台处看到的，在那么陡峭的石阶上，他几乎是贴着台阶往上爬的，他的背上背有一个斗笠，上面写着五台山三个字，大概是位僧人。连着看见三个这样苦苦求拜的人，听见一位游人说，这些人也许做了什么恶事吧？我没有作声，但想他说得也许不错。回头想起来，起这样的念头真是罪过。这就是小人之心啊。基督教认为，人都是有原罪的。有一句禅语说，你把别人看成什么人，你就是什么人。我想，他们也许是发了宏愿的，发了愿而又能不畏艰难去做，是多么令人尊敬。地藏菩萨当年的大愿是："众生渡尽，方证菩提；地狱不空，誓不成佛。"我原来只知道这样的胸襟是多么富于激情，现在想来又是多么地宁静。

如登天的山路上，人流不断，很少有人请导游讲解，也没有人声喧哗的感觉。与一般景区不同的是，这路上的人，女人尤多，大都提了香火。遇庙烧香，见佛磕头，总归是有所求。还有买了铜锁到天台寺许愿，要锁住平安、锁住爱情、锁住幸福、锁住健康的。登上天台寺，回过头，俯视铁塔香炉下，那么多人在祈求，那么多人在跪拜，他们为什么那么不安？为什么那么多欲望？无论佛、道、儒，以及一切伟大的修道，都是为了让内心强大，让灵魂安定，让天地正气、清气、和气留在人间，让人和人的日子变得美好。我原来每到寺庙、道观，都会求神拜佛，许些世俗愿望，唯独这一次，我没有烧香，也没有跪拜，但我每进一寺，都会对菩萨有敬仰，都会放功德。因为一个民族，一个族群总要有修道的人，这些人是要大家来供养的。我觉得无求即是安心之法。如果你心慈悲，不管你是一个多么卑微的人，在精神上，你都能取得一种俯视的力量。

走过秦川

有个段子说,看五十年文明,到深圳;看一百年文明,到上海;看五百年文明,到北京;看三千年文明,到洛阳;看五千年文明,到西安。且不说这话说得恰当否,现实的情况是,如果没有对历史文化的了解,你什么都看不出来。

火车西行一进入中原,天空一片雾茫茫。小时候学过一个成语叫秋高气爽,似乎不适合现在的这些地方。没有什么可看的就睡觉,一觉睡过潼关,时间已过中午,天空仍然晴而不朗。到西安,雾霾仍是那样的深。第二天早上从西安出发往北,感觉犹深。我想到这些华夏文明的发祥之地,汉唐等朝的帝王之都,有怎样深厚的积淀,就有怎样过度的消蚀。四川眉山有说,眉山出三苏,草木为之枯。一个优秀人物或者一种高度的文明不知吸收了多少天地之灵气,凝聚了多少日月之精华。一个人文荟萃的地方,亦有一种荒凉。

西安古城的标志性遗存尚有城墙、大雁塔、钟楼、鼓楼等,但是这些遗存淹没在现代化的高楼大厦之间,就像城市的行道树,多的是灰头土脸。自然,商业化的游走,正如乡间的猴子把戏,看的多是热闹,对文明没有旧相识的亲切,亦没有新相见的敬畏。

一群文友组织一个团队,美其名曰采风,实在也很难得。旅行多的是在路上,不一样的伴侣就有不一样的风景。在西安至延安的旅游大巴上,每个人开始讲自己的故事,让开心快乐还有感悟联欢。蔡勋兄在西安读过四年大学,可以用西安话讲当地笑话,把一车人眼泪都笑出来了。吴清汀兄讲学生时代步行跨过长江,翻越秦岭,走过西安,到达延安的故事,听得人热泪盈眶。他的这种行走才是真正接地气的旅游。刘章高兄讲自己从教、从文、从商的经历,都用一个小故事来说,很有味道。总之,车行秦川,窗外秋色艳丽,窗内欢歌笑语。返回的路上,有感于大家踊跃购买延安狗头枣,又形似某兄脸相,陈杰敏兄作《狗头赋》,斐然成章。陈泽富兄以诗歌点评每个人所讲或荤或素的故事,盎然趣味,有一个新的高潮。

西安向北,第一站到的黄帝陵。与上次来此不同的是,此次游人不多。桥山巍巍,沮水泱泱,自有一种庄严肃穆。一行人在轩辕庙里瞻仰巨大的黄帝手植柏树,向人文始祖上了三炷香。然后乘电瓶车登山到黄帝陵园,有衣冠冢。范仲淹《祭黄帝》诗云:"高陟桥山上,关河万里长。沮流声潺潺,柏干色苍苍。"正可以写照游时心情。景区做寻根文化,就是每人在这里可以找到自己的始祖、姓氏来源,甚至家谱。翁氏家谱没有,说只有前一百位的姓氏才有。翁姓来源只有一张纸装在一只封好的小纸袋里。其实我早已知道,中国所有的姓氏,大都发脉于王侯将相。譬如我们翁姓这样的小姓,始祖定为周文王。请一尊祖宗像,这里只要一百元。无奈舟车劳顿,旅途颠簸,不可能总是抱着,乱放又不恭敬,所以没有请。这样深厚的历史,匆匆又怎么走得进去呢?

下午到达晋陕大峡谷中的壶口。壶口瀑布的水量比上次来时大许多,烟雾一样弥漫,洒在脸上,用手一摸,是黄泥。向下看,十里龙塘如巨龙游走,奔向孟门山。相传此处为大禹治水的开端。站在瀑布边上,观这样的天上来水,听轰轰的巨响,让人感叹造化的神奇。同行的一位女孩也不去拍照,也不去合影,就那样静静地看,静静地听,说这样是多么的让人明心见性,灵魂安宁。觉得这样的游人,亦是好风景。

三年前,我也是走的这条线路,从壶口沿国道往延安,要从峡谷盘旋着爬上高原,可以看到黄土高原的雄伟壮观。这次时间有点晚,导游说为了安全,原路返回走高速,就看不到那样的风景。到达延安,正是万家灯火,就是哪里都有这样的"点亮工程"。在延安大学的泽东干部学院窑洞住下,此地也叫窑苑宾馆,属石窑,干净,朝阳,可以洗热水澡。外面虽然很冷,但窑洞里很温暖,也不用开空调。第二天傍晚时,照在窗台上的阳光是金色的,在门口照了几张相,有舒适、温馨、满足、家常的味道。

在延安住了两个晚上,行程不过杨家岭、枣园、宝塔山、王家坪等,因是重游,所以没有新鲜感。那些民间歌手,草根乐队与大家一起打鼓唱歌,载歌载舞,亦有一种快乐。组织者蔡勋等人对行程作了精心的安排,在延安大学,安排在路遥学术报告厅与延安作家座谈,回西安后又到《美文》杂志社访问,让两地作家有些简单的交流与沟通,颇有趣味。《延安文学》主编侯波讲办刊及创作情况,《美文》副主编穆涛、安梨介绍杂志社情况,赠送书、刊,热情设宴款待,也是不寻常的风景。与陕西作家交流,他们都说本地话,在延安印象尤为深刻。我乡下也有"宁买祖宗的田,不改祖宗的言"的古训。也许正是这种文化自信,文明才可以丰富与传承。

最后一天的行程是到东线的兵马俑、华清池等景点,因为都去过,又为了与大家一起返回,所以与绪平兄等四人相邀登华山。走的是散客拼团一日游。华山以险著称,我们开始都很担心,怕走不动,所以选择西线上,北线下,就是乘太华缆车上到西峰,然后往下走到北峰,又坐缆车下。结果是出奇的顺利,也没有觉得累,只是觉得爽。一路饱览华山的险峻、壮阔、雄奇、秀美,惊险刺激又震撼。深秋时节,山色缤纷。

游人如织,但也不堵。因为时间关系,又怕体力不支,没有一座一座山峰地去攀爬,但走了一趟,也不虚此行。也许因为太顺利,回来的车在新丰遇到堵车。大概堵了两个小时,心急火燎,但总算按时与大部队会合登上火车,算是有惊无险。逸出是新奇,也是冒险,似乎这样才是正常的人生。

李白说:"五岳寻仙不辞远,一生好入名山游。"每个地方都有自己的名山,这样匆匆走过,自然难以寻得仙道,那些文化的高峰,却矗立在心中。

从前有座山

一

小时候读过李白的一首诗:"众鸟高飞尽,孤云独去闲。相看两不厌,唯有敬亭山。"感觉李白家的门前也有一座像我家门前一样的山。每天看太阳从东边的山上升起,从西边的山上落下去;还有上弦的月总是挂在西山上,下弦月总是挂在东山上。晚上经常听见对面山上有獐麂的嚎叫。大人吓伢崽总说,山里有红毛狗,莫要乱跑。白天老鹰从山里飞出来抓小鸡就像取自家东西一样。懵懂无知的我对这山充满了敬畏,且不知山外有山,天外有天。

门前这座山,小时候我们都叫它太公山。既然是太公山,自然就埋有太公坟,这是无疑的。但在我生长的年代里,父亲从未带我去上过坟,族中之人亦是如此。"文化大革命"中,就连墓碑都被外姓的人撬去垫了猪圈茅厕。还有族谱、家谱也一概被当作"四旧"扫除。似乎做个没有根的族群就是最革命的。从石头缝里蹦出来的孙猴子,他才敢大闹天宫呢。现在族人想为祖先立个碑什么的竟无从下手,就是为祖父、父亲的坟写碑文也不知其来历,看到许多的墓碑只用"远祖难述"一笔带过。

二

听村里老辈人讲,太公山原来还有一个名字叫门前山。这山发脉赣北幕阜大山,由北向南像一条龙一样蜿蜒逶迤,一头伸进了修江,这龙似乎喝饱了水,把头抬将起来,高高地兀立在江边。不知哪年哪月,先祖携家带口逃难或逃荒来到这山西边的坂畈,开拓丛林,建起了家园。因这座郁郁葱葱的山在家门对面,所以叫做门前山,那高兀的"龙头"被称作盘龙岭。山边有一条小河,终年哗哗流着,河边长满了箬竹,因称箬溪。箬溪发自高高的山峡,一路穿坂过畈,在盘龙岭下注入修江。

门前山上的松、槠、樟、枫、楠、梓等乔木遮天蔽日,山窝里的檵柴、粟子柴、黄荆柴等灌木杂陈。山间有獐麂、红毛狗、老虎、野猪、野兔出没,河塘鱼虾丰富,野果野菜都能养活许多人。逃难而来的先人,就像进入了天堂。一时人丁兴旺,家业日大,大房、细房、满房三房儿孙分出龙头、龙腹、龙尾三个村沿溪而居。村中古樟、古槠、桑、梓、椿如盖。三垅四汊,七里八村,地名都是山上树木的名字,还有山上飞鸟走兽的名字呢,如柏树下、枫树窝、梅山岭、苦槠塘、雅雀山、栖鹭坪、香樟源、狮子洞、紫鹿坡等等,不一而足。这种地名文化,就是人与自然和谐相处的见证呢。

先人对养育自己的大自然是充满感恩之情的。因此关于门前山的禁忌,现在的人还在流传。其一是传说门前山葬不得坟。只有太公葬在此山无事,其他的子孙想葬在此地受不住。说龙头村大房原是人丁兴旺的,整个村子接屋连宇,有几百户人家。一日,有位外地山人落难于此,龙头村人收留了他,给他饭吃,给他衣穿,给他房子住,古道热肠令这位山人很是感动。一天晚上,他郑重其事地找到族长说,难怪你们村子这么发旺,祖宗坟葬得好呢。我沿路看过来,方圆几百里只有这座山特别,龙脉未断,气势正旺,如选块好地葬坟,子孙可大发呢!并摇头吟道:

盘龙岭前浪推沙,一穴阴地对桃花。
有福之人登山岗,代代儿孙名天下。

族长连忙掩了山人的口,叫他莫要乱说,一面却叫他去选一块地。此处背倚青山,面对修河,河边梯田如浪,远望南山桃花尖,气势壮观。几年后,族长的老娘去世,龙头村人就按族长的旨意将他老娘的灵柩葬上了盘龙岭。不想此后,龙头村就遭了灭顶之灾,好好的一个村子几乎就绝了人烟。这个传说可靠不可靠不清楚,但太公山只有太公的坟,而没有其他人葬坟这个却是事实。就是到了不要祖宗的年代,也没有人到此山葬坟,葬坟的地方都是附近的小山丘。其二是传说早年修南昌至武宁、修水的公路时,挖断了太公山的龙脉,说修路的人当时竟挖出了血来。公路下的龙腹村细房的人埋人都埋不过来,阔垅大畈的一个村子,人口自此凋零。这个传说也无从考证。不过龙腹村在那些年月没有几户人是一脉传下来的,都是买崽招人延续了香火。这一点倒是事实。有的人等老人去世,就恢复了自己的本姓,因此这个村子后来成了一个杂姓的小村。

这些传说虽然荒诞,但都有生命力。我想它叫人不要狂妄,把山水自然看作是有生命的东西,怜惜它,对人是有积极意义的。所以,在破"四旧"以前,太公山是有山神庙的,不仅有庙,而且有社。山上乔木叫树,灌木叫柴。树就是树,不能随便砍伐的,只有修建房屋才可砍树。听我父亲讲,青山从来无常主,但不管主人是谁,太公山下的人斫柴摘果是不受约束的。山主要管山,族规民约也要管山呢。说从前族中有泼皮后生因违犯规约，进山滥伐树木，族人在祠堂将鼓一擂，集合全村之人，杀了他家的猪，在祠堂摆开宴席，全村人都来吃。这种幽默的做法真是厉害，人在世上活的不就是一张脸吗？据说此后再也没人擅自进山砍树了。进山砍树不仅要经过主人同意，而且要告知山神，进山不能乱讲话，更不能喊人姓名，要打招呼，只能相互打"喔呼"。太大的树不敢砍，怕砍了树王，是要死人的。据说族中有位拐子大叔，一日黑早上山砍树，忘记在社里上香，触动了树王，还没砍上三斧就伤了自己的腿，落下残疾。记得我们小时候，也从不砍树当柴烧。

三

按说，既然这山由门前山变成了太公山，这山应该是我们家的，其实不是。岁月更迭，风云变幻，太公山附近慢慢地有了许多的人烟。从我们村子翻过太公山，发展成了一个很大的集镇，名字就是太公山边那条河的名字，叫箬溪。听我父亲讲，当时这太公山，还有这附近的田庄，都是箬溪一位财主周老三的。我们族人三房人加起来只有四亩田，可见败落得不成样子。

族中有宗德公被生活所逼来到箬溪谋生，以担箩（脚夫）起家，在镇上开了一间店铺。北伐战争时，李宗仁与孙传芳的部队在盘龙岭一带对峙时，当时据守箬溪的谢鸿勋部有一位王团长就住在宗德公家。那天，这位王团长刚领了军饷还来不及发就要上前线，临行对宗德公说，东家好好看管我的箱子，若我能回来，定当重谢你；若不能回来，这箱子就是你的了。李宗仁血战箬溪，全歼谢鸿勋一个精锐师，王团长也阵亡了。宗德公一下子就发了，他就用这笔钱做大了生意。而那位周老三因几个儿子抽大烟，把个家底都抽掉了。我们乡村有富不过三代的俗话，可能就是历史经验的总结。慢慢地，宗德公就把太公山及周围田庄全部买了下来。穷苦人家租种田地,能交一点就收一点租粮,交不出来也从不强催。族中之人上集镇,一律茶饭招待。过往叫花子一概供饭。宗德公的美名播于桑梓。

可好景不长,宗德公做商会会长不久,日本人就来了。日本人把碉堡修在盘龙岭,太公山上的森林大火烧了足足有半个多月,太公山由一条青龙变成了一条黑龙,鬼子在此挖了战壕,架了电网,扼守修江七年,把这大好河山变成了一片焦土。好在太公山溪涧纵横,道路交叉,还有河塘、湿地、岩洞,都是自然的防火带呢,其中的生灵,火是灭不绝的。太公山下的子民从此流离失所,饱受亡国之苦。宗德公捐了许多钱给抗日部队后,归隐乡间。箬溪成立伪县政府,请他做事,他坚辞,带着六个儿子到南山里学武度日,并创办了南山抗战学馆,招收失学儿童少年。宗德公给儿子取的学名就是太公山上乔木的名字,分别叫松、柏、枫、樟、梓、楠。为女儿取得名字也是太公山花草的名字,叫金花、银花、兰花。我想,在宗德公看来,人就是山林之子吧。

等日本鬼子投降了,宗德公回到家乡,太公山又改了姓。在维持会当区长的余癞子占了这山林田地。余癞子发国难财置下偌大一份家业,却无子嗣,就买了一个儿子,取名余启文,这余启文从小娇惯,好吃懒做,染上了赌博的恶习,把家产输个精光。宗德公倾家所有把太公山买了回来。这太公山真是好山哪,不几年,山上的松树又遮天蔽日了。宗德公对这山是有一种情结的,这山上有太公呢。他在山下又买了几处田地分给了六个儿子,让他们光大祖业。可是时局动荡,刚刚成人的六个儿子都被征了兵。老大如松伯刚结婚,狠心砍了自己的食指才留了下来。不久就改朝换代,外出的儿子一个都没有能回来。宗德公风烛残年,哪受得住这种打击,一病不起,撒手人寰。这六个人的田地山场就全部归在了如松伯名下,土改中被划为地主。好在如松伯是个厚道人,没有什么民愤,保留了小命。而被宗德公收留在村中种田的周老三的儿子周大喜，余癞子的儿子余启文，还有河南、安徽、江苏逃来的一些难民成了村里的贫雇农，当家做了主人。河南人李大鹏当了大队书记，周大喜做了大队民兵连长，余启文做了生产队长。

四

到此时，太公山就真的如村人粗话所讲"太公的卵子，人人有份"了。太公山成了集体山场。集体是谁呢？集体就是队长，队长说砍树就砍树，队长说砍柴就砍柴，队长说网相思鸟就铺天盖地网相思鸟，队长说围猎就围猎。集体就是大家，想斫树斫树，想斫柴斫柴，想捉鸟捉鸟，想打猎打猎，谁都懒得得罪人。即使外村人进山打猎，也没有人去管，都是革命群众呢。一只相思鸟卖四毛钱，说是要出口到外国呢，几年就捉绝了。那时人觉悟那么高，阶级斗争日日讲、月月讲、年年讲，以如松伯为首的"地富反坏"四类分子被运动得死去活来，不知怎么没想到，外国人要买我们的相思鸟，这是要搞破坏呢。原来有少数猎户进山架设机关捕捉獐麂、野猪都是很讲究的，野物生产时不猎，深山不猎，更不敢猎红毛狗。红毛狗是此山特有野物，毛色褐黄，奔走矫捷，结伴而行，旧志称为神犬。可能是尚未驯服的野狗，是有情有义的动物，它不害家畜，还能护人，山中人夜间独行，它常尾随护送。发现有人在山间露宿，则悄悄在人周围撒上尿，就像孙悟空划的符圈一样，山林猛兽不敢近前。老虎、野猪都斗不过红毛狗呢。据说族中有位汉子因捕杀一只红毛狗，回家后，被几百只红毛狗围住了房子，三日三夜未离开，吃了他栏里的猪，以示警告。队长组织村人围猎，用的是新式武器，打制了许多的火铳。而且选在下雪天，满山设套，赶尽杀绝，许多动物就在那时灭绝了。我祖父小的时候看过老虎，我父亲小的时候看过红毛狗，我小的时候还看过獐麂。可我的儿子小时候回到山村，麻雀都看不到一只了。

集体的山更是公家的山。后来就驻进了一个专业的采伐队，专门砍合抱大的松树。大概是矿上要的材料，叫砍矿木筒。采伐队第一日进山就出了事。听说一个小伙子斫一棵古松，从上午砍到下午，四面都砍脱了，这树就是不倒。砍之前是带了挽的，应该是倒龙，即往山下倒，绳子往下拉的，所以他就站在上首，弄了半日，这树似乎不知往何方倒，这位小伙子就怕了，围着树不断变方向，就好像这树要赶着他倒。附近的老师傅听见他吓得惊呼，只叫他不要乱跑，也不敢近前。结果这树倒的是顺龙，往山上倒的，硬是把小伙子砸到了阴间。但对于采伐队来说，死个把人根本不当回事，树照样砍。族中一位毛脚女婿因发明钢丝滑道，把矿木筒从深山滑到箬溪河，大大提高了搬运效率。因此得到上级林业部门嘉奖，成为林业工人，吃上了皇粮。这些人吃了饭就是砍树，砍得越多，成绩越大。仿佛这养育了万物生灵的山林是日本鬼子似的，每一把斧头，每一把手锯每天就要消灭几棵大树。箬溪河一时塞满木头，这些人像赶羊一样赶到修江，扎成了大排运出了山外。

太公山遭此浩劫，也还算林木繁茂。起码我小的时候还看得到春来山花烂漫，夏至绿遍山原，秋深层林尽染，冬天松涛连绵。山上兀立的枯树、歪脖的大树尤其醒目，当然更醒目的是用来运树的山坡滑道，像黄色的瀑布，隔不多远就有一块倾泻下来。

接着就是樟木板走俏。队长就组织劳力猛砍樟树，锯成了板，除开卖，还要分给每家每户。不仅樟树砍了，樟树蔸都挖了，剁成一片一片的来熬樟脑油。几个外地人在此熬了两三年。太公山的樟树，还有河边村旁几百年的古香樟一下就灭绝了。

浙江移民一来，改变了当地人不砍树当柴的习惯。移民的生产力比当地先进，用锋利的斧锯砍树，不屑于用刀砍柴，将树锯成一截一截，用斧头劈成一块一块，一圈一圈架成方塔一样，架在门口当柴烧，架在马路上当柴卖。这时候，已有专门的车子到马路上收柴。生怕浙江移民把山上的树都砍了去，当地人也加入了砍树的队伍，满山的松树一下就剃了头。连河边屋场长空了心的苦楮树都砍，劈了当柴烧，像烧石头一样，半日烧不着火；烧着了，火也不煞。这树都老成了精呢。

到了修江上建成的水库开始蓄水，太公山就真的成了一条在水中的龙，龙头在水中，龙尾在岸上；下半身在水中，上半身在岸上。龙头、龙腹，还有修河边的五六个村子，都迁到了龙尾村原来的山山窝窝。许多安排到修河中上游的移民，搬去了，又搬回来。故土难离啊。这样，太公山的资源便显得紧张。人们仿佛要与太公山同归于尽一样，每天的生产劳动就是开船到沿湖太公山砍柴，然后一船一船装到水库大坝上过磅卖掉。五毛钱一百斤，一个劳力一日可砍一千多斤，收入很是可观。砍了好几年，太公山上终于没有了树，没有了柴，只剩下树根和荒草了。

五

那些年月一场接一场的政治运动很能锻炼人，把个农村的大老粗都能锻炼成政治家。我们大队的书记李大鹏就上北京去见过毛主席，红极一时。民兵连长周大喜脸上黑得发光，眼睛黄得出水，看上如松伯的女儿桂花，便以给如松伯"摘帽"为条件，要娶桂花姐。桂花姐不答应，他就以大队名义通知余启文经常开批斗会。余启文跟得紧，早请示，晚汇报，忠字牌就立在堂前呢。正是寒冬腊月，余队长就叫如松伯到太公山斫柴担到祠堂烧好火，让别人来斗他。桂花姐看不下去了，就答应了周大喜。周大喜是有老婆的，没发迹之前，娶不上老婆，一位要饭女子路过，被他收做老婆。找到了桂花姐，他就把那位女子弄走了。周大喜娶了桂花姐，如松伯一家受冲击就少了，我们族人也能得到保护呢。只是到了"五七"大军进村,如松伯的高帽子还是狠带了几回。周大喜斗不过"五七"大军呢。

农业学大寨运动开始后,周大喜和余启文就商量要做一件大事,用现在的话说就是做秀。这样看来我们是有做秀传统的。他们决定要以太公山为纸,以革命群众的锄头为笔,选取靠近马路的一公里地段,写上"农业学大寨"五个字,以表示与上级保持一致的决心。说干就干,第二天就派了二十个劳力去北山里担石灰。然后将全队男女劳力分成五个组,在那黄色瀑布自然划成的格子里,叫我父亲用石灰把五个字的线划好。这是我父亲出世写过的最大的字,还可以说前无古人,后无来者。各组根据我父亲写的字打桩拉线,用石灰铺成一样粗的笔画,开始挖山。清除柴草,挖掉柴蔸,再铺上石头,刷上石灰水,这五个字,整整花了三个月才"写"成。真是气势恢宏,比现在公路边、街头旁的巨幅标语气派多了。公社书记坐拖拉机从此路过,发现山间这幅标语,大为震动,惊叹人民群众是真正的英雄,他们是最有创造力的。于是找大队书记、小队长实地察看。说这副标语有创意,鼓舞人心,大快人心。然后指示大队,学大寨要有实际行动,要将荒山变良田,大寨人能在大山上修筑梯田,我们为什么不能修。别人能做到的事,我们一定能做到。书记说得兴起,突然问一句,这山叫什么山。余队长说叫太公山。书记就皱了眉头,问,谁的太公。队长就说是地主如松,还有富农光后他们的太公。我父亲的名字他没有说,我家是小土地出租,也属于贫下中农。大队书记李大鹏毕竟见过毛主席,有见识,忙说,这名字有封建色彩,好像这山是他们家似的,我看就叫平头山吧。公社书记说,好!有气魄,就叫平头山。你们作好准备,我们要以平头山为样板,开展轰轰烈烈的农业学大寨运动。

太公山就这样变成了平头山。一时间,平头山上银锄翻飞,人声沸腾,就连我们这些初中学生都被组织上山,挑土造田。记得当时写的一篇作文中有一句："人们劳动的热火烧红了平头山,一轮红日喷薄而出。"被老师点评为佳句。那时村人已非常缺柴,造田的人挖出的柴蔸卖五分钱一百斤。如果不是柴蔸可以卖钱,这些人肯定会挖土埋了不少柴蔸,让他们以后发孙(芽)。因为有了这五分钱,人们就弄反了,专门挖柴蔸竹根,把平顶头挖了个干干净净。挖山的人还挖出来一罐银圆,还有铜钱、炮弹、洋刀等,太公坟自然被夷为平地。公社书记成为全县学大寨的典型,不久就当上了主管农业的副县长。修起的梯田没有水,无法种粮食;一场雨下来,梯田被冲得落花流水,再也没人去管。平头山就这样被平了头,成了一座荒山。

平头山荒芜的时候,真苦了世代生活在此的人们,我母亲说的柴方水便的日子再也没有了,烧饭只得烧毛草、烧牛粪、烧禾秆。满山的野樱桃、饭米果、杨梅、八月绽、九月黄、山楂、猕猴桃都不见了踪影,这是人们日常的糕点,伢崽的零食呢。周大喜就是那个时候死的,治肝病的草药都挖不到了。人们治病自古以来就是靠山上的百草,叫做百草治百病呢。就像山间的小溪上突然建起了大坝蓄水发电,下面一沟的生灵突然就失去了家园。箬溪河已成为一条小水沟,水流就像泥鳅在污泥上爬一样无力,要不然,现在不知要在上面建几多小水电呢。

六

平头山荒了一段时间,原来在此采伐森林的林业部门发现了,林业部门成立了平头山林场。林场与村里合作经营平头山,村里出山,林场出人出资,植树造林,绿化荒山。林木成材后,出卖所得林场得七成,村里得三成。这些东西,我是在一本资料上看到的,龙尾村的老百姓并不知道,只知道山被公家栽了树,山就成了公家的了。

林场工人数百人,又招了不少民工,他们战天斗地,又一次开挖荒山,火烧杂草,将平头山整理成"水平条带",就是像地图上的等高线一样的地块,一律种上杉树和湿地松。林场造林都有经济目的,植的都是经济林,平头山原来的树种一棵都没种。按林场的说法,经过三个寒冬酷暑的奋战,万亩平头山被绿化。虽然成了平头山,虽然种的是外来物种,虽然经过了数次的斧钺刀锄,平头山仍然不负人哪,植的树也好,"飞籽传孙"的松树也好,不到十年,树木又成林了。按林场人的说法,几年就长成了"郁闭"。一些山沟死角,造林民工偷懒的地方更是长出了原有的丛林,算是保存有一点此山的本色。但物种的多样性基本上荡然无存。

平头山上的树木成林后,山上从未安宁过。外面村子动辄组织数十条船一次次将山林剃了头。好多年了,平头山下的人不需要砍柴,只需将平头山上一片狼藉的树梢、树枝捡回来就足够烧的了。还有许多半大松树被人砍得伤痕累累,目的是取松油,从此这树就要死不得,要长不能,让人赢得一点蝇头小利。据说要做这个营生,授权的是大机关,他们生活在繁华的城市,却掌管着这遥远僻偏小山沟一棵小树的命运,他们怎么能够感受到这些整日像流泪一样流着松油的小树的苦痛呢。我不知道山林的这种命运,是不是它仍然是太公卵子的缘故。

近几年,盘龙岭发现花岗岩。从此,这座山就被锯得面目全非。一车一车的石头运出山外,扬起的灰尘,遮天蔽日。原来的大队书记李大鹏早已死了,他为此山定名为平头,真是一语成谶。此山再也回不到从前。

庐山西海记

桑田沧海

黄庭坚家门口的修河水活蹦乱跳地从我家门前流过,是去鄱阳湖的,不想在一个叫柘林的地方被一道据说是亚洲最大的土坝拦住,那水就像个孩子犯了错似的,极不情愿地慢慢地往回走,经过许多的村庄、城镇,还有山川田畴,走走停停,似乎要惊动十方三世。老子说:"上善若水。"但水的善是天地不仁的大善,然后这水就走成了庐山西海。

庐山西海自然在庐山之西,但它的原名叫柘林水库。那是一个时代的产物,主要目的是上帝创造世界的第一件事"要有光",就是为了蓄水发电,所以其建设管理单位叫做电站、电厂什么的,后来肯定会叫公司。庐山西海这个名字是新世纪后发展旅游事业的产物。北京人称积水之处为海,中南海、北海、什刹海就是这个样子。九寨沟里有许多的海子,什么五花海、犀牛海、熊猫海,就是像我家乡山野的小水塘一样的。又云南有洱海。我原来以为内陆的人或山里的人没见过世面,随便看到一洼水就称海。后来一想,凡称海的都是因为水的颜色像海,有那样的碧水蓝天景象。今庐山脚下,东有鄱阳湖,烟波浩淼,一望无边;西有庐山西海,碧波万顷,岛屿如莲。赣鄱大地,山江湖海,实在是壮观。

每天早上起来,都要去看门前的水涨了几尺几寸。那水坝修建在柘林,淹掉的却是修河中游一百多公里最为富庶的鱼米之乡。那是一九七二年的夏天,库区内的武宁县城及十二个乡镇的集镇还有上千个自然村近十万人在一年多的时间里已搬迁完毕,有搬出县的,更多的是搬到深山里的乡村去。我们村子是后靠的,所以可以看得见桑田是怎样变成沧海的。

屋后有两棵遮天蔽日的苦楮树,树上有啄木鸟,有猫头鹰,它们也都很不安,常常鸣叫。还有老鹰常来抓小鸡。最怕听老鸦叫,我村人一听有老鸦叫,就要呸一句。那时就常听老鸦叫。《诗经·小雅·小弁》有云:"弁彼鸒斯,归飞提提。"鸒,就是乌鸦。意思是快乐的乌鸦,成群地飞回来呀。后来又看到书上说,唐朝的人以老鸦叫为吉祥,主赦。在古代快乐的乌鸦,怎么就成了不祥之鸟呢?是后来的人没有古代的人心思安定,还是人越来越与自然不亲呢?

夏天的早晨,小餐鲦喜欢到岸边寻食,用小钩穿上一粒米饭放下去就能钓上一条来。门口荷塘里,常听有鱼儿唧唧的嬉闹声。地方志有云:"有水名修,有鱼名鲦。天下大乱,此地无忧。"

妈妈说:"猫来穷,狗来富。"猫、狗来家都不怎么欣喜,因为穷人没有多余的粮食来喂养它们。但燕子来到堂前,就有旧相识的喜欢。又因为燕子是到过达官豪门的堂前的,而我们家也有堂前,我乡下不叫客厅的,有这样大气。所以,燕子来家,不唯天下春色来到家里,似乎也带来富贵人生的华丽。每天看燕子进进出出,衔泥筑巢,生儿育女,那么地忙碌,那么地快乐,人世又还有什么忧愁呢?

燕子衔泥筑巢,我们也要建新家。那时我家才建新屋两年,先是浙江移民来我家居住,后来是箬溪街拐子大伯来住,因为箬溪等十多个集镇在一九七〇年就开始动迁。家里请了木匠,我们乡下叫博士,博士做事要人坐马,我们小孩子像个小徒弟一样,坐在架在木马上的木材上,博士拉线弹墨，用板斧将木头剁成合规合矩的梁柱。这梁柱也只有男孩可以坐，我乡下对一切创造都有个敬意。建房、进门、上梁、出水都要放爆竹，宴工匠，凡事讲究礼数吉祥。前面大路上修座拱桥。村里就有传言，说修桥要收人去的，陌生人叫不要应哈。现在这么多的人背井离乡，几百平方公里的山川田畴就这样变成一片汪洋，又是一种怎样的惊动，一种怎样的乡愁呢？

世上人家

西海里的水涨到六十五米就停下来。淹没两百多平方公里，然后又退到低水位，十多年里，大家仍然到水淹区种庄稼。往往等稻谷成熟，水就来了，让你颗粒无收。我们像燕子衔泥一样搬到一个山垅，背靠青山，面朝西海，世上人家，这样安稳。

那么匆忙的搬迁，每人只有不到三百元的安家费，移民村子建的都是土屋。《孟子》有记"傅说举于版筑之间"，是说殷商时名相傅说是从筑墙的工作中被提举出来的。我们村子建房就是用的版筑，用两版相夹，实土于其中，以杵筑之。土墙中不时放些小松树，叫做墙桢，相当于现在的钢筋。固定版夹的木棍形成一个个的墙洞，是麻雀的窝，小时候不懂事，常将麻雀窝捣毁，使它们也像我们一样失去家园。麻雀是喜欢和人同在一个屋檐下的，但是人却将它几近灭绝了。

我村庄名叫棠下，上迁后，仍叫此名。村庄亦植棠梨树，棠梨果熟，任小孩随意采摘。又有几棵高大的梨树，结的梨子又大又甜。每到夏季"双抢"时节，梨子成熟，却无人去摘，非要等一场风雨来临，将梨子摇下一地，大家才提了竹篮去捡拾。《诗经》有云："蔽芾甘棠，勿翦勿伐，召伯所茇。蔽芾甘棠，勿翦勿败，召伯所憩。"这诗的意思是说棠梨树长得茂盛，不要去损坏它，因为召伯曾在树下休息工作过。《诗三家义集疏》有云:"召公巡行乡邑,有棠树,决狱听政其下,自侯伯至庶人各得其所,无失职者。召公卒,而民思召公之政,怀甘棠不敢伐,歌咏之。"可见这棠下真是好名字,有德政民望存焉。

有一副对联似乎放在赣鄱大地都合适,上联是:青山绿水红土地;下联是:淳风朴俗客家乡。我觉得放在我们村子尤为贴切。我们这里不光有客家人,河南、安徽、江苏、浙江、湖北、湖南等地的人都有,大多是饥荒年月逃来的难民,部分是迁来的移民。来这做客,而成主人,淳朴乡风,有这样可亲。旧志有云:"士矜义慨,人绝繁华,有齐鲁唐魏之遗风。"

村里人多喜欢练武,我们叫学打。武功师傅叫打师。有英记公,说是在茅山学过法,念几句口诀,运一口气,就躺在碓臼口上,叫村里壮汉用力踩碓来舂,也可用刀来砍,不伤毫发,看得人目瞪口呆。有英永公,为人治伤,不取分文。有人摔断手脚甚至脊椎,不用开刀,不用上钢筋,不用打石膏,更不用反复折腾,他一双手就能推拿好,上夹板敷药,吃几副中药,就好合如新。小时看他为人治脊椎断裂,他那时已经八十多岁了,与那人背对背,运一口气,喝一声,就斗上了,真是神奇。过年时,村里要戏狮灯、龙灯、船灯、车灯、蚌壳灯,又有茶戏班唱戏,这些活动都要好的身手。而且戏灯时往往要上流绳、刀、叉、剑、戟等十八般武艺。我们小孩子参与其中,一般戏灯都是小孩的马灯先出场,一行人腰上扎着马头马尾,蹦蹦跳跳作骑马状进场,口唱:"一绣紫禁城,城里乱纷纷,绣个那个曹操点雄兵……"山村小儿,口里也常有帝王将相故事,历史无不在渔樵闲话中。一应节目完后,小孩子再上场,唱"好言好语说不尽哪,打马加鞭往前行啰"。戏灯是一个村里每家每户都要上门的,狮灯、龙灯有喝彩。正月初几,这样的闹一番,人的精气神就特别地旺,一番好话,让人心暖暖的,都是图个好兆头。

正如戏灯多用锣鼓伴奏一样,唱茶戏也很少用丝竹,有这样的自

然。戏班因为简单叫草台班子。没有声、光、电,只有几个角色,一身行头,占个小场子,就可以唱开来。乡贤有诗云:

土土衣裳淡淡妆,野台茶戏教人狂。
不须丝管歌喉亮,爱听乡音韵味长。

"五月里来是端阳,龙船下水闹长江……"这是我乡下船歌。在西海里划龙船比赛,叫龙舟赛,是端午节风俗。数条龙舟,一字排开,擂鼓助威,观者如潮。我乡下过端午,包粽子,煮茶蛋,蒸粑,插菖蒲艾叶,喝雄黄酒。小孩穿新衣,戴荷包,红网袋装染红的鸭蛋鹅蛋,聚到一起,都要来比一下,看谁的大。互相赠送折扇,上书:"扇子扇春风,时时在手中。"《易》云:"积善之家,必有余庆。"又俗云:"人有善缘,天必佑之。"扇谐音善,送扇就有这样温暖人意在其中。

有个叫母的婆婆,用一根针,能挑小孩疳积,能挑大人"冷箭",还会为人刮痧,为人收惊吓。有故事大王细树哥,能将所看之书、所见之物、所听之事栩栩如生道来。《一双绣花鞋》就是听他讲的,比后来听收音机里播的,甚至电视演的,不知要生动几多。有个叫庚尧的单身汉,饱读诗书,常有吟哦,每年春节根据生活实际拟一副对联,贴在茅屋门上。只记得其中有一年贴的是:

家贫一人愧待亲友;茅庐两间枉为世民。

还有一位叫耿宝的汉子,特别会骂人,他骂人的时候,自己一点不生气,就像领导作报告一样,不急不缓,抑扬顿挫。一直可以骂到你没有一点脾气,直至昏昏欲睡。村人惧怕权力又蔑视权贵,因为耿宝的妹妹嫁给了村里的书记,村人就把他叫做国舅,同辈人不管年纪大小,都不叫他姓名,一律叫他大舅子,弄得我们这些小孩也都叫他母舅仔,就像真的一样。

我乡下耕读立身,人皆好礼。再穷出门都有一身做客的衣服,就是孔子说的"出门如见大宾"。邻里互借东西是常事,不说借,只说让,大家都有脸面。又买卖亦有一种大气,去买肉,叫剁肉;去卖粮,叫送粮;去买糖,说称几斤糖云云。卓文君有诗云"男儿重意气,何为钱刀为",就是人生的豪迈。上山斫柴,都在冬天,也从不以乔木为柴。就是孟子说的"斧斤以时入山林"。鱼肉有自然鲜味,蔬菜有阳光芬芳。我第一次到城里吃肉,不知是什么味,我姐说是木屑味;吃鱼有煤油味,吃蔬菜有股霉味。我乡下人味觉就有这样灵敏。孔子说:"不时,不食。"如今这样岂不要饿死。我乡下劳动时亦有娱乐,有耘禾歌、打鼓歌、车水歌。读书人作的是诗,而我乡下妇孺口中亦有歌谣,有如《诗经》里的"国风"。农耕社会,我乡下亦有这种文明。

春过江南

我家在西海北岸,南有九岭,常在云端;北有幕阜,涌翠叠峦。我村里人只说南山里、北山里,就像陶渊明不说悠然见的是庐山。

我父亲喜欢讲两岸故事。多讲民间趣闻。说北岸有个村子叫新鲜卢家,南岸有个村子叫破石。新鲜卢家村子的卢奇虎要娶破石王家的小姐王文莲。坐船抬过去的花轿上联是:

王无点不成玉枉为破石。

想难倒对方。女方请出长褂先生,回的下联是:

卢加马便是驴活剥新鲜。

这里说卢加马是驴字是繁体字。男方不仅没有占到便宜,而且被对方操骂。又一次,是北岸蔡家村子的一个青年蔡道远要娶南岸洞口的姑娘李碧玉。蔡家抬过去的花轿上联为:

一根红棍打进南山洞口。

李家也不示弱,请人对出的下联是:

八幅罗裙罩尽蔡家河头。

这种乡风婚俗也真是活泼有趣味。

那年,我在渡船上看见小艾,正是春过江南。我妈说我出生的时候,有一声雷响,所以取乳名雷子。我看见小艾,就有那样惊心动魄。她那时穿一件红夹袄,梳一个大辫子,眼睛大大的,鼻子挺挺的,脸庞洁净圆润,看人只有一个惊喜的样子。孔子说:"诗三百,一言以蔽之,曰思无邪。"她的样子,就是无邪。这样娴静端庄,是生在豪门大家也好,生在寒门小户也宜。仿佛让人听到"关关雎鸠"的声音,看到"桃之夭夭"的画面。《诗经》的诗,讲究一个"兴"字,我觉得小艾就是这日月山川的"兴",也是我的"兴"。

美丽总是让人忧愁。她那时候还不解风情。我大胆去找她妈妈,不想竟得到允许。那时在外读书,觉得不管世界怎么变化,在那样一个美丽的地方,有一个人是懂你的,是在等你的,又夫复何求?

那时开始在报刊发表作品,写我家乡故事。因嫌翁字老气,想跟妈妈姓王,我家就我一个儿子,父亲岂能同意,就自己取名还童,不想别人看来还是老气。就取笔名艾蒿。西方女子嫁人一般从夫姓,我和小艾还没结婚,就要随她姓,这世上可能也是仅有。李白说:"仰天大笑出门去,我辈岂是蓬蒿人。"我喜欢艾蒿有田野山川的味道。

我妈妈听说我的女友姓艾,就说你翁姓是小姓,要找个大姓人家方好。妈妈没有上过学,但大姓小姓的人口繁衍情况天壤之别她是感觉到的。我说,我们这个地方古时候是艾侯封国,我找到艾姓姑娘,等于是找个公主啊。妈妈就笑。她总归是依我的,请了两个媒人,就开始谈婚论嫁。《红楼梦》有凤姐说林黛玉:"你既吃了我们家的茶,怎么还不给我们家作媳妇。"女子受聘,俗谓"吃茶"。《七修类稿》有云:"种茶下子,不可移植,移植则不复生,故以之喻女子受聘。"我们这里婚俗却是男方先到女方,女子端茶与男子,男子喝茶后,要付"见面笑",是为行聘。然后女方亲属浩浩荡荡到男方"察家舍",每人都要有红包。然后逢年过节都要送礼,叫料年料节。许多礼节,方显出是婚姻大事。

村里大树哥带着二十多个后生到南岸罗坪为我接亲,那时是上世纪九十年代初,距离搬迁二十年过去,两岸还没有一座桥,来往只有船。我们先坐船,再坐车。到得小艾家,大树哥把带来几样礼物交给女方,坐席吃酒。院子里都是来客,嫁妆一一摆在坪中,是一杠一杠的,因为要抬着好看,供大家评论。接了新娘子,又是先坐车,一路上有人拦车讨要喜烟喜糖的,都要给。然后坐船,一路浩浩荡荡,傍晚的时候,船一靠岸,村里早有一队人马敲锣打鼓在这里迎接,长长的接亲队伍,抬着嫁妆,披红着彩,走在乡间的道路上,有吃草的牛抬起头来看热闹,有村里的狗一路欢跑着陪伴。小孩子在屋门口坪等着新娘子撒红枣、花生、桂圆、糖子,喻早生贵子。我村里一家人办喜事,门口大路上都有喜气,全村人都要出动,不唯帮忙,更是为了分享喜悦。

新妇娶进门,世界为之一新。我每看她都想笑。想起小时候,家里搬新房,每到吃饭,我和姐姐就笑得喷饭。父亲是从小读孔子"食不言,寝不语"的,你要吃饭时说话,他就会说你"兼搭嚼饭"。每到此时,他就喝道:"碰到鬼呀,这样癫!"是我乡下神鬼也有好意。不唯我每天要喜欢得唱歌,早上起来,妈妈生火做饭,总是说火也笑。而我乡下火笑是有贵客来。我妈妈是从来把小艾当人客的,把我这个儿子也当人客的,她对人世就有这样敬。

小艾真是好新妇。先是不嫌我家穷,对公婆孝敬,对亲戚都亲近。人客来家,春风满面。做起家务来,高挽衫袖,打着赤脚,总是把家里打理得清爽温馨。我常说她做事像过年一样开心。没有工作时,一心一意在家带孩子,做家务。有了工作,是外面的事也做得好,家里的事仍旧做得好。有时也敲打我,进门时,闻一闻我身上,说一句,怎么有香水味道呀。有时故意从我衣服上扯出一根长发来,说一句,身上怎么有长头发呀。

一次鞋子有点脏,竟要问我去了哪里,要老实交代。因为每天出门鞋子都是她擦干净的。我们不会吵架,但有时我实在做得不好,她会教训人。我就说:"我中国只有相夫教子的,没有教夫的。又你生的是个男孩,骂人的文化又没有人传承。再说你骂人的水平还要去培训。"她就很沮丧。中国女人教训老公有一种精致的心思在里面,所以说骂是爱。凡我不喜欢的事她真的没做过,就是儿子不会读书,她觉得对不起我们翁家,就跑去算命。那算命的说,你这个儿子开懵晏的。又反复说,再生一个一定是个儿子,最小可以当团长。她回来和我说,我肚皮都笑痛了。又时常说起,我就说,我可没有仇官心理,要把团长来做儿。她虽然对计划生育政策也没有异议,但觉得毕竟再生一个也是好的。

遍地风流

《红楼梦》里写贾宝玉初见林黛玉,问今年几岁了,可曾上学,又可有表字,是否有玉,然后发表自己的意见。我长大对于乡村风物亦不免要走走看看,也要问这问那,实在有这样一种喜欢。

父亲也喜欢说当地人物故事。说李烈钧青年时睡屠凳,打王官,三炮定绍关。跟随孙中山革命,湖口起义,是风云人物。当省主席时到箬溪建读书楼,戎马倥偬之余,常在我们街上行走。徐若林机智幽默,除暴安良的故事最多。我后来修地方志,看到有人搜集的徐若林的故事都不及我父亲讲的丰富生动。徐若林的名气大到湖北的老百姓都来请他打官司,说有一年湖北的省长死了娘,看中一块风水宝地,当地百姓无奈,找到徐若林,他说无妨,只叫百姓去告官,状子也简单,是首诗:"湖北有块蛇势地,本来要出天子位。如今省长要葬娘,不知心中怀何意?"用现在的话说,徐若林是懂政治的,这样的舆论一造,再大的官他也不敢乱来。而如今出了一位余静赣,耕艺种德,打造装饰之乡,许多致富的梦想,成为这里普通人家的日常。余静赣的传奇,不断在全国各地传唱。

读《李宗仁回忆录》,看到有大段篇幅记载他在此征伐。北伐时,李宗仁在我村镇箬溪血战孙传芳谢鸿勋部,取得大捷。观风山,从西海上望去,形似棺材,我村人叫棺材山。我乡下人说有官有财,亦是好风水。万家岭大战后,接下来就是棺材山大战,国军李仁堂部在此誓死抗敌。后又有王陵基部在此与日军争夺。我小时和伙伴在山上砍柴摘果,常能在战壕铁网间拾得刀剑枪弹。我刚出校门到西海南岸一所中学任教,这里有吴王峰,据传吴王孙权曾祖母葬在此,故名。山下孙氏族人有谱牒为证。吴王峰最高峰桃花尖,我去登过,并在上面露天住一晚。桃花尖下瓜源,因孙权祖父孙钟在此种瓜而得名。当地人说,走遍天下,好不过桃花尖下。瓜源里面是武陵岩,山下有孟姓村子,传说是孟子嫡传后人,又是陶渊明外婆家,有人考证陶渊明桃花源记为此地风光。这也确实有些俗套。因为这里虽然有桃花源的美景,毕竟不如人心里的那个桃花源风光。西海之西有九宫山,亦去登临过。山下出美女,说是李自成在九宫山战死后,后宫嫔妃留在山间,从此这里美人多。去黄山谷故里双井,感受那个神童是怎样骑牛远远过前村的。我觉得他后来所有的诗都不及他小时在家写的这首牧童诗。陈宝箴老屋陈家大屋也去瞻仰过。听一个叫欧阳的中年汉子讲房子主人的故事和这里的风水。站在陈家大屋门前,后有靠,前有照,对面案山如九龙来朝。我但凡到名人故居一类的地方,总觉沧桑与荒凉,似乎是地气被扯尽,譬如书画没有气韵,宝石失去光泽。所以这种地方实在不值得张扬,也不及一个普通村子有阳气、灵气。吴城有西海水与赣江水入鄱湖处,是候鸟天堂,我也去看过,在望湖亭上看西海的水流进鄱湖,有美女嫁人的感觉,是清好入混浊的羞怯。在九江读书时,也去浔阳楼上喝酒,但没有题诗。常去冲好汉,从好汉坡登庐山。去谒陶潜祠,觉得"结庐在人境,心远地自偏"是多么好,因为现在再偏僻的地方,人心也难得有远意。看庐山瀑布时,我在那村子留连,觉得李白当年一定在那村子住过,才有那种瀑布挂前川的亲近。

我也拿别的地方山水来作比较。云南的洱海,是清洁干净的,高原湖泊,风花雪月,自有一番风景。与西海比起来,觉得缺乏秀美与清新。杭州的西湖可以说流光溢彩,无限江山,被苏轼比为西子一样的美丽。与西海比起来,觉得缺乏朴拙与野趣。桂林的山水自古称为甲天下,是多么令人惊艳。与西海比起来,觉得缺乏大气与开阔。九寨沟的水是多么圣洁,灵山圣水,有如天地之初的新鲜。与西海比起来,感觉缺乏平凡与包容。张家界的山是独一无二的,但缺乏西海这样有灵气的水。与东边、南边的大海比起来,西海是平静温柔的,有如这山水间孕育的美女,沉静而又活泼。余秋雨先生说:"经济高于行政,文化高于经济,宗教高于文化,自然高于宗教。"西海的美就是一种自然的美、民间的美。

我村里人是很少去旅游的,因为他们本身是风景。杜鹃开满山岭的时候,就有布谷催耕。金银花满垅满畈飘香,正是人间四月天。村里的桃李杏，这里一株，那里一株，总是让人惊艳。多的是无名之花，就是开天辟地的无名。现在有许多开发的景点，花源谷有桃花涧、梨花涧、玉兰涧，不以岛、屿名之，而以涧名之，实在是有幽意。夏天的时候，新光满山的桃李挂满枝头。梅子黄熟时节，乘小舟随便登上一个小岛，有满山的杨梅让人生津。秋天的平尧，柿子红艳艳的像灯笼，就那么让它挂着。到七里溪、申家坪山里人家度周末，别有风味。晚上乘坐西海湾的画舫走过湿地公园，两岸亭台楼阁里有唱茶戏的，有唱打鼓歌的，有跳舞的，有散步的，就像戏中唱的，到底人间欢乐多。宋朝的苏东坡来过这里，他有赏心乐事之谓，就是清溪浅水行舟，微雨竹窗夜话，暑至临溪濯足，雨后登楼看山，柳荫堤畔闲行，花坞樽前微笑云云。我村里人常就在此景此境行走，与自然有这样亲近。

山水静观

西海到我家门前的时候，我还是个儿童，如今人到中年，而西海是这样年轻。这样美丽的西海正是许多人的家园还有苦难换来的。历史告诉我们，人们做每一件事都有利有弊。不去说十万民工修筑大坝的苦，也不说十万移民离开故土的痛。很长一段时间，一个县几十万人口的南北交通只有一个车子轮渡，一艘客运轮船，还要收费。就是那时的水库不是风景，而是灾难。我妈妈说的柴方水便的日子再也没有了。库区所有的山林都被剃了光头，成为荒山。二十年过去，那水还是不稳定，大片的水淹区是裸露的黄土，一片狼藉。一般的村庄乘船动辄要走十几里。上世纪八十年代，我从学校毕业分配到南岸的一所中学任教，我姐夫划着只能坐一人的渔盆帮我运送被子箱子等行礼像鸭子一样划过庐山西海。最大的灾难发生在上世纪八十年代末，一辆待渡客车滑入水中，死了二十多人。虽说是建电站，但我们村子二十年后尚未通上电。三十年过去，许多移民至死没有得过一分钱补偿。新世纪都来临了,我们每年过年时,都要担心车子开不进村子里,水淹区的泥泞真是漫长。

孟子说:"所谓故国者,非谓有乔木之谓也,有世臣之谓也。"一个地方的好,总是一个地方的人好。我村中的人事真是想也想不尽。元宵送灯,清明扫墓,中元烧袱,冬至上坟。我们就是用这种方式来纪念祖先。父母的坟茔在山村东边山上的松林间,面朝西海,远望云山,很安静,很干净。坐在坟前,仿佛能与之对话,沐浴他们的慈爱。我乡下有的妇女在祭祖时就一面哭一面向祖先倾诉的。这世界是女人创造的,所以女人更能与神灵沟通。孔子说:"慎终追远,民德归厚矣。"一个人心中有神灵,做事就不会太离谱的。

走过许多的名山大川,经过许多人生的风雨,到我家乡看庐山西海,只归于平静和从容。孔子说:"知者乐水,仁者乐山,知者动,仁者静。知者乐,仁者寿。"以这样朴拙的山水为师,可以让人变得简静而有趣味。山唯有一个静,所以仁。不管人世怎样的喧嚣,亦只有无言。程颢、程颐在庐山下从周敦颐学,亦悟得一个静字,明道说:"万物静观皆自得。"水唯有一个平字。明代吕坤《呻吟语》有云:"天下所望于圣人,只是个安字。圣人所以安天下,只是个平字。平则安,不平则不安矣。"又说:"天地万物,只到和平处无一些不好。"我妈妈常对我说,为人要心平气和。实在是,一切言行,只是平心和气就好,处天下事,亦只消得安详二字。所以老子说:"人法地,地法天,天法道,道法自然。"

八里棚村记

　　八里棚是个自然村。位于中国赣北,隶属九江市武宁县巾口乡棠下村。中国的行政治理里有一个最小的自治单位是村民小组,八里棚为棠下村第六村民小组。地理坐标是北纬二十九度十八分,东经一百一十五度十五分。这个坐标是没有意义的,有点偏差也无所谓,因为村里人无法测量,也不用这个来导航。

　　村子靠山面东而建,东面与余家垴、熊家对望;西面山后是龙头下、蔡家;南边是庐山西海;北面龙畈与朱滩移民村子相接。东西两山如龙,中间夹一片田畴。一条小溪穿垄过畈,蜿蜒注入西海。田畈中间一座水库,灌溉一百多亩田地。四围山色,说有一千多亩山林。新旧房屋有三十多栋,男女老少有一百八十余人。

　　考其来历,一九八二年编纂的《武宁县地名志》上只有一句话,说原为路边茶棚,距原巾口、箬溪两小镇各八里。村里人的说法,是此地距箬溪集镇八里,故名。但是箬溪、巾口两个集镇被淹后,这个村子距新的集镇幸福山也是八里。天文学家告诉我们,宇宙没有绝对的中心,其实人莫不以自我为中心。

　　如果是路边茶棚的来历,那么这个名字的历史始于民国。因为这条路是南昌到武宁的公路，是一九三一年由李烈钧将军倡修的。后来这条路可通长沙、武汉。抗战爆发后，三十集团军王陵基司令部曾驻扎于此。一九三八年九月，郭沫若随战区司令长官陈诚到武宁慰问前线将士，来到这个山村。郭沫若自传里记的地名是翁家边。地方志不载自然村，查明清武宁县志，这一带的地名叫完塘翁家，属安乐乡四都。

老子说，无名天地之始。人来这个世上就是为了给万物取名。八里棚的名字也是人们生活中的产物。大概在抗战胜利后，八里棚恢复交通。到上世纪五六十年代，这条路成为国道，来往车辆自然多起来。村子在山下，公路过山有一道长坡，每遇雨雪冰冻天气，车子就爬不上去，有时还翻到田畈中的大塘中去，也堵长龙样的车。村子就成了来往车辆停歇的一个站点。住在路边茅棚中的单身汉翁庚尧被人叫做站长。其实这个棚的位置就在完塘尾自然村上边一点，但是这三个字村人读起来是寒头米之类的，大概又说不出具体是什么字。箬溪是四县交界的集镇，名气自然很大，离这里路边八里有个茅棚，是一个站点，慢慢就叫八里棚方便些。就这样，八里棚成为一个村庄的名字。

八里棚是个移民村。通常村里人把自然村叫做屋场，屋场有大有小，一户人家可以是一个屋场，几十户人家也是一个屋场。有历史的屋场才成为自然村，没有历史的房舍人家也成不了屋场。从八里棚往南沿山垅田畈有完塘尾、翁家边、田铺里。一直往下到修河还有营家、塘边、棠下、小湾、港叉、蔡家等许多屋场。一九七二年，修河上的柘林水库蓄水后，这些屋场全部要淹没。这个柘林水库后来改名庐山西海，又成为风景区，但是当时对于库区移民来说，那真是巨大的灾难。淹没的海拔定在六十五米，刚好淹到八里棚，以下的屋场山川田畴全部要变成沧海。故土难离，村里除六户外来住户搬迁到德安等地外，完塘尾、翁家边、田铺里三个屋场是一个生产队，全部迁到八里棚上面的山垅，等于还是自己的地盘上。同时接纳港叉、蔡家、营家等屋场在前后山上重建家园。行政村当时叫大队,保留原名迁到八里棚上面一个叫斋堂的地方。所在集镇箬溪也被淹没,村庄划归幸福公社。幸福公社是巾口集镇淹没后新建的集镇。一九八四年恢复乡镇建制后,亦恢复巾口乡名。

那时搬迁只给一点补贴,家家户户都是建的干打垒。商朝的名相傅说没有起用之前就是为人筑土墙的,可见用土筑墙做房是非常古老的,几千年了。这个时候没有办法,移民只能住这样的房子。八里棚人在几个月之间,共筑了二十多座泥巴房,人多的一家一栋,人少的两户一栋。许多房子不久就成了危房。直到改革开放后,村人自力更生,靠勤劳智慧慢慢改变面貌。到新世纪前后,山村都建起砖瓦房或者砖混结构的楼房。

库区小村,交通中断,国道改线。村子一度成为不通路,不通电,不通渡的死角。外出要到幸福山、鸦雀山码头搭当时库区唯一的一艘客轮,路程都在十几里山路。集镇曾有过一班到县城的客车,里程由原来的二十公里,变成七十二公里,还要绕道从北往南翻越南皋山,还要过一个汽车轮渡。无论车、船,因为没有对开,所以到县城当天都无法往返。而且,班车不久停开。直到上世纪九十年代,有个体渡船从东山到武宁,中途在八里棚停靠,隔天一渡。同时有村里青年涂东明开通八里棚往南岸洞坪的渡船,也是隔天一渡。新世纪又过去十年,永武高速及往县城便道通车后,交通状况彻底改善,渡船退出历史舞台。村子也通水泥路。距高速路口只有四公里,到县城的里程二十多公里,到九江、南昌都只在一百公里左右。

八里棚是个和谐村。其前身完塘尾、翁家边、田铺里都是翁姓村子,建村或者姓氏来历考证起来要到周文王那里,扯太远了,不如略去好些。这个翁姓的小村,地广人稀,又是鱼米之乡,在那些动荡及饿死人的年代,陆续接纳了河南、江苏、湖北、安徽、四川等省逃荒来的人,以河南人居多。有些是全家逃来,有些是一人逃来,有些是被卖给翁姓的人家做崽,有些是将女儿嫁给村人从而全家落户,有些是做了村人的上门女婿。四川的是抗战时打散或者受伤的士兵,被村人收留。一九六九年,接收安置浙江新安江、富春江两江移民十多户,由于没有建房,全部安插在各家各户,许多人在一个屋檐下生活,没有发生过纠纷。因这些村庄要被水淹,浙江移民再次搬迁到药场等地。早些年,村民小组叫生产队,队长因此被人称为五省巡按,有一种深刻的幽默。在"文化大革命"及以前那些政治运动不断的年代,上面经常组织清理外来人口,把外来人口叫做盲流,村人用各种办法保护,就是实行人道主义。一旦稳定下来,他们就恢复自己的姓氏。除迁出外地的六户人家外,尚有李姓、涂姓、徐姓、韩姓、胡姓等。

村庄翁氏族谱在"文化大革命"中被毁,所以民国以前的人物只有传说。有一个祖先名字不知道,历尽艰难,创建一座宗祠。有一个祖先叫翁显化,在龙虎山学道,回乡救死扶伤,名扬一方。明清武宁县志有记完塘翁家,贡士举人,义士烈女,许多人物,不知是否本村族人,不敢乱攀。不如春秋笔法,远祖不述,一笔带过。

民国时,翁占先公在箬溪街经商发家,富甲一方,救助贫苦乡亲,有求必应,被称为灵菩萨。其子翁鹏展公虽历尽坎坷,亦尽力教读家乡弟子,古道热肠,功莫大焉。子孙多从事教育,成为地方教育世家。有翁英永公,跌打名医,救死扶伤,不取分文。其子孙多从医从教,德高望重。有翁英记公,茅山学法,有许多神通,可以上刀山下火海,有十八般武艺;上世纪五十年代初,领村人戏黄狮子灯,名震远近。村子虽小,木匠、篾匠、泥匠、裁缝、剃头匠、医师等能工巧匠都有,可以自足。改革开放后,有翁次春公在路旁开一爿日用小店,可赊可欠,小本薄利,童叟无欺,方便村人。亦有能说会道之人,讲传说故事,娱乐乡间。

到上世纪八十年代,五年之间,一个当时只有二十多户,一百二十人的小山村,先后有翁阶华、翁运森、余亚洲、翁第森、翁健、翁第芳、翁阶义、涂东亮、王麒麟等十余人考取大中专院校,一时传为佳话。那时候,春节对联都是自己创作自己写,拜年的时候都要来比一下,看谁的对联作得好,字写得好。但是都比不过前辈翁英明公,他创作的对联及书法最为完美。这一批人或为教师,或为医师,或为公务员,成长为校长、院长、科级、处级,总之都是单位骨干。又有翁阶明退伍回乡成长为村支部书记,为一方百姓服务,为人忠厚,办事公道,有良好口碑。这也许是山村几代人与天地人世为善积累的果报。

仿佛是一个人力量都使尽,地方的精气消耗完了,也有说是风水被破坏,此后有一段时间山村似乎在蓄积新的能量。二十多年后,又有翁波、翁妍君、翁振宇、余意、翁珊珊等学子考上重点大学本科及研究生,到更为广阔的平台展示才华。更有一批青年外出创业,当上老板,为社会创造财富,实现自己的人生价值。山村的面貌也为之一新。近年在樟垅规划新村,已经建成十几幢洋房。如今翁次呢先生回村创业,包下全部田地,建设农庄,美化家园,把小村打造成景区,让八里棚的风景成为庐山西海大景区的一个部分。

《朱子论理气》有云:"江西山皆从五岭赣上来,自南而北,故皆逆。"但是八里棚的山是顺的,所以没有出过逆子。发脉于幕阜山的山脉,在修江北岸自西向东有南皋山,观风山,石镜山,磨盘山,三角尖等。从三角尖山发脉,有小山像龙一样从北至南走向修江,形成田畈,溪流。八里棚就在这样的山间。人是自然之子,小村民风淳朴,互助友爱。一家有事,全村相助。早些年,一家做屋,全村人帮忙,不取报酬。红白喜事,更是热心。吃酒坐席,讲究礼节。一家办喜事,全村分享快乐。主事的人,一样样安排熨帖。村上老人去世,葬之以礼。男女老少,不但去哀悼相送,更要尽心尽力帮忙。因为外出打工人多,人手不够时,在外工作的人都要赶回村里,听从安排,做八仙也无怨言。每家的男孩,过年必定回村,而且要一家一户上门拜年,祝福村人,也接受村人的祝福。春节过后各家请春酒,春酒过后是栽禾酒,元旦又有全村老少打牙祭。一个村子的人,也不可能没有一点矛盾,平时不好沟通的事,在酒席上可以大胆说,大家都不会生气。因为有这些传统习俗,人们总是能够走向和解。乡间有好狗不挡路的俗话。田间的路都是狭窄的,两人相遇,必得要让。让路就是自己要有路走,也要让别人有路走。

翁家边曾经有座宗祠,有几百年的历史,没有毁于战乱,而是毁于搬迁。宗祠是用来祭祀祖先的,祭祀祖先是为了什么呢?是为了崇祀一种精神、一种对于人世的爱。让子孙后代懂得,我们既是八里棚人,更是天下人。人和人没有什么不同,所不同的是人的精神价值和思想境界。

卷三 心灵岁月

如果没有精神的成长,
年岁又有什么意义呢?

我的乡村学校

一

我那会儿背着书包上学堂的情形,现在的孩子要羡慕得咂嘴。

其一是学无定所。今天在这家堂前,明天在那家房里;一会儿在旧仓库,一会儿在破茅棚。小学读五年,校舍搬了八处。老师说过,学校不是放牛场,但我上的第一所学校就是一座养猪场,只有一间茅屋。后来搬进村里备战仓库,好像只有一星期的时间。那是我小时候坐过的最好的教室了,砖封瓦盖,不进风、不漏雨。地下还铺了柏油,又清爽,又干燥。只是窗子小而高,光线很不好,那时又没有电灯,五个年级同堂上课,哪个老师声音大些,我们就听哪个的。老师看不清学生,学生也看不清老师,仿佛是盲人上学。这座仓库刚建好,还没有用过,因为修建柘林水库要搬迁,很快就拆迁搬走了,我们只好搬到别人家里去。多的时候是村人搭建的、杜甫诗里说的茅屋。到四年级时才有固定的村小学,是两排红土筑的泥巴平房,背后一座青山,门前一条溪流,倒也有些野趣。整天搬来搬去,像打游击,自然是玩的时候多。不像现在的小孩进了学校,就像关进笼子,上学老师管着,放学家长管着,没有一点自己的空间。

其二是学无常师。今天是张老师,明天是李老师,总有新面孔,而且多的是像姐姐一样的代课教师。启蒙老师姓潘,是九江下放知青,同姐姐一样随和可亲。一次村人车塘捉鱼，我们也逃学去捉鱼，她把我们找回去，也没有批评。印象最深的是一次生病了，放学时她背着我走几里路送回家。有个瘦高个的石老师，因为身体瘦弱，在山上砍了柴要等到晒干才背回家。我们一伙懵懂小孩竟以为捡到便宜，一天早上，把这些柴砍成一段一段的，用夹篮全部担回自己家里去了。石老师知道后既没有批评我们，更没有要我们还回去。小学阶段经历过十几个老师，有些姓名都不记得了，但温暖的形象常在心间。不像现在的小学生，从一年级到六年级，每天只看那两张老脸。

其三是学无课本。上学的第一课是"毛主席万岁"，到上初中时他老人家就永垂不朽了，所以印象深。有一段时间专门读报纸，学老三篇。每天就摇头摆尾地唱"我们的共产党和共产党……"虽然不懂什么意思，但都是扯了嗓子读的。上学的第二年，发了语文、算术两本书。刚发下来没几日，老师就要求我们用纸将几篇"林副主席指示"贴掉。就像现在的官员在位时到处有人请题字，高高悬在门楼；犯事栽了，这字立马就被铲掉了。小时候爱憎特分明，贴之犹觉不快，还要划之、涂之、撕之，一本新书就变成了一本破书。其他课从未有课本，但凭老师所有，会什么教什么。因此，没有一点课业负担，上学是玩，放学还是玩。不像现在的读书郎，上学有读不完的书，放学有做不完的作业。

其四是放学路上。小学上学有五六里路，中学有上十里路，上学放学时，村里伙伴都是结伴而行，一路游戏的。有时一路推着铁环上下学，看谁推的时间长。有时一路上打标，就是纸折的方块，有正反面，用自己的一只标去扇翻别人放在地上的一只标，打翻算赢。有时在路边山上摘果，有时在小溪中捉鱼。有时放下书包摔跤，有时拿起弹弓打鸟。放学回家赶不上吃饭是常事。总之，上学路上，看花开花落，观天地万象，欢声笑语，蹦蹦跳跳，有许多趣味，有许多风光。不像现在，即便是山村僻野，即便是三四里路，也要坐摩托，挤破车；不管城乡，不管远近，不管大小，孩子上学都是接送的多。就像现在旅游坐飞机，爬山坐索道，没有了路上的风景。

二

　　小时候最喜欢上的课就是音乐课，就是现在排在学校课表上，却经常被挤占的副课。可惜那时没有一个专业教师，但即便是这样，记忆最深的还是老师教的一些歌曲和游戏。老师大多不识谱，教歌不写出歌词，只是她唱一句，我们学一句，很多都是鹦鹉学舌，不知其意的。刚上学时，一位女知青教我们唱了第一首歌，叫"天上的星星亮晶晶"，简直美死了。仿佛学了很大本领似的，回去就教妈妈和姐姐唱。有一位代课教师又教我们唱了一首"高楼万丈平地起"。十几个流着鼻涕的山里娃，坐在一座破茅棚里，高声唱着"高楼万丈平地起……"当时感觉万丈高楼有天那么高，太吓人了，唱起来就很不爽。因为我们村最高的房子只有两层楼，我们都叫它洋屋，是地主的屋，是坏人的屋，后来分给了队长住。洋屋与我们革命群众的竹篱茅舍比，显得有些扎眼，所以感觉万丈高楼在我们那坑坑洼洼的山沟里很难"平地起"。特别唱第三句"变出的太阳红又红"时，百思不得其解，回去问我姐姐，可惜姐姐是个文盲，更想不出来。每唱这一句时，觉得就是在说我们村东边山上刚出山的又圆又红的太阳。只是感觉"变出的"有些怪，谁"变出的"呢？是山"变出的"，还是天"变出的"呢？一直到读师范，看了歌本，才知道是"边区的太阳"。没想到，看了歌词后更糊涂，心想全国江山早就一片红了，怎么说"边区的太阳红又红"呢？这可能是我第一次学唱革命歌曲，可惜要懂得其中的意思，有这样万水千山的漫长。有一段时间，来了许多师生，在"五七"大军的一排泥巴房上课，这些老师水平要高些，教唱的歌曲全部用大白纸抄了歌词和歌谱，放到屋檐下，五个年级一起教唱，很有点同唱一首歌的味道。可惜不久又搬走了。后来到了村完小，老师也懒得教我们唱了，只让我们之间互相交流着自己会唱的歌，这种教学方法现在有的农村小学还在采用，因为学生通过电视和朋友会学到比老师更多更流行的歌。其中有一首《映山红》就是同学教唱的。

那时广播里一天到晚唱革命样板戏,虽然一句都听不懂,但也能学个大概。我就唱"令行河马,一万九,浑身是蛋,凶舅舅……"老师说,唱得好,明天由你教大家唱。回到家里,等我姐姐收工回来,就与姐姐一句句猜那唱词。吃了晚饭,坐在床上接着讨论,直到要睡了,满脑还是一团糨糊。第二天还是那样唱。后来知道是"临行喝妈一碗酒,浑身是胆雄赳赳……"上初中了,偶然学到一首不一样的歌。一天晚上,一位知心伙伴和我在乡间小路上散步,此时月挂中天,清风徐来。也许是触景生情,他教我唱了"十五的月亮升了天空哟……"歌名他都不知道,说是在部队的哥哥回来教他的,是首禁歌,不能乱唱的。这是我学唱的第一首情歌,被深深地震撼和感动。原来世上还有这么美丽的歌儿,少年的心扉似乎一下子就被打开了。

三

如果说,小学是以玩为主,那么,到了初中,则是以劳动为主。这座因庐山西海而搬迁建在山丘上的中学,只有一栋砖木结构的两层破旧楼房,也是前辈师生自己动手修建起来的,一共六间,楼上搭架子通铺住人,楼下做教室。教室常常不够,就要占用寝室。老师住在一排干打垒的平房里,每人只有半间。学校决定由师生自力更生再建一座礼堂。那时搞的是开门办学,贫宣队已进驻学校,叫做贫下中农管理学校。管理我们学校的是位老农,他不是校长,但要管校长。他是个矮个子,每天早上做完早操就由他在前面训话,就像生产队长安排每天的生产劳动一样,今天安排搭砖,明天安排斫柴,后日安排烧窑,再后日安排到山里砍树。在他的安排下,我们这些十多岁的少年,硬是自己动手,做起了一座礼堂。

钢铁是怎样炼成的,我们不清楚;泥巴是怎么烧成砖的,我们了然于胸。先要挖泥巴,挖了一凼一凼的泥巴,挑水浇湿。然后牵了学校养的一头牛在泥凼里打转转作泥巴。嫌牛作起来慢,我们就自己做牛,用小脚踩来踩去,脚多力量大,把泥作得熟熟的。泥巴像面一样和好了,就一组占着一凼泥,作好分工,切泥的切泥、搭砖的搭砖、搬砖的搬砖。切泥的把泥巴切成一块一块,搭砖的将一块泥巴高高举起,砸向洒了火灰的砖模子里,用弓弦将多余的泥巴刮去,抬起砖模,一块砖就制成了。我们土话叫搭砖。负责搬砖的立马将砖搬走,一排排码好,等人来点数。下雨了赶快盖毛草,晴天赶快将毛草揭掉。人小力气小,每天虽然下达任务,也搭不了多少。不要紧,日复一日地搭,发扬愚公移山精神,一天一天搭下去。

在等待砖晾干的日子,我们就开始斫毛柴,每天每生二百斤,一个个过秤,登记。干点数称柴一类事的是班上的劳动委员。劳动委员是要有实力的,一般选力气最大的学生当。我们班的劳动委员搭一块砖就像砸一颗蛋一样,小小年纪,身壮如牛。我们班的女生一般成群结伙地去称柴,把劳动委员团团围住,叽叽喳喳地跟他说好话。劳动委员虽然力气大,但见了我们班漂亮女生,脸就红,气就短,眼睛就只看着自己的鼻子。因此,女生的一捆柴可称几次,容易过关。对我们男生,他就特苛刻,仿佛要把女生亏欠的从我们这里补上。我们虽然天天练扫堂腿,练铁砂掌,但还是打不过他,所以只能在柴中捆些石头,蒙混过关。

码成山一样的毛柴砍好了,砖也晾干了,就开始装窑。一班一班的人排成长龙,把砖一块块从晒场传递到窑边,请人在窑中装好。然后分成四人一班,日夜不停地烧窑。大热天的,窑火烤得我们头发、眉毛都蔫了。到了闭窑的时候,挑水浇窑是最苦的。那时还不晓得偷懒烧红砖,只晓得烧青砖。一担一担的水倒入窑顶上的窑田,像救火似的,一刻也不能停,晚上还要打电筒来挑。上到窑顶的坡很陡,咬紧牙关才上得去。我们班劳动委员说,愚公可以搬走两座大山,不相信挑不干一塘浑水。烧砖要烧三昼夜,挑水要挑二十四小时。一窑一窑的砖烧出来,可以做一座大礼堂了。然后再成群结队到大山里去砍树,抬树。就差没有让我们学泥匠、木匠了。

初中两年,我父亲说,没看到我拿过一张成绩单回去,只看到我牵过一头老牛回家放过。几百个人的学校,只有一头老牛,每人难得轮到一回,不知怎么被我碰上了,而且是星期天。星期六下午,我只得把牛往家里赶,有近十里地,路上几座桥,这头牛走得慢,碰到桥就死活不肯过。牵不动,就用棍子在后面赶。慢慢发现我在它左边赶时,它走得快,在它右边赶时,它走得慢。原来它左眼是瞎的,看不见。看得见的时候,它欺负我年龄小,打不痛它。看不见后面是谁,它就怕了,一路吆喝着就赶了回来。我妈看我大老远满头大汗牵头牛回家,眼泪都笑出来了,说从没听说放牛还要到学堂里去学的,生产队里不是有吗?

四

其实我初中毕业那年就恢复了高考。当年的暑假,学校在我们自己做起来的礼堂里组织了一次考试,从四个班里选拔出两个班就地读民办高中,只考一篇作文,题目却远离我们的生活,好像是踏上新的长征什么的。大家小眼瞪小眼,半天下不了手。搜索枯肠,把平日学的大话空话假话乱写一气。第一句必定要写在当时的最高首脑正确领导下云云,首脑名字的前面有长长的定语,一般要喘几口气才读得完。也不知老师是怎么评的分,反正考上了。我那时说过家庭是青春的牢笼之类的话,就是虽然学校没有给我们好的文明启蒙,但总比在家里好玩些。

这时开始重视教学,但好的老师都调走了,教我们的老师大多数自己都没有上过高中。数学老师只在县里培训过,在黑板上演算赛因、扩赛因习题的时候,只有少数人听得懂。化学老师有一本参考书,我拿来抄过一些题目,也大致记得往,在比赛中得过第一名。同学中每科都有一些天才,自己琢磨那些希腊人发明的东西,也能讨论个大概。有个绰号叫鸭鸭的同学,老师不会做的题目他会做,是我们崇拜的小老师。他有许多抬头皱纹,说陈景润也是这样的,是头脑聪明的标志。弄得那段时间大家有意无总要皱下眉头。那时打架是常事,有一次欺负初中同学,他们那个女班主任是个刚参加工作的青年,对此不依不饶,每天到校长那里告状。校长把我们几个召到他的房间,轻轻说一句,你们高中生去欺负初中小孩子,有什么意思?这个事情就算过去了,你们回去吧。此后再也没有捣过乱。校长的这个方法后来知道是激发学生的自重之心,一个人没有自重心是教不好的,就是孔子说的,君子不重,则不威,学则不固。

最后一个学期,要迎战高考,整个学校只分到五套高考复习用书。这时先前那位校长已经调到一所县办高中当校长,来当我们校长的是一位初中学校调来的,他个子矮小,高度近视,上课看人常常要仰视。他把我和鸭鸭等五个人找去,说学校只有这五套书,还是好不容易争取来的,冲刺高考,学校也就靠你们几个,大家抓紧复习,争取考个好成绩云云。要我购买的是一套文科复习资料,大概是看我在作文比赛中得过第一名。当年是考五科,实在说这五本厚厚的复习用书于我是那样的陌生。此后少年游戏的日子就结束了。

我的乡村学校是一个时代的缩影,充满荒唐与苦难,无知与贫乏,但是我也在其中收获自由与友谊,纯真与童趣。

我的读书生活

一个人读书的历史就是他精神发育和成长的历史。我生在穷乡僻壤，又是文化被革了命的年代，精神的贫乏可以想见。但我有幸认得几个字，又读了一些书，并且把读书当作最为快乐的事。回顾几十年来的读书生活，经历了如下几个阶段。

少年时代，顺习而为。那时还没有提义务教育，但到了上学年龄，大都可以上学。乡村学校，条件简陋，或茅房，或民宅，或仓库，或土屋。教学设施主要是黑板和粉笔。教师也都是临时请的代课或民办教师，经常换动。教学内容既非传统经典启蒙读物，也没有现代科学文化知识，往往都是政治读物。那时读书没有什么目的，那目的或许是政治目的，国家的目的。所以，我小的时候没有读到好书，也没有养成好的读书习惯，更没有学到做人的道理。不过那时课业负担不重，游戏玩乐劳动的时候多，上树能掏鸟窝，下河能抓鱼虾，是个自由快乐的野孩子吧。所以，那时真的还谈不上读书，要说读书，生活的书倒是读得多些。

中学时代，为求出路。古人读书多为求取功名，我们那时读书已无功名可取。直到高中时才恢复高考，考取大中专院校可以跳出农门，分配工作，对农村寒门弟子来说这是最为重要的出路，所以那时候读书主要以应考为目的,读不进去,就会很痛苦。我们村有几位同龄人,补习多年,终未考取,仍旧回乡务农。还有补习十年八年的,那时戏称为八年抗战,也不能如愿的,人就有些呆了。如能读进去,也有求知的快乐。我读初中的时候,劳动的时候多,上课的时候少,上课的内容也是农业生产知识,所以基础很不好的。高中读的是民办高中,就在本乡读的,老师学历水平高的是师范,自己都没上过高中,所以,教学质量可想而知。后来到彭泽补习,终归碰上好的老师、好的同学,不懂有个地方问。那时的学习方法就是做题目,当时叫做"题海战术"。因为考试也是做题目,你把各种类型的题目都做过了,考试就很容易过关。那个时候家里虽然很苦,可是我也并不很懂事,也就是说不知道那个机会对我是很重要的,也有懈怠苦闷的时候,感觉目的很不明确,做事不是很有计划,也是稀里糊涂的,不过总算读进去一点书,全靠老师同学的帮助。因为我那时基础太差了,虽然说这个阶段是为了求取出路而读书,但更多的还是时势使然。应试这种东西有的人适应,有的人不适应,这是社会的一种选择。

大学时代,为了学业。我没有上过真正的大学。当时大中专考试是分开的,为求稳,报的是中专,考取的是中师。后来参加工作一心想去考大学,直到五年后才有机会考脱产的成人高校,又是指定的教育学院。虽然脱产读了两年大专,感觉不是很好。为拿文凭而读书对我已没有吸引力,所以后来没有再读。在中师和教育学院读书,当然主要精力都用在课业上。有的学科是长项,成绩好,得到的表扬多,自然也有成就感,有读书的快乐,但也有许多的学科不喜欢的,或者老师苛刻的,读得也很愁苦。

当上老师,为了教学。读书时代虽然也是为了工作做准备、打基础,但似乎还难以联系上。在一所山乡中学教了五年书,教过语文、历史、地理、音乐、美术、体育等课,为了上好课,要读教学参考书,还要看些教学方面的杂志,有许多是边学边教的。上面也有许多的学习任务和要求,比如说政治学习什么的,有段时期还要考教材教法,为了考试过关,也要学。《礼记》有云:"记问之学,不足以为师。"意思是,自己没有心得见解,只靠预先记诵一些问题资料,到时为学生讲说,这种学问,当老师是不够格的。在应试教育的现状下,这样的老师多了去。为应试而学与教,都是死记硬背的多。《朱子近思录》记有人问为学之方,伊川先生说:"书不必多看,要知其约,多看而不知其约,书肆耳。颐缘少时贪多,如今多忘了。"我青少年时读的那些书,早已烟消云散。

进了机关,为写材料。在机关公干二十年,主要是做文字工作,写总结、写调研、写新闻、写汇报,甚至写信息,都要看业务方面的书报。有几年兼职做记者,每月有发稿任务,报纸是每天要读的。所有这些稿子都是要符合时代、符合形势、符合潮流、符合需要的,必须花大量时间读书看报,以使自己的稿子有一定的高度和深度。这时候读书虽不是记问之学,但多为衣食谋,读过的书也是随读随丢。

个人趣味,为了爱好。孔子说:"知之者不如好之者,好之者不如乐之者。"兴趣是读书的最大动力。从学生时代就爱好文学,一直以来都坚持业余时间读文学作品。读师范的时候主要读外国文学名著,那时苏联文学读得最多。后来一般读当代优秀作品,如茅盾文学奖获奖作品,订阅文学杂志等。每年订十几种报刊,长期订的主要有《中国作家》《中篇小说选刊》《散文选刊》《杂文选刊》《教师博览》《南方周末》等,常常为这些书报所累,又乐此不疲。读这些作品,既有喜欢的因素,也有为了文学创作的因素。还有跟风随流读的一些书,譬如读琼瑶、读弗洛伊德、读柏杨、读易中天、读王跃文等等。读这些作品时,还喜欢摘些名言警句,青少年时代摘抄特别多,有几十本。但大多是一时的喜欢,过后也很少去翻一翻。

内心需要,顺性而为。我读书的历史走了许多弯路,都停留在表面的功利喜好上,没有深层次阅读,没有计划性的读。这在一读书过程中,我先是喜欢上了民国时期作家的作品。喜欢钱钟书的雅趣,沈从文的质朴,胡适之的平和,梁实秋的优雅,钱穆的深沉,林语堂的幽默,周作人的冲淡,胡兰成的简静。许多书在小城也买不着,几乎都是小店买的盗版书。然后发现这些人都是有好的国学功底的。于是开始读传统文化经典。也就是在最近两三年知道从网上选购书了,所以从网上购买好的版本的书,并坚持一本一本地读。主要读孔子、老子、孟子、朱子、《诗经》及《菜根谭》《小窗幽记》《围炉夜话》等中华经典随笔系列。也读《龙文鞭影》《幼学琼林》等国学启蒙读物。有时看累了就读现代作品,都从网上购正版书,再也不购盗版书。不过还是要感谢盗版书,因为我读到的一些好的书,如张潮的《幽梦影》、钱穆的《国史新论》都是从盗版开始的,然后再从网上购买正版的来读。我大量购置传统文化经典并阅读,如果说也有什么功利目的的话,那就只有一个,那就是为了弥补错过它们的遗憾。这些东西本来就是应该流淌在我们血液中的东西,是一个人精神成长的重要养料。我读经典不是为了学业,不是为了工作,也不是为了创作,而是为了熏养自己,为了内心的渴望。

我没从小接触这些人类优秀精神产品,自然有时代的悲哀,也是自己所处的文化气场太小,更主要的是自己的智慧不够。我读经典,感觉人类的精神不但没有长高,而且日益萎缩了。如孔子说的"己所不欲,勿施于人""己欲立而立人,己欲达而达人"是多么地富于仁爱而有普世价值。老子说:"不尚贤,使民不争;不贵难得之货,使民不盗;不见可欲,使民心不乱。"又说:"不欲以静,天下将自定。"这是多么的智慧。所以我近年读书不贪多,不求快,让自己的心思简单沉静,静静地阅读,静静地思考,享受与智者交流的快乐。

著名哲学家冯友兰先生有一个著名的"人生境界说",他把人生的境界分成四种:自然境界、功利境界、道德境界、天地境界。在自然境界中的人，其行为是"顺习"的，也就是顺从自然来发挥自己的才能或遵守自己已有的习惯。在功利境界中的人，其行为是"为利"的，做事情都有他们所确切了解的目的。在道德境界中的人，其行为是"行义"的，其行为所及的对象，是利他的，是有益于社会公益的。在天地境界中的人，其行为是"事天"的，他不仅要处理好与社会的关系，还要处理人与自然的关系。从我读书的经历来看，也有这样几种境界：一是自然的境界；二是功利的境界；三是生命的境界。读书而没有功利的目的，成为一种生活方式，此为读书的最高境界。

　　孔子对自己的评价有不少，其中有两句是我喜欢的，其一是："十室之内，必有忠信如丘者焉，不如丘之好学也。"其二是："其为人也，发愤忘食，乐以忘忧，不知老之将至云尔。"前面一句是讲自己好学，后面一句是讲自己学习的快乐。这是多么令人神往啊！

我的读书思想

中国历史上有疑书的,孟子说"尽信书,则不如无书"。有非书的,庄子的"知者不言,言者不知",以及"君之所读者,古人之糟魄已夫"。有焚书的,不光是秦始皇。有爱书的,孔子的"信而好古"。虽然《周易》亦有云"书不尽言,言不尽意",但正如房龙在《人类的故事》中所说,没有书面文献,我们就会与猫狗无异。读书可以让古今中外的优秀人物成为我们的朋友,不得不令人心生敬畏,所以我乡下人都知道要敬惜纸字。

读书要寻找。小的时候,喜欢唱一首歌,就是"找呀找呀找朋友,找到一个好朋友",好的书也要这样去寻找。我原来常去歌厅唱歌,发现那些拿着麦克风不愿放手的所谓麦霸,基本都是不太会唱歌的。许多歌手需要音乐人特别的打造,就是一个人不可能所有的歌曲都适合他,就像穿衣服一样,要找到自己的风格。我们看到许多歌唱家,终生在台上也只能唱一首歌而已。读书是为与好的东西见面,更是为与喜欢的东西见面。王国维的做学问三种境界,亦可比之读书,有那样无悔的爱。因为这世上好的东西,符合一人趣味的东西总是不多的。读书的过程就是这样一个披沙沥金的过程,而且必得自己去碰壁,去经历。手头有一本梁启超先生的《读书指南》,应该算是一本好书,但现在人要按这个指南去读，必会知难而退。胡适之有篇文章叫《找书的快乐》，讲为做学问而寻找书籍的甘苦。我小的时候，全国只读一本书，无处可以找。后来书多了，亦不知好歹，看流行的东西多，看报纸杂志多，由浅入深，曲径通幽，慢慢形成自己的趣味，喜欢上民国时期一些作家的作品，发现这些作家都有很深的国学功底，终于走到阅读经典的路子上来。可见，我进入经典走了许多弯路，但这个路一般是必走的。如果没有读不好的，又怎么知道有好的。只有读过许多不喜欢的，才知道喜欢的珍贵。唐诺《阅读的故事》是一本非常乏味的书，但其中有一句话说得好："下本书在哪里？下本书就藏在此时此刻你正阅读的这本书里。"我在阅读中就是这样，常常地看厚厚一本书，即便是经典，得着一两句会心的句子，就很欢喜。书是人世的反映，实在是庸常的东西多，其中的好，还得去发现。

读书要机缘。书橱里有好些书，放了许多年，她不认得我，我不认得她，"养在深闺无人识"。孔子说，五十以学易。就是说认识没有到一定程度，学的效果就不如意。清人张潮《幽梦影》有云："少年读书，如隙中窥月；中年读书，如庭中望月；老年读书，如台上玩月。皆以阅历之浅深，为所得之浅深耳。"一本《唐诗三百首新注》，直排，繁体字，是早年买的，一直没有读完过。那天随手取出，从头读来，竟爱不释手。觉得原来读的唐诗都不及这个版本的好。还有一本《幼学琼林》，上世纪八十年代这书出第一版的时候，就在新华书店买了一本，却一直束之高阁。到前些年写《维桑与梓》一文时，再拿起此书，觉得自己小的时候没有读这本书是多么可惜，因为这书涉及天文地理、人文政治、婚姻家庭、草木虫鱼，是一本中华文明的百科全书。《庄子·大宗师》写子祀、子舆、子犁、子来四人一起谈话，然后"四人相视而笑，莫逆于心，遂相与为友"。与好的书相见也有这样一种快乐。能发现好书有一种机缘，也有一种境界。读书的机缘还有阶段性。我年轻时读过两本金庸的作品，很是喜欢，可是山村又无处可寻更多的。后来儿子读了不少金庸的作品,与我谈话喜欢说书中的情节,我就买了全套的来读,结果却读不下去。近年我已经很少看报纸、杂志,也很少看电视,就是周国平先生说的已经距离一切大众娱乐性质的消遣很遥远。

读书要方法。我们现在的教育教人读书很是有问题,特别是已经有了一定阅读能力的人,一本书要读一个学期,其间却又要读许多其他的书。这样就养成了一个不好的习惯,就是这本书还没有读完,又去读下一本书。什么书都是读一点就放下。接受的信息量很多、很杂,把脑子搞得一团糟。这样就让人变得浮躁。宋儒张载说:"为学大益,在自求变化气质。"读书本来是把人的气质变好,结果却变坏了。古人是怎么读书的,《弟子规》讲得很清楚,就是:"方读此,勿慕彼。此未终,彼勿起。"小的时候,知识真是不那么重要的,而好的品性习惯令人受益一生。钱穆先生在回忆青年时期读书时说:"忽念余读书皆遵曾文正家书家训,然文正教人,必自首至尾通读全书。而余今则多随意翻阅,当痛戒。即从此书起,以下逐篇读毕,即补读以上者。全书毕,再诵他书。余之立意凡遇一书必从头到尾读,自此日始。"明朝的时候,江西有个学者名叫胡著仁,他有一副对联非常有名:"苟有恒,何必三更眠五更起;最无益,莫过一日曝十日寒。"他的读书方法其实也是像上面说的,不过更决绝,叫做"扎硬寨打死仗"的方法,就是一旦要读一本书,就像扎下一个寨子一样盯着这本书,不管这本书有多少难题,我都要把它搞通。近些年我每年能读数十本书,也是得益于坚持这样一个读书的态度。还有一种读书是修行。明代吕坤《呻吟语》有云:"读书人最怕诵底是古人语,做底是自家人。这等读书虽闭户十年,破卷五车,成甚么用?"宋儒程颐说:"须是将圣人言语玩味,入心记着,然后力去行之,自有所得。"实在说,这种读书方法好像都失传了。梁启超以为读书的目的一般有两种,一是为修养受用,二是为学术研究。像现在学校里面专门为了应试而读书是不能算作读书的。

读书要交流。《礼记·学记》有云："独学而无友，则孤陋而寡闻。"我父亲喜欢用贤文教训我，其中有一句叫"结交须胜己，似我不如无"。我是一直不以为然的，因为这也太功利了，孩子们交朋友才不管这些。我小的时候玩得贴心搭骨的死党多是淘气打架的，有一位后来还进了监狱。但从读书来讲这话是很恰当的，就是你亲近的人，你周围的人读什么书，对你是有影响的，也许一本好书就改变了一个人的精神世界。不要说书籍缺乏的年代，读书要交流，就是生在图书馆里，没有人交流，那么多的书你从何读起。我小的时候，读书主要靠借，靠与同学交换着读。清代袁枚说："书非借不能读也。"只说出读书的一种动力，借的好处在交流。我乡下有识字的人有一种特别的本领，就是读书后能生动地讲出来，与大家分享。岳飞传就是听我村人讲的，后来有机会读，觉得没有我乡下人讲得好。我平常喜欢朋友给我推荐好书，近年所读，也多是大家名家书架上的神明。我自己的书也愿意与人分享，从借书可看出这人读不读书。凡借去长时间不还或不准备还的，必不是读书人，因为这种人以为占有了这本书就等于读了这本书。我走亲访友，喜欢看人书房书柜，凡是书柜里摆满成套成系列经典名著的人，必定是不读书的人。我也从不在其中借出一本，因为那书不是用来读的，是要用来摆给人看的。《周易》有云："君子以朋友讲习。"就是与朋友交流读书思想。我读经典就常觉得少了能够交流的朋友。

读书要思考。宋理学家程颢说："学源于思。"又说："致思如掘井，初有浑水，久后稍引动得清者出来。人思虑始皆混浊，久自明快。"孔子说："学而不思罔。"思考是读书更高一级的快乐。我近年每读一书，都写一些认识，是微博的主要内容，短的几十字，长的一千多字。也有写成文章的，就是读书的一些思考和收获。近年成系统读的主要是中华传统文化经典，发现几乎所有的书都是不得意的人编写的。譬如最早的孔子，后来的司马迁等，包括《龙文鞭影》之类的启蒙读物，也都是退休回籍或干脆就是乡村教书的穷儒编写的。也许世俗的烟云消散之后，人心才变得宁静。又读许多人物的传记，发现一般自己写的要好些，如周作人《知堂回想录》、曹聚仁《我与我的世界》，别人写得好的少见。一个人的系列作品也读了一些，如钱穆、胡兰成，发现一个人一生只有很少作品是好的。思考让我们以自己的眼光来看待书中的人和事。我第一次看胡兰成《今生今世》，流下许多眼泪，其中的句子都想一路来划杠打圈。后又读了他几乎所有作品，又读了他的传记。觉得胡兰成的文字是一流的存在。他的人品也不像传记作者说的那样不堪。他写的那些人都是有情有义的，在亡命的几年里，他得到了许多人的帮助，才可以长时间隐居在民间，又走香港，到日本。如果他是一般评价的那样，他流亡不到日本；能够到日本，也不会受到日本最优秀人物的尊崇。川端康成、保田与重郎、尾崎士郎是日本昭和三文人，诺贝尔物理学奖获得者汤川秀树、数学家冈浩，这些日本近代最为优秀的人物都非常尊崇胡兰成，并成为知己，对他做学问给予极大的帮助。由于众所周知的原因，我是不喜欢日本人的，但从胡兰成的经历，看出日本民族的伟大，他们是有情义的，知道尊崇人世的优秀人物，而不是随便给人扣一顶帽子。因为读了胡兰成，才去读张爱玲。觉得张爱玲的小说有许多精致的趣味，散文也有独特的见解，都不及胡兰成的作品有民间气息。胡兰成历尽劫难后又远离一切政治人事，其心是宁静的，这也是许多人在创作时达不到的境界。王小波有本书叫《思维的乐趣》，王跃文有本书叫《胡思乱想的日子》，我读书也胡乱思考，也不怕人笑话。

读书要反复。学而时习，有一种特别的快乐。这是圣人说过的。因为能够让人重读的书必定是好书，是喜欢的书。这是孔子说这话的本质。后世把这种方法强加给孩童，使人产生厌学，这是令人遗憾的。我重读最多的书是《论语》，手头有六个版本的，我都读过，最好的版本是杨伯峻译注的，读了三遍，每一遍的感觉都不一样，心得也不一样。司马迁说："余读孔子书,想见其为人。"慢慢有一个可亲的温暖的形象在心中。孔子是个很感性的人,两千多年过去,他仿佛就在我的身边。老子《道德经》也读过三遍,越读越觉得喜欢。老子是个特别理智冷静的人,与孔子形成对比,所以孔子的学生多。《红楼梦》第一次读的时候觉得很难读下去。数年后重读,觉得顺畅多了,近年第三次读,就非常喜欢。《大学中庸译注》拿起过三次,都没有读下去。第四次拿起时,突然就觉得可以读了。《朱子近思录》第一次读只算作了解,第二次读觉得亲切。俗云:"熟读唐诗三百首,不会写诗也会吟。"人类的精神原创早已结束,我们只有仰望,只有常读,才能不被越来越强大的物质压倒。博尔赫斯说:"我总是重读多于泛读,我以为重新阅读一本书比泛读很多书更为重要。当然,为了重读先必须阅读。"林语堂说:"同一本书,同一读者,一时可读出一时之味道出来。"他认为凡是好书都值得重读的。我近年才懂得这个道理,人的精力毕竟有限,要读好书,经典常读,是一种必然的选择。

　　读书要智慧。《庄子·逍遥游》有云:"瞽者无以与乎文章之观,聋者无以与乎钟鼓之声。岂唯形骸有聋瞽哉!夫知亦有之。"意思是瞎子无法和别人一同欣赏文采的华丽,聋子无法和别人一同欣赏音乐的奥妙。岂止是在形体上有瞎子、聋子呢?在智慧上也有的。我读《庄子》《周易》等经典,就有盲聋的感觉,就是智慧不够,读起来特别吃力。我小的时候,优秀传统文化被当作垃圾一样扫除,奥威尔小说《一九八四》中的情形许多人都经历过,就是把之前所有的信息都屏蔽了,然后给人装进经过改造的东西。譬如我小的时候以为一九四九年以前是没有太阳的,以为世界上别的国家的人都生活在水深火热之中,以为一部中国史是几个社会,是不断的造反起义,而没有悠久灿烂的文明。诸如此类。我看到的第一本论语叫《论语批注》。里面的批判充满了火药味,那孔子不是一个教书先生,而是一个恶魔。所以,我后来就没有去读。长大可以读经典了,却觉得自己与古人是隔膜的。我中华文明的最大优势一是悠久;二是无间断;三是史料翔实。如果对自己的历史文化怀有敬意,应该是能够和古人有神交的。而且,中国古代的学者都是用其时其地的语言写作的。《论语》有记:"子所雅言,《诗》《书》、执礼,皆雅言也。"就是中华文明,几千年前就有普通话,东南西北的人可以交流,又可以流传下来。我乡下有无字天书的说法,没有有字天书的说法。所以,我觉得自己对经典的隔膜就是没有智慧。科学越发达,物质越丰富,生活越复杂,是不是人的智慧就越弱化。庄子亦云:"嗜欲深者天机浅。"我常说,小孩子和老人比较有智慧些,就是小孩染习不深,皇帝的新衣他看得清楚。老人心思复归简静,所以能够显出人的本质神性,看透人生。

我的读书检讨

近年写过几篇读书的文章,其中有点到过一些不堪的事,这就是我今天要来检讨的,关于自己购买阅读盗版书的事。

利用一个周末的时间,从书橱书箱中清出所有的盗版书,一一登记书目,凡五十一种。归纳起来,有这么几种类型。一是喜欢类,有钱钟书作品集、沈从文作品集、林语堂作品集、余华作品集、易中天作品系列等。二是经典类,有《颜氏家训》《随园诗话》、国学小书院、古典文学名著等。三是畅销类,有余秋雨文集、巴金《随想录》、王跃文《国画》、春桃《中国农民调查》等。四是资料类,有《四库全书》《资治通鉴》《中国名人百传》《实用中草药大全》等。

道教、佛教修行有一种"功过格",就是将自己的善恶功过详细记载。我将这些书一一记载在日记本上,也有将这种心上有蒂介的过错一一暴露的意思,又其中有读书的种种甘苦境况。可以肯定的是,买过读过的绝不止这些,有些是借来的,已经还了。有些被人有借无还,都不记得了。还有一些特别低劣的,如买过一本署名王跃文的书,其实不是要买的王跃文,这些书早就丢掉了。

我第一次购买盗版书是不知情的,那是一九九〇年代初,在小城的一家书店买下钱钟书的《围城》，还有陈忠实的《白鹿原》。是作为正版书买的，书价按定价一分不少，书店还在书上盖了一枚"图书馆读书服务部"的方印。自己也在书上写了姓名，盖了印。仔细读完，发现错漏特别多，我都一一标出。后又发现印刷质量装帧也不好，这是第一次认识盗版书。

小城的新华书店是原来经常逛的地方，后来不能满足，就是你想要的书都没有。这时盗版书公开面世了，开的书店直接叫半价书店，后来半价都不要。我喜欢的钱钟书、林语堂、沈从文、余华、王跃文、易中天的书这里都找得到，就这样买了不少，一读为快。

到本世纪初的几年，上门兜售的盗版书经常碰到，印制质量也越来越好。作为资料买下《四库全书》《资治通鉴》等书。中国古典文学名著那几种家中已购置，但版本比较杂，有几种字体太小。那年抽调到一个指挥部搞中心工作时，有人上门推销大开本的，就买下一套，预备在此工作期间读完这套书，先从没读过的读起，结果只读完一本《孽海花》，其他的再也没有拿起来。

《容斋随笔》等中华传世名著经典那套丛书也是因为版本问题买下一套盗版。因为张潮《幽梦影》是先读盗版的，后来买了两种正版的，结果注释都不如那个盗版的，就以为这套书有可取之处，又都是5元一册的小书，所以全都买下来，看后又不是那么回事。总之盗版总有偷工减料处。在购书难的地方或经济原因，聊胜于无罢。

最早发现盗版书，心里非常气愤，就是有上当受骗的感觉。后来看到盗版大行其道，几乎每个城市都有我所在小城一样的半价书店，公开出售盗版书，觉得是不可思议的事情，因为这个事查处太容易了，却没有人去管。尤其看到一些学校接受捐书，其中多的是盗版。围绕学校的一些小书店也多的是盗版书，甚至字典、词典都不放过。这样的精神产品正是社会乱象的一种反映吧。

中国的消费者在与多种假冒伪劣产品打交道的过程中，提高了自己认识世界的水平。早些时期的盗版书，印刷装帧一眼可以看出来，错漏也很明显。后来的盗版，装帧、印刷甚至错的地方都不容易发现，但是它已经公开身份，不需要你去发现。为了吸引消费者，盗版一是做经典。因为经典即使不会有人要读，也是有人要买去装点书橱的。二是做畅销。畅销书虽然不是最好的书，但大多数人都是喜欢赶热闹的。这种书买的人最多，正规渠道永远满足不了大众的需求的。像我所在的小城新华书店根本就没有。三是做合集。就是把那些优秀作家的优秀作品做成一本书，一册在手，尽揽风流的味道。还有就是两种作品做成一本，让人有买一送一的感觉。

中国从古以来，盗亦有道，就是心虚也好，良知未泯也好，假的就是假的，与真的总是有区别。我对于盗版书的感觉，第一是脏。也许从印刷到流通，做的人都没有敬畏心的原因，所以那书是没有书香的。第二是粗。就是印刷、装帧、作品编排粗俗的多。第三是错。原来是错别字，排版什么的，后来是随意抽取作品内容，做成统一的样子。尤其是经典作品，错漏特别多。第四是缩。一是把字缩到最小，如把金庸的几十部武侠小说缩成两本，字小到无法认，伤害人的眼睛。二是随意缩减内容，如《四库全书》《资治通鉴》都是卷帙浩繁的巨著，他就随便抽取内容做成三四本。在盗版者眼中，是没有这书的内容的，有的只是如何包装卖钱。

明代陈继儒《小窗幽记》有句话，深得我心，他说："莫行心上过不去之事，莫存事上过不去之心。"凡事可以欺人，但是不能欺心。就是购买盗版书，虽然没有人来追究责任，虽然也可以得到一些好处，毕竟知道是不好的事。所以，除了最早购买的两本盗版书因为不知情而外，以后购买的我从不在上面写名盖章，也不写购买时间，只有很少的写了某年月日读完。

自从知道怎样从网上购书后,再没有去逛过那些半价书店。同时,凡购过哪位作家的盗版书,又是我喜欢的作品的,大都买了该作家的正版书来重读,不需要重读的也买一些来珍藏,似乎这样可以表示心中的歉意。如钱穆的书,只买过《国史新论》《中国思想通俗讲话》等两种盗版,但他的正版书我就买了《国史大纲》《论语新解》等十余种并且全部读完。其他沈从文、钱钟书、余华、王跃文等人的代表性作品全部都重买。那套中华传世名著经典丛书也重买了中华书局版的,叫中华经典随笔丛书,就是《陶庵梦忆》《闲情偶寄》那个系列的,我都读完一遍。要读一点好书,竟要从盗版开始,这是我读书的悲哀。

我小的时候,全国只读一本书,上课也以此为教材,文化的沙漠让人不知今世何世。后来有许多好书出来,可以接触古往今来的精神价值,又碰上盗版公行。以我自己的经验,如果知道这书是盗版的,就是再好,心里也有些障碍的,就像电影电视经过了审查一样,不知道哪些精彩的部分被删减了,就是已经失去了他自己的面貌。

中国人都知道的一种理论是吃什么补什么。外国也有这样的说法,费尔巴哈说,人就是他所吃的东西。周国平先生认为,至少就精神食物而言,这句话是对的。就是从一个人的读物大致可以判断他的精神品质。我如今检讨自己的读书,就是要把这些盗版书彻底清除。也就只能清理自己的书房,心里的印记又怎么清除得了呢?

《论语》新编漫谈

一

我手头有六本《论语》。最早的一本是上世纪八十年代得于我刚出校门任教的一所中学,为中华书局一九七四年出版的《论语批注》,编者为北京大学哲学系一九七〇级工农兵学员。第二本《论语通译》,是世纪初在我蛰居的小城新华书店购置的,徐志刚译注,人民文学出版社出版。第三本是前年初从网上购买的杨伯峻译注,中华书局版《论语译注》。第四本是前年底从网上购的钱穆编的《论语新解》,生活、读书、新知三联书店版。第五本是去年从网上购买的杨伯峻译注的繁体字版,主要增加了《论语词典》等杨先生研究《论语》的一些心得。第六本是今年从网上购得的《名家集注论语》四卷本,包括何晏、皇侃、朱熹、刘宝楠等历代名家对《论语》的注释,印刷工业出版社出版。前两本我没有好好读过,一直放在书橱里。杨伯峻的《论语译注》简体字本读过两遍,繁体字本读过一遍;钱穆的《论语新解》去年也读完。后面一本尚在慢慢读。可见我读《论语》是近年的事。

《论语》是一部怎样的书呢?《三字经》说:"论语者,二十篇,群弟子,记善言。"班固《汉书·艺文志》说:"论语者,孔子应答弟子、时人及弟子相与言而接闻于夫子语也。当时弟子各有所记,夫子既卒,门人相与辑而论纂,故谓之论语。"杨伯峻先生考证得出结论:论语这一书名是当日的编纂者给它命名的,意义是语言的论纂。西汉时有今文本的《鲁论》和《齐论》及古文本的《古论》三种,西汉末年安昌侯张禹据《鲁论》参考《齐论》编出定本,号《张侯论》。今本《论语》系东汉郑玄混合《张侯论》和《古论》而成,共二十篇,一万一千多字。易中天先生在其《先秦诸子百家争鸣》一书中说:"《论语》这本书,还是比较忠于历史,忠于事实的。他人的讥讽,学生的不满,孔子的狼狈,都如实照录,栩栩如生,历历在目。……这大概因为孔子的门徒,还有一点'君子风度'和'史家风范'。即使用了'春秋笔法',总归不会篡改事实。"早在汉代,《论语》就已经获得超乎众学的地位,任何对它的增删篡改都是非法的。因此,历经两千多年,我们仍能看到一个真实的孔子。

  历代以来,对《论语》的注释可谓汗牛充栋,主要有三国魏何晏《论语集解》,南朝梁皇侃《论语义疏》,宋朱熹《论语集注》,清刘宝楠《论语正义》等。近代以来较好的注本就是上面提到的杨伯峻、钱穆的注释本,尤以杨伯峻先生的注释简洁平实。他们都是研究了古代许多版本而编定的,只在章节上有拆分合并的一点不同,如钱穆新解为四百九十七章,杨伯峻译注为五百一十二章,都没有大的调整。大概一本书一经编定,流传既广,就很难改变的了。

  我小的时候没有读过《三字经》《论语》等经典,是时代和历史的悲哀,也是我们这个民族的悲哀。一个时期以来,传统文化被当作垃圾一样扫除干净。虽然错过了最佳的读典时期,但我一直没有好好去读《论语》,这部用钱穆先生的话来说:"自西汉以来,为中国识字人一部人人必读书。"我觉得就是自己的智慧不够,也可以说自己所处的文化气场不够。中国是个没有宗教的国家,但孔子及弟子给我们创造的儒教,很大程度上为汉民族构建了安身立命的精神家园。《论语》就是我们的经书,为我们提供了普世的基本价值取向与道德滋养。《大学》有言:"自天子以至于庶人,壹是皆以修身为本。"《论语》有一个核心思想就是注重个人修为,追求灵魂的高贵。时间虽然过去了两千多年,人的精神一点也没有长高,甚至有许多都萎缩了。

因为读《论语》有许多的感悟,所以想更好地读。在反复读的过程中,发现对同一问题的论述出现在多个篇章中,杨伯峻、钱穆也多次在注释中说到,某章与某章合读,或某章与某章互为阐发等。这样翻来翻去,多有不便。杨伯峻先生也认为:"这些篇章的排列不一定有什么道理;就是前后两章间,也不一定有什么关连。而且这些断片的篇章绝不是一个人的手笔。"从我自己读的感受来看,有些篇章是有内在联系的,有些是没有的。我们可以想见,一块八寸长的竹简,能写几个字?把一万多字凑一起,编成一编一章,是很不容易的事。因为是圣贤之书,后人不去动它,也是应有的敬畏。因此想到《论语》可不可以重编。两千多年来,无数学者编定的《论语》都是从"学而篇"始,至"尧曰篇"终。可不可以找到更好的编排体系,或者说可不可以编成自己最喜欢的体系。胡兰成曾经给张爱玲看他的论文,张爱玲却说,这样的体系严密,不如解散的好。胡兰成就果然把来解散,然后觉得驱使万物如军队,原来不如让万物解甲归田,一路有言笑。

我重编《论语》既不为邀名,把经典来开刀,哗众取宠;也不为逐利,编书出版,为评职称算业绩;更不为立言,把它当作做学问,以期有所成就。我重编《论语》就是为了满足自己的阅读需要,为了更好地认识,更好地体悟,更好地修为。所有的宗教经书,唱也罢,念也罢,抄也罢,都是为了让灵魂安宁,精神生长。所以,我重编《论语》,概言之,编一本书,作一次修行。

《论语》原二十篇,分别为学而篇、为政篇、八佾篇、里仁篇、公冶长篇、雍也篇、述而篇、泰伯篇、子罕篇、乡党篇、先进篇、颜渊篇、子路篇、宪问篇、卫灵公篇、季氏篇、阳货篇、微子篇、子张篇、尧曰篇。原来是没有篇名的,后人在编纂时取每篇开头一句话的两三个字作为篇名,并不是内容的关键词。我把它原来的体系解散,编成九篇,编目如下:第一篇,为学篇;第二篇,为政篇;第三篇,论仁篇;第四篇,礼乐篇;第五篇,君子篇;第六篇,论人篇;第七篇,论己篇;第八篇,居游篇;第九篇,为人篇。

下面简要谈一谈我对这九篇内容的认识。

二

关于为学篇。有关教的内容入此篇。这篇主要反映孔子的教育思想。

清代王永彬的《围炉夜话》中有一句话:"与朋友交游,须将他好处留心学来,方能受益;对圣贤言语,必要在平时照样行去,才算读书。"孔子对于学的认识是本质的,那就是做,在生活中学,学了要实践,知行要合一。孔子说:"弟子,入则孝,出则悌,谨而信,泛爱众,而亲仁。行有余力,则以学文。"此章成为《弟子规》的开篇总论。宋理学家程颐说:"弟子之职,力有余则学文,不修其职而学,非为己之学也。"《论语》中这种说法较为普遍。子夏说:"贤贤易色;事父母,能竭其力;事君,能致其身;与朋友交,言而有信。虽曰未学,吾必谓之学矣。"又说:"君子食无求饱,居无求安,敏于事而慎于言,就有道而正焉,可谓好学也已。"学必学于人,既要向古人学,也要向今人学。孔子说:"吾尝终日不食,终夜不寝,以思,无益,不如学也。"钱穆在读此句时说:"君子贵乎乐群而敬学,不贵离群而独思。"《礼记》有言:"独学而无友,则孤陋寡闻。"一个人所处的文化气场能影响其精神高度。学的根本目的是为修养自身,不是为了装饰自己给人看的。所以孔子说:"古之学者为己,今之学者为人。"荀子说:"君子之学以美其身,小人之学以为禽犊。"现如今,小人之学何其多也。宋理学家程颐说:"不学便老而衰。"又说:"人之学不进,只是不勇。"所以,学习是要有一种精神的。孔子说:"朝闻道,夕死可也。"又说:"士志于道,而耻恶衣恶食者,未足与议也。"孔子对学有自己的理想,他说:"志于道,据于德,依于仁,游于艺。"这也是他教育思想的一个纲领。《大学》开篇即说:"大学之道,在明明德,在亲民,在止于至善。"然后讲出一番修齐治平的道理。这也是孔子思想的继承与发展。

《论语》中,作为学生求学而被骂的一个是樊迟,因为他要向孔子"学稼"、"学圃"。孔子骂他是小人,因为孔子认为这些东西不是他要教的东西。还有一个宰予,也不知做错了什么,只说是"昼寝",就是白天睡大觉,被孔子骂成:"朽木不可雕也,粪土之墙不可杇也。"意思是,腐烂的木头不能雕刻,粪土似的墙壁不能粉饰。然后说:"始吾于人也,听其言而信其行;今吾于人也,听其言而观其行。"意思是,原来我对人家,听到他的话,便相信他的行为;现在我对人家,听到他的话,却要考察他的行为。估计是宰予言行不一,引起孔子说出上面的话。《论语》中,只讲到两个人好学,一是孔子自己:"十室之邑,必有忠信如丘者焉,不如丘之好学也。"一是颜回:"有颜回者好学,不迁怒,不贰过。不幸短命死矣,今也则亡,未闻好学者也。"

孔子被后世称为至圣先师,他一生的事业主要在整理历史文献和从事教育,最为成功的事业在教育,对后世贡献最大的也在教育。一部《论语》正是他教育成果的反映。孔子的教育思想在现在不仅没有过时,而且值得大力弘扬。他被公认为私设学校第一人,打破了学在官府的传统。孔子最伟大的教育思想是"有教无类"。谢质彬先生认为,"有教无类"的意思是,人原本是"有类"的,但通过教育可以消除这些差别。人有差别,如贵贱、贫富、智愚、善恶之类。唯有教育,感而化之,不复有类。歌德说:"人们凭着自己的聪明划分出各种各样的界限,最后凭着爱,把它们全部推倒。"孔子开门授徒,没有贫富、地域等等区别。他主要从事平民教育,招收的学生主要来自底层社会。他说:"自行束脩以上,吾未尝无诲焉。"入学只需交十条肉干,可见收费十分低廉。其教学纲领注重人生大道和品德修养,孔门教学的主要内容也在做人。"子以四教:文、行、忠、信。"就是历代文献,社会生活实践,对别人忠心,与人交际信实。其教学方法因材施教、启发式教学一直被人推崇。子路和冉有问同一个问题:"听到就该去做吗?"孔子在回答两人时说法不同,公西华在一旁听了有些糊涂,就大胆问这是怎么回事。孔子说:"求也退,故进之;由也兼人,故退之。"教育不是灌输而是启发、是留白,是开悟。孔子说:"不愤不启,不悱不发。举一隅,不以三隅反,则不复也。"愤,心求通而未得;悱,口欲言而未能。只有在这种情况下启发,开导才有意义。不能举一反三,教也白教。孔子教育思想的伟大之处还有一点就是诲人不倦,毫无保留。因为在中国民间,不管哪个行业,师傅教徒弟都喜欢留一手,孔子为后世的教师留下了无私奉献的典范。他说:"二三子以我为隐乎,吾无隐乎尔,吾无行而不与二三子者,是丘也。"孔子的学生都很优秀,也很活泼,平时与老师对话也处在平等位置上,可能有学生提出过这个问题,引得孔子说出上面这段话,意思是,你们以为我有所隐瞒吗?没有的,我没有一点不向你们公开,这就是我孔丘的为人。

尽管如此,还是有个叫陈亢的学生跑去问孔子的儿子伯鱼,说:"子亦有异闻乎?"伯鱼说:"未也。尝独立,鲤趋而过庭。曰:'学诗乎?'对曰:'未也。''不学诗,无以言。'鲤退而学诗。他日又独立,鲤趋而过庭。曰:'学礼乎?'对曰:'未也。''不学礼,无以立。'鲤退而学礼。闻斯二者。"陈亢回去高兴地说:"问一得三,闻诗,闻礼,又闻君子之远其子也。"这是《论语》中唯一的一章说到孔子的家教的,不过是教儿子学诗、学礼。陈亢却从中发现孔子对他儿子的态度。陈亢发现,老师不仅没有特别地去教儿子,而且有些疏远儿子,这是为什么呢?

这个问题,要到《孟子》中去找。公孙丑曾问孟子:"君子之不教子,何也?"孟子说:"势不行也,教者必以正;以正不行,继之以怒。继之以怒,则反夷矣。夫子教我以正,夫子未出于正也,则是父子相夷也。父子相夷,则恶矣。古者易子而教之,父子之间不责善。责善则离,离则不祥莫大焉。"君子不亲自教育儿子,孟子认为是情势行不通。教育一定要用正理正道,教育无效,跟着就会愤怒,愤怒就会伤感情。父子之间伤感情,有隔阂,是最不好的事。

孔子教学的主要方式就是答问和讨论。孔子对问题的回答似乎从来就没有标准答案,如不同的人问仁,问礼,问政等,孔子的回答都不同。就是同一人问同一问题,孔子的回答也不同,如后面谈到的樊迟问仁。孔子与学生讨论的氛围特别轻松,在家随便对某一问题发表意见,他自己也说出看法,并且有学生弹琴伴奏。《论语》有一章专记孔子与子路、曾晳、冉有、公西华讨论"如或知尔,则何以哉?"就是有人了解你,想用你,你准备怎么办?然后大家各抒己见,各人的志向、神态写得栩栩如生。孟子曾说,君子教育的方式有五种:有像及时雨那样沾溉万物的,有成全品德的,有培养才能的,有解答疑问的,还有以流风余韵为后人所私自学习的。这话评价孔子是多么地好。

三

关于为政篇。这一篇主要反映孔子的政治理想。

《礼记》记载,哀公问孔子:"人道谁为大?"孔子回答说:"人道政为大。"又说:"古之为政,爱人为大。"《论语》中有关为政的内容有四十多章,印象深刻的有以德、以正、以信、以贤、以礼、以矩、以教、以勤、以义、以道几点。

以德。孔子说:"为政以德,譬如北辰,居其所而众星共之。"意思是,以德治政,就像天上的北极星,安居其所,别的星星都环绕着它。

以正。季康子问政于孔子,孔子对他说:"政者,正也。子帅以正,孰能不正。"又说过:"其身正,不令而行;其身不正,虽令不从。"

以信。子贡问政。孔子说:"足食、足兵,民信之矣。"子贡说:"必不得已而去,于斯三者何先?"孔子说:"去兵。"子贡说:"必不得已而去,于斯二者何先?"孔子说:"去食。自古皆有死,民无信不立。"信是无常的世界里人的根本价值。

以贤。哀公问:"何为则民服?"孔子对他说:"举直错诸枉,则民服。举枉错诸直,则民不服。"就是说把正直的人选拔出来,放在邪曲的人之上,百姓就服从了;反之则不服。

以礼。定公问:"君使臣,臣事君,如之何?"孔子对他说:"君使臣以礼,臣事君以忠。"孟子对此有进一步发挥,孟子说:"君之视臣如手足,则臣视君如腹心;君之视臣如犬马,则臣视君如国人;君之视臣如土芥,则臣视君如寇仇。"相比而言,孔子要平实温和得多。

以矩。就是不要逾越所在位置,守规矩。孔子说:"不在其位,不谋其政。"曾子说:"君子思不出其位。"人不能做与自己身份不相符的事。

以教。"子适卫,冉有仆。子曰:'庶矣哉!'冉有曰:'既庶矣,又何加焉?'曰:'富之。'曰:'既富矣,又何加焉?'曰:'教之。'"意思是说人口多了,要让他富裕,富裕了要教育他们。

以勤。子路问政。孔子说:"先之劳之。"子路请老师多讲一点,孔子说:"无倦。"孔子的意思是说,不光要带头,而且要永不懈怠。子张问政的时候,孔子说:"居之无倦,行之以忠。"

以义。子夏在莒父做县长,问政,孔子说:"无欲速,无见小利,欲速则不达;见小利,则大事不成。"实际上,但凡为政,又哪有不急功近利的呢?

以道。叶公问政。孔子说:"近者悦,远者来。"境内的人欢悦,境外的人来附,这个国家一定是政治清明,文化发达,社会和谐,人民富足。我觉得这是为政的最高境界吧。

四

关于论仁篇。忠、孝、德等归入此篇。这篇主要反映孔子的道德境界。

仁是孔子的核心思想。虽然《论语》中说"子罕言利与命与仁",但其中说到仁的地方有一百零九处。我们来看孔子的主要说法。

颜渊问仁。孔子说:"克己复礼为仁。一日克己复礼,天下归仁焉。为仁由己,而由人乎哉?"意思是,约束自己,使自己的言行都合于礼,就是仁。一旦这样做到了,天下的人都会称许你是仁人。为仁全由自己,还靠别人吗?

仲弓问仁。孔子说:"出门如见大宾,使民如承大祭。己所不欲,勿施于人。在邦无怨,在家无怨。"意思是,平常出门如见贵宾一般,役使百姓好像承当大祀典,都要严肃认真,小心谨慎。自己所不喜欢的事情,就不强加于别人。不管在不在工作岗位上都没有怨恨。

司马牛问仁。孔子说:"仁者,其言也讱。"意思是,仁人的言语迟钝。

樊迟三次问仁。第一次,孔子说:"仁者先难而后获,可谓仁矣。"意思是,难事做在人前,获报退居人后,可以算仁了。第二次,孔子说:"爱人。"第三次,孔子说:"居处恭,执事敬,与人忠。虽之夷狄,不可弃也。"意思是,平日容貌态度端正庄严,工作严肃认真,为人忠诚。这几种品德,就是去到夷狄之邦,也是不能废弃的。

子张问仁。孔子说:"能行五者于天下为仁矣。"这"五者"为:"恭、宽、信、敏、惠。恭则不侮,宽则得众,信则人任焉,敏则有功,惠则足以使人。"

此外,还有一些说法:"孝弟也者,其为仁之本与!""巧言令色,鲜矣仁!""苟志于仁矣,无恶也。""夫仁者,己欲立而立人,己欲达而达人。""刚、毅、木、讷近仁"。"博学而笃志,切问而近思,仁在其中矣。""志士仁人,无求生以害仁,有杀身以成仁。"

还有与知、勇一起说的:"知者乐水,仁者乐山。知者动,仁者静。知者乐,仁者寿。""知者不惑,仁者不忧,勇者不惧。"

综合看来,仁是什么呢?是人之为人的完美的人性,包含了忠、孝、信、义、爱、礼等道德内容,对天地、自然、社会有一种情怀,有恭敬心、慈爱心、包容心、责任心,又有坚毅、顽强、执着、沉静、忠诚的品性。可能寄予了孔子或同时代人一种崇高的道德理想。虽然讲得很多,都是讲它所表现出来的一些东西,所以要达到仁很难。

孔子很少用仁来评价一个人,就是对颜回,也只说"回也其心三月不违仁",并没有说他是一个仁人。但仁又是人性中有的东西,就如杏仁、桃仁,是其之所以为此物的原始基因。孟子说:"人之所以异于禽兽者几希。"这一点点不同是什么呢?他说:"无恻隐之心,非人也;无羞恶之心,非人也;无辞让之心,非人也;无是非之心,非人也。恻隐之心,仁之端也;羞恶之心,义之端也;辞让之心,礼之端也;是非之心,智之端也。"老子说:"天地不仁,以万物为刍狗。"其实天地无所谓仁,无所谓不仁,仁只在人心中。所以,孔子又说:"仁远乎哉?我欲仁,斯仁至矣。"

《论语》中说孝的不多,只有十章。有孟懿子、孟武伯、子游、子夏等几个人问孝。孔子讲了这么几层意思:以礼、以敬、以愉、以惧。

以礼。就是不要违背礼节。"生,事之以礼;死,葬之以礼,祭之以礼。"我乡下普通百姓,都知道要厚养薄葬的道理,但做起来往往相反。生的时候,通常只满足于供养,葬礼、祭礼往往很是隆重。

以敬。孔子说:"今之孝子,是谓能养。至于犬马,皆能有养;不敬,何以别乎?"

以愉。这比"敬"更高一级。孔子说:"色难。有事,弟子服其劳;有酒食,先生馔,曾是以为孝乎?"意思是说,儿子在父母前经常有愉悦的容色,是件难事。有事情,年轻人效劳;有酒有肴,年长的吃喝,难道这竟可认为是孝么?《礼记·祭义篇》有云:"孝子之有深爱者,必有和气;有和气者,必有愉色;有愉色者,必有婉容。"

以惧。就是担忧父母年事已高,生命无常。孔子说:"父母之年,不可不知也。一则以喜,一则以惧。"意思是,父母的年纪不能不记在心里,一方面因为其高寿而喜欢,一方面又因为其高寿而担忧。这是每个孝顺儿女的心路历程啊!现在的情况是,为父母做生日的少,为儿女做生日的多。宋程颐有言:"人无父母,生日当倍悲痛,更安忍置酒张乐以为乐?"深以为然。《论语》把孝作为仁之本,有子说:"其为人也孝弟,而好犯上者,鲜矣;不好犯上,而好作乱者,未之有也。君子务本,本立而道生。孝弟也者,其为仁之本欤!"

《论语》中被孔子评价为孝的只有闵子骞,但孔子弟子中被后世列为二十四孝的就有三人,除闵损外,还有仲由、曾参。仲由,字子路,早年家贫,常食野菜。得到一点米,从百里外背回家中侍奉给双亲。父母死后,他做了官,吃着丰盛的筵席,他常常怀念双亲,叹息说:"即使我想吃野菜,为父母去背米,哪里能够再有机会呢!"这就是仲由"百里负米"的故事,说出了"身荣亲已殁,犹念旧劬劳"的孝意。

曾参的故事叫"啮指痛心"。曾参以孝著称,相传著有《大学》《孝经》等儒家经典。他的故事很有意思,说少年时一次入山打柴,家里来了客人,母亲不知如何是好,想儿子快点回来,那时没有手机,母亲就咬破自己的手指。曾参忽然觉得心痛,立即赶回家。我读此故事,不觉潸然。过去没有电话、手机、QQ等通讯手段,甚至书信都是极为不便,但骨肉情深，人心相连，才有曾参母亲这样智慧与温情的故事。现在的人过分依赖现代科技手段，人心反而变得麻木甚至冷漠。

闵损，字子骞。生母早死，父娶后妻，生二子，冬天后母为两个弟弟做的是棉衣，为他做的是芦衣。一天闵损为父亲牵车时因寒冷打颤，绳子掉在地上，遭到父亲的责骂和殴打，芦花从破衣中飞出来。父亲发现缘由后要休掉后妻，闵损说："母在一子寒，母去三子单。"这些孝亲的故事讲出了仁爱之心的美好。

五

关于礼乐篇。诗入此篇。这篇主要反映孔子的社会理想。

《论语》讲到礼的地方有七十四处。但真正讲礼、乐、诗的只有四十多章。在古代先贤看来，仁是核心，仁要通过礼乐表现出来，所以，礼、乐、诗是教化的重要内容。礼是一种制度品节，讲求等级、秩序、规矩。孔子认为，不学诗，无以言。不学礼，无以立。但孔子讲礼所注重的是诚、是和、是仁。

林放问礼之本。孔子说："大哉问！礼，与其奢也，宁俭；丧与其易也，宁戚。"孔子认为，就一般礼仪来说，与其铺张浪费，宁可朴素俭约；就丧礼来说，与其仪文周到，宁可过度悲哀。孔子说："祭如在，祭神如神在。"又说："吾不与祭，如不祭。"就是祭祀祖先的时候，便好像祖先真在那里；祭神的时候，便好像神真在那里。若是不能亲自参加祭祀，是不请别人代理的。

有子说："礼之用，和为贵。先王之道，斯为美；大小由之。有所不行，知和而和，不以礼节之，亦不可行也。"意思是，礼的作用，以遇事都做得恰当为可贵。过去圣明君王治理国家，宝贵的地方就在这里；他们小事大事都做得恰当。有行不通的地方，只为求和，不用一定的规矩制度来节制,也是不行的。中国是礼义之邦,凡事有礼节,礼能和顺人心。

礼看起来是一种形式的东西,但它的本质是仁。所以,孔子说:"人而不仁,如礼何?人而不仁,如乐何?"又说:"兴于《诗》,立于礼,成于乐。"礼乐都是为人生更加美好。

古人以为:"生民之道,乐为大焉。"意思是,养民之道,音乐是重大的事项。《礼记》有云:"乐者,天地之和也。礼者,天地之序也。和,故百物皆化;序,故群物皆别。乐由天作,礼以地制。过制则乱,过作则暴。明于天地,然后能兴礼乐也。"又云:"礼乐皆得,谓之有德。"礼乐不唯通人性,而且是天地大道。孔子的礼乐思想在《礼记》中有详细深刻的阐述。

《孟子》述子贡言:"见其礼而知其政,闻其乐而知其德,由百世之后,等百世之王,莫之能违也。自生民以来,未有夫子也。"朱熹《集注》云:"见人之礼则可以知其政,闻人之乐则可以知其德。"观礼知世,这就是文化对一个国家民族的影响。苏东坡有云:"人之夭寿在元气,国之长短在风俗。"易中天先生认为,墨子关注社会,庄子关注个人,韩非子关注国家,孔子关注文化。

六

关于君子篇。这篇主要反映孔子的人生追求。

君子在《论语》中有两种意思,一是有德者,一是有位者。《论语》讲到君子的地方有一百零七处,主要是指有德者,常常与小人对着来讲。如果说,仁是孔子的核心思想,那么,君子就是努力去实现这一理想的人物。《论语》开篇就讲"子曰:'学而时习之,不亦说乎?有朋自远方来,不亦乐乎?人不知,而不愠,不亦君子乎?'"许多学者,包括钱穆先生都认为此章是讲学的。我认为此章重在第三句,是讲君子的。就算是讲学,也是讲学做君子的。学到了本领,却无用武之地;想念远方的朋友,说明近处无人知晓。总归是没有人知道。难得的是"不愠",就是没有怨恨。其实,"人不知"是人生常态,如深山佳木,空谷幽兰。王力宏有歌唱道:"多的是你不知道的事。"朱子以此章为"入道之门,积德之基",有深意存焉。

就像其他教徒修炼一样,学做一个君子,也是要从强大自己的内心开始的。所以,孔子说:"君子病无能焉,不病人之不己知者。"又说:"君子求诸己,小人求诸人。"君子只要求自己,惭愧自己没有能力,不怨恨别人不知道自己。

君子是好学的。孔子说:"君子博学于文,约之以礼,亦可以弗畔矣夫!"意思是,广泛地学习文献,又用礼节来约束自己,就不会背离人生大道。

君子对自己的言行是严格要求的。孔子说:"君子欲讷于言而敏于行。"子贡问君子。孔子说:"先行其言而后从之。"意思要先做后说。

君子是行义的。孔子说:"君子喻于义,小人喻于利。"又说:"君子上达,小人下达。"又说:"君子义以为质,礼以行之,孙以出之,信以成之。"上达就是通达于仁义,下达就是通达于财利。君子对待事情,以合宜为原则,依礼节去实行,谦逊地表达,诚实地去完成。

君子是谋道的。孔子说:"君子谋道不谋食,……君子忧道不忧贫。"

君子总是喜欢成全人。孔子说:"君子成人之美,不成人之恶。小人反是。"

君子在群体中活动有自己的原则。孔子说:"君子周而不比,小人比而不周。"又说:"君子和而不同,小人同而不和。""君子矜而不争,群而不党。"做一个君子讲团结但不勾结;能相和但不附和;能庄敬自守,但与人无争,合群但不结党。

君子由于内心世界的丰盈美好,所以自有其神韵。孔子说:"君子泰而不骄,小人骄而不泰。"又说:"君子坦荡荡,小人长戚戚。""君子不忧不惧。""内省不疚,夫何忧何惧?"君子不忧愁,不恐惧。因为问心无愧,所以没有什么可以忧愁和恐惧的。

君子有一种情怀,那就是四海之内皆兄弟。司马牛忧愁,说别人都有好兄弟,他没有。子夏说:"商闻之矣:死生有命,富贵在天。君子敬而无失,与人恭而有礼。四海之内,皆兄弟也——君子何患乎无兄弟也?"

君子即便有过错也不会隐瞒。子贡说:"君子之过也,如日月之食焉;过也,人皆见之;更也,人皆仰之。"

君子不仅注重内心世界的美好,注重个人言行的正当,也有着崇高的社会理想。子路问君子。孔子说:"修己以敬。"子路说,这样就够了吗?孔子说:"修己以安人。"子路又说,这样就够了吗?孔子说:"修己以安百姓,修己以安百姓,尧舜其犹病诸?"通过修养自己来使百姓快乐,尧舜大概还没有完全做到呢,可见做一个君子有多么难。

更难的是,自古及今,君子似乎总是无路可走。两千五百多年前,孔子在陈国断绝了粮食,跟随的人都饿病了。子路很不高兴地对孔子说:"君子也有走投无路的时候吗?"孔子说:"君子固穷,小人穷斯滥矣。"君子穷困的时候还是会走自己的路,小人穷困的时候,早就乱来了。我成长的年代,君子就不是什么好词,有伪君子一词,并有人公开宣称,宁为真小人,不作伪君子。又有鲁迅的一篇小说《孔乙己》一直选入中学课本。孔乙己就说过"君子固穷"。孔乙己是个多么安分守己的人,却作为一个被嘲弄的对象。一个社会不能让人做君子,那么只有去做梁山好汉。在一个鼓励造反的时代,在一个物欲横流的社会,多的是乱来的小人,做一个君子何其难能可贵。孔子说:"圣人,吾不得而见之矣,得见君子者,斯可矣。"

七

关于论人篇与论己篇。这两篇主要反映孔子的人生价值观念和人生态度。

这两篇内容较多,论人篇主要是孔子对弟子及历史和当时人物的评价。论己篇包括孔子对自己的评价和弟子对孔子的评价。因为都是评价人物的,所以放到一起来谈。

读《论语》,我最喜欢的几章就在这里,看过即能成诵。

其一是孔子对颜回的评价:"贤哉,回也!一箪食,一瓢饮,在陋巷,人不堪其忧,回也不改其乐。贤哉,回也!"意思是,颜回真是贤德啊,一筐饭,一瓢水,住在简陋的屋里,别人都受不了那穷苦的忧愁,颜回却不改变他自有的乐趣。

其二是孔子对自己的评价:"饭疏食饮水,曲肱而枕之,乐亦在其中矣。不义而富且贵,于我如浮云。"意思是,吃粗粮,喝冷水,弯着胳膊做枕头,也有乐趣。不义而富贵,我视之如浮云。

其三也是孔子对自己的评价,叶公向子路问孔子是个怎样的人,子路不回答。孔子听后就对子路说:"女奚不曰,其为人也,发愤忘食,乐以忘忧,不知老之将至云尔。"意思是,你为什么不说,他的为人,发愤求学,就忘记吃饭,心里快乐就忘记忧愁,不知道老之将至罢了。

其四是孔子对子路的评价:"衣敝缊袍,与衣狐貉者立,而不耻者,其由也与!'不忮不求,何用不臧?'"意思是,穿着破烂的棉袍,和穿着狐裘的人站在一起,能不觉得惭愧的,恐怕只有仲由吧!《诗经》上说,不嫉妒,不贪求,为什么不会好?

颜回和子路是孔子最为得意的学生,对他们的评价,对自己的评价最能反映其人生态度。穿着破烂衣服和穿着光鲜衣服的人站在一起而能够不自惭形秽,物质生活再简单不过却有自己的快乐,这是因为他们所追求的是内心的丰富和精神的高贵。正如美国作家梭罗在他的代表作《瓦尔登湖》中所说:"中国、印度、波斯和希腊的古哲学家都是一个类型的人物,外表生活再穷没有,而内心生活再富不过。"宋儒教人寻孔回乐处,应从此入门。

孔子论及自己有一章概述:"吾十有五而志于学,三十而立,四十而不惑,五十而知天命,六十而耳顺,七十而从心所欲,不逾矩。"这段话应该是他七十岁以后说的,有越活越有劲的味道。一般来说,人慢慢进入老境,悲观厌世的情绪会增长一些,只有得道的人才能这样乐以忘忧。孔子对自己的评价有不少,主要的有好学、好古、多艺、知礼、乐教、好德、知命等。

好学。能做到"默而识之,学而不厌""发愤忘食,乐以忘忧"。他说:"文,莫吾犹人也。躬行君子,则吾未之有得。"意思说,书本上的学问,大约我同别人差不多。在生活实践中做个君子,那我还没有成功。

好古。能做到"述而不作,信而好古""我非生而知之者,好古,敏以求之者也"。他喜欢古代历史文献,懂得其中的好,把好的继承下来,而不是像许多人一样只看到其中的坏,而把传统全部否定,甚至丑化而予以埋葬。

多艺。是因为"吾少也贱,故多能鄙事。""吾不试,故艺。"小的时候穷苦,所以学会不少鄙贱的技艺。又不曾被国家所用,因此多习于艺。可见,自古以来,高人多在民间。

知礼。"夏礼,吾能言之,杞不足征也;殷礼,吾能言之,宋不足征也。文献不足故也。足,则吾能征之矣。"

乐教。孔子多次评价自己"诲人不倦",这也是他一生的事业。他说:"若圣与仁,则吾岂敢?抑为之不厌,诲人不倦,则可谓云尔已矣。"

孔子对自己的德与能是很自信的。《史记·孔子世家》有这样一段记载:"孔子去曹,适宋,与弟子习礼于树下。宋司马桓魋欲杀孔子,拔其树。孔子去。弟子曰:'可以速矣!'孔子曰:'天生德于予,桓魋其如予何?'"差不多意思的话还有一章。孔子离开卫国,准备到陈国去,经过一个叫匡的地方,匡人曾经遭受过鲁国阳货的掠夺和残杀,而孔子的相貌很像阳货,以为孔子就是过去曾经残害过匡地的人,于是囚禁了孔子。孔子说:"文王既没,文不在兹乎?天之将丧斯文也,后死者不得与于斯文也;天之未丧斯文也,匡人其如予何?"意思是,周文王死后,一切文化遗产不都在我这里吗?天若是要消灭这种文化,那我就不会掌握这些文化了;天若是不要消灭这种文化,那匡人又能把我怎么样呢?孔子还说:"苟有用我者,期月而已可也,三年有成。"意思是,假若有用我主持国政的,一年便差不多,三年就会很有成绩。虽然如此,但孔子主张"用之则行,舍之则藏",做人要有尊严。

反映孔子人才观的内容在《论语》中只有一章。说子游做武城县县长。孔子问:"你在这儿得到了什么人才没有?"子游回答说:"有一个叫澹台灭明的人,走路不插小道,不是公事,从不到我屋里来。"我读此章,有一种会心,也记住了历史上有个叫澹台子羽的人。

孔子弟子及当时的人对孔子的评价在《论语》中不是很多,主要有颜渊、子贡、仪封人、晨门等。

仪封人就是仪这个地方的边防官,一次被孔子接见后出来对孔子的学生说:"天将以夫子为木铎。"木铎为铜质木舌的铃子,意为孔子可做天下人的导师。

晨门就是石门的司门者,一次子路从那过,他问子路从哪来?子路说从孔家来,他说:"是知其不可而为之者与?"说孔子是明知不可为而要为之的人。

颜渊是非常崇敬老师的,他说:"仰之弥高,钻之弥坚,瞻之在前,忽焉在后,夫子循循然诱人。博我以文,约我以礼,欲罢不能,既竭吾才,如有所立卓尔。虽欲从之,未由也已。"主要赞孔子之道高深,善于教育学生。

子贡说老师有三章说得非常好。一次叔孙武叔在朝廷上对官员们说:"子贡比他老师仲尼要强一些。"子服景伯把这话告诉子贡。子贡就说:"譬之宫墙,赐之墙也及肩,窥见室家之好;夫子之墙数仞,不得其门而入,不见宗庙之美,百官之富。得其门者或寡矣!夫子之云,不亦宜乎?"意思是,拿房屋的围墙来比喻吧,我家的围墙只有肩膀那么高,谁都可以探望到房屋的美好。我老师的围墙却有几丈高,找不到大门走进去,就看不到他那宗庙的雄伟,房舍的多种多样。能够找着大门的人或许不多,那么,武叔他老人家的话,不也是自然的吗?

又一次,叔孙武叔诽谤孔子。这一次,子贡就有点不客气了,说:"无以为也!仲尼不可毁也。他人之贤者,丘陵也,犹可逾也;仲尼,日月也,无得而逾焉。人虽欲自绝,其何伤于日月乎?多见其不知量。"意思是,不要这样做。仲尼是诽谤不了的。别人的贤能,好比山丘,还可以超越过去;仲尼,就像日月,不可能超越的。人家要自绝于日月,那对日月有什么损害呢?只表示他不自量力罢了。

陈子禽也对子贡说过:"您对仲尼是客气吧,是谦让吧,难道他真比您还强吗?"子贡又说出一番话来:"君子一言以为知,一言以为不知,言不可不慎也。夫子之不可及也,犹天之不可阶而升也。夫子之得邦家者,所谓立之斯立,道之斯行,绥之斯来,动之斯和。其生也荣,其死也哀,如之何其可及也?"意思是,君子只听人一句话,就能看出那个人有知无知,所以说话不可不谨慎。老师不可及,就像青天不能用阶梯爬上去。他老人家如果能得一国一家之位,那真是如我们所说的教民立,民就立;导民行,民就行;一安抚都来了;一动员都会同心协力。他生得光荣,死得可惜,怎么能够赶得上呢?子贡对老师的赞美说得多么好!司马迁为孔子作传,对孔子有十六个字的赞语:"高山仰止,景行行止;虽不能至,心向往之。"我就是怀着这样的心情来读《论语》的。

孔子评价的人物有数十人。有历史上的政治人物,如尧、舜、禹、管仲、子产等;有隐士,如伯夷、叔齐等;有当时的上层人物,如宁武子、子文等;更多的是自己的学生,他们的长处和特点,孔子都很清楚,所以讲得多些。

孔子对尧的评价:"大哉尧之为君也!巍巍乎!唯天为大,唯尧则之。荡荡乎!民无能名焉。巍巍乎其有成功也,焕乎其有文章!"意思是,尧真是了不得呀!真高大呀!只有天最高最大,只有尧能够学习天。他的恩惠真是广博呀!老百姓简直不知道怎样称赞他。他的功绩实在太崇高了,他的礼仪制度也太美好了!

对舜禹的评价有:"巍巍乎!舜禹之有天下也,而不与焉。""禹,吾无间然矣。菲饮食而致孝乎鬼神;恶衣服而致美乎黻冕;卑宫室,而尽力乎沟洫。禹,吾无间然矣。"

对子产的评价:"有君子之道四焉:其行己也恭,其事上也敬,其养民也惠,其使民也义。"

对晏婴的评价:"晏平仲善与人交,久而敬之。"

对管仲的评价有四章,前一章说他不俭,不知礼,说"管仲之器小哉"。后一章又评价他"桓公九合诸侯,不以兵车,管仲之力也。如其仁,如其仁"。许管仲以仁,是很高的评价了。

评价泰伯:"泰伯,其可谓至德也已矣,三以天下让,民无得而称焉。"

评价伯夷、叔齐等是古今被遗落的人才,说:"不降其志,不辱其身,伯夷、叔齐与!"

记柳下惠的一章,很有意思。说柳下惠做法官,多次被撤职。有人对他说:"您不可以离开鲁国吗?"他说:"正直地工作,到哪里去不多次被撤职?不正直地工作,为什么要离开父母之邦?"

评价宁武子："邦有道，则知；邦无道，则愚。其知可及也，其愚不可及也。"意思是，在国家太平的时候，就做个聪明人；在国家昏暗的时候，就做个糊涂人。

评价史鱼和蘧伯玉："直哉史鱼！邦有道，如矢；邦无道，如矢。君子哉蘧伯玉！邦有道，则仕；邦无道，则可卷而怀之。"说史鱼刚直不屈，政治清明也像箭一样直，政治黑暗也像箭一样直。蘧伯玉是个君子，政治清明就出来做官，政治黑暗就把自己的本领收藏起来。

评价自己的学生南容："邦有道，不废；邦无道，免於刑戮。"是说他，国家政治清明，不被废弃；国家政治黑暗，他也能免于刑罚。

"柴也愚，参也鲁，师也辟，由也喭。"是说高柴愚笨，曾参迟钝，颛孙师偏激，仲由鲁莽。

孔子说："唯仁者能好人，能恶人。"因为仁者好恶得其中。孔子是不喜欢随便评价一个人的。子贡讥评别人。孔子对他说："你就够好了吗？我却没有这闲工夫。"

在评价历史人物方面，《论语》有独到之处。历史上第一次为商纣王说公平话的应该是《论语》，是子贡说的："纣之不善，不如是之甚也。是以君子恶居下流，天下之恶皆归焉。"意思是，商纣的坏，不像现在传说的这么厉害。所以君子憎恨居于下流，一居下流，天下的什么坏名声都会集中在他身上了。

《孟子》公孙丑章句上述有子言："麒麟之于走兽，凤凰之于飞鸟，泰山之于丘垤，河海之于行潦，类也。圣人之于人，亦类也。出于其类，拔乎其萃，自生民以来，未有盛于孔子也。"孟子说："宰我、子贡、有若，智足以知圣人。"要了解一个人、懂得一个人是要智慧的。孔子知周公，孟子知孔子，后世知孔孟，于是一个民族的文明得以延续。

八

关于居游篇。这篇主要反映孔子的处世哲学。

主要记孔子居家生活、上朝及与弟子游历情况。《论语》中,记孔子说的多,这篇主要记他做的一面,写得很细,有浓厚的生活气息,读来饶有趣味。

孔子闲居的时候是什么样子呢？概言之:"子之燕居,申申如也,夭夭如也。"整齐、和乐是一种常态。

在家中吃饭的时候不交谈,睡觉的时候不说话,坐席摆的方向不合礼制,不坐。睡觉不直直地躺着,平日坐着,也不像接见客人或者自己做客人一样。就是我们俗话说的:"站有站相,坐有坐相。"

吃东西也很讲究。叫"食不厌精,脍不厌细"。粮食霉烂发臭,鱼和肉腐烂的都不吃。食物颜色难看,不吃。气味难闻,不吃。烹调不当,不吃。不到吃饭时间,不吃。不是按一定方法砍割的肉,不吃。调味品不合适的,不吃。席上的肉品虽然多,吃它不超过主食。买来的酒和肉干不吃。酒不限量,但不吃醉。吃完了,姜不撤除,但吃得不多。就是粗饭、菜汤,临食前也必祭,而且其貌恭敬。孔子是"饭疏食饮水,乐亦在其中"的人,饮食上却有这么多讲究,可能一是有理,二是有礼。譬如坏的东西不吃,来历不明的食物不吃等,这是有道理的。而生活饮食的规矩,蕴含着教育的内容在里面吧。

孔子在本乡地方上非常恭顺,"恂恂如也,似不能言者"。在宗庙里、朝廷上,有话便明白而流畅地说出,只是说得很少。行乡饮酒礼后,要等老年人都出去了,他才出去。还有孔子是怎么上朝的,出使外国是怎样的神态,穿些什么衣服等,可能反映了当时礼制。我乡下人即便再穷,也有一套出门做客的衣服,年节时大人小孩出门都要穿戴整齐,颇有古风。

其实，礼是反映仁心的，孔子的恭敬心和仁慈心是随处可见的。如："子食于有丧者之侧，未尝饱也。"还有，孔子看见穿丧服的人，穿戴礼帽礼服的人以及瞎了眼睛的人，相见的时候，他们虽然年轻，孔子一定站起来，走过的时候，一定快走几步。一次师冕来见孔子，走到阶沿，孔子说："这是阶沿啦。"走到坐席旁，孔子说："这是坐席啦。"都坐定了，孔子告诉他说："某人在这里，某人在这里。"师冕走后，子张就问："这是同瞎子讲话的方式吗？"孔子说："对的，这本来就是帮助瞎子的方式。"

孔子交友有义。朋友死了，没有人收殓，孔子说："丧葬由我来料理。"

《论语》还记载，孔子在有丰富菜肴的时候，一定神色改变，站立起来。遇见疾雷、大风，一定改变态度，表示不安。

孔子钓鱼，但不用长绳系多钩而钓；也射鸟，但不射归巢中的鸟。这都是圣人仁心的一种流露。

平常的时候，孔子肯定是说山东土语的，《论语》中只说："子所雅言，《诗》《书》、执礼，皆雅言也。"只在读《诗》，读《书》，行礼的时候用普通话。孔子好礼乐，所以喜欢唱歌。"孔子在齐闻《韶》，三月不识肉味。""子与人歌而善，必使反之，而后和之。"看样子，孔子也是喜欢K歌的，同别人唱得好，还要反复唱。但"子于是日哭，则不歌"。可见，他对音乐也有一种恭敬心。

生活中的孔子，喜怒哀乐，都像普通人一样表露的。颜渊死，孔子哭得很伤心。说："唉！天老爷要我的命呀！"又说："我不为这样的人伤心，还为什么人伤心呢！"冉求为季氏理财，孔子说："非吾徒也。小子鸣鼓而攻之，可也。"一次，几个学生在孔子旁边，子路"行行如也"，这个行字，读 hàng，我手头几本《论语》的注释都作"刚强"解，只有易中天先生认为是"愣头愣脑"的意思，我认为更贴切。我理解为憨厚莽撞意。我们赣北方言中还用这个字，叫"行头行脑"。孔子看着子路这个样子，就高兴地骂他:"怕你不得好死哦。"不幸一语成谶。孔子骂老友原壤也是很亲昵的,说他"老而不死,是为贼",并用拐杖敲他的小腿。

他经常和弟子在一起聊天,让大家说出自己的志向。一次是颜渊、子路两人坐在旁边,孔子叫他们说说自己的志向。子路说:"愿意把我的车马衣服同朋友共同使用,坏了也没有什么不满。"颜渊说:"愿意不夸耀自己的好处,不表白自己的功劳。"这都是很难做到的。然后孔子说出"老者安之,朋友信之,少者怀之"这番话。孔子没有说谁高谁低,各人一时的想法,聊天而已,十分可爱。

整部《论语》,大都是孔子在说,说人生大道,说仁义,说君子,说诗书,说六艺;但他也有不说的,不说怪异,不说强力,不说悖乱,不说鬼神,也很少说利、说命。这些都是别人喜欢说的,但孔子不说。

孔子也与各色人打交道,但有自己的操持。他去见南子,因为南子名声不好,子路就不高兴,孔子赌咒发誓说:"我假若不对的话,天厌弃我罢!"公山弗扰、佛肸都是作乱的人,召孔子,孔子准备去,子路不高兴,阻止他,孔子第一次说:"假若有人用我,我将使周文王、武王之道在东方复兴。"后一次说:"最坚固的东西,磨也磨不薄;最白的东西,染也染不黑。"他也知道不能去,不过又想去试一下罢了。

在游历途中,孔子遇到过接舆、长沮、桀溺、丈人等,都是些隐者,对孔子的作为不理解,孔子也想同他们谈谈,但他们都不愿同孔子谈。孔子及弟子认为,人在社会上要尽自己的责任,不能逃避现实。多数时候,孔子是失落的,想要"乘桴浮于海",又想"居九夷"。他曾感叹:"谁能出不由户?何莫由斯道也?"没有人从他的道上走,是因为没有人了解他。孔子又叹道:"莫我知也夫!""不怨天,不尤人,下学而上达,知我者其天乎!"

在生活中,孔子"毋意、毋必、毋固、毋我"。就是无臆测心,无期必心,无固执心,无自我心。又"温而厉,威而不猛,恭而安"。孟子说:"仲尼不为已甚者。"就是做什么事都不过火。也有其忧,"德之不修,学之不讲,闻义不能徙,不善不能改,是吾忧也"。孔子始终是把道德修养作为人生的最大目的。

九

关于为人篇。这一篇是谈为人处世的,反映孔子的人生智慧。

孔子的道,为学之道也好,为师之道也好,为政之道也好,根本的还是为人之道。《论语》讲的为人处世哲学有普世价值,除前面讲到追求仁的的道德标准,把君子作为人生追求,好学、孝悌、讲礼外,还有这么几个字:忠、信、恭、恕、志等。最有名的就是曾子的"三省":"吾日三省吾身——为人谋而不忠乎?与朋友交而不信乎?传不习乎?""恭近于礼,远耻辱也。"凡仁德之人必有恭敬心,仰可无怍于天,俯可无愧于地,自然不会遭受侮辱。子贡曾问孔子,有没有一句可以终身奉行的话?孔子说:"其恕乎!己所不欲,勿施于人。"说到一个人要有志向,孔子是这样说的:"三军可夺帅也,匹夫不可夺志也。"

在讲仁、君子时,孔子多次讲到慎言。不唯做仁人、君子,做个普通人也应慎言。孔子说:"其言之不怍,则为之也难。"又说:"巧言乱德。"大凡大言不惭的人,他实行起来就不容易。花言巧语足以败坏道德。自古以来,有许多这方面的警世箴言,北齐刘昼有言:"明者慎言,故无失言;暗者轻言,自致害灭。"明陈继儒《小窗幽记》有言:"群居闭口,独坐防心。"又有言:"有一念而犯鬼神之忌,一言而伤天地之和,一事而酿子孙之祸者,最宜切戒。"清王永彬《围炉夜话》有言:"一言足以召大祸,故古人守口如瓶,惟恐其覆坠也。"我们老百姓对此也有很生动的俗语:"蚊子遭扇打,只为嘴伤人。"

孔子讲做人还有守道、行义、自省等。孔子说的道是善道。"笃信好学,守死善道。危邦不入,乱邦不居。天下有道则见,无道则隐。邦有道,贫且贱焉,耻也!邦无道,富且贵焉,耻也。"意思是说,坚定地相信我们的道,努力学习它,誓死保全它。不进入危险的国家,不居住祸乱的国家。天下太平,就出来工作;不太平,就隐居。政治清明,自己贫贱,是耻辱;政治黑暗,自己富贵,也是耻辱。同样的话孔子还说过多次,如:"邦有道,危言危行;邦无道,危行言孙。"意思是,国家政治清明,言语正直,行为正直;政治黑暗,行为正直,言语谦顺。我有一个亲戚,他爷爷在日本人占领时期出来做了一点事,发了一点财,不仅自己被政府枪决,还祸及子孙。这样的事例很多。做人行事要符合道义,孔子说:"不义而富且贵,于我如浮云。"又说:"放于利而行,多怨。"

做人要自律、自省、自厚、自过。孔子说:"见贤思齐焉,见不贤而内自省也。""小不忍,则乱大谋。""以约失之者鲜矣。""躬自厚而薄责于人,则远怨矣。""过则勿惮改。""过而不改,是谓过矣。"

怎样对待上级?孔子说:"事君,敬其事而后其食。"就是先认真把工作做好,拿报酬的事放在后面。怎样对待朋友?孔子说:"忠告而善道之,不可则止,毋自辱焉。"忠心劝告,好好引导,不听就算了,不要自找侮辱。

最重要的是怎样对待自己,这一点接近孔子说怎样做君子。有三句:"不患人之不己知,患不知人也。""不患无位,患所以立;不患莫己知,求为可知也。""不患人之不己知,患其不能也。"第一句说,别人不了解我,我不急;我急的是自己不了解别人。第二句说,不发愁没有职位,只发愁没有任职的本领;不怕没有人知道自己,去追求足以使别人知道自己的本领就好了。第三句说,不着急别人不知道我,只着急自己没有能力。真正有品质的人总是求其在己。知人之难,所以人生得一知己足矣。

十

读《朱子近思录》,其中有云:"伊川每见人论前辈之短,则曰:'汝辈且取他长处。'"看一个人要看他的长处,读一本书更要读出它的好处。一本书的闪光晦暗相杂,就如白天和黑夜,是再正常不过的。一切对于经典的非议与指正都是可笑的,也是不自量力的。《朱子近思录》说:"《论语》有读了后全无事者,有读了后其中得一两句喜者,有读了后知好之者,有读了后不知手之舞之、足之蹈之者。"这些善良的先贤怎样也想象不出有一个时代的不肖子孙竟然有大批特批之,弃之如敝屣者。我读《论语》有一种深刻的喜欢,我想读出我心中的好来,所以就动手做了一点事,把篇章整理了一下,定名为《论语新编》。在我看来,《论语》的篇章无论如何编排,对其思想和智慧、价值和精神都是不会有任何影响的。

辜鸿铭讲论语

《辜鸿铭讲论语》是我读的第七个版本的论语。之前读的有杨伯峻、钱穆释注的是有独特之处的。对于初读的人来说,还是杨伯峻的论语译注最为简洁明白,就是杨注本色,钱注和辜讲有发挥。钱穆论语新解是从中国文化和传统价值来解说,语言也是半文半白,辜鸿铭讲论语是从西方文化价值来讲述的,自有新鲜及特别的趣味在,他用西方语言风格向世界讲说孔子思想,是此书的价值。

辜鸿铭是清末民初人,按他自己的说法是"生在南洋,学在西洋,婚在东洋,仕在北洋"。他对我中华文明有崇敬,对中华文明的热爱和弘扬在世界有广泛的影响。

他认为儒家文化是孔子对中国的最大贡献,可以成为宗教替代品。因为孔子教导国人以国家为信仰,也就是教导人们对君主的效忠和责任。但是我认为孔子的儒教可以成为中国人的宗教更为突出的特征是教人在世俗生活中怎样安身立命,怎样不忧不惧,怎样内心高贵。颜回"一箪食,一瓢饮,在陋巷,人不堪其忧,回也不改其乐"。子路穿着破烂衣服站在穿着光鲜衣服的人一起,并不觉得惭愧。孔子自己的"饭疏食饮水,曲肱而枕之,乐亦在其中矣"。因为内心有自己的原则和追求,可以是"知者不惑,仁者不忧,勇者不惧"。把道德行为看做是内在力量而不是外在表现,这是孔子不是一般道德家,而是伟大教育家的原因。

辜鸿铭提出"中国人的精神"这样一个概念,认为该精神是一种心态,是一种让人宁静祥和的心态。这一点上,孔子和基督有相似之处。基督说:"记住,我是温和谦卑的,要给你们心灵的和平。"又说:"拿剑的人会和剑一起毁灭。"孔子的教育是注重人格的教育,就是一种教养。《论语》有记:"贤贤易色,事父母能竭其力;事君能致其身;与朋友交言而有信。虽曰未学,吾必谓之学矣。"能够像欣赏美女一样去追求他人身上值得追求的东西,侍奉双亲当竭尽全力,忠于君王当舍生取义,同朋友交往当言而有信。这样的人,就算是目不识丁,我们也承认他是一个有教养的人。孔子说:"君子固穷,小人穷亦滥矣。"就是高尚的人也有穷困的时候,但是能够守住自己的底线;品行卑下的人遇到逆境的时候就会乱来。孔子讲礼,就是讲秩序、规矩,讲人的本分。逾越本分,就会招致灾难。歌德说:"人类在很长时间内才学会温和地对待罪人,仁慈地对待犯人,有人性地对待野蛮人,而且最先教导人们这种理念,为了理念实现的可能而奋不顾身的人,一定生来具有神性。"

辜鸿铭把"仁"翻译成道德生活和道德情操。多数时候把"礼"翻译成艺术,少数时候翻译成技艺或礼仪。把"君子"翻译成聪明人或高尚人。从此可以看出辜鸿铭讲论语的语言特色和风格,就是英语里有这个词,西方世界的人又能够懂得,因为仁、礼、君子都是中国文化里特有的概念,在英语世界里找不到对应的概念,只能以通用的概念来讲解。这就是一种文化差异,让中国人来读,有的地方你会觉得别扭。

辜鸿铭也讲了几个自己的故事,有些趣味,现简述如下。

其一,一次到外国朋友家做客,只有他是中国人,大家推举他坐首席。席间谈及中西文化,主人就问他孔子之教的好处。他回答说,刚才各位朋友都推让不坐首席,这就是孔子的教诲。如果今天按照竞争的原则,用优胜劣汰的方法,估计等到优胜劣汰后才能开始吃,恐怕到现在大家还吃不上东西。在座的都笑起来。

其二，昔孔子曰："君君，臣臣，父父，子子。"余谓："今日中国欲得理财之道，则须添一句曰，官官，商商。"盖今日中国，大半官而劣则商，商而劣则官。此天下之民所以几成饿殍也。《易传》曰："损上益下，谓之泰；损下益上，谓之否。"知此则可以言理财。

其三，孔子说："道千乘之国，敬事而信，节用而爱人，使民以时。"朱熹解"敬事而信"为"严肃对待本职工作取信于民"。我认为"信"字应解为"有恒"。比如唐诗"早知潮有信，嫁于弄潮儿"。记得当年徐致祥弹劾张之洞的折子上，有指责"工作休息没有节制"这么一条，后经李翰章改为"张之洞询问职责内的事，工作到深夜"。也就是称赞他的说"夜晚也工作"，非议他的说"工作休息没有节制"。"夜晚也工作"就是"敬事"，起居无节就是无信。敬事如无信，则百事俱废，徒劳而无功。西人治国行政，所以能百废俱举者，益仅得《论语》"敬事而信"一语。今日中国官场上下果能敬事而信，则州县官不致于三百六十日中有三百日皆在官厅上过日子矣。

我读第一则觉得有趣，读第二则觉得深刻，读第三则觉得悲哀。现在的情况和张之洞的情况比，又有发展，因为张之洞不过自己起居无节，加班处理公事，现在竟然有人要大家都五加二，白加黑。这话前人不懂，估计后人也不懂。就是叫人一周五天干完周六周日接着干，白天干完晚上接着干。说白了不仅违法，而且反人道，大家都这样乱来，还有什么信义可讲，所以感觉这样空前绝后。

前几次读《论语》，我写有《论语新编漫谈》一文。《论语》的编纂本身是没有系统的，我以为小说家读《论语》可以按故事来编，理论家来读《论语》可以按照哲学体系来编，我来编一次是作为自己阅读的需要。这次读又有许多心得，经典就是这样，人人都能读出味道，次次能有新味道。

《诗经》是心底的歌谣

走向《诗经》的路径

有一首歌唱道:"一条路万水千山……"我觉得自己走进《诗经》的路有这样漫长。

生在山村僻野,处在文化荒芜的时代,不知道有《诗经》等中华文化经典。最早接触《诗经》在上世纪八十年代,课本里有两首诗选自《诗经》,其一是《伐檀》,其二是《硕鼠》。按课文解释,就是反映阶级剥削和仇恨的。实在说,这样的选择有时代的烙印,诗中的情绪亦不及历代以来仇官仇富的偏激,有一种温和端正。但这样的诗,让我对先民最早的歌咏没有发生兴趣。

青年时期喜欢读琼瑶的作品,有一本《在水一方》,是借来的,在回家的船上,过庐山西海,几个小时就读完了,知道有《蒹葭》,一下子就进入了《诗经》的核心。有一瞬间,似乎与那无名的诗人心灵相通,几千年的忧思,还是一样地深。

耶稣说:"你里头的光若熄灭了,那黑暗是何等大呢?"没有文明的启蒙,人就会成为这样的盲聋。有一段时间,各种版本的《诗经》摆在书橱里面,它不认得我,我不认得它,有这样陌生。

那些远古的风景和情思，毕竟与我们隔膜已久，就是汉朝的、宋朝的，还有清朝的诠释，都不能让我心生欢喜，因为他们也像我读过的课文解释一样，就是有许多自己的心思在里面，而那些心思又不是他自己的，而是意识形态的，就是让人不喜欢的空洞与附会。

孔子说："兴于《诗》，立于礼，成于乐。"诗歌报的是一个时代的气运和消息。所以《孟子》有云："王者之迹熄而《诗》亡。《诗》亡然后《春秋》作。"但作为孔子教学的主要教材，后来又成为儒家六经之首，《诗经》始终是中华文明的宝典，对其进行解读的书可谓汗牛充栋，不可胜数。也许是太珍贵的东西，容易让人束之高阁；又抑或无数的言说反而蒙蔽了它的光芒，让人难以识得庐山真实的面目。

宋朝大儒程颐说："古人于《诗》，如今人歌曲一般，虽闾巷童稚，皆习闻其说而晓其义，故能兴起于《诗》。后世老师宿儒，尚不能晓其义，怎生责得学者，是不得兴于《诗》也。"可见在宋代的时候，人对于《诗经》就有这样的隔膜。何况一个时期以来，传统文化被当作垃圾一样扫除呢？

我想到一个民族的经典是时间的选择，而不是哪一个朝代或是人物的钦定。否则就会给经典增加许多负担，以至于失去本来的面貌，使之不能活泼地走进一代又一代生命的心灵。

我读经典都要买三个以上的版本来读，但《诗经》没有碰到特别好的。周国平先生说，只有名译才会产生名著。他讲的是外国文学，对经典古籍的传承也是如此。用今天的话去说周朝人的心事，要一种怎样古朴的胸襟呢？

宋人张载说得好："夫诗人之志至平易，不必为之艰险求之，今以艰险求《诗》，则已丧其本心，何由见诗人之志？"我乡下多的是无人问津的歌谣，有一歌云：

南山顶上一株茶,阳鸟未啼先发芽。

今年姐妹双双采,明年姐妹适谁家。

《诗经》里说的也就是这样的世上人家,万般情绪与日常。先民吟咏的,何尝不是我们心底的歌谣呢?

遥远故园的风景

《国风·魏风》有云:"心之忧矣,我歌且谣。"《卫风》有云:"驾言出游,以写我忧。"远古的诗歌都是这样,心底的烙印,就在那些花草树木,还有鸟兽虫鱼上,寄托人世的温暖与沧桑。

古老的家园中,人们走过山川,走过村舍,那些花草树木就像旧相识一样,亲切得可以叫出名字来。

《诗经》中的楚,我们叫黄荆柴,也是廉颇负荆请罪的荆。初夏时节,在我上学的路旁,刚刚化蛹的幼蝉会爬满黄荆的枝头,稚嫩地鸣叫。棘,就是枣树。蒹葭,就是芦苇。菲,是萝卜。唐,就是菟丝草。我们常见的狗尾巴草,诗中叫莠。狼尾草叫稂。紫云英我乡下叫红花草,诗中叫荅。猕猴桃叫苌楚。荷花开时称芙蕖,花未开时叫菡萏。乡间栽在菜园边作篱笆的木槿,诗中叫舜。舜即瞬,就是仅荣一瞬之意。所以有诗云:"槿花不见夕,一日一回新。"世间的荣华,正如木槿花开,叫人惆怅。植物名称的演变,雅俗可辨。远古的风景,后人不唯多不认识,亦因生态的恶化,许多亦难寻芳踪。

《诗经》中的花草藤木,其实就是家园寻常之物,蒌、蕨、苹、藻、荼、荠、蒲、萧、芹、蓼等,小时候的家园中随处可见,可观可赏,可药可食。这些花草,在远古大多是人们日常的菜蔬,有些还是祭祀用品。就是在谈恋爱的时候,男女互送的也是这些白茅野果之类。《红楼梦》写宝玉秦钟同到水月庵,小尼智能与秦钟相好。宝玉要秦钟叫智能倒碗茶来吃,秦钟说,你叫她倒去,还怕不倒?何必要我说呢?宝玉道:"我叫她倒是无情意的,不及你叫她倒的是有情意的。"就是任何细小的东西,都可以有个好情意在里面。因为有好情意,所以那些寻常景物走进诗人的眼中,成为风景。

桃之夭夭也好,蒹葭苍苍也好,采薇采艾也好,采蘩采葛也好,周朝时候的风景,于人可亲。我常想古时候的人是在大自然中谈恋爱的,所以写出的诗歌有这样的鸟语花香,地久天长。

普世价值的大道

人类的精神原创在"轴心时代"已基本完成,《诗经》正是中华文明最为重要的精神原创之一。所以,孔子在教训他儿子孔鲤时说:"不知诗,无以言。"又对他的弟子们说:"小子何莫学夫诗?诗,可以兴,可以观,可以群,可以怨。迩之事父,远之事君。"就是其中有一种人生大道在里面,是人行事的思想准则。正如《诗经·小雅》中说的:"周道如砥,其直如矢。"《诗经》的精神价值在各诸侯国是普遍奉行的,所以在外交上也多用之作为辞令。此后的儒家经典和精神创造亦广泛引用《诗经》,成为普世价值。

胡适先生考证,古代的书只有一部《诗经》可算得是中国最古的史料。因为真实,所以《诗经》作为我先民的精神原创尤显得珍贵。其中的思想,朴素又深刻。我常想这种情况是不是与书写方式有关,就是书写越艰难,思想越深刻;书写越方便,思想越肤浅。在竹简木牒上刻画,又怎么容得人啰嗦呢?

《大雅·生民之什·板》有云:"先民有言,询于刍荛。"刍荛指打草砍柴的人,不唯是俗话说的高人多在民间,而是那些不在民间的人是按习惯说话,按需要说话,就是不愿说一些普世的大白话。譬如说房子是用来住的,不是用来炒的;水是用来养育万物的,不是用来污染的;土地是用来种庄稼的,不是用来种混凝土的;食品是有自然香味的,不需要添加毒素怪味的;江河是喜欢蹦蹦跳跳奔向大海的,不喜欢被人七堵八堵。万物都有本意,这个本意只有草根是感同身受的。

《小雅·小旻·巧言》有云:"巧言如簧,颜之厚矣。"意思很明白,凡是大言不惭的人,必定是无耻之人。孔子教人要讷于言而敏于行,他一生为人,处处是知行一贯。他的学生子路也是有所闻,还没有能够去做,只怕又有所闻。明代大儒王阳明更是说:"知而不行,是谓不知。"我们看到许多的白纸黑字,还有电影电视上那些说大话、假话、空话的人,就知道是靠不住的,诚实的人都会感到脸红。《诗经》里是这样解释的:"白圭之玷,尚可磨也;斯言之玷,不可为也。"并要求人们"慎尔出话,敬尔威仪"。这样才是堂堂正正在天地间的人。

《大雅·荡之什·荡》有云:"靡不有初,鲜克有终。"实在说,有始有终,善始善终,是多么难。有个成语叫"虎头蛇尾"。有句俗话说"来似风雨,去似微尘",这样的情况多得是。《三国演义》写初出茅庐的故事,有恒久的魅力。一个人不管为将为相,做人做事,如果都能保持初出茅庐的状态,就保存了生命和事业的生动活泼面貌。一颗对于世间万物的恭敬心,有无言的高贵。老子说:"慎终如始,则无败事。"

苏东坡在《范增论》一文中引《诗经·小雅·頍弁》中一句:"如彼雨雪,先集为霰。"意思是看哪天要下雪了,先凝结降落的总是小雪珠。就是任何事情的变化都有征兆和苗头,能够认识,抓住时机,作出合适的选择才是最智慧的。就是《易》中说的"知几其神乎!"

诗中多的是这样智慧的语言,是人类思想的光,给人以启迪和力量。

亘古不变的深情

诗言志,更多的是言情。《诗经》也是如此,那些古国的先民,数百年间的爱恨情仇,种种情愫,就那样深深镌刻在竹简木牒上,成为一个民族的记忆。那些作者简介、历史背景没有留下来又有什么关系呢?司马迁说:"《诗》三百篇,大抵贤圣发愤之所为作也。"实在说,诗中多的是人世美好的情感,就是有愤懑的胸臆,亦是人之常情。所以孔子说:"诗三百,一言以蔽之,曰思无邪。"

爱情是诗歌永恒的主题,这是从《诗经》开的头。尽管那些注释说什么刺这个,讽那个,好像那些写诗的人都是马蜂似的,叫人看了煞风景。我们按诗歌表达的意思来欣赏其中的美,这样应该更接近真实。如果不与其心相通,永远不可能走进他们的心里,也不可能读懂他们心底的歌谣。

《柏舟》有云:"我心匪石,不可转也。我心匪席,不可卷也。"这是一种爱的誓言。《击鼓》有云:"死生契阔,与子成说。执子之手,与子偕老。"这是一种爱的约定。《野有蔓草》有云:"野有蔓草,零露漙兮。有美一人,清扬婉兮。邂逅相遇,适我愿兮。"这是一见钟情。《氓》有云:"士之耽兮,犹可说也。女之耽兮,不可说也。"这里"说"通"脱",意思说男子沉湎爱情,还可以摆脱;女子陷于情爱,难以摆脱。在中国后来的文学作品中,好像都是女子忠贞,男子负心,所以有负心汉一说。

有写思怨的,这样的诗有许多首。《子衿》诗云:"青青子衿,悠悠我心。纵我不往,子宁不嗣音?"用今天的话来说就是,我那么喜欢你,就算没有去找你,你不可以打个电话发个微信啊?其他如"信誓旦旦,不思其反";"岂不尔思,远莫致之";"岂不尔思,畏子不敢";"岂不尔思,子不我即";"岂无他人,维子之故";等等。种种哀怨,样样别情,真如《楚辞》所说的肠一日而九回。亦有如宋词说的才下眉头,却上心头。正如《园有桃》中所说:"心之忧矣,其谁知之?"

有写忧患的。就像地方戏曲中经典的唱段总是以苦情戏居多,好的诗歌总是产生在忧患之中。《黍离》中的一节云:"知我者谓我心忧,不知我者谓我何求。悠悠苍天,此何人哉!"是怎样的一种深痛呢?《采薇》有云:"昔我往矣,杨柳依依。今我来思,雨雪霏霏。"人的这种苍凉之感,亘古未变。

有写养育恩情的。《蓼莪》有云:"哀哀父母,生我劬劳。……无父何怙,无母何恃?……欲报之德,昊天罔极。"对父母的感恩与怀念,千百年来是一样的悠悠。

千年之后的友声

作为最古老最优美最纯粹的一部文学经典,每个人都可以读出自己的收获,我以为最好能抛开一切功用,化繁为简,读出自己的喜欢。宋代朱熹有一本最为有影响的书叫《近思录》,"近思",出自《论语》,就是从自己身旁日用常事出发去独立思考认识问题,而不是要谁来统一思想。宋代程颢有言:"学者不可以不看《诗》,看《诗》便使人长一格价。"就是从自己出发可以读出更好的自己。

我最为喜欢的诗篇有:《关雎》《桃夭》《静女》《木瓜》《采葛》《叔于田》《狡童》《子衿》《蒹葭》,还有《黍离》《有女同车》《出其东门》《野有蔓草》等等。这些篇章都是国风里面的,有民间气息;都很简单,能活泼地走进我们心里；都有深刻的情感，美好的画面，能够让人愉悦共鸣；都是反复咏叹，有如我乡下的歌谣；都是取譬起兴，于自然万物中感知世间的情意。

《关雎》云："关关雎鸠，在河之洲，窈窕淑女，君子好逑。"诗歌开始就是鸟声，然后才出画面，然后有轰轰烈烈的一番求爱过程。我想起小时候，春天里常听溪边有鸠鸟的叫声。夏天的夜晚，常有琴声、笛声从田野对面的人家传来。又我乡下人结婚，必定穿红着绿，敲锣打鼓，合村出动，热闹非凡。君子对淑女的追求就是要这样琴瑟钟鼓一番，方才热闹可爱。

《桃夭》写女子出嫁："桃之夭夭，灼灼其华。之子于归，宜其室家。"感觉有一种美好的气象，这样的端庄，这样的鲜明，水有色，山有光，春光明媚，蝶飞蜂舞，就是人世的繁华。

《静女》特别有意思，第一节写男的躲在城角，静女没看见，在那"搔首踟蹰"。第二节写"贻我彤管"。第三节写"自牧归荑"。彤管就是红管草，我乡下有蒿蒿杆，是红色的，可以吃，酸酸的。荑就是初生的茅，我乡下人走过田塍都要抽出来吃，甜甜的，有鲜嫩的香甜溢满齿间。这些平常的花草，因为是美女送的，就有一种情意，让人温暖而甜蜜。

《木瓜》写的是人类一种最美好的感恩情愫："投我木瓜，报之以琼琚。匪报也，永以为好也。"也可以作为情诗来读，如《静女》中的馈赠，不是为了报答，是为了要那些花草作证，我们要永远相好。

《采葛》的相思无处不在，有那样的刻骨铭心："彼采葛兮，一日不见，如三月兮。彼采萧兮，一日不见，如三秋兮。彼采艾兮！一日不见，如三岁兮。"人世有这样一种亲爱，就是要天天相见，日日谈心，就这样朝朝暮暮，就算寒窑茅舍，也要让爱长成爱的样子。

《蒹葭》写对于美好理想的追求，有曲折、有阻碍、有希望、有失落，好在有一种无悔,就别样动人。

我怀着一颗平常心来读《诗经》,又像教徒抄写经文一样把入心的诗句抄下来。小的时候在田间捡拾稻穗,亦有这样一种喜欢。

《诗经·鹿鸣之什·伐木》有云:"嘤其鸣矣,求其友声。"千古《诗经》,自有知音。薪火相传,文化复兴。这种爱的呼唤,在天地之间,那样苍茫,那样悠长。

张潮《幽梦影》的跟帖

初识《幽梦影》之一鳞半爪是在一本闲来翻翻的杂志上，其中有云："花不可以无蝶，山不可以无泉，石不可以无苔，水不可以无藻，乔木不可以无藤萝，人不可以无癖。"读来不觉拍案。但有几句妙语警句的古籍实在很多，所以并未急于去搜寻。

去年夏天，刚刚走出高中校门的儿子在半价书店淘来一本古色古香的小册子，就是张潮的《幽梦影》。稍作浏览，珠玑满纸。决心静下心来，一读为快。我把它作为床头之书，每晚慢慢地品读，静静地思考，感受作品的哲思与奇趣，也感受作者的闲情与逸致。

此书形式有趣。这本随笔小品，共二百零九篇，每篇多则百余字，极少的几篇长些，也没有超过千字；少则十余字，以"律己宜带秋气，处世宜带春气"之类的短章居多，类似现今的短信、段子。所奇者，每篇后都有同道文友评议，相映成趣。就像是张潮开了一个文化沙龙，每次都是他作中心发言，满座宾朋再发表意见。又像是张潮是斑竹或楼主，他每有所论，跟帖者踊跃。

我用了一天的时间，把这个文化沙龙的人一一列出，竟有一百三十二人。经常对张潮所论发表精短点评的十余人，发言最多的为张竹坡，共八十一次,其次为江含徵,发言四十九次。余者参与讨论一至几十次不等,其中有僧人六人。有意思的是并非发言多的高见多,相反倒是许多只出场一次的人往往口出妙语。如,张潮说:"景有言之极幽,而实萧索者,烟雨也;境有言之极雅,而实难堪者,贫病也;声有言之极韵,而实粗鄙者,卖花声也。"有个叫谢海翁的发言说:"物有言之极俗,而实可爱者,阿堵物(钱)也。"谢只发言一次,但此论对得上张潮所言,就是特别有趣,不像其他多论者所言与张潮识见相距太远。

张潮号心斋居士,几近方外之人。所以他清静地读书,优雅地生活,每有所悟,又能与人分享,感受思想碰出火花、情趣互为愉悦的快乐。

既然弄得像个论坛,就能激发人的思考,吸引人参与其中的兴趣。看张潮妙语,每有心得,见他们所见与自己不同,必定也想参与其中,以凑其趣。如一百三十四篇:"五色有太过,有不及,惟黑与白无太过。"五色为青、赤、黄、白、黑,是古人对所有颜色的概括,要么太过鲜艳,要么太过暗淡,与人的本性不符,容易使人陷入对感官欲望的追逐,无法看到人生的意义,无法领悟万物运行的道。黑白是黑夜和白天的颜色,是自然存在的最基本颜色,与自然运行相符,不会损害人的本性。杜茶村曰:"君独不闻唐有李太白乎?"江含徵曰:"又不闻玄之又玄乎?"尤悔庵曰:"知此道者,其惟弈乎?"编者又加"老子曰:知其白,守其黑"。我想到的却是罗大佑《现象七十二变》中的一句歌词:"彩色的电视变得更加花哨,能辨别黑白的人越来越少。"

所言多雅趣。从中可看到作者对自然的欣赏,对生活的热爱,登山则情满于山,观湖则意溢于湖,追求高雅的志趣,飘逸的气态。他说:"春听鸟声,夏听蝉声,秋听虫声,冬听雪声;白昼听棋声,月下听箫声,山中听松风声,水际听欸乃声,方不虚此生耳。"这些都是寻常之声,又有谁能静静地去欣赏呢?他说:"梅边之石宜古,松下之石宜拙,竹傍之石宜瘦,盆内之石宜巧。"这就是在画国画了。对春夏秋冬的风雨,他亦有别样感悟,其一说:"春雨如恩诏,夏雨如赦书,秋雨如挽歌。"其二说:"春雨宜读书,夏雨宜弈棋,秋雨宜检藏,冬雨宜饮酒。"其三说:"春风如酒,夏风如茗,秋风如烟,冬风如姜芥。"其雅趣所在,离不开琴、棋、书、画、诗、酒、花,当然还有美人。他说:"昔人云,若无花、月、美人,不愿生此世界。予益一语云,若无翰、墨、棋、酒,不必定作人身。"又说:"天下无书则已,有则必当读;无酒则已,有则必当饮;无名山则已,有则必当游;无花月则已,有则必当赏观;无才子佳人则已,有则必当爱慕怜惜。"我想正是因为他能欣赏世间美好之物,所以有那么多的人欣赏他。

所思多童趣。有趣的人必定有童心,所以叫童趣。童趣在于对世间万物充满好奇,又能天马行空地驰骋想象。他想:"蝇集人面,蚊嘬人肤,不知以人为何物。"反庄子梦蝶之意趣,是说人无异于腥膻臭腐吗?他说:"唐、虞之际,音乐可感鸟兽。若后世之鸟兽,恐未必然。"史传上古时的音乐能使"凤凰来仪,百兽率舞",张潮当时可能感受到人离大自然越来越远,自然创造不出鸟兽可感的音乐,他如何知道后世的人要将鸟兽赶尽杀绝呢?他倾慕古代才子佳人,总想自己前世在春秋时结识西施否?在晋代看过被称为玉人的卫玠否?在东晋义熙年间,与陶渊明一起醉过没有?在天宝年间曾一睹杨贵妃的光彩没有?在宋代曾一晤东坡否?尤其他说有的姓雅,有的姓俗,如华、柳、云、苏、乔,皆极有风韵;而毛、赖、焦、牛,则看着碍眼而听着也难受。真是童言无忌。记得小时候村人说某人某事不堪,就说其乌焦巴弓,此正《百家姓》中一句,即村妇稚童,听之也觉不雅。

最难有闲趣。我有望文生义的习惯,认为"忙"是心亡的意思。一个人碌碌于功名富贵,或疲于各种杂务应酬,心智必定疲惫而不能感知生活中的意趣。闲字原是门中一个月字,你说是房中日月长也好,你说是窗前明月光也好,都有优游、静谧的旨趣在其中。简化成木头呆在房中,那位汉字专家可能就只知天下最苦是闲人的俗话吧。《幽梦影》是部闲书,首先它是闲暇之时,静静地读书,静静地思考的产物。其次它是平时所感所悟慢慢积累起来的。他说一句话,就有那么多人来谈论,就算他不是平时开文化沙龙来收集大家的意见,一百多人传读一遍,再写下自己的见识,也是要经过漫长时间的。与其说他们是在写作,不如说他们是在过一种有智慧的生活。其三是作者是乐于闲的。他认为:"闲则能读书,闲则能游名胜,闲则能交益友,闲则能饮酒,闲则能著书。天下之乐,孰大于是。"他对闲之趣有独特体味,叫做"能闲世人之所忙者,方能忙世人之所闲"。由此,我想到一位哲学家所说:"我们所说和所做的绝大部分事情是不必要的,一个人如果取消它们,他将有更多的闲暇和较少的不适。"

张潮甚至认为:"清闲可以当寿考。"他的那个文化沙龙的一位叫曾青藜的成员就找来一首诗,当作这句话的注脚,诗云:

无事此静坐,一日似两日。
若活七十年,便是百四十。

最后说一下在读此书的另外一种趣味,可以说是意外之趣吧。我读古籍都要购置两种以上版本,经过比较找到适合自己的注本。考虑到儿子买的这本书是半价书,怕错过更好的,就从网上购置了另一个版本,自然译注者也不同。说实话,儿子买的远方出版社的本子,注者叫李捷,他也像其中跟帖的人一样,讲出自己的见解,但他这个见解是从作者的文化背景、时代境遇去讲的,真正做到锦上添花,意趣深远,深合我意。而新购的这本价格贵了一倍,印刷装饰也更为精美的《幽梦影》,其注者往往不能体会作者的意趣。如其对"为月忧云,为书忧蠹,为花忧风雨,为才子佳人忧命薄"一节所作的点评说:"此处为月忧云,为书忧蠹，为花忧风雨，实乃无聊之忧，心忧才子佳人命薄更是胸无大志的表现。"真是大煞风景。虽然此书字面上读起来没有什么障碍，但毕竟是古人写的，要得其意蕴，注者不说要有作者一样的襟怀，但必须体悟作者的苦心。前面读《幽梦影》六十八篇："著得一部新书，便是千秋大业；注得一部古书，方为万世宏功。"不是很以为然。经过这番对比，深以为然。孔子的主要作品是编注经典。朱熹被称为儒家经典的集大成者。传承文化的过程本身就是一种伟大的创造。如果传承得不好，就成了误导。这种事情好像是无法避免的，所以张潮说："镜不幸而遇嫫母（丑妇），石见不幸而遇俗子，剑不幸而遇庸将，皆无可奈何之事。"

《幽梦影》是一部趣书，人人读之可得其中之趣，与跟帖之人意趣往往是不同的。

一卷开天眼

一

多年前,参与编纂地方志。同事中有位八十多岁高龄的前辈,他向我推荐了一本书,就是钱穆的《国史新论》。他说是在小城的半价书店淘来的,就是一本盗版书。这本书我读了两遍,打开了思想的一扇窗户。

钱穆是国学大师,我一个学历史专业的人,此前竟从未读过他的作品,可见我们那时读的是什么书。钱穆治史,概言之,就是不从某一理论、某一概念,更不是从某个政治集团的需要出发,而是从史籍及一切历史记载出发,加以研究,得出自己的成果。

钱穆十岁入果育小学,遇到一位教体操的老师,名字叫钱伯圭。有一天,伯圭老师牵着学生钱穆的手问,听说你能读《三国演义》,是吗?学生回答说,是的。老师说,这样的书不要再读。此书开首即云天下合久必分,分久必合,一治一乱,这是中国历史走上了错误的道路,所以会如此。如今欧洲英法等国家,合了便不再分,治了便不再乱。我们今后应该学习他们。这次简单的谈话,对于一个十岁的孩子来说,真是有如巨雷轰顶,震撼心灵。这是一个围困一百年来中国人心的问题,也围困钱穆的一生。他说自己毕生从事学问,都是小学一年级时那位教体操的老师的一番话启发的。

孟子说:"舜之居深山之中,与木石居,与鹿豕游,其所以异于深山之野人者几希;及其闻一善言,见一善行,若决江河,沛然莫之能御也。"如果说钱伯圭老师的一番善言开启了钱穆读书做学问的心智,那么钱穆先生的《国史新论》对于我们这些没有经过文明启蒙的人来说,其影响真如孟子说的像江河决口,在心中有那样地浩荡。

二

《国史新论》从史实出发,梳理中国社会演变,又从政治、经济、文化、教育、人物等各个方面寻求阐发中国历史精神及价值。

开篇即是《中国社会演变》,劈面问一声,中国是不是一个封建社会?

我们从小学,中学,中师,大学,一路学过来的历史都是把中国历史分为原始社会,奴隶社会,封建社会,资本主义社会,最后是共产主义社会。钱穆告诉我们,这只是西方某一家的学术意见,而且只是根据西方历史提出的一个说法,其在西方也不是定论。中国历史与西方历史是一样的吗?用中国历史来套这个框框,套得上吗?为什么要这样削足适履呢?

中国的封建制度始于西周,武王、周公两次东征,消灭了殷王室的统治权,逐步把自己的大批宗室亲戚分封各地,以便于统治。西周封建,有两个作用,一是便于对付旧的殷王朝的反叛,一是防御四周游牧民族的侵扰。虽有贵族与平民,但与西方的封建亦有不同之处,如平民并非奴隶。其下春秋战国,已出现士、农、工、商。由贵族往下走来与由平民往上走来,形成一个士的阶层,游士成为社会主要力量,可称为游士社会。秦汉一统,虽有帝王,但政府实为士人政府。西汉建立选举、考试、教育制度，选拔人才，中央为郎，地方为吏，治理极有成效，可称郎吏社会。魏晋南北朝，门第成为主要力量，可称门第社会。隋唐以下，科举选拔人才，政府与社会联系紧密，上下交流通畅，可称为科举社会。云云。就是不管他说的是不是合适，但总是自己真实的历史，而不是为了迎合一种理论，一切打倒推翻，任意涂抹历史。

西方那一套理论明显与中国历史不符的太多，仅就中国未发展出资本主义，就可见一斑。中国在战国就有自由经济，唐宋更是繁荣，但没有发展为资本主义。汉、唐也曾经非常强大，但没有发展为帝国主义。难道其中不是一种制度和文化的力量在起作用吗？

过去一百多年的历史，就是反封建的历史，就是打倒自己全部传统的历史。什么是封建都没有搞清楚，就要凭一时的政权，恣意所为，连根来铲除社会传统，扑灭文化传统，一切人性人道，只要不合我意的，就全部打倒，这不是社会向政府革命，而是政府向社会革命。于是，革命只是破坏，破坏越彻底，建设越困难。这就好像爬上树梢来锯树，只能一起倒掉。

钱穆先生认为，古今中外，人类历史还没有发现一种绝对有利无弊的政制，也没有一种可以推行数百年之久而不出毛病的制度。不仅以往如此，将来也必然还是如此。如果我们只一心来搜罗中国历史上皇帝皇室的种种罪恶，又凭借它来批评中国的传统政治，这也是一种偏见。而且，到现在为止，学术思想方面，超不出先秦；政治社会方面，超不出汉唐。

在《中国教育制度与教育思想》一篇中，钱穆先生考察历代教育，得出四点认识。其一是私家讲学影响最大；其二是公私教育常成对立；其三是道统居于政统之上；其四是教育命脉常在下层。东汉以下，知识分子藏身之处在门第；南北朝以下，在佛寺；宋明则在书院。因此，不要怕违逆了时代，不要怕少数，不要怕无凭藉，不要计较权势与力量。单凭小己个人，只要道在我身，可以默默地主宰着人类的命运。否可以转泰，剥运可以转复。教育理想与精神的力量，有这样神奇，让人不得不敬畏。

《国史新论》提出的问题与我们所受教育相反的思想有很多，讲的是我们民族的传统，有经验，有教训。钱穆先生特别喜欢传统。他以为任何一个民族，任何一个国家，都有它的传统。不是战国推翻了春秋，而是春秋孕育了战国。凭空产生，平地拔起，一无来历的民族与国家是从来没有的。也断然不可能有一个国家的人民都鄙弃自己的历史，而这个国家民族可以长久存在于天地之间。

三

此后就到书店去找钱穆的书，只在一半价书店中淘到一本《中国思想通俗讲话》，是一本小册子。知道从网上搜购后，先后购买《国史大纲》《古史地理论丛》《论语新注》《孔子传》《中国历代政治得失》《八十忆双亲师友杂忆》《湖上闲思录》等。其系列作品在大陆出版的，都尽量一读，对其一生为学论史情况大概了解，知道应该怎样读书。

钱穆一八九五年出生于江苏无锡一个叫七房桥的村庄，七岁入私塾，十岁进新式小学，就是无锡荡口镇一所叫果育学校的私立小学。十三岁考入常州初中学堂，后转入私立南京钟英中学。中学未毕业，后开始教书，从小学、中学，一直到大学，成为燕京、北大、清华、西南联大教师。一九四九年只身去香港，创办新亚书院，到世界各地讲学，成为著名历史学家。一九六七年定居台湾，一九九〇年离世，一生"信而好古"，著述不断。

钱穆出身寒微，但毕竟是来自一个耕读之家，从小受到较好的传统文化熏陶，加之天资较高，小时读书出众。读私塾时就读过《三国演义》

《水浒传》，并能背诵和讲述。这是他能够有成就的基础。

钱穆生长的乡村，是有文化的乡村。传统社会，在朝的官员退下来后一般都会叶落归根，回到乡村教读本族子弟，所以可以"礼失求诸野"，中国传统社会即使村夫野老，一样懂得为人处世的礼节。钱穆小时候就读的学校虽然是乡村学校，但民国时的乡村中小学一样有许多人物，既有饱读诗书的硕儒，也有思想自由的新派人物。正如他在上世纪七十年代末回忆果育小学时说的："回忆在七十年前，离县城四十里外小市镇上之一小学校中，能网罗如许良师，皆于旧学有深厚基础，于新学能接受融会。此诚一历史文化行将转变之大时代，惜乎后起者未能趁此机运，善为倡导，虽亦掀翻天地，震动一世，而卒未得大道之所当归。祸乱相寻，人才日趋凋零，今欲在一乡村再求如此一学校，恐渺茫不可复得矣。"而在城市化的今天，乡村文化教育更是日益凋零。

好的读书习惯，是钱穆有大成就的关键。他读一书必从头到尾读完。"余在梅村已成习惯，读书必自首迄尾，通体读之。不抽读，不翻阅，读《船山遗书》亦然。遇惬意处，加以笔录。"

实在说，不管是小学、中学、大学的语文教材，对于一个有基本阅读能力的人来说，读完这样一本书都不需要一周的时间。但是实际上每一册课本，我们都要读一个学期。我不知道这是不是造成人们阅读趣味下降的原因，但是读书一个最为重要也可以说是一个基本态度就是既然拿起一本书就要坚持把这本书读完，不读完这本书就不去拿起另一本书。只有坚持读完你才知道这是一本怎样的书，也才有心思进入下一本书。因为读书是修养心性，你同时读很多的书就会心浮气躁，不能沉静心性。如果说教育是开启智慧的钥匙，目前的这种语文教学方式，如果教师没有一定的境界，这把钥匙开得不对路，就会走向开启的反面，就会使学生读来读去不但没有养成读书的趣味，反而从此关闭了读书的大门。

四

　　钱穆先生以一个中学肄业的学历，一个中小学教师的资历而成为大学教授（同时代还有沈从文以小学三年级的学历而成为北大教授）。后到香港、台湾都得到极大认可。他一生研究历史，又与时代潮流的历史观相左，但一样受到重视，一样受到尊敬，这是一个文明社会应有的生态。

　　确实，钱穆能够不随大流，不赶时髦，能够静下心读书，静下心著述，只做自己能够做的，做好自己应该做的，是他能够成就事业的关键。他在北京大学任教时曾告诫学生说："学问贵有所求，不应分心与他人争是非，若多在与他人争是非上分其精力，则妨碍了自己学问之进步。"他在评价胡适时说过一句话："世俗之名既大，世俗之事亦扰困之无穷。"这话是很中肯的。可以说，他的一生是读书的一生，是教学的一生，是著述的一生。到了八十多岁，眼睛都看不见了，疾病缠身，仍用几年时间写下回忆录。他的学问都是教学之余一点一滴做出来的，所谓"文化人生必经时间"。

　　有一相士同为梁漱溟、熊十力、钱穆相面，"谓十力乃麋鹿之姿，当常在山林之间。并言漱溟步履轻，下梢恐无好收场。言余精气神三者皆是，行坐一志，此下当能先后如一"。

　　他做学问的特点就是先后如一，坚持不懈。《国史大纲》是他在研究教学七年的基础上开始撰写的。一个人躲在云南宜良西山的一座叫岩泉下的寺院里，孜孜地用功，不怕孤独，不怕寂寞，耗时一年，终成与我们所读过的那些中国通史不一样的巨著。

　　这部巨著，成为其后以变化的眼光治史，以专门的眼光治史，以分别的眼光治史的基础。目的是希望能在国家民族内部，求得其独立的精神。他坚信:"一国家当动荡变进之时,其已往历史,在冥冥中必会发生无限力量,诱导着它的前程,规范着它的旁趋,此乃人类历史本身无可避免之大例。否则历史将不成为一种学问,而人类亦根本不会有历史性之演进。"

钱穆始终处于社会边缘地带安静地做学问,保持独立思考和精神自由。正如他一九五〇年十月在《国史新论》序言中所说的:"决不愿为一时某一运动某一势力之方便而歪曲事实,迁就当前,如此学术始可以独立,而知识始有真实之价值与效用。"

老子观要

昨日读完王孺童《道德经讲义》。这是第四次读老子,就是从二〇一一年开始,并没有特意安排,刚好每年读一次。我想到像孔子、老子、庄子、孟子这些经典确实是每年可以读一次的。圣人说学而时习的快乐,我们凡人也可以享受。

第一次二〇一一年读的是王弼注《老子道德经注》。是一个晚上读完的。王弼虽是三国时候的人,注解却也简洁易晓。因为喜欢,当时就把喜欢的句子在书后抄下来,有四十五条。与读其他经典不同的是,第一次读老子的感觉最好。总是以为经典是高高在上,曲高和寡,难以亲近的,读老子却是一气呵成读完的。人读书难的是不愿去读。

第二次二〇一二年读的是王夫之《船山思问录》,书里附录有《老子衍》,就是王夫之对道德经的诠释。王夫之的注释比原文难懂,只在原著上画许多杠杠,没有作记录。

第三次二〇一三年读的是林语堂的《老子的智慧》。林语堂是把老子、庄子放在一起来讲的,编排上有独特处。读后抄下有心得的句子二十条,与第一次相同的有九条。想到这样一些关键词:无为、不争、处下、自足、天道等。觉得其中有许多修身、处世、治国的智慧,对世界、人生、社会的认识,给人心灵启迪。

这次读后抄摘觉得好的句子二十条,与前面相同的有十二条。三次相加,整理出四十条,占道德经总数八十一章的一半。就是说有可能我读到第四遍,还只读出一半的味道。

清代陈澧《东塾读书记》对诸子也作了摘录,以为老子可取者十四条,与我摘录相同的只有三条,可见每人心中有自己的老子。

第一次读的时候,觉得注释不是很清楚明白,看过几遍后才知道这书的注释只在每个读它的人心里,讲明白了,反而叫人迷惑了。现在读经典喜欢干干净净的,因为你讲得太多,就脱离了它原来的意味。

孟子云:"观水有术,必观其澜。"那么可不可以说,观书有术,必提其要呢?老子对于世界本原的认识,对于国家治理的认识,对于为人处世的认识都有很高的境界。就是有不一样的眼光来看待世界。老子教人的方法,多的是清静无为,只有做减法,才能于乱象中认识自己和人类。所以说"为道日损"。老子心里有一个理想国,就是小国寡民,也是很有意思的。

综合几次阅读,提要如下:(一)无名,天地之始。(二)不见可欲,使民不争。(三)上善若水。水利万物而不争。(四)金玉满堂,莫之能守。(五)夫唯不争,故天下莫能与之争。(六)物壮则老。(七)飘风不终朝,骤雨不终日。(八)知足者富。(九)天下万物生于有,有生于无。(十)道生一,一生二,二生三,三生万物。(十一)知足不辱,知止不殆,可以长久。(十二)清静为天下正。(十三)轻诺必寡信。(十四)慎终如始,则无败事。(十五)江海所以为百谷王者,以其善下之。(十六)知我者稀,则我者贵。(十七)天道无亲,常与善人。(十八)大者宜为下。(十九)天下皆知美之为美,斯恶已;皆知善之为善,斯不善已。(二十)善行无辙迹。(二十一)祸莫大于不知足,咎莫大于欲得。(二十二)为学日益,为道日损。(二十三)大国者下流。(二十四)以天下观天下。

(二十五)我无事而民自富。(二十六)治大国若烹小鲜。(二十七)图难于易,为大于细。(二十八)知者不博,博者不知。(二十九)天之道,损有余而补不足。(三十)其出弥远,其知弥少。(三十一)道之出口,淡乎其无味。(三十二)信言不美,美言不信。(三十三)柔弱者生之徒。(三十四)自是者不彰。(三十五)将欲夺之,必固与之。(三十六)天下莫柔弱于水,而攻坚强者莫之能胜。(三十七)有之以为利,无之以为用。(三十八)人法地,地法天,天法道,道法自然。(三十九)不欲以静,天下将自正。(四十)我有三宝,持而保之。一曰慈,二曰俭,三曰不敢为天下先。

对于老子的评价,最经典的当数司马迁在《史记·老子韩非列传》的记载,是说孔子去向老子问礼,老子对孔子说了一番话。孔子回来对学生说:"鸟,吾知其能飞;鱼,吾知其能游;兽,吾知其能走。走者可以为网,游者可以为纶,飞者可以为矰。至于龙,吾不能知其乘风云而上天。吾今日见老子,其犹龙邪!"据联合国教科文组织统计,世界上广泛传播的著作,第一是《圣经》,第二是老子《道德经》。而美国《纽约时报》作过一个调查,人类历史以来最有影响的十大写作者,老子排名第一。老子的道,是息争的道,是广阔的道。人们的智慧不够,常常不认得老子的道,甚至把消极、权谋作为老子的道。曲高从来和寡,也许人类哪一天走上老子的道,哪一天就能圆满。

东坡札记

读完林语堂的《苏东坡传》，又来读苏东坡的《东坡志林》。就是用每天睡前的一些时间慢慢读的，用了十天的时间。这是龙年读的第四十七本书。苏东坡是不写日记的，这是札记，大体上是从被贬黄州开始到从海南儋州遇赦内徙止，共二百零三篇，都是很随意的简单的书写，涉及佛、道、方术、异怪、游、梦、疾病、历史、修养、趣闻等许多方面。就是诗、文、词、赋之外，有一个杂家的苏东坡。

林语堂说苏东坡是秉性难改的乐天派，是悲天悯人的道德家，是黎民百姓的好朋友，是散文作家，是新派的画家，是伟大的书法家，是酿酒的实验者，是工程师，是假道学的反对派，是瑜伽术的修炼者，是佛教徒，是士大夫，是皇帝的秘书，是饮酒成癖者，是心肠慈悲的法官，是政治上的坚持己见者，是月下的漫步者，是诗人，是生性诙谐爱开玩笑的人。这许多方面，还不足以写出他的全貌。

苏东坡一生是多么坎坷，又是多么幸运，与那么多的风流人物相知相惜，欧阳修、司马光、范纯仁等，就是不把小人放在眼里。政治斗争中，正人君子往往落下风，而小人必占上风，因为正人君子为道义而争，而小人则为权力而争，结果双方也是各得其所，好人去位，坏人得权。

苏东坡说,吾上可陪玉皇大帝,下可陪卑田院乞儿,眼前见天下无一不好人。他相信佛教的否定人生,儒家的正视人生,道家的简化人生。

读苏东坡的札记,可见其种种趣味。印象深的有如下一些。

关于养生。其一,已饥方食,未饱先止。散步逍遥,务令腹空。此可谓养生秘诀。其二,余皆不足道,难在去欲。这一点,苏东坡讲了苏武的故事,说他出使匈奴,被扣留达十九年,吃雪吞毡,受尽苦难,持节不变。但却娶胡妇生子。可见去欲之难。其三,心不离田,手不离宅。真人之心,如珠在渊;众人之心,如泡在水。养生就是不轻举妄动,存养本性。

关于修养。其一,一曰无事以当贵,二曰早寝以当富,三曰安步以当车,四曰晚食以当肉。这最后一句应与前面养生的第一句意思相同,已饥方食味才香。其二,一曰安分以养福,二曰宽胃以养气,三曰省费以养财。其三,道恶贼其身,忠先爱厥亲。真即是佛,不妄既是天。其四,司马温公有言:"吾无过人者,但平生所为,未尝有不可对人言者耳。"前辈有诗曰:"怕人知事莫萌心。"无事,安分,节俭,不妄,不欺,内心强大,不富也贵。

关于记游。其一,初登庐山的时候,苏东坡觉得"山谷奇秀,平生所未见,应接不暇,遂发意不欲作诗"。但结果还是作了几首诗,而且成为千古名诗。其二,与友人游松江时,记得"有醉倒者,此乐未尝忘也"。就是有一点快乐,就非常快乐。实在是人生又有多少真正的快乐。其三,记承天寺夜游,与张怀民漫步。苏东坡写道:"何夜无月,何处无竹柏,但少闲人如吾两人耳。"这一篇可用《临皋闲题》中的一句来注释,那就是:"江山风月,本无常主,闲者便是主人。"

关于学问。孙觉向欧阳修请教作文之道。欧阳修说:"无他术,唯勤读书而多为之,自工。世人患作文字少,又懒读书,每一篇出,即求过人,如此少有至者。疵病不必待人指正,多作自能见之。"这其实是平凡的道理,多读多写,慢慢就能提高。横空出世的天才毕竟是极少的。

关于论世。其一,贺下不贺上,此天下通语。意思是祝贺归隐不祝贺升官,是流行的说法。为官一任,能够外面没有毁谤,心中没有愧疚,是多么不容易。此篇写欧阳修屡次上表乞归,不获诏许。由是说"君子之欲退,其难如此,可以为进者之戒"。普遍的情形是,如《红楼梦》里说的:"只恨官帽小,哪管枷锁杠。"对职位没有应有的敬畏。其二,借唐村老人言,说青苗法之弊:"贫富之不齐,自古已然,虽天公不能齐也,子欲齐之乎?民有贫富,由器用之有厚薄也。子欲磨其厚,等其薄,厚者未动,而薄者先穴矣!"均贫富是历代以来许多人造反的口号,但从来就没有实现过。其三,有记僧文莹食名,说酒是"般若汤",鱼是"水梭花",鸡为"钻篱菜",竟无所益,但欺而已,世常笑之。人有为不义而文之以美名者,与此何异哉!

关于论人。读白居易写的张平叔制词,其中有说"计能析秋毫,吏畏如夏日",从中就判断这个人必是小人。小人就是特别严苛,特别不近人情吧?他的父亲苏洵在《辨奸论》中也有说:"凡事不近人情者,鲜不为大奸慝。"见微知著,为观人之法。

关于论治。吾以谓为天下如养生,忧国备乱如服药。养生者不过慎起居饮食,节声色而已,节慎在未病之前,而服药于已病之后。

关于笑话。其一,有两个穷书生在一起言志。一个说,我平生最缺的是吃饭与睡觉,他日得志,当吃饱便睡,睡了又吃。另一个说,我和你不同,我是吃了又吃,哪有时间睡。其二,有三个老人在一起,有人问他们的年龄。一人说,我年纪不记得,只记得少年时和盘古在一起玩。一个说,海水变桑田时,我就放一个竹签,现在已放满十间屋子。一个说,我吃的蟠桃,桃核丢在昆仑山下,现在都与昆仑山一样高了。其三,有一个道人在街上卖秘方,其中有一个是"赌钱不输方"。有一个少年以千金买得。回来打开一看,写的是"戒赌"二字。

关于谪居。苏东坡贬谪海南儋州时,有地方官来看他,没有什么赠给客人,就书写柳宗元《饮酒》《读书》两首诗相赠。而这两首诗,也是柳宗元被贬永州时创作的。饮酒为驱忧,读书为自娱。实在也只有喝酒、读书这样两件事,又还能做什么。这也可以说是他被贬二十多年的生活写照。但是能够喝酒、读书,又是多么好的生活。

楚辞的味道

端午节三天假,在家中读完《楚辞》。用这样一种方式纪念屈原。楚辞是以屈原作品为核心的一类辞赋的专称,不仅成为一种新的体裁,亦有其独特的精神性质,概言之为悲愤、哀怨、高洁、良善。所有的作品都是哀叹命运多艰,哀叹生不逢时,哀叹善良忠直之人遭弃,而卑鄙小人得道。

《红楼梦》里有云:"太高人愈妒,过洁世难同。"这样的事大概自古而然,又有什么可叹?读《楚辞》,让我想到我乡下老人唱的采茶戏,虽然也有哀哀动人,但总觉得哭丧不是健康的人生。楚辞是诗经之后诗歌的又一座高峰,但这样的风景我实在是不喜欢。尤其风格单一,读过屈原,其他宋玉、东方朔、严忌、王褒、刘向等可以不读。主要感觉如下。

楚辞多悲声。屈原《离骚》有云:"揽茹蕙以掩涕兮,沾余襟之浪浪。"屈原《九章》有云:"哀吾生之无乐兮,幽独处乎山中。"宋玉《九辨》有云:"悲哉!秋之为气也!"严忌《哀时命》有云:"哀时命之不及古人兮,夫何予生之不逢时。"

楚辞多怨气。屈原《离骚》有云:"世混浊而嫉贤兮,好蔽美而称恶。"屈原《九章》有云:"何灵魂之信直兮,人之心不与吾心同。"东方朔

《七谏》有云:"举世皆然兮,余将谁告?"又云:"众人莫可与论道兮,悲精神之不通。"王逸《九思》有云:"众多兮阿媚,𩋆靡兮成俗。"

楚辞多叹息。屈原《离骚》有云:"长太息以掩涕兮,哀民生之多艰。"屈原《九章》有云:"望长楸而太息兮,涕淫淫其若霰。"刘向《九叹》有云:"思南郢之旧俗兮,肠一夕而九运。"

楚辞多高洁。屈原《离骚》有云:"亦余心之所善兮,虽九死其犹未悔。"又云:"民生各有所乐兮,余独好修以为常。"屈原《九章》有云:"言与行其可迹兮,情与貌其不变。"又云:"苟余心其端直兮,虽僻远之何伤。"屈原《渔父》有云:"举世皆浊我独清,众人皆醉我独醒。"宋玉《九辨》有云:"处浊世而显荣兮,非余心之所乐。与其无义而有名焉,宁穷处而守高。"东方朔《七谏》有云:"处愍愍之浊世兮,今安所达乎吾志?"

楚辞多良善。屈原《九章》有云:"鸟飞反故乡兮,狐死必首丘。"屈原《九歌》有云:"悲莫悲兮生离别,乐莫乐兮新相知。"东方朔《七谏》有云:"内自省而不惭兮,操愈坚而不衰。"

屈原为楚国贵族,曾一度参与国政,不久被罢免、流放,后沉江自杀于汨罗。足迹主要在今湖北、湖南两省。屈原的性格极端,对于现实社会极端热爱,又极端厌恶;头脑清醒,而感情炽热;不同流合污,又不能改变现状;人格高尚,不为世容,只有一死,方能成全。楚辞就是这样一种人格的文学。

诗经为中原之声,楚辞为南方新韵。诗经虽然也有激越之语,但大体敦厚平正;楚辞固然也有含蓄之声,但多为悲愤之辞。如果打比方来说,诗经是国画,楚辞就是戏剧。概言之,诗经是现实主义文学,楚辞是浪漫主义艺术。

我的教育思想

什么是教育

《现代汉语词典》对于教育定义如下:按一定要求培养人的工作。

《大英百科全书》是这样说的:培养他人以及被培养的过程或者行为,一种系统性指导。还有一项说是角色或者心智力量的发展。

大学里学过的教育学对于这个问题有两种意见,一种是苏联教育的意见,是从社会的角度给教育的定义。中国也是采用这种说法:指教育者根据一定的社会或阶级的要求,有目的有计划有组织地对受教育者身心施加影响,把他们培养成为一定社会或阶级所需要的人的活动。另一种是西方学者从个体的角度给出的意见,以为是成功地学习知识、技能与正确态度的过程。

中外教育家、思想家更是众说纷纭。夸美纽丝说,教育是教会学生作为人类所能获得的必要的方法。

雅斯贝尔斯认为,教育是人的灵魂的教育,而非理性知识的堆积。

蒙台梭利说,教育是激发生命,充实生命,协助孩子们用自己的力量生存下去,并帮助他们发展这种精神。

斯宾塞的意见是,教育的目的和任务就是为我们的完满生活做准备。

苏霍姆林斯基以为,教育的本质在于克服自己身上的动物本能和发展人所特有的全部本性。

蔡元培说,教育是帮助被教育的人发展自己的能力,完成他的人格,于人类文化上能尽一分子的责任,不是把被教育的人造成一种特别的器具。

叶圣陶以为,教育是用学校作为工具,把旧有的知识系统传授给继起的青年,使他们养成一种适合于既成社会的人格,以维持和发展这个社会。所以教育是人类获得生存资料和经营生活的一种工具。

陶行知则主张,生活即教育。

这些说法都有道理。内容、方法、手段、途径等有不同,但是普通来讲,教育是把一个自然人变成一个社会人,把一个原始人变成一个文明人,这一点是不错的。但这是一个普通的目标。

追本溯源。英语世界,教育一词的本意是引出。这个接近柏拉图的宿慧说,就是人在出生前就有关于一切本质的知识。教育就是把它引导出来。

中国文化里,教育一词最早出现于《孟子》,就是君子三乐:"父母俱存,兄弟无故,一乐也;仰不愧于天,俯不怍于人,二乐也;得天下英才而教育之,三乐也。"东汉许慎《说文解字》是这样解释的:"教,上所施,下所效也;育,养子使作善也。"明显的,这里的教育与现在说的概念有不同,而且在近代以前,也没有论述教育问题的专门语汇。中国古代的教育思想,体现在"教",而特别是"学"的论述上,如儒家经典《学记》《大学》,韩愈《进学解》之类。又管理教育的部门在国子监、礼部,到清末有学部。从甲骨文的写法来看,教的意思是手拿鞭子或者棍子督促孩子学习占卜;学的意思是孩子在房间学习占卜。两者描述的事物是同一种活动。好像教育是强制的,乡间土话有"板是南山竹,不打书不熟"的说法。

人类轴心时代的精神原创，没有关于教育的论述。孔子，苏格拉底，释迦牟尼，后来的耶稣，都是人的精神导师，多数时候是从事教育工作。他们也不是政府或者哪个贵族豪门聘请的老师，自己也没有学校，但是却成为最好的老师。释迦牟尼有两个固定一点的地方，一个叫竹林精舍，一个叫祇园精舍，也都是别人建造送给这些修行的人的。孔子在自己家里，说是门口有个杏坛，就是栽有一棵杏树的高台，就是他的教学场所。有时候在大河边，或者在大树下。苏格拉底和耶稣就是身边聚集一些人，形成一种影响。他们也没有别人编好的教材，更没有教学参考书来照本宣科。他们讲的是自己对于宇宙人生的思考，讲的是自己体证到的修养之道。他们教育的方法主要是谈话交流，苏格拉底喜欢讨论，他们谈的问题都是人生根本的问题，是道，而不是术。归根结底，古今中外的教育思想，根本的是教人如何做一个人。

释迦牟尼被学生称为佛陀，意思是觉悟者。《圣经》里记上帝创世纪的第一件事是，要有光。《大学》开篇就说："大学之道，在明明德，在亲民，在止于至善。"明明德是可以看见自己的光明。这些说法都是一个意思，就是让人心里明亮，知道怎样做一个人，知道人之为人的美好。

而且轴心时代的精神原创，就是人类这些最为伟大的导师，他们都是述而不作的，就是没有留下任何文字。他们的思想都是弟子以及再传弟子传播的。是不是教育不是知识，也不是理论，而是一种体证，是一种行为，就像鱼在水中，冷暖自知。王阳明创知行合一学说，强调没有知而不行的；知而不行，是为不知。这也是对于教育的根本认识。

以上是我思考教育问题时梳理的一些说法，对于这样普遍的问题，说法太多，不能穷尽。而且，在哲学上，重要的不是解决问题，而是提出问题；那么在教育上，我以为不是告诉人标准答案，而是教会人独立思考。所以孔子对学生有大哉问之类的点赞。

孟子说："万物皆备于我矣。反身而诚，乐莫大焉。"就是格物的功夫,向外是永远没有穷尽的,只有向内。我对于教育有一点胡思乱想,简称为我的教育思想。我的意见是三个关键词,那就是成人,成己,成圣。成人是基础,成人要认识人,成人要学做人。成己是关键,成己要认识自己,成为自己,保全自己。成圣是方向,成圣是超越人,超越自己,达到人格圆满。

中国儒家最为重要的经典是四书五经,四书里有一篇《中庸》,也是从《礼记》中提取出来的。这篇著作开篇就说:"天命之谓性,率性之谓道,修道之谓教。"可见教育本质上是安顿一个人的灵魂的,是有宗教功能的。佛教教人成佛,道教教人成仙,儒教教人成圣。不管是佛是道,是仙是圣,是上帝是真主,都是给人以向善的准则,给人以向上的大道。李白说:"大道如青天,我独不得出。"其实出不出不重要,重要的是人要走在这个道上,教育更要走在这个道上。

什么是人

教育是要教人成人,先要来认识人。那么,什么是人呢?

最新版的《现代汉语词典》是这样定义的:能制造工具并使用工具进行劳动的高等动物。

如果是仅仅把人与其他动物区别开来,似乎不需要搬出一个工具来。

《大英百科全书》的定义更简单,说是一个独立的个体。独立,个体,都是好的认识,但又嫌其语焉不详。

到古代经典找一下。中国第一部字典《说文解字》对人的解释是:天地之性最贵者也。最贵在何处,也没有说明白。

东汉刘熙编撰的专门探求事物名源的字书《释名》说:人,仁也。仁生物也。这个认识太美了,仁者爱人。仁是万物的心,如杏仁,薏仁,花生仁,核桃仁之类,就是种子,有一点的环境、条件就可以生长。孔子把仁人作为人的最高要求,说:"苟志于仁矣,无恶也。"

成书于战国时期的汉民族重要典章制度书籍,也可以说是最早的教育方面的著作《礼记》则说,人者,天地之德,阴阳之交,鬼神之会,五行之秀气也。都是赋予天地间美好的品质与形象,但是不是真的这样呢?

这些认识有很高的境界,有的看作人原来就是这样,有的看作人应该这样。古人对人的认识,让我们想起一些古老部落名称,在东有狄,在南有蛮,在西有戎,在北有夷。就是人是能够思省的,有历史典籍的,能够以史为鉴的,有精神价值的。如果没有这些,虽然也有语言,也能制造并使用工具,也只能是野蛮动物,其部族称号只能从犬虫之类。

老子说:"道可道,非常道。"对于人的定义和说法,就像对教育的定义与说法一样,古今中外的思想家,哲学家,教育家,社会学家,生物学家,或者一般的喜欢思考的人,不知有多少文字来阐述,但是又似乎难以有圆满的答案。所以孔子也好,佛陀也好,耶稣也好,都不来下定义,而是指出一条做君子,做圣贤,如何永生或者圆满的路。

如果不知道什么是人,是否可以来看一下什么是非人。虽然孔子、老子、孟子没有说过什么是人,但是孟子却非常肯定地说过什么是非人。他先打个比方,说譬如现在有人突然看到一个小孩要跌到井里去了,任何人都会有惊骇同情的心情。这种心情的产生,不是为着要来和这个孩子的父母攀结交情,不是为着要在乡里朋友中间博取名誉,也不是厌恶那孩子的哭叫才会如此。由此,孟子说:"无恻隐之心,非人也;无羞恶之心,非人也;无辞让之心,非人也;无是非之心,非人也。"我们可以说,前面那个把人解释为仁的定义,仁的内容就是这四心,就比较的完美了。对照这个标准,发生在这个世间的人事,有多少是非人的。还不要去说以各种名义发动的战争,那些人道灾难。每天发生的恶性案件,贪腐堕落,都成为新闻疲劳。往奶粉里加三聚氰胺,用瘦肉精养猪,将得癌症的员工开除,拆人房子说是自然倒,说假话成习惯,各类骗子奇葩层出不穷。就是老人倒地,扶还是不扶,都成了一个问题。

人常觉得自己比动物要优越。那么人与动物有什么区别呢?《伊索寓言全集》有一则说,奉宙斯之命,普罗米修斯造了人和野兽。宙斯发现造出来的野兽远比人多,便指示普罗米修斯把一些野兽改造成人。普罗米修斯遵命行事,结果那些野兽改头换面,具有人的外形,但野兽的本性却丝毫没有改变。那么人的兽性是教育之前有的,还是教育之后发生的,这个寓言好像说是本来有的,那么教育就是为了进一步的改造吧。

中国人说一个人不像一个人,有一个成语,叫做禽兽不如。也许是看多了这种现象,引得孟子说出"人异于禽兽者几希"这样的话来。但是孟子没有想到,他的话是有科学依据的。分子生物学告诉我们,人与狒狒的DNA百分九十五点四是相同的,与矮黑猩猩、黑猩猩、大猩猩的DNA百分之九十九是相同的,也就是说,人异于禽兽不过百分之一,这与上面的寓言真是不谋而合,好像人真的是徒有其表了。人差一点就不成为人,有这样一种惊险。

这区别于禽兽的百分之一是什么呢?孔子说是仁,孟子说是义,朱熹说是理,王阳明说是良知,佛陀说是慈悲,苏格拉底说是理性,耶稣说是爱,康德说是心中的道德律。耶稣说,你们是世上的盐。盐若失了味,怎能叫它再咸呢?

就是这一点点的不同,人站立起来。就是这一点点不同,人有了不一样的味道。对于这一点点不同的认识与态度,可以区别人的高下。就是保存它,培养它,就成人;忽视它,丢掉它,就成非人。古人有给小孩佩戴宝玉的习惯,既是珍贵的意思,也是珍惜的意思,还因为玉是易碎的,就像是人的这一点点仁心,稍不注意,就破坏或者丢掉了,所以要守身如玉。

古希腊哲学家普罗泰戈拉有句名言:"人是万物的尺度,是存在的事物存在的尺度,也是不存在的事物不存在的尺度。"也许是从这个思路出发,有一种说法,说人就是他自己认定的价值。这是我看到的最好的对于人的定义。实在是一个人是要做人,还是要做非人;是要做君子,还是要做小人;是要做圣贤,还是要做魔鬼,这一切都是他自己决定的。

教育是成人的路

旧时启蒙读物《三字经》有这样的说法:

苟不学,曷为人。人不学,不如物。

民国时的小学教科书有一课《读书》,内容是这样的:

学生入校。先生曰:"汝来何事?"学生曰:"奉父母之命,来此读书。"先生曰:"善。人不读书不能成人。"

中国的传统里,教育最基本的功能就是要让人成为一个人。马生下来是马,人生下来要成为人,似乎很难。

认识什么是人,什么是非人,又懂得人之所以与动物有那么一点点不同,那么,我们要学做人。

南昌市有一条阳明路,有一条象山路,是以与这座城市有关的两位大思想家的名字来命名的,王阳明是浙江余姚人,陆象山是江西金溪人。陆王心学,就是他们创建的。陆象山,名为陆九渊,因讲学于象山,因此人称象山先生。他说:"学者所以为学,学为人而已,非有为也。"就是我们开设许多课程,语、数、英、史、地、生、音、体、美,等等,学这些是做知识的主人,而不是做知识的奴隶,更不是为了分数。就是为了成人作一些准备,养成做人的习惯和品质。

《论语》里面有记:

子路问成人。子曰:"若藏武仲之知,公孙绰之不欲,卞庄子之勇,再求之艺,文之以礼乐,亦可以为成人矣。"有智慧,有品德,有才能,有文采,有点像我们现在说的德、智、体、美的意思。可见自古以来,学习的内容有变化,但是学做人的追求是一致的。

孔子的教育理想是:"志于道,据于德,依于仁,游于艺。"其教学纲领注重人生大道和品德修养,主要内容也在讲做人。"子以四教:文、行、忠、信。"就是历代文献,社会生活实践,对别人忠心,与人交际信实。所以古人讲,经师易遇,人师难求。经师只会教经,而人师是通过自己的影响来告诉我们如何做人。

只有教人成人的教育,才能让人成为一个健全的人,其标志就是处理好三个关系。一是人与自然的关系;二是人与他人的关系;三是人与自己的关系。

人与自然。知道人生于自然,人依靠自然,人学习自然,人回归自然,所以要爱护自然,保护自然,敬畏自然,感恩自然。人类控制自然的能力已经超过控制自己的能力,自然界的一切都互为因果,如果我们吃的都是转基因食品,那么人的基因会不会变,人之为人的那一点点不同是不是会变得不复存在?就像植物庄稼虫害抗毒能力不断升级,药物也不断升级,那么人的那一点脆弱的仁心会不会也升级到麻木以至不能生长?《古兰经》里有说,如果你们行善,那么你们是为自己行善;如果你们作恶,那么你们是为自己而作恶。

人与他人。古人把人解释为仁,是有大智慧的。从字面来看,二人为仁,就是人不能独立存在,必须与他人面对。人是社会的人,教育的过程就是自然人社会化的过程。不仅要与家里见面,还要与家外人见面;不仅与村里人见面,还要与村外人见面;不仅与镇里人见面,还要与镇外人见面;不仅与县里人见面,还要与县外人见面;不仅与省里人见面,还要与省外人见面;不仅与国人见面,还要与国外人见面。我这样不厌其烦地说这些,就是想说明,我们不仅是某个地方人,也是天下人;不仅是某个集团人,更是世间人。一人之心,天下人之心。《苏菲的世界》这本书里有一个好的说法，说我们是生活在全球文明里的世界公民。只有这样才会坚持人的底线，推崇普世价值。与人相处的大道，古人早就帮我们找到了。孔子说，己所不欲，勿施于人。又说，己欲立而立人，己欲达而达人。说白一点，就是自己活，也让别人活。我乡下人说，做人要凭心，还说要将心比心。耶稣说，无论何事，你们愿意人怎样待你们，你们也要怎样待人，因为这就是律法和先知的道理。

人与自己。人与自己过不去，说起来好像不可思议，但是却是普遍存在的。有一个段子说，十九世纪危害人类最大的疾病是肺炎，二十世纪危害人类最大的疾病是癌症，二十一世纪危害人类最大的疾病是抑郁。科学越发展，物质越丰富，欲望越膨胀，精神越渺小。人匍匐在强大的丛林法则中，不得安生。前几年，深圳的一家公司发生十几连跳，真是让人触目惊心。就在写作此文时，腾讯新闻发布《人民日报》的一篇文章，说我国精神病患者超过一亿，多数是抑郁症患者。还有一个数据是抑郁患者门诊量每年增加百分之二十。怎么样和自己相处，成为心理疏导的关键。很多时候，我们无法改变环境，无法改变别人，可以改变的只有自己的心态。老子说，祸莫大于不知足，咎莫大于欲得，故知足之足，常足矣。一个知足的人，在任何时候都是富有的。庄子说，知其不可奈何而安之若命。所有的智者，都是过非常简单生活的，所以他们有更多的快乐。《论语》里面写孔子对颜回，对自己的评价，特别喜欢。说颜回："贤哉，回也！一箪食，一瓢饮，在陋巷，人不堪其忧，回也不改其乐。贤哉，回也！"说自己的："饭蔬食，饮水，曲肱而枕之，乐亦在其中。不义而富且贵，于我如浮云。"后来宋儒教人有一个寻孔颜乐处，这里当然已经有很高的境界，但是其基础是知道怎样安顿自己，因为在一个乱世，富贵不仅危险，也是一种罪过。

教育是成己的路

在成人基础上的成己才是真正的成己,也只有成己,才能更好地成人。就像没有两片一样的叶子,天地造人,也不会造出两个一样的人。按照卢梭的说法是,上帝把一个人造出来后,就把那个属于这个人的特定模具打碎了。所以每一个人都是一个独一无二的高贵存在。就像李白说的,天生我材必有用。

哲学上有一个亘古的问题,生而为人,如果没有问过自己,似乎有些说不过去,那就是:我是谁?我从哪里来?我到哪里去?这些问题没有标准答案,但是可以让人宽广,让人柔软,让人有无限的忧伤,让人有美好的向往。

认识自己太重要了,所以老子说,知人者智,自知者明。就是不自知的人是无明的,不知道需要什么,不需要什么;不知道应该做什么,不应该做什么。所以许多人都是看到别人做什么就跟着去做,心理学上有这样的从众现象。

认识自己太困难了,所以古希腊德尔斐神庙上的一句箴言是:认识你自己。

自古以来,就有占卜的,打告的,算命的,看相的,是为了什么呢?不都是觉得自己迷糊了,要叫别人来指导。如果是想认识自己,有一定的意义。认识自己太难了,所以叫别人来看,也是一个办法。因为真正有智慧的人,可以给予一些人生的指导。而且中国的易经学,都是讲联系,也就是因果;讲辩证,也就是变化;讲守常,也就是底线。就是不能认识自己,也会叫你安常守素,做好一个人。人去算命,要不有事,要不有求。往往得到的只是一个心理安慰,其实应该得到的指导只能是教人去除人的妄念。

教育就是搭建这样一个平台,让学生认识自己。我们开设许多课程,开展许多活动,坚持一些日常行为,就是为了让人找到自己。我在地方教育局任职的时候,分管青少年活动中心,每年组织地方青少年艺术节。艺术节以校园为中心,在校园艺术节的基础上来组织地方的青少年艺术节,就是为了让所有的学生都有机会来展示。我们上半年组织一个开幕式,把活动布置下去。然后到各校观摩,选拔优秀节目。在此基础上,下半年开展声乐、器乐、舞蹈、大合唱、演讲、绘画、书法、科技制作、地方非遗等各项比赛,然后组织优秀节目来举办闭幕式和颁奖晚会。每个学校的艺术节都有一周时间,充分让孩子们找到自己喜欢的项目。每个学校的艺术节都是人山人海,成为孩子们自己的节日。这样的平台还有运动会,篮球俱乐部,各类兴趣小组等。关键要有这个意识,让人在这些日常教育活动中看到自己。

也可以说,去读书,就是去发现自己。关键教育给他一个怎样的发现法,如果遇见的是高人,可以发现高的自己;如果遇见的是矮子,只能发现矮的自己。

古代教育如私塾、书院都是个别教育,容易让人发现自己,教师也有更强的针对性。现代学校教育千校一面,万人一书,班级授课,标准考试等往往是教人趋同,而不是让人自由地显出自己来。教师发现学生,让学生认识自己有一定的困难。能否处理好这些问题,考验一个教师的智慧。

人都有理想,心中有偶像,或者崇拜爱因斯坦,或者崇拜成吉思汗,亦或者喜欢周杰伦、王力宏,亦或者喜欢李小龙、李连杰。总之各不相同。但是如果从身体到灵魂都叫你变成你崇拜或者喜欢的那个人,就是没有了自己,估计没有人会同意。耶稣说,一个人得到了整个世界,却失去了自我,又有何益呢?可见,成为自己是多么重要。从教育上来讲就是因材施教,孔子是这样的,佛陀也是这样的,不同的人要用不同的法门。

陆九渊说,人各有所长,就其所长而成就之。

王阳明说,我们教人,不是束缚人做一样的人,而是要据其特点来成就他。因为人的禀赋太不相同了。

《论语》里有一章记子路、曾皙、冉有、公西华四人陪着孔子坐。孔子说,假若有人用你们,那么你们怎么办呢?

子路说,三年治理好一个国家,人人有勇气,懂得大道理。

冉求说,三年治理好一个小国,人人富足,礼乐修明。

公西华说,参加祭祀或者与外国会盟,做一个小小的司仪。

曾皙说,莫春者,春服既成,冠者五六人,童子六七人,浴乎沂,风乎舞雩,咏而归。

这个谈话的画面非常美,学生一个个都知道自己,而充满自信。曾皙虽然说得最不靠谱,孔子还给予赞叹,说我跟你一样,因为这也就是他的好处。

成就自己,还要守住自己。守住自己,就是要做好自己。做好自己就是做自己可以做的,能够做的,应该做的。做与自己身份不相符的事,就是卑贱,就有祸患。

明代冯梦龙编《古今笑》里有一则帝王言命的故事,说朱元璋尝经到国子监调研,有一个厨子上了一碗茶,非常好喝,皇帝就口诏赐给这个厨子一个官职,供自己使用。有一个老生员夜晚想起这件事,就一个人独自吟诗云:"十载寒窗下,何如一盏茶。"皇帝微服散步至此,刚好听到这两句,应声而出:"他才不如你,你命不如他。"人和人是不一样的,没有必要去比。知道自己的位置和责任就可以了。

古风里面有一首诗说,桃花二月放,菊花九月开。一般根在土,各自等时来。自然是这样,人也是这样。

教育是成圣的路

王阳明在十二岁那年,向私塾里的老师提出一个很不寻常的问题,他问老师,我们在这里读书,最为重要的是什么?就是"何为第一等事"?老师以为第一等事无非是读书求取功名,科举及第。王阳明对老师的回答不能满意,他认识到,真正的第一等事,应当是读书学做圣贤。对人生有这样高的认识,可谓志存高远。

古今中外的一切先贤,历尽苦难,身体力行,都是为了在有限的生命中求取无限的价值,实现生命的超越。正是这些精神的导师,在平庸的人生中,证实着一种更加高贵的命运,指引着更加光明的大道。

孔子说,仁远乎哉?我欲仁,斯仁至矣。仁心是人本身具有的,看人对于仁的态度,还有能不能做好。

孟子说,尧舜与人同耳。就是人人可以为尧舜。

王阳明说,人胸中各有个圣人,只自信不及,都自己把它埋倒了。你那一点良知,是你自家的准则。只要致良知,便可以有无限快乐。

古希腊哲学家泰利斯宣称,万物中皆有神在。

特蕾莎修女说,我在每一个人身上看见耶稣。

佛教经典告诉我们,一切众生,皆有佛性。迷时佛是众生,觉时众生是佛。

人有成圣的基础,有成圣的可能,但是人要回归具足的理性,却有万水千山。

儒家在治世中修,道家在治身中修,佛家在治心中修。《大学》里说,自天子以至庶人壹是以修身为本。儒家修君子,修大丈夫,目标是让人成圣。讲仁义礼智信。讲忠恕之道。讲慎独。讲富贵不能淫,贫贱不能移,威武不能屈。讲养浩然正气。讲格物,致知,诚意,正心,修身,齐家,治国,平天下。讲为天地立心,为生民立命,为往圣继绝学,为万世开太平。道家修长生久视,修成真人。讲天人合一。讲道法自然。讲三宝,一曰慈,二曰俭,三曰不敢为天下先。佛家修行的目的是觉悟,了生脱死。讲戒定慧,讲四圣谛,讲八正道。其他宗教亦有戒律。都是叫人防非止恶,积德行善。世俗教育与宗教教育有一点是相同的,那就是促进人精神的成长,让人变得美好。

教育不一定能够让人成圣,但是可以提高人的境界。可以对于自己所走的路径有一种觉醒。

丰子恺在《我与弘一法师》这篇讲稿中说到弘一法师的三层境界。他以为人的生活,可以分作三层:一是物质生活,二是精神生活,三是灵魂生活。物质生活就是衣食。精神生活就是学术文艺。灵魂生活就是宗教。人生就是这样的一个三层楼。懒得或无力走楼梯的,就住在第一层,即把物质生活弄得很好,锦衣玉食,尊荣富贵,孝子慈孙,这样就满足了。抱这样的人生观的人,在世间占大多数。其次,高兴或有力走楼梯的,就爬上二层楼去玩玩,或者久居在里头。这就是专心学术文艺的人。他们把全力贡献于学问的研究,把全心寄托于文艺的创作和欣赏。这样的人,在世间也很多。还有一种人,人生欲很强,脚力很大,对二层楼还不满足,就再走楼梯,爬上三层楼去。这就是宗教徒了。他们做人很认真,满足了物质欲还不够,满足了精神欲还不够,必须探求人生的究竟。

冯友兰把人生的境界划分为四个等级。从低到高分别是:自然境界,功利境界,道德境界,天地境界。自然境界中,人是顺从本能和习俗的,对于自己所作所为是无觉解或者不甚觉解的。功利境界中,人做事是主观利己,客观利他,就是有功利的意义在里面。道德境界中,人做事是有觉解的,要符合道德意义。天地境界中,人达到高度觉解,做的是符合宇宙人生大道的。前面两种境界,是人现在就是的人,后面两种境界,是人应该成为的人。

一个时期以来，宗教在意识形态被妖魔化，普遍的说法是迷信，是精神鸦片；在民间又被功利化，烧香礼拜，求神问卜，而不是降伏自己的心。本来是人类精神最高境界的宗教却成为教育的禁区，不知道所有的宗教都是探求世界是怎么来的，人是怎么来的，人在宇宙中的价值，人应该有什么样的表现，怎样从自己出发来把世界变好，怎样追求永恒。就是宗教本质上是崇祀一种精神，建设人间精神高地。既不是迷信，也不是鸦片。从来没有一种宗教是教人作恶的，教人作恶的是人的无明的欲望。如果抛弃高的精神指引，那么只能降低到一般的哲学思想。但是一个时期以来，哲学也就学一种，把人只看作物质，人死如灯灭，而没有精神价值，没有灵魂的安顿。因为没有精神的引领，人的物质欲望越来越高，而人的精神境界越来越低，许多人在物质生活和功利境界中不能自拔，不知道有一条大道，可以解除一切物质和精神的束缚，叫人心底光明，叫人止于至善，叫人慈悲和宽容，那是王阳明先生告诉我们的一条成圣的道路。

为表妹荐书说

赠赠表妹刚过而立而事业有成,嘱我推荐一些书并帮助她读下去。在几壁书橱前站一回,在书桌前坐一回,闭着眼睛想一回,踌躇再三,不知从何说起。

孟子说,人之患在好为人师。我虽教过几年书,但那是职业,平生实在从未与人作过读书的指导。因为我以为,读书如吃饭,不需要人来喂;又如谈恋爱,各人眼中有不同的西施。再说读书遗忘,无药可医。许多好书读过,也想不起来。只能就近年所读或者自己特别有印象的书选择一些。而且,我也并不知道赠赠的阅读趣味与程度,只能以自己的理解给一个书目,聊以交差。

推荐著作凡十五本,书目如下:(一)中华书局版杨伯峻《论语译注》(二)中华书局版楼宇烈校《老子道德经注》(三)中华书局版袁了凡《了凡四训》(四)中华书局版张潮《幽梦影》(五)曹雪芹《红楼梦》(六)钱穆《国史新论》(七)冯友兰《中国哲学简史》(八)钱钟书《围城》(九)周作人《知堂回想录》(十)胡兰成《今生今世》(十一)梭罗《瓦尔登湖》(十二)奥威尔《一九八四》(十三)周国平《把心安顿好》(十四)齐邦媛《巨流河》(十五)熊景明《家在云之南》。

庄子说,吾生也有涯,而知也无涯。实在是世上的好书浩如烟海,人是没有办法穷尽的。所选书籍有经典性、独特性、趣味性的特点。读古籍,版本的选择极为重要,所以说注一本书比写一本书更难,功德也更大。只有好的传承,才可以言文化复兴。许多没有文化的人喜欢做文化,这是文明难以传承的原因之一。所以我这里将版本一一注出。读外国名著,没有能力读原著,翻译就很重要,只有名译才有名著。所以要尽量选好的出版社的。

《论语》是中国思想的总源泉,是讲仁的书,也就是讲做人的道理。《老子》是讲道的书。面对世界乱象,人要回归本原。《了凡四训》讲修身立命的智慧。《幽梦影》是哲思小品,是一部趣书。《红楼梦》是古往今来最好的小说,写世态人情有永恒的魅力。《国史新论》让人认识中国真实的历史。《巨流河》以文学书写超越政治成败的人和事,震撼人心。《家在云之南》写民族的苦难、家庭的兴衰、政治的暴虐、人性的温暖,于平凡中见悠远。《中国哲学简史》,让人了解先贤对人生的思考,引导人去读原著,让人提高心灵的境界。不一一去说。我粗粗地想一下,推荐这些书并要读下去的考虑,有这样几个字:简、静、明、趣、恒。

简是简易。《易》云:"天道平常,地道简单。"又云:"易则易知,简则易从。"看过许多大家对于读书书目的指导,莫不是从古至今,经史子集,诗经、楚辞、唐诗、宋词、元曲、四大名著、世界名著等,叫人望而生畏。虽然这样说是不错的,但也等于没有说。朱熹说,读书切忌贪多。这就像吃饭,好的东西多了,消化不了,反成为害。所选的这十五本书,除了《红楼梦》长一点,其他都是普通规模。所以从数量上来说也比较简单,就算利用空闲时间,半年也可以读完。从内容上来说,古籍只有四部,字数都不多,而且也比较好读。因为语言习俗的演变,古代书籍原来是通俗的,到现在就不好理解。因此就有一门学问叫训诂,就是用今天的话去说古人的意思。这就像用中国语言去说外国人的意思一样,往往就失去原来的意味。但是《论语》和《道德经》作为经典和人类普世精神价值，一般不借助注释也能读出自己的收获。处世三大奇书是明代洪应明的《菜根谭》，明代陈继儒的《小窗幽记》和清代王永彬的《围炉夜话》，都没有选，因为《了凡四训》讲自己的故事亲切些。《幽梦影》也是作者自己的思考见解，简洁有趣味。而且这两本书也简单易读。其他均为近现代作品，阅读没有障碍。再就是简单为文章的最高境界，所选作品亦颇合这个标准。老子说，图难于易。这些书好读易懂，从简易入手，可以有信心读下去。

静是静心。《千字文》有云："性静情逸，心动神疲。"内心安静才能看清这个世界，才能更好享受生活。陈丹青先生说，每一本书都会变成你自己的房间，它让你躲进去，给你庇护，让你安静。还有就是在这样一个喧嚣的世界，可以让你有内心生活。我小的时候点煤油灯，油灯如豆，遇风晃动则不明，静的时候才可以在灯下读书。灯如此，心也是如此。宋儒程颐说："圣人之心如止水。"读好的书就像与这些智者谈话，能让内心安静丰富，温暖强大。所推荐的作品不唯可以让人静心，亦可让人思索。读《论语》，你可见一个温厚的长者，与你谈为学处世做人的道理。读老子，如有一个智者缓缓讲道，让人冷静安详看待这个世界。周作人作品的特质是清、冷、洁。周国平哲学著作，多的是心灵抚慰。梭罗《瓦尔登湖》中有一句话说，一个人越是有许多事情能够放下，他越是富有。这本书也是让人回归简单，像陶渊明一样亲近自然，恬淡自适的作品。老子说，清静为天下正。凡天下乱，皆由人心不静所致。

明是明理。清代安徽有个叫戴震的思想家说过，天下古今之人，其大患，私与蔽二端而已。蔽就是蒙，《易》云，物生必蒙。古代乡村学校叫蒙学，《三字经》说入学叫训蒙。凡读书启蒙，不过就是为了认识自然，认识社会，认识自己，就是知道怎样和自然，和他人还有和自己和谐相处，让人和人的世界越来越好。俗话说文盲是睁眼瞎，这其实不是最可怕的，最可怕的是庄子说的思想上的盲聋，就是没对自然与人世的常识。我们庐山西海这个地方，在抗战时是国民政府军队血染的战场。

但生活在此的我，小时候只知道后方游击队的地雷战、地道战。青少年时代在修水读书两年，不知有个陈寅恪。诸如此类，这种蒙蔽，只能让人越读越蒙。能够读钱穆的《国史新论》还有奥威尔的《一九八四》，那是许多年后的事，这些书给人打开思想的另一扇窗口。钱穆治史不过从史实出发，而不是从政治出发，所以他对历史有温情与敬意，才说得实话。《一九八四》写大洋国的党有一句口号，说："谁控制过去就控制未来；谁控制现在就控制过去。"周作人、胡兰成在一个时期的话语中是多么的不堪，但是看过他们的作品后，才知道他们的胸襟和才华，是当时人以及否定他们的人所不及的。孟子有句话，叫富贵不能淫，贫贱不能移，威武不能屈。胡适先生加了一句，叫做时髦不能跟。就是对任何事情要独立思考，这都是很不容易做到的。曾文正公说，不愿子孙为大官，但愿为读书明理之君子。这实在是诚恳的话。读书启迪心智，就像万物吸收养分而成长，是这样一个美好的过程。《中庸》云："虽愚必明，虽柔必强。"

  趣是趣味。趣有思趣、有情趣。还有就是古人以为读书可以变化人的气质，说"医俗病莫如书"，就是因为好的书莫不有趣。我对于书的趣味看得重，一本书，没有趣味就难以读下去。《论语》开篇说："学而时习之，不亦说乎？有朋自远方来，不亦乐乎？人不知，而不愠，不亦君子乎？"一个"说"字，一个"乐"字，一个"不愠"，可见读书是一个欢喜的境界。所选古籍虽也不乏思趣、情趣、雅趣，但毕竟与今人有隔膜，障碍一多，就容易失去阅读的兴趣。所以选近现代作品多些，就是读一本书累了，下一本就读轻松些的，这样间隔来读，就像音乐有节奏一样，文章也要有节奏，读书也一样要有节奏，这样才有兴趣，让人读下去。张潮《幽梦影》有云："情必近乎痴而始真，才必兼乎趣而始化。"此书不唯多格言妙语，亦多性情趣味。我把它归纳为形式有妙趣，所言多雅趣，所思多童趣，最难有闲趣。实在好的书都有趣味，钱钟书的《围城》尤得我心，看过都有十多年了，现在还记得。

简、静、明、趣是我对于推荐这些书的认识,当然是很不全面的,甚至可能是偏见。人的通病,是懒和躁,不肯去读一本书。好与不好,喜欢与不喜欢,必得自己去读。推荐的这些书,都是值得重读的,所以没有问是否读过。《论语》我读过六次,老子读过四次,《红楼梦》和《幽梦影》都读过三次。一般来说,重读效果会更好,就是圣人说的学而时习的快乐。

　　最后讲一个恒字,就是坚持。我曾在一篇文章中说这是一种方法,现在想来这其实是一种做事的态度和品质。这里有两层意思,一是读一本书要坚持读完,二是能够经常读,从而养成习惯。读书态度和习惯决定人一生的读书品位。日常生活中,我们看到许多人读到高中甚至大学毕业,说起来也是古今中外都知道一些,但是他读的多是教科书或者一些应试的东西,还有就是跟风随流的读些畅销时尚书刊,这样的读书其实与真正的读书趣味相去甚远。许多人都知道上面这些书,也有可能多次接触过,但就是没有好好读完过。朱熹教人读书之法,曾国藩教子读书之法,钱穆立定读书之法,都是读一本书,就要从头读到尾,不读完这本书,就不看下一本书。我近几年来利用休息时间读完几百本书,就是得益于这种读书态度。我们这种读书一不是为了学业拿高分,二不是为了求职拿文凭,三不是为了功名做学问,而是为了内心的需要,为了做人的趣味,也就是为了人的修养。不管你信佛信主,崇道崇儒,读书修养都是走在一条大道上。孔子发愤忘食,乐以忘忧,不知老之将至。陶渊明好读书,不求甚解。这种读书的境界都是我所向往的,说来与你共勉。

　　杜甫有诗云,在山泉水清,出山泉水浊。我对这些在人世普及善良和爱还有智慧的著作由衷敬畏和喜欢,但说得不好,抛砖引玉,仅供参考。

流　年

乙　未

辛弃疾有词云："而今何事最相宜？且醉且游且睡。"这一年我脱离职场，感恩有一种"久在樊笼里，复得返自然"的自在。

《圣约·新约》里有说："有一件事你们不可忘记，就是主看一日如千年，千年如一日。"如果没有精神的成长，年岁又有什么意义呢？

读书。我近年读书大概有两类，一是中外经典，二是朋友著作。中外经典是时间的选择，朋友著作有感情的亲近。读中外经典是自觉的启蒙，读朋友著作有分享的收获。读书四十五部。重读的书四本，分别是《论语》《心经随喜》《水浒传》和美国房龙《圣经的故事》。新读的中外经典有《圣经》《金刚经》《物种起源》《陶渊明集笺注》《宽容》《哲学的故事》等。《金刚经》里说，如来有肉眼，有天眼，有慧眼，有法眼，有佛眼。读这些经典仿佛给人开天眼，就是让人脱离那些强加的精神束缚，懂得独立思考是人宝贵的价值。文学名著有塞万提斯《堂吉诃德》，萨特《文字生涯》，奥斯丁《傲慢与偏见》《卡夫卡中短篇小说选》，村上春树《挪威的森森》，川端康成《雪国》，罗曼·罗兰《名人传》等，也许由于时间、空间及生活的距离，很少有喜欢的，不过作些了解罢。金宇澄《繁花》，陈政《列岫云川》，范晓波《带你去故乡》是一气呵成读完的，就是有一种亲切喜欢。最大的收获是读《圣经》，这书也买了几年，一直不敢拿起来。这年最后一个月，利用空余时间，粗粗读完一遍。旧约除了创世纪，其他大都很难读；新约的四福音书有一种光芒，一个小小的部落之神就这样走向世界。我对《圣经》的认识有这些：旧约是耶和华与他所创造的人的约定；新约是耶稣借自己的生命给予世界的福音。旧约是摩西十诫；新约是山上宝训。旧约是苦难的历史；新约是基督的救赎。旧约是先知的呐喊；新约是使徒的足音。旧约是刻板的戒律；新约是美好的慰藉。旧约是上帝的威严；新约是耶稣的仁慈。旧约的核心是信，新约的核心是爱。

写作。读书让我知道，古代圣贤孔子、佛陀、耶稣、苏格拉底等都是述而不作的。古人对写作有敬畏，怕写出不好的东西或者太多的东西污染人的思想，从而造成世界乱象。实在是太多没有文化的人都喜欢做文化，所以文化越热闹越不得复兴。达尔文告诉我们，一切生物都有加速率增加的倾向。人如果不懂得节制，又怎能称得上万物之灵呢？一年来发表十几篇作品，多是写给自己或者应酬之作。《诗经是心底的歌谣》刊发于《江西日报》，并获得"中文传媒·读经典"征文比赛二等奖。《我的乡村学校》发表于《教师博览》二〇一五年第六期。《西海修竹》和《山里散人传》发表于《创作评谭》。另有十多篇作品发表于《长江周刊》和《浔阳晚报》等报刊，其中《山中方几日》是禅修生活的收获。《家在庐山西海边》入选江西省作协编辑出版的散文集《江西山水入梦来》。虚无的虚无，文字是这样一声叹息。

编辑。应水生先生邀请主编地方报纸副刊，组织策划副刊三十六期，立足于建设地方文化高地，团结作家，培养新人。注重地方性、多样性、开放性、独特性，设立地方作品专刊、个人作品专刊，人物访谈专刊、文学活动专刊、校园文学专刊、行业作品专刊、综合作品专刊等，有近百岁老人，有十龄孩童；有外国友人，亦有全国名家，许多人向我们赐稿。

西海副刊有望办成有广泛视野的地方文化品牌。又执行主编《西海》杂志，为发展地方文学打造平台。又应邀执行主编地方教育志，完成出版前的第一次审稿。

活动。一个地方的文化活动总是与一个地方的文化气场有关，文化气场自然与文化人有关。瘦梦先生为庐山西海文学领军，我做些具体的工作，有一种喜欢和快乐。和本地及各地的文学朋友交游，就如与光明俊伟的人同行。先后组织主持全国知名作家庐山西海采风活动，余阳开长篇小说《老屋场之歌》作品研讨活动，金秋黄沙诗会，弥陀寺首届作家禅修营活动。每项活动都有许多收获，沟通当地作者与外界的联系，创作和发表许多作品。采风、诗会、禅修作品都有几十件，开创地方文学一种新的气象。参加方心田兄组织的弋阳首届《教师博览》读书论坛，听傅国涌等与书与人相遇的美丽故事。又组织大学同学来庐山西海聚会，像前面一些活动一样，享受人间最可宝贵的友谊盛筵。

游历。耶稣说："你们听是要听见，却不明白；看是要看见，却不晓得。"游历是为了遇见，没有文明的启蒙，走遍世界，也只能遇见陌生。

南昌明伦书院谢苏来庐山西海办一期阳明心学讲座，我在西海的一家土菜馆宴请她和北京来的谢宇峰先生。谢先生在上课之前带领大家行汉礼、敬天地、敬祖先、敬孔子、再敬王阳明，然后才来与大家讨论阳明心学，有古朴意味。其后在游历重庆大足石刻时，导游讲解了一个牧牛图和六道轮回图，牧牛的过程有如制伏人心过程，而六道的轮回，做人做鬼，莫不起自其心。就是一个人要成为什么人是他自己决定的。王阳明说："我心光明，夫复何求！"年末，在来彩云之南的列车上，我静静读完《王阳明传》，感受道在人心的壮丽。

陪宇峰先生和谢苏访云居山纯闻大和尚，听他讲虚云故事。想起虚云说过的"消得一份习气，便得一份光明"，有多少人是无明的。防非止恶曰戒，心不随缘曰定，照览无惑曰慧，没有戒定慧，就没有灵魂的安稳。陪朋友访太平山，问道于叶道人。又重访杭州飞来峰诸寺，看到的是世间的嚣嚣。到神泉殿，看许多的红男绿女抽签打告。真正像虚云、寂光这样修道的人是少的。人们烧香朝拜，抚慰悸动的灵魂，不知寺院道场是为了传承崇祀一种最可宝贵的文明。

《圣经·旧约》有云："太阳底下，并无新事。"要走进新天新地，只有光大我们心底的光明。

甲　午

英国诗人拉金写有一首《日子》的诗，其中说："日子有什么用？日子是我们住的地方。"住过的日子里，还能记住些什么？

人在本质上是孤独的动物，就像《小王子》里说的"在人中间还不是一样寂寞"。虽然说日子是那样的匆匆，但人要弄出许多事情来抵抗寂寞。有的人喜欢无事忙，就是让许多杂事占满心头。有的人喜欢积聚财富，永远不知道满足。有的人找不到事就打麻将，小区有块绿地，不论寒暑，总是坐满打牌的人。有的人喜欢旅游，有的人喜欢钓鱼。有的人有约不完的会，有的人一刻也离不开手机。世间有个忙字，是心亡的意思。总之，虚空的日子要有一种繁华，似乎才有人间气象。

我的闲暇时间主要用来读书。这一年读完六十五部。有初读的中华经典，如《周易译注》《诗经译注》《楚辞》《阳明传习录》、晋代张华《博物志》、明代张岱《陶庵梦忆》、唐代六祖《坛经》等。有重读的中华经典，如《道德经讲义》《古文观止》《唐诗三百首》《了凡四训》等。有外国经典书籍，如美国房龙《人类的故事》、英国洛克的《教育漫话》、美国塞林格的《麦田守望者》、古罗马奥古斯丁的《忏悔录》等。也有读一个作家的多本著作的，如读《周作人传》而外，又读周作人的《雨天的书》《鲁迅的故家》《苦雨斋序跋文》等；野夫的作品也读了《身边的江湖》《乡关何处》等三本。说明对他们作品的喜爱。因为阅读的趣味,读起来特别流畅又最为喜欢的是:法国圣·埃克苏佩里的《小王子》,赵丽宏的《童年河》,明代冯梦龙编的《古今笑》,毕飞宇的《苏北少年"堂吉诃德"》,周国平的《善良丰富高贵》,鹿桥的《未央歌》等,还有最后读的一本挪威作家贾德的《苏菲的世界》。好的书有一种真、善、美的本色,让人或愉悦,或感动,或惆怅,或思索,平凡的趣味里,有一种悠长。

陶渊明说:"好读书,不求甚解。"就是把经典当作闲书来读,有一点收获固然可喜,没有也知道它的面貌,也是一种收获。虽然是随意一读,但也写读书笔记,就是消化一下,写些读书认识。有的还写成文章,如《老子观要》《楚辞的味道》等。关于读书的一些思考集中在《我的读书思想》《为表妹荐书说》《我的读书检讨》等文章中,前面两篇文章先后刊发于《教师博览》原创版。简单来说,读书需要一种能力,就是选择识别的能力,而这种能力是在长期的阅读中培养出来的。经典是时间的选择,比什么人的推荐都要可靠,但是中华经典要读好的版本,外国经典要有好的翻译。注释与翻译的人要有相当的境界才能说出古代及外国那些先哲的意趣。面对图书市场的滚滚红尘,没有选择的能力,真是宁可不读。读书不在多,而在于要读好的。古代人的阅读量跟今人是很难比的,但他们精神原创的一座座高峰都是后人无法企及的。还有北岛的《给孩子的诗》告诉我们,最好的东西总是给最爱的人的,并不是给大众的,文艺创作也是如此。

写作是读书的副产品,也是许多人抵抗寂寞或者证明自我的一种方式。我写作也成了一种习惯,似乎不写一点就少点什么似的。概言之,写了三个系列。其一是读书系列,写自己读书的喜欢,还有思考,约有十多万字。其二是草木系列,就是思考人与自然的关系,我想到上古时候的人与自然的相亲,仅就给万物取名,熟悉得就像是花草树木自己报出的名字,又哪里像现在这样陌生呢?其三是古调系列,就是用赋、记、书、说、传等形式写的一组文章,其中的《山里散人传》是总结性的思考。唐诗云:"古调虽自爱,今人多不弹。"古调新韵,有些许意趣存焉。也在《创作评谭》《教师博览》《九江日报》《长江周刊》《浔阳晚报》等报刊杂志发表十多篇文章,好像是为了一年总结时不过于单调。读书让我知道,许多的人,终其一生也许只有一本书或一篇作品是他的面目,其他的都是欲望或市场制造的泡沫。所以在写作上,我对于自己的要求是节制。又有文友给我的一篇小文的评语是散淡,这是得到的最高评价,就是喜欢离题,离了题倒有趣些。

讲课是根据受众的需要。主要讲对于教育的认识。讲稿有几万字,根据时间安排可讲一节课,也可讲半天。就是我对于教育的胡思乱想,简称《我的教育思想》。

古人讲"十年读书,十年养气",读书游历正是为养成胸中一股浩然之气。屈原《九歌》云:"登昆仑兮四望,心飞扬兮浩荡。"主要利用长假时间同家人及文友外出旅游,先后到皖南的黄山、屯溪、宏村;浙江的绍兴、乌镇;湖北的黄冈、武汉、荆州;陕西的西安、延安、华山等地,许多地方是重游,因为旅伴不同,收获也不一样。我对旅游有这种认识,就是游历越艰难,认识越深刻;游历越便捷,认识越肤浅。古代人游历的快乐,是因为用两只脚行走;现代人走马观花,看的多是热闹。什么时候登山不坐索道,不跟着导游瞎跑,才找得到寻仙的趣味。

葡萄牙诗人佩索阿有一首诗,题目是《你不喜欢的每一天不是你的》,很契我心。读书,写作,讲课,游历都是我喜欢的。还有就是本职的事满足于完成任务,因为在体制内平庸是一种美德。每年有一个专门的述职报告,好像又从未有人看过,就这样成为一种形式。韩愈在《圬者王承福传》中借这位泥水匠的话说:"食焉而怠其事,必有天殃。"我常想,对照这位普通工匠对于职业的敬畏,我们的差距到底是什么?

壬　辰

回顾这一年,想到这么几个关键词:读书、写作、出游、访友、工作。当然更多的时间是用在工作上,虽为稻粱谋,也自有一种充实和快乐。

读书,凡三十五部。主要从网上购置。外国名著有马尔克斯的《百年孤独》,奥威尔的《一九八四》。当代长篇小说及小说集有齐邦媛的《巨流河》,葛水平的《裸地》,韩寒的《1988,我想和这个世界谈谈》,阎真的《沧浪之水》,王跃文的《漫水》等。散文集有丰子恺的《闲居》,俞平伯的《中年》,张恨水的《绿了芭蕉》,董桥的《旧时明月》,周汝昌的《红楼柳影》,张爱玲的《流言》,胡适的《不朽》,舒国治的《流浪集》,苏雪林的《浮生十记》。其他作品有《沈从文自传》,李叔同《我在西湖出家的经过》《这也是生活——鲁迅回忆录》《风雨茅庐——郁达夫回忆录》。古籍经典著作有王夫之的《船山思问录》,张载的《张子正蒙》,吴从先的《小窗自纪》。重读的著作有易中天的《先秦诸子百家争鸣》,钱穆的《孔子传》,刘义庆的《世说新语》,张潮的《幽梦影》,朱熹的《朱子近思录》等。读了几十本书,印象深的只有齐邦媛《巨流河》,还有奥威尔的《一九八四》。这部英国人写于上世纪三十年代的小说,其中许多荒唐故事在"文化大革命"中显现,多么令人深思。胡适之和沈从文的作品也是喜欢的。重读的几本经典也是喜欢的,尤其是《论语》,因为读得多了,就想自己来重编一下,已有初步的成果。《朱子近思录》也是越品越有味的,如"防小人之道,正己为先";"学本是修德,有德然后有言";"做官夺人志"。朱子在论性理时说:"一草一木,皆天地和平之气。"这与《百年孤独》里吉卜赛人说的"万物皆有灵,只需唤起它们的灵性"是一个意思吧,因为万物都有个好恶在里面,这是天地的无心之心罢。

写作。近年读多写少，眼高手低，创作的欲望不是很强。一年写了几篇小文。《我的读书生活》发《教师博览》原创版第五期上，是其中的代表作品，也可以作为读书生活的一个总结。最为重要的作品是《论语新编漫谈》，准备放在自己新编的论语这本书前面作为序，有好几万字。后来想把它拆散来，第一部分作为序，其余的作为每编前面的概述，就是自己对这篇的理解和认识，最后部分作为跋，这本书就很完整了。还没有想好的是，对论语的注释怎么弄，是采用各家的，还是自己来做。其实我觉得杨伯峻先生的注释是很好的，有注、有译，能接近一般的阅读水平，有利于经典的普及。

游历。八月初，同学聚会，组织到湖南一游。到了韶山，是个雨天，只到滴水洞、毛泽东故居走了一趟。晚上在长沙住一晚，到田汉大剧院看了一场演出，叫湘女多情晚会。到了岳阳，登岳阳楼。在我见过的三大名楼中，这是最好的，因为站在楼上还看得见李白说的"水天一色，风月无边"，看得见浩瀚的洞庭，还有对面的君山。像滕王阁、黄鹤楼都比岳阳楼雄伟巍峨，但是被高楼大厦包围，看到也都是些高楼大厦，全然没有了登临的趣味。

八月中旬去了一趟贵州。游西江千户苗寨、黄果树瀑布、青岩古镇，在贵阳大剧院看了一场《多彩贵州风》的演出。贵州地无三尺平，天无三日晴，印象深刻。喀斯特地貌，多奇石秀水，也很美。贵州有个少数民族，叫芭沙人，每个人出生，就栽一棵树，死后就埋在这树下，觉得很有智慧。黄果树瀑布毕竟是世界奇观，所以也不虚此行。

十一长假，自己驾车去了趟安徽九华山。九华山是四大佛教名山，是地藏菩萨的道场。登九华山的感触和认识写在《登九华山》一文里。我是很少写游记文字的，因为都是走马观花，不可能写出深刻的东西。但登九华山，竟然写了，这也是一个意外的收获吧。

从九华山回来，在彭泽住了一个晚上。第二天，江炜兄陪着去登马当山,马当山因为炮台出名,孙中山曾在此题"中流砥柱"四字。抗战时,国民政府在此沉船一千,抵挡日军沿江而上。武汉保卫战,马当成为重要防线关隘。又因为王勃当年在山下庙里住过,仙人托梦给他叫他第二天赶到滕王阁,必一举成名。马当山石径多被柴草掩映,一片荒凉。山顶上架着高高的过江电线立柱,让山失去了灵气。站在山顶,看江上船舶往来,对面棉船在雾中不很清晰。山下上元殿,一看名字是个道教场所,殿里供的却是佛祖。有一中年僧人,与之交谈。他说当年王勃离开殿里是许过愿的,但没有来还愿,所以年纪轻轻被淹死了。这说法很世俗,真正的佛道是只会求诸己,不会求诸人的。

彭泽之行更为重要的是去了一次二团。当年我在二团读过一年高中,从此走出农门。这次去只看到两栋老房子,其他都面目全非了。这个曾经的劳改农场,现在已经很萧条了。回来写成《多少回梦里到二团》一文,也算了却一桩心事。

这年的最后一次出游,是《江西教育》编辑部组织重点作者会,编辑部全体编辑和十来个作者一起到鹭岛厦门开会,游了鼓浪屿、东山岛、东门屿等地。旅游开心不开心,关键有没有好的伙伴。一个地方的好,也是这个地方的人好。有个导游隔在中间,你与当地的人是隔膜的,只能感觉你身边的人好。东山岛的一个女孩做我们的导游,很敬业。说一口闽南普通话,说马銮湾像个温柔的少女说成少日。因为她很卖力,我们就总是夸她,又配合她的一些安排,分别的时候,她真的哽咽着说再见,然后流下了眼泪。在东山岛风动石景区海边拍的一张合影是摄影师和美术编辑部维东老师拍的,拍得很开阔,很阳光,被登在这一年第十一期的《江西教育》封底上。

访友。出游与访友总是连在一起的。同学聚会,多的是沧桑。文友在九江也聚过一次,在浔阳楼上喝酒。过彭泽访友,不遇。过湖口访友,见了几个多年不见的同学和朋友。大学的几个同学在九江吃了一餐饭。都是匆匆见面，匆匆的分别。到南昌访陈然兄，广东访韩霁兄、樊亚军兄，访友成为一种奢侈。因为都很忙，已经很少有人去做这种性情中的事了。

工作。组织全县首届青少年艺术节，这事费了不少时间和心血。其他多是事务性的工作，乏善可陈。其实工作上大部分都是些杂事，人的许多时间和精力都是用在一些毫无意义的事情上的。我对工作是有敬意的，毕竟是靠它来养家糊口的。我对工作的态度是先把事做好，再来考虑与之有关的问题。就是孔子说的："事君，敬其事而后其食。"

这一年有个世界末日，那晚我一觉睡到自然醒，天亮了，世界仍然那么静好。孔子说："内省不疚，夫何忧何惧？"如果一个人内心不安，哪天不像世界末日一样惶恐呢？

静夜思之，一年或者一生就是一瞬间的事，你又能抓住一点什么？马尔克斯在《百年孤独》里说："最疯狂执著的爱情也终究是过眼云烟。"张爱玲在《流言》里说："长的是磨难，短的是人生。"在云烟和磨难里要看到人世的好。虽然在最为寒冷的日子里写这篇拙文，我内心感到有许多的温暖。

我的烂柯山

引 子

东晋虞喜《志林》记:"信安山有石室,王质入其室,见二童子对弈,看之。局未终,视其所执伐薪柯已烂朽,遂归,乡里已非矣。"相似的记载还见诸郦道元《水经注》及《隋书·经籍志》等。信安就是现在的浙江衢州,这座石室山此后就名叫烂柯山。这个故事的意味是什么?是说一个人因为一个偶然事件而得道?还是说每个人都有神性,只是被世俗层层的欲望蒙蔽?抑或是说叫人一下子看到宇宙人生的究竟,让人思考,无常的人世在时间面前怎样追求一种永恒?

《圣经·旧约》有诗云:

> 求你指教我们怎样数算自己的日子,
> 好叫我们得着智慧的心。

一次偶然的机缘,参加一个四天的禅修营,那是在去年最为炎热的三伏天,赣北庐山西海岸边,九岭山中的一座古道场弥陀寺,让人备感安静清凉。对于我来说,仿佛就如王质入烂柯山,有那样一种恍如隔世的影响。学生时代,读一些古书,常见有诗云:"洞中方七日,世上已千年。"一个人心里的距离,还有思想的境界,好像有这样遥远。

止 语

车子送到凤凰山下,准备从云梯登山,只见一辆小车悠然而来。车子停住,一位青年高声问道,是来禅修的吗?我说是啊。他说快上车,旁边上山的路已修通,可以直接到山门。这位是广缘,湖南来的,比我先到,刚刚下山接人回来。他把我送到寺庙客堂,交给通志。通志也是湖南来的,提前三天来为禅修营作准备,他帮我拎着行李箱,带我去住的地方。路上,他告诉我,已经报到三十二人。但是,寂静的山寺,却听不见一声人语。

住的地方叫念佛堂,在山寺右手边的一个山洼里,是个四合院。东边一排三层楼房,每层有九个房间;西边是两层楼;中间朝大门的高大楼房就是禅堂。通志将我安排在东边二楼,所有的房间都没有锁。房内只有三床一桌,床是那种有靠的两个木架上搁两片木板,床上垫一床薄絮,铺一块格子床单,一枕一褥。躺下来,能够闻得到阳光的味道。两床之间有一扇窗,窗下放一张五斗桌,就是有五个抽屉的那种,也没有安锁。后来知道这里的东西共用,也不用设防。窗外是山林,暑天里的蝉鸣,让房间显得更加清幽。拿出一本《心经随喜》,想到古来圣贤山寺读书修炼,是环境可以影响心性。光线一会儿暗下来,一会儿又亮起来,知道是山上白云多,在和太阳嬉戏,但感觉就像云朵也有好奇,时时要到窗口来探望。放下书,侧过身子,闭上眼睛,在安静简单里睡着,没有梦。

寺里规矩,过午不食。但禅修营安排了晚餐,随寺里的说法,叫药食。洗澡后,到达二楼的禅堂开营。共有三十六人,男十六人,女二十人,有小学生、中学生、大学生,有老板、职员等。两人一桌,打坐在宽宽的矮凳上，静静等待师父的到来。寂光法师开营讲话，给大家立的第一个规矩就是"止语"。手机自然是收掉的，随后，叫师兄给每人发一块写有"止语"二字的营牌，挂在胸前。师父说，这是为了让大家收摄心念，抵抗诱惑，以去浮躁之气。记得贾平凹说过，有一个高人传他处世秘诀，是"心系一处，守口如瓶"八个字，与"止语"可谓同道。孔子说："天何言哉？四时行焉，百物生焉，天何言哉？"古代圣贤早就将"慎言语"作为修行的基础，师父提的这个要求，看似简单，却有一种天地境界。

坐禅、吃饭等集体活动时都是禁止讲话的，每个人戴个"止语"的牌子，等于时时提醒自己与他人，形成一个安静的环境。同谁一起，和谁一气。人进入这样的环境，就自然成为安静的人。难的是独处或者同房的人一起也能克制自己，非要交流，也都轻声细语。禅堂右手边的一间房里，住着青年僧人一觉，他在门口摆上功夫茶，旁边还放着电扇，休息时喜欢招引人与他对坐喝茶聊天。我觉得这或许是师父安排的一个局，考验大家是否经得起一觉的诱惑。结果发现只有几个孩子常常在那里喝茶，毕竟孩子的定力要差些。

不与人语，或许是为了与自己语，与天地语。每天早上四时起床，太阳还在酣睡。四点半走进禅房，里面还要开灯。寂静中打坐在那里，只有几只虫儿鸣叫，然后感觉到高高的窗户一点点亮起来。坐完一炷香，走出禅堂，沿着林间的小路到山门去看太阳。有一个美女没有去坐禅，说在这看日出，等了一个小时还没出来。吃过早饭，匆匆走出山门，看见太阳刚刚跃出对面山上，像个橙红色的气球，直射过来的光线刚好打在高高的山门上。上午坐第一炷香的时候，阳光还没有照到禅院，第二炷香的时候，阳光刚照在西边的二楼。就是太阳在禅院走一趟，就是一天。人们设计四合院，正好可以看时光是怎样流动的。这种生活有人世的悠悠。晚上坐完第三炷香，也会不约而同去山门外看月亮。第一天晚上，我们打着电筒往山门散步，路上有许多百足虫在乘凉呢。师父在关山门,我们只好往回走,走出一段,回过头,却看见月亮挂在山门的墙头,有一阵惊喜。想起苏东坡"山间明月,江上清风"的感慨,心里就说,明天再来看你吧。

鲁迅说:"当我沉默着的时候,我觉得充实,我将开口,同时感到空虚。"这话不光有禅味,也是实际的情形。所以老子提倡不言之教。

坐　香

师父简单讲过禅修要求后,带领大家到一楼的禅堂。禅堂中间供有三尊佛像,前面设有香炉拜堂,四周靠墙建有打坐用的矮凳,上面铺有绒布毛毯。打坐前,师父带着大家围绕佛像行走,活动筋骨,叫做跑香。听到师父敲板声,就要止步。然后各人找到自己的位置,脱鞋放入凳子里面,将绒布罩住。照着师兄的样子打坐。师父点燃一炷香,行礼如仪。拿着巡香板绕禅堂巡视一遍,要有整洁端正。将大门关上,将大灯熄灭,只留佛前的三盏小灯。同大家一起打坐。每次坐一炷香,大概在四十五分钟,谓之坐香。

禅房后面是山林,有蝉鸣虫唧,不绝于耳。偶尔也有蚊子的嗡嗡声,但无论在寝室,还是在禅堂,都不见蚊虫咬人。就是这些地方虽然简陋,但都特别干净。人只有自己是干净的,才让蚊虫找不到咬你的借口。到坐第二支香时,蝉也停止了聒噪。猫头鹰时不时"咕"一下。远处有不知名的鸟从一棵树飞到另一棵树。人安静下来,先融入天籁,再可以进入自己的内心世界。有人咳嗽一声,声如巨响,似那样惊人。也听说有坐不住的,时时盯着手表看,如过难一般。还有一个学生在那里扯绒布的线,一炷香的时间慢慢扯出一个大洞来,第二炷香的时候又来缝上,真是何苦来哉。晚上一般坐两炷香,听见鼓响钟鸣,大家洗澡养息。与我同房间的是来自湖南邵阳的两位青年,都是老板。以前外出与人同住总要选择不打鼾的人，否则会失眠。但这次没有问，考验自己的功夫。果然这两位师兄是打鼾的，我内心安静，所以这点动静没有影响到我。而且，我对自己说，打鼾的人也是可以成佛的。

寺院睡得早，起得也早。四点多走进禅堂，月亮还挂在天上。大概五点的样子，钟声响起，慢一阵儿，紧一阵儿，又慢一阵儿，要撞一百〇八响，说是人有这样许多的烦恼。钟声过后又擂鼓，钟鼓声声，都是为了警醒世人，什么才是人生大事。不知是钟鼓的惊醒，还是山林自然醒来，好像有一只蝉起个头叫一声，突然就传来蝉的鼓噪，那样铺天盖地，盖过了其他唧唧的虫鸣。一只蚊子在身边飞来飞去，好像在手上停一下，见人不理会，就走了。一只飞蛾在眼睛上、耳朵上扑腾，然后落在脖子上，觉得没趣，也走了。万物都是有灵性的，人与万物为善，万物也把善归于人。

一次打坐时，师父在我耳边轻轻说，把眼睛闭上。我想，把肉眼闭上，才可以打开天眼吧。静坐是儒、道、佛共有的修养之道，不光要身体的功夫，更是心里的功夫。心里的功夫是向内的功夫，问一声，我是谁？我从哪里来？要到哪里去？我的本来面目是什么？世界上有没有我？这些亘古的问题既是宗教的，也是哲学的。生命要在安静中生长，智慧也要在安静中生长。在这样的安静中，我感到的不是寂寞，而是生命的喜乐。就算你不去思索这些，远离市声俗务，远离电脑手机，过这种简单的生活，安静的生活，缓慢的生活，理性的生活，虽在炎热似火的夏日，却可以心凉如水。

行　堂

山寺吃饭早，早餐是五点多开始，午餐是十一点。斋堂大门，有一联："粥去饭来莫将光阴遮面目；钟鸣板响常将生死挂心头。"里面挂有

"兴教化，美风俗"的条幅，告诉大家一种价值追求。每次吃饭前要敲板，再敲梆，再敲云板。听到敲板时，大家陆续进入斋堂。像坐禅一样，各人的位子是编了号的，不可以争抢或者挑拣，大家依次坐好。僧人开始唱《供养咒》，有一个司仪手握引磬领唱。静静听着，虽然一句不懂，却叫人庄严。

师父说，无仪式不成佛教。仪从义，为了与人相宜，关键提醒人做一件事要有诚意和恭敬。吃饭左手托碗叫龙含珠，右手拿筷子如凤点头，而不能趴着吃，因为畜生才那样吃东西。在唱歌行仪的同时，通志带领几个义工给大家盛饭打菜，各人根据需要用手势表示要与不要，要多少。这样巡回一遍，仪式差不多也结束了，大家开始吃饭。通志他们还要巡走几遍，为大家添加饭菜点心，送汤送水，甚至纸巾。吃完饭菜后，最后倒一点水，把碗里的菜屑饭粒一起喝下去，这点水叫惜福水。这样的一种吃饭，叫做行堂。

每次行堂，我都很感动。看着通志他们一次又一次为大家服务，每每看到他，都是汗流浃背，就是为了让人有一种从容。等到大家吃得差不多了，他们才开始用餐，自然不像先吃的人有更多的挑选。看到他们，自然想到他们后面更多的义工，每天几十人吃饭，他们起得更早，更忙碌。还有为禅修营送菜，送食物，送点心的人们。尤其难能可贵的是，与在其他寺庙吃素餐不同，这些义工团把每餐饭弄得非常丰富可口，让人感到修行不是故意要人吃苦，而是一种家常。在这样的空间里，不光人与人是相亲的，人与物也是相亲的。

每一件细小的事，都上人思索。我原来以为贪嗔是大事面前的表现，其实是从贪吃贪睡开始的。早起是为了让人不要贪睡，行堂是为了让人感恩，从而自然不会贪吃。想到曾经吃过的食堂，还有酒店的狼藉，人在食物面前不仅没有恭敬心，而且失去优雅。寺庙里吃饭是不能有浪费的，如果贪吃，一下子要多了，或者看着是喜欢的而实际是又不合自己的口味，就会有贪吃的尴尬。只有节制，一点一点地加，不存争抢心理，悠然从容，才会有吃饭的快乐。

苏格拉底认为，人如果违反自己的理性就不会快乐。但是，在丛林法则盛行的嚣嚣中，人要克制自己的欲望，回归具足的理性，是不是可以从有尊严的吃饭开始？

开　示

早上行堂后，有一个多小时的养息时间。第二天早斋后，正在房间休息，普寂师兄来到寮房，问到我的住处，站在门口，双手合十，鞠躬，说，翁先生，师父有请！我连忙起身跟着他走。寺院所有建筑都以走廊相连，庭院深，每出一道门，进一道门，普寂都要躬身一请，一直请到丈室，有这样一种庄严。就为了这一请，我其后去九江拜访他，知道他是很有成就的实业家，事业发展到一定程度，他觉得自己的修养不够了，于是走进寺院去净化自己，到过许多的道场，也拜访过许多的高人，最后成为寂光法师的弟子。一边做事业，一边守清规，竟优裕从容。期间他对我说，在修行的道路上，每有一点进步，都会遇见不一样的人。此是后话。

师父打坐在丈室的木沙发上，背后的墙上挂的是兰亭集序横幅。我合掌礼敬，坐到他对面。因为时间短，也只是随便一谈。但是法师贯通儒道佛耶，纵论古今中外，轻声细语，不知疲倦。

他从孔子道德理想，到孟子义利之辩，到张载的"为天地立心，为生民立命，为往圣继绝学，为万世开太平"，再到王阳明心学的四句教，引经据典，一一阐发自己的认识。

他说对于一种思想没有认识而盲目崇信就是迷信，有认识的不能说是迷信。佛就是觉悟，就是为了破除一切迷信。既破除强大物质对于人的束缚,也破除各种精神对于人的束缚,从而完成人的圆满人格。

禅修营又安排时间集体与法师对话,就是在坐禅、行脚的时候,也安排时间大家一起讨论。本来开示是法师与我们说法,这样活泼的讨论,可以互相鼓荡思想,开悟心智。

有人问法师是怎么走上学佛的道路的?他也不以为忤,如实回答。把那么长的故事慢慢道来。叫人知道人具备了怎样的气禀就会遇到什么样的人和事。

有问僧人服装的。他说,除了袈裟,我们僧人穿的其实都是汉服。说起来我们历史如何悠久,但是就连服装都要靠寺院来保留,不像日本还有日常的和服。

有问儒、道、佛三教之异同。他说,儒教治世,道教治身,佛教治心。

有问宗教的功能。他说,如果说森林是大自然的肺,那么宗教就是人类社会的肺,是滚滚红尘中的净化器。

他告诉我们,禅修就是过有戒律的生活,有戒才会有定,有定才会生慧。这与儒家经典《大学》开篇讲的"知止而后有定,定而后能静,静而后能安,安而后能虑,虑而后有得"亦是相通的。

两天后,我们又单独谈过一次。他说中华文化传统是私家讲学,民间元气。从孔子到孟子,从东汉郑玄到魏晋门第,直到唐以来历代书院,不管经过多么大的动荡与灾难,文明得以保存,正是因为有民间的力量,有仁人志士的担当。

我建议开办作家禅修营。一个时期以来,作家体验生活都是物质生活,也就是世俗生活,很少有体验宗教生活,也就是灵魂生活。他表示赞许。他又与我商议建云水莲社,定期举行学术研讨,倡清谈,去浊谈。浊谈就是谈家长里短,吃喝玩乐,鸡毛蒜皮,儿女私情之类。清谈是谈天下兴亡,人生理想,精神价值,大道信仰等宇宙人世根本问题。要自觉觉他,在民间形成力量,传播弘扬中华传统文化。毕竟,中华民族的复兴是文化的复兴,是人间大道的倡明。

一个时期以来,宗教在意识形态被妖魔化,在民间被功利化。仅就其独立思考与坚守担当,就令人敬仰。历史上有多少书院,不说遗迹遗址,就连名字都没有了。其命运还不如一座寺院,它们尚可以屡废屡建,大多保留下来。书院寺庙多建在山间,难道不是为了崇祀一种最可宝贵的价值,建设人间精神的高地吗?

回　向

下山后,我又拜访云居山、太平山、庐山、飞来峰等地,之前也到过九华山、普陀山。越是有名的道场越热闹,但是多的是看客或者香客,或为了到此一游,或匍匐在菩萨面前,求得世俗的功利,而不是为了增长智慧,怎样做好自己。不久,寂光法师发来信息,有念及下山,恍如昨日之句。想到他的期待,我开始筹备作家禅修营,分别于去年秋天和今年夏天组织了两期作家禅修营。

第一期庐山西海作家禅修营主要面向南昌、九江作家朋友,有四十多人参加。正是秋雨连绵,山寺特别清幽。淅淅沥沥山间雨,心心念念般若禅。营员都是第一次接触戒定慧,认识贪嗔痴的可怜,留下终生难忘的记忆。第二期禅修营面向全国,只在有关作家朋友圈中发布公告,浏览达到三千多人次,报名达两百多人,有广东、山东、河北、湖南、河南、湖北、江西等各地作家朋友和文学爱好者。按照报名先后,我们只安排江西省作家协会秘书长石兰芳,青年作家陈蔚文、樊健军、林珊等八十多人参加禅修。在三天时间里,放下一切,坐禅、上殿、行脚、出坡,饥来吃饭倦来眠,过真实的寺院生活。

深入生活,体验生活,丰富生活,感悟生活。修行不是一种学术,而是一种行为。在挑战生活,挑战身体,挑战信仰的极限中,让人真切感悟什么是修行,为什么修行,怎么样修行。修行方式有不同,不管学佛学圣,总是为了做好一个人。

两期禅修营,参加的作家和文学爱好者每人都有一个回向发言,并形成作品。回向是佛教语,就是将自己所修,回转给众生。有分享的意思。有的人在简单的生活里,感受到幸福生活原来也就是简单;有的人在缓慢节奏里,感受到从容的生命有一种神性;有的人在安静的时空中,感受到自然万物与我同一的美好;有的人在理性的思考中,感受到什么才是人生需要解决的大事。有的人在一粥一饭中,懂得了感恩。有的人在清规戒律中,体会到修行不是逃避,而是真正勇敢面对人生。我在听这些灵魂深处的声音时,也真切感受到,真正的教育必定是触及灵魂的,也必定是知行合一的,也可以说,没有独立思考,就没有教育。

电视连续剧《白蛇传》里有一首歌,叫《千年等一回》。白娘子修行千年,才可以遇见她的许仙。世间的一切美好因缘,有这样难得。

卷四 世上温情

一个人在难中，尚不忘救助别人，这种高古情义，我们身上还有吗？

同　事

一

俗话说,铁打的营盘流水的兵。我们这样的机关,兵倒是很少流,许多人进来了就干到退休,但官是流动的,几年就要换。我觉得,在一个小单位,领导是最为重要的同事。倒不是为了升迁,或要靠他吃饭,而是所有同事中,领导对人的影响总是最大的,哪个不想快乐而有价值地工作着呢？

洪局长刚来时,一是来信多,二是来访多,每天一到办公室,门外找的人就排着队。不久的一天,他叫我到他办公室,把一大摞信件交与我,说:"你看一下,觉得该怎么处理就怎么处理。"然后补充一句,此风不可长。我晚上加班较多,他经过时就进来坐一坐,说几句工作上的事。印象深的就是,他不喜欢什么事都来找,这样还怎么工作。在机关干部和中小学校长大会上,他反复讲自己的观点,各人有各人的职责,自己做好自己的事,该解决的事不找也能解决；不该办的事,找也没有用。他讲话有高度,有深度,说理透彻,逻辑严密,有一股天地正气在其中,让人听了荡气回肠,坐立端正。整顿事业,从鼓舞人心开始。干将起来,又雷厉风行,不畏艰险。对上能取得支持,对下能温暖人心。他下乡很少带随从,也从不打招呼,解决问题,多切实际。每定一项事,都有个好意在里面。他任局长不到三年，整个系统风气为之一新，面貌大为改观，顺利通过国家"两基"验收，这在地方教育史上是里程碑式的工程。

如果说洪局长在任上轰轰烈烈地干了一番事业，汪局长在任上就尽力让学校安安静静地办学。汪局长上任距洪局长离任已过去好几年，正碰上全县学校教师第二轮竞聘上岗，他调研后认为这种投票决定上岗下岗的做法不利于学校稳定，有损教师尊严，坚决顶住压力不办。他有一种大气，一股正气，特别能够担当，这样的事也可以举重若轻。他对下属只有信任和尊重，印象中好像从没有说过我工作中的不足，为他写的文稿也很少，一般不改，亦或改了也没有告诉我们。与教育无关的贯彻落实之类事，他从不麻烦基层，他为学校做的就是个排忧解难，让他们放开手脚去做好自己的事，下属职责范围之内的事不喜欢别人来请示汇报。他在任上开会少、发文少，检查少，考评少，各人该干什么干什么，就是一个简洁明了。古话说："百姓只干正经事，不怕衣食不丰足。君臣只干正经事，不怕天下不太平。"大道至简，世上的事原来可以这样垂裳而治的。

当领导的有权力，往往喜欢作弄，来显示自己的权威。如有的领导喜欢讲"官有十条路，民有九不知"云云。朱熹说："人心平铺着便好，若做弄，便有鬼怪出来。"名堂越多的领导办出来的事越是糟糕。实在是，有多少管理是违背人性自然的，上面的人忙忙碌碌，又有多少是为自己和别人增添麻烦？

我的这两位领导为官为人也就是个平心。他们也不是没有脾气，有时也发火，处事风格各异，但心地都特别善良，不使人有过。所以，他们就像孔子说的"望之俨然，即之也温"。和这样的人做同事，人人都有做人的庄严，只觉世道是这样好。

《道德经》十七章云："太上，下知有之。其次，亲而誉之。其次，畏之。其次,侮之。"这里说的是管理的几种境界。太上,就是领导,最差的管理是"侮之",就是互相看不上,不配合。稍好的是"畏之",就是制订严格的规章制度,让下属害怕,自然不能发挥人的创造力。再好一点的是"亲而誉之",关系不错。最高境界是"下知有之",下属知道有领导这个人存在就好了,说最少的话,管最少的事,各人该干什么干什么,每个人能发挥所长。我机关的这两位领导是追求"下知有之"的,君子之德如风,有这样自然。

二

地方上有许多中心工作,也就成立许多临时机构。这些年来,我到过几个这样的单位,时间长的有五六年,短的也就一两年,所以又接触到许多新同事。

前几年在地方志办公室兼职做编辑六年,同事都是退休或退居二线的老同志。有一位刘先生,年近八十岁,可以说是我年龄最大的同事。他每天按时上下班,查档案,阅资料,作记录,制卡片,负责编纂概述和大事记。审稿讨论时发言慢言细语,有条有理,又温和,又有见地。敬业精神堪为表率。同他一起,就像坐在春风里。一日,他叫我看他办公室的藏书,抽出一本来,说推荐给我看一下。这本书就是钱穆的《国史新论》。说来惭愧,我一个历史专业的人,此前竟未读过此书。在学校读的一点专业书都是按照西方某个历史观点编写,把中国历史划分成几个社会,以为历史就是这样的起义造反。想起大学时老师说,历史是二八少女,任人打扮。当时不知深意。此书对我的历史观是个颠覆,也给我打开了一扇思想的窗户,对当时我们修地方志也很有帮助。此后,我和刘先生常交流读书治史心得,成为忘年之交。孔子有云:益者三友,友直、友谅、友多闻。好的同事实在就是这样的良师益友。

近些年又被抽调到一个项目建设总指挥部,都是各单位抽调的人,互相间只有一个敬重,工作实在靠个人自觉。小朱应该说是最小的同事了,她参加工作才一年,可是做的事情却干干净净,妥妥帖帖。她勤勉,每天早早到办公室打扫卫生,烧好开水,甚至经常帮我洗茶杯。不管事务、政务,交给她的事,她总是乐于接受,认真完成。又孝顺,因为父母远在外地,她还要照顾年老的外公外婆。有时工作一忙,两边的工作都要兼顾,交通又不便,跑来跑去,她从无怨言。她不是那种看了让人惊心动魄的美女,但却给人阳光灿烂的喜悦。就像新抽出的柳枝,她对人世的情感有一种清新洁净。她没有功利心,只是好好做自己的事,然后过一种简单的生活。她对人有一种自然的亲热,但都有一种庄敬。程颐说"敬胜百邪",这实在是人际关系的一种大道。我现在离开了那些临时机构,但常想起刘先生、小朱以及许多像他们一样的同事给予我的帮助和温暖。

三

一般来说,人不能选择自己的同事,所以,一起共事,不管为官为僚,都是一种缘分。

俗话说,男女搭配,干活不累。这话于我也是合适的。实在说,我机关的女同事大都与我投缘。机关附近有家面馆,老板娘常把我机关的美女说成是我家里的人。这是笑话,我却感觉温暖。我又发现,我机关一些部门,凡有男女同一个办公室的,这个部门的业绩和服务态度相比较要好些,没有美女的办公室起码内务看起来都要紊乱些。男女同事的两情相悦原可以是在爱情之外的。

我乡下山歌唱道:

妹妹生得一脸麻,出门就把粉来搽。

叫声妹妹莫搽粉,情人眼里麻是花。

同事之间,知根知底,总是本色为好。又因为不可选择的缘分,是生活所赐,总是常在面前的一道风景。毕竟是礼义之邦,夫妻都要相敬如宾,何况同事。孔子说"出门如见大宾",同事打扮得清爽自然养眼,但更是一种礼貌。一般小门小户,亲友不多,家中红白喜事,帮忙捧场,多靠同事。我同事大多热心,又讲礼,看他们在那些场合的热情,有一种人世的繁华。

在学校、机关工作几十年,同事自然不少,各有所长,从他们身上学到的东西实在不少。明代吕坤《呻吟语》有云:"善用人底,是个人都用得;不善用人底,是个人用不得。"能否取人长处,考验一个人的品质。郑板桥说:"以人为可爱,而我亦可爱;以人为可恶,而我亦可恶矣。"这就像面对镜子一样,所以魏征对李世民说要以人为镜。同事因为距离太近,往往心的距离倒远些。这正如人与人之间保持一些距离,不是为了疏远,而是为了避免伤害。

俗话说:"扬人之美,不在当面。"我写的这些同事,他们都还生活在我所在的小城,故我不写出他们的名字。许多的故事,就是在口头上流传,倒比写出来的活泼。

我感谢有这样许多好的同事,有这样前世今生的缘。

同　娘

　　这是猴年的最后一天,阳光很灿烂。上午十一时许,我乘的车子停在庐山西海一个叫上畈的村子。经人指点,车子才开到我少年时代同学方子的门前。下得车来,寒风刺骨。好多年没有这样的寒冬了,印象中在小的时候,才有这样的天寒地冻。二十多年了,小屋依旧,叫人有点物是人非的恍惚。

　　不是特意到方子家,是另一位少年同学的父亲去世了,专程前往吊唁。人到中年,每年总要参加几次这样的送别活动,叫人殊感沧桑。头天就作了准备,刚好可以顺便去看一下方子娘。少年时代,经常到方子家玩,热情开朗的方子娘,还有方子的小妹总是如迎贵客,为我们忙碌。不知她老人家可还认得出我来。

　　门口坪有位老人在晒棉花,低着头反反复复地耙着,我猜想是方子娘。蓦然想起应该叫同娘,小的时候都是这样叫的,现在都不记得这称呼了。我大声叫:"同娘,还认得我吗?"她抬起头,我看见她的眉心有颗痣,慈祥如观音,正是同娘。她停下动作,很陌生地看着我,说:"不认得!"我报出自己的乳名,问记得啵?她还是摇头。我又报出了自己村庄的名字——"八里棚的!"她似有所悟地说:"哦,想起来了,想起来了!

嗯,你比原先长得好些,年轻些!"看着方子把我让进了屋,她仍旧耙着棉花。

我听后不觉苦笑。心想我都年过不惑了,怎么比少年时还年轻些呢?随之又释然,这就是老人的智慧呢!在我们农村,母亲对孩子的话语中,永远是易长易大,步步高升,越来越好的。

少年时代有许多贴心搭骨的伙伴,上山斫柴,下河摸鱼,谈天讲古,弄棍耍棒,总有形影不离的伙伴。每年的寒暑假,都要到伙伴家里住上一些日子。有时在星期日都要互相走动。就这样,认识了许多的"同娘"。人如其名,同娘对待儿子的伙伴就真的如娘一样的。在同娘看来,儿子在外,要学会交朋结友,没有好朋友,就没有什么出息。常常的,大伙伙的伢崽,羊上羊下,今日为你家斫柴,明日为他家割禾,无拘无束,快意少年。同娘既劳累又高兴。记得在幸福山读书时,镇上一位伙伴全子经常给我带菜,我知道是同娘做的。那时劳动课多,今日带锄头,明日带土箕,都是同娘为我们准备的。中学毕业后,全子去当了兵,我外出读书,每次回家都要从全子家门口过,他母亲看见都要留下吃饭,问寒问暖。如果从镇上过不入家门,同娘就会很生气。方子娘也一样,每次看见方子带着我回家,听我叫一声同娘,她就大声应着,满面春风,让我们在家翻天。她和小女就忙上忙下,总要弄出一桌丰盛的饭菜来。那时不比现在,日子艰难,要做出几样菜来,很不容易。我们少不更事,总要给同娘添许多的麻烦。还有一些只见过一面两面的同娘,她们都给我留下了温暖而美好的印象。但我不知道她们的名字,也多年没有过联系。

问方子:"同娘的身体还好啵?"方子说:"马马虎虎,快八十岁的人了,好不到哪里去。"我知道同娘再也不能为我做出丰盛的饭菜了。镇上有几个同学相邀聚会,坐了一阵儿,我就告别了方子和同娘,来不及有更多的感慨,又去作别的应酬了。

遇见同娘,想起同娘,不觉涌起许多的人生况味。每到年头岁尾,总要给亲人、朋友发短信,寄贺卡,以此来维系真情。但心中还有许多情感是无法寄达的,不光有忘却多年的同娘,不唯有许多的少年情怀。风雨中一路走来,不知得到过多少的鼓励与支持,温情与慰藉。我想说的是:悠悠岁月,改变了菁菁少年的脸庞,改变不了天真烂漫的记忆;漫漫旅途,流失了殷殷热情的问候,流失不了心中默默的祝福。人到中年,对生活充满了感恩。

散步否

每天下班之前,手机上会收到一条三个字的短信"散步否"。回复"好的"。然后在傍晚时候,又会收到一条"到"的短信。我就下楼到小区路口,相邀散步的朋友就等在那里。十几年来,寒暑不易,风雨无阻,成为一种日常。

如果没有收到这样的短信,我就知道他有应酬或者是出差了。如果我有事,就会回复"请假"。在日复一日的年月里形成一些没有约定的习惯。

下班回家,家里领导小艾不是说"回来了"的问候语,而是问"散步否"来没?问这个有两层意思,一是如果"散步否"来了,要按时吃饭;二是如果"散步否"没来,她要陪我散步。就像有些人不喜欢一个人吃饭一样,我不喜欢一个人散步。有时候回来,看小艾在厨房忙的时候,我会主动去汇报"散步否"来没来。连着两三天"散步否"没有来,小艾也会感觉我有些失落似的。小艾也会经常问"散步否"有什么独家秘闻之类的,以博一笑。就这样,"散步否"成为朋友的代称,还有就是生活的一部分。

世纪之初,小城北面的西海岸边修了一条湖滨路,花草树木,亭台廊池，山光水色，一方新景，成为人们休闲的好去处。虽然要穿越四个十字路口，因为别无选择，我们也要到那里去走一走，因为人太多，有如赶集一样。

几年后，小城东面建起万福广场，不仅修建了跑道，而且装备单杠、双杠、吊环、爬杆等体育健身器材。广场往南的协和大道人行道铺设后，几乎没有行人。我们走在幽静平直的道路上，总要开玩笑说，领导为我们两个修这么好的路散步，真是太奢侈了。

又过几年，小城整治内湖，修建朝阳湖公园，又修建沙田河湿地公园，接着又修建八音公园。这三个公园从朝阳湖到沙田河到庐山西海全部贯通，又有十座桥连接两岸，成为西海湾景区。景区亭台楼阁，小桥流水，四时花果，风景如画。又融进地方历史文化，品位独特，成为 AAAA 景区。我们每天就在这样的风景里行走。

米兰·昆德拉在长篇小说《不朽》中对道路有这样的描述："道路：这是人们在上面漫步的狭长土地。公路有别于道路，不仅因为可以在公路上驱车，而且因为公路只不过是将一点与另一点联系起来的普通路线。公路本身没有丝毫意义；唯有公路联结的两点才有意义。而道路是对空间表示的敬意。每一段路本身都具有一种含义，催促我们歇歇脚。公路胜利地剥夺了空间的价值，今日，空间不是别的，只是对人的运动的阻碍，只是时间的损失。"

散步就是让我们在劳作之余歇歇脚，是去问候一路的花草树木，感受月亮的圆缺，倾听时鸟的变声。春来柳岸飞絮轻扬，夏至荷塘飘来清香，秋日柚园果实累累，冬天栾树挂满灯笼。尤其喜欢梅园的芬芳，桃园的娇艳；木兰园花开如玉，石榴园绽放似火；合欢红缨一片，紫薇婀娜多姿。还有西海岸垂钓的人们，桃花溪洗澡的孩子。夜来霓虹闪烁，水上画舫轻波。打鼓歌唱到山来，采茶戏演楼台会。风景时有不同，而人意美丽恒常。

费孝通在《乡土中国》里说到，农村是熟人社会，城市是陌生的社会。小城还多的是农村,说起来都有些联系或者知根知底。散步的朋友既在乡镇呆过,又在机关呆过,同学从小学到补习班到大学都有,又以助人为乐,所以认识的人就特别多,散步路上,一路都有人来和他打招呼,有些还要停下来交流寒暄,有人情的美好。

认识的人多,信息就多,关键他特别热心,与人为善,成人之美,所以各色人物,各种故事自然知道得多,每天都有新鲜事,代替电视和报纸。早些年,大的事也谈腐败,谈借贷,许多拍案惊奇,却还只是隔岸观火。如今都到身边来,各种奇闻都成为一种疲劳。眼看他起高楼,眼看他楼塌了,却帮不上忙。陈慧琳有一首歌叫《不如跳舞》,大概是广场舞火爆的原因。我们就谈风水,谈看相,谈八卦之类的话题,倒也有些趣味。譬如随便在路上看见一人,从五官身材步态等来看一下,应该是个怎样的人,然后说出他的好处来。一个人的内涵总会显现在面相和举手投足间,其中的秘密是可以有认识的。所以古人有说,见微知著,可为千古观人之法。但是中国民间有天机不可泄露的俗话,就是神明会保留事情最重要的部分,不会被人看破。又相由心生,一个人的面貌会随人的修行改变神韵。风水也是这样,他喜欢说一句乡下土话,叫福在丑人边,福地福人登。就是人要想有好风水,就要让自己配得上风水,配不上,就有凶险。就是《易经》里说的"德不配位,必有灾殃"。他与人说这些八卦之类的故事,都是叫人防非止恶,积德行善,认识自己,做好自己。

湖滨路有道观,湿地公园有寺院,亦有抽签打告之类。他喜欢抽签,亦为家人许愿还愿,每次都叫我也来做。我只看他一番对人世的敬畏与好意,不予评价。但我从不抽签卜卦,因我在世上只有这一条路,就是不存事上过不去之心,不行心上过不去之事。如若求签,神明说不对,我却没有可以选择。就是我们意见有许多不同,但是一点都不影响在一起的快乐。

古希腊哲学家伊壁鸠鲁为快乐开出的清单是:友谊、自由、思想。

并且认为凡智慧所能够提供的,助人终身幸福的事物中,友谊远超过一切。

简单的日常有真正的趣味。一件事情能够坚持下来,日复一日,年复一年,亦有许多的考验。守信,包容,珍惜,欣赏,感激,让友情一天天生长,根深叶茂。人生的路上,来来往往,有多少朋友,走着走着,就走丢了。或是某一方力量不够,赶不上了;或者要走的路不同,就分开了。

朋友的"散步否"产生于只有短信息的时候,后来有扣扣,他没有;又后来有微博,他也没有;再后来有微信,他还是没有。在一个什么都过剩的时代,人与人保持简单的交往,反而宝贵。人们追求变化与进步,但是不变的东西更长久。

"散步否"是个问句。虽然每天做同样的事,也要商量一下。虽然是轻轻的一问,却也有孔子大哉问的意味。实在是人与人之间什么事都有商有量,世界怕要太平得多。

想起小的时候,村人传说有一种找朋友的符咒,可以想要谁做朋友,就可以和谁做成朋友。又道教、佛教有许多的咒语,而且说是不可以翻译,不可以解释的,能给人加持,给人神力。对我来说,这个世界似乎又产生一个新的咒语,那就是常出现在手机上的"散步否"。它一点都不神秘,也不深奥,那是一种友情的问讯与温暖。

白头吟

　　古乐府诗有一首据说是卓文君写的《白头吟》,其中有云:"愿得一人心,白首不相离。"就是这诗不是真的吟白头的。我今天来把这个题目吟得一吟,不知是不是也像她一样的文不对题。

　　不记得第一根白发是何时上头的,偶然发现,是那样的刺目。乡间有说白发是不能拔的,越拔会越多。其实不拔也会越来越多。除了那些小青年不在乎把头发染成红白黄绿以外,大概没有谁会喜欢青丝变白发。我也是如此,在白发还没有变多的时候就接受不了。以为四十多岁,正是好年华。而且我是主张不要活得久,但要活得好的。所以,毫不犹豫就染发。开始是两个月染一次,几年后,变成一个月染一次。虽然常给理发师打招呼,请用最好的染发剂,但感觉这种东西就没有什么好的。

　　说起染发的苦楚与尴尬,真是苦大仇深。每次理发的时间要增加一倍。理发时围的是白布,染发时围的是黑布。理发师染发洗发时都戴上塑料手套,知道头上顶的是这样可恶的东西。有时刚染的时候会掉色,一块好好的毛巾就污脏不堪。枕巾也是常有污渍的。慢慢地,头发也不柔顺了,像毛草一样,早上、中午休息后起床必定要洗头,否则不知哪里会出现睡的印痕。尤其不堪的是时间长了,刚染不久的头发会变成红不红、黄不黄的颜色,叫人感觉怪怪的。这个时候,对于是不是染的头发,真是一望而知了。不知说过多少次,不染了。甚至都有停止染发时间表。第一个时间是不惑之后的本命年。古人在第三个本命年就称老夫,我们在第四个本命年的时候总可以接受白发。结果没有执行。第二个时间是半百,小的时候读书作文有年过半百的老爷爷的句子。都老爷爷了,自然可以不染。第三个时间是两年后退居二线,虽然没有退休,但总算离开职场,不需要抛头露面去各种场合应酬。就是孟浩然说的"只应守寂寞,还掩故园扉",总没有什么问题。结果又拖了一年。反正总有拖的理由,要参加活动,太随便不礼貌;出席朋友聚会,是开心的事,不要把人吓倒了;与美女喝酒,怕她们看见这样不堪,想到自己许多年后也会如此,难保不寻短见;过年过节,家人团聚,亲戚看见一下子不习惯。云云。

辛弃疾有词云:"人言头上发,总向愁中白。"古人似乎都这样认为,头发是愁白的。最经典的故事是伍子胥为过昭关一夜急白头。李白更是夸张,说白发三千丈,其实是愁有这样长。俗话说,家家有本难念的经,要说谁没有忧愁烦恼是不可能的。虽然生在寒素之家,穷困过,劳苦过,饥寒过,但是我没有感觉有可以让头发变白的忧愁,倒是人到中年,衣食无忧,却尝尽了让头发变黑的愁苦。

固然美化头发也是为了以一个好的面目与世界见面,有对于人世的敬意。但是这种不诚实的方法是不是合适的?是白头丑陋,还是作假更丑陋?这么简单的问题,竟然许多年来都没有想明白,或者是对这些东西不以为意,根本上来说,是内心不强大。

这个世界上有形形色色的作假,没有不是损害别人的。但是让白头变黑,却是对人没有什么损害,损害的只能是自己。

读《富兰克林自传》,他青年时代有一个道德圆满计划,共有十三项,其中有诚恳。他把健康归于节制,财富归于节俭,声誉归于诚恳。他记住父亲的告诫,就是不诚实的事没有一件是有用的。其实古今中外,诚实都是做人的最为基本的品质。我以为诚恳诚实当然也包括在自己的头发上不弄虚作假。说起来这都是幼儿园的功课,做起来却这样难。一切修行都是要让人看到自己的本来面目,但是世间的情形却是每做一件事都是为了离自己越来越远。

组织过两期禅修营,都有人问和尚为什么要光头?有一种解释是,头发有如人的烦恼,说是有那么多,除去青丝与白发,就是为了要除去人间的烦恼。我觉得是修行的一种态度,修行修的是心,是道,是人之所以为人的价值与美好,多少世俗欲望都要踩在脚下,哪会去管青丝白发呢?

陶渊明《归去来辞》有云:"实迷途其未远,觉今是而昨非。"这一天终于到来,理去乱草样的长发,不再像做油漆一样的染发,白发终于扬眉吐气,见着青天。

人是习惯的动物。虽然思想通达,但是自觉还是难以见人。因此有一个星期没有去食堂吃饭,有人请吃饭也都推掉。就是尽量少丢人现眼的意思。但是毕竟不能因为有白发就自绝于人民,如果不能勇敢面对,还是不诚实的表现。模仿海子的诗说一句,从明天起,做一个诚实的人。一个人可以不美,但是不能不真。道教修行的最高境界是真人,就是自然是最为美好的。

伊索寓言里有一则两只口袋的故事,说当初普罗米修斯造人,让每个人身上挂两只口袋,一只装别人的缺点,挂在胸前;另一只装自己的,挂在背后。结果,人们只消一低头就看见别人的缺点,自己的过错却看不见了。用我乡下土话来说,就是自丑不觉。十分可悲的是,人在许多时候还真是要依靠这种自丑不觉的勇气在这个世界行走的。

孔子说,知耻近乎勇。一个人修行的最高境界不就是忘我,无我吗？传说老子一出生就满头白发，又有商山四皓，都是特别有智慧的人，那么为什么不把长白发当作长智慧呢？

王勃说："老当益壮，宁移白首之心；穷且愈坚，不坠青云之志。"那是他当时还没有老。曹操说："烈士暮年，壮心不已。"那是许多人一样的我执。苏东坡说："多情应笑我，早生华发。"普遍的就是这种叹老悲老。千百年来，不知有多少人思索过，我们应该顶着怎样的白头？生命就是这样一种简短的过程，既不要上天入地，不可一世；也没有必要长吁短叹，贪恋浮华。

白发来到头上，可不可能看作是一个人向这个世界举起白旗，或者是向这个世界致意？因为人是这样的卑微。再美的容颜也会衰老，再大的富贵也不会长久，色相是一种无常，人生是一种无常；在这种无常与局限里，人能够追求的价值是什么？

亲情五章

父　亲

我出生时，父亲刚入不惑之年，加之身瘦体弱，打从记事起，他给我的印象就是一个老头子。小的时候很怕父亲，他不仅动辄训斥人，而且弄不好就要给你"粟子"吃。我想他或许受传统教育影响太深，又生不逢时，只能在小儿面前耍耍威严吧。

父亲是根独苗。那时祖父、祖母在箬溪街谋生，家境尚好。父亲九岁入学堂读书，学业优良，颇得先生之爱。十三岁时祖父去世，无奈辍学，祖母就将他送进升恒茂铺学经商。一年后日本人打来了，祖母和父亲就回到山村翁家边。青年时代，他只能在日本鬼子的役使下做亡国奴。抗战胜利后，仍旧兵荒马乱，祖母再也不愿让父亲外出，一有风吹草动，就将父亲藏起来。父亲是个孝子，不愿违逆祖母的旨意，从此老老实实呆在小山村。上个世纪五十年代，父亲还是进了县副食公司。到六十年代初，因祖母病逝，父亲不得不回到家里，再无机缘走出去。父亲后来总对我说："不是你婆，我不也外出参加了工作？"

祖母外出谋生时，家族中三个房头的人只有四分田，肯定是穷得没有办法才出去的。后来赚了一点钱，省吃俭用都花在回村买田地上。朝代更替后就买来个小土地出租的成分，据说还差点当了富农。而村中另一户人家本是个大财主,因为喜欢赌博把祖宗的山林田地全部输光了,来到我们村子落户,被定为雇农,儿子也当了队长,红极一时。父亲读过四年书,又在商铺账房锻炼过写算功夫,在农村算是个文化人,因为背了个小土地出租的成分,所以在村里似乎就没有那些贫农出身的大老粗硬气。父亲身子又瘦弱,干农活不及人,生产队分配他去养过猪、放过牛,都是些弱劳力做的事,拿不到高工分的。那时毕竟识文化的人少,也还没有回到结绳记事的时代,队里也用过其长,记记工分,当当会计、出纳。有时为人写写家信,过年帮人写写对联什么的,方显出其价值来。后来村上的老人去世,不再开那种全国统一的"追悼会",大多都请父亲去帮写祭文,用骈文俪句叹人一生,很是动人。在文化一片荒芜的年代,我觉得那是最美的文字。

"字是门楼书是屋",这是父亲常叮在耳边的一句话。父亲教育我时喜欢用古语贤文之类的语言。教我读书要用功时就讲:

读书如行路,不可慢一步。
低头系草鞋,前人过了渡。

教我读书要吃苦时就讲"头悬梁,锥刺骨"的故事,讲"十年窗下无人问,一举成名天下知"。教我要节约时就讲朱柏庐家训:"一粥一饭,当思来之不易;半丝半缕,恒念物力维艰。"还有教我做人要硬气时就讲:"阄(赣北方言意为毒)人的东西不吃,犯法的事情不做。"总之,遇到什么问题,他都能用这些箴言警句之类的语言来说教,让人觉得他很有学问。

每逢过年守岁,一家人围坐在火炉边,父亲就会慈祥地给我们"讲古",讲"三国""水浒",讲解晋、岳飞……有时还与我们互动,打一些谜语给我们猜。他的谜语都来自生活,丰富多彩,形象生动。如春夏秋冬的谜语：

> 三人同日去看花，百友原来是一家，
> 禾火二人同凳坐，夕阳山下两只瓜。

繁体字伞的谜语："一十五人抬个字，抬到山东问孔子。孔子说，我也没见过这么大的字。"油灯的谜语是这样的："一根竹，傍河栽。水不流，花不开。"。还有打水漂的谜语，虽为小儿游戏，却编得很有文化：

> 伍子胥武艺高强，陈友谅大战翻阳，
> 薛仁贵瞒天过海，楚霸王自刎乌江。

那时没有电视，没有书籍，父亲的口头文学是最能给人精神愉悦的文化活动。

在外读书期间，父亲为了我的学习生活费用，要到很远的山沟里砍水竹破篾卖。那时个人找点副业是不允许的，只能天黑了将竹背回家在油灯下破，赶大早背去镇上卖，为此事，没少挨队长批。在繁重的劳作之余，父亲还经常写信"谕示"，说些家中艰难状况，勉励我要用功。末了总不忘说句"吾儿不必牵挂，一切有为父操持"云云。在我懈怠或苦闷之时，他的信给予我许多的鞭策，让我在艰苦中不至沉沦。

父亲在民国时有过一次失败的婚姻，没有留下子嗣。新政后与母亲结婚，我认为是父亲一生最大的幸福。母亲为父亲生下六女一男，养活三女一男，家庭人口前所未有的兴旺。母亲什么事都顺着父亲，好听的话说给他听，好吃的东西留给他吃。父亲在外受气，但在家从来不受气，可以随便发脾气，母亲从不指责父亲，就是父亲在外与人吵架，母亲往往要去将父亲拉回来，好言相劝。父亲在家从未煮过一餐饭，未洗过一件衣服,在他眼里,男人是不屑于做家务事的。他们相濡以沫走过了半个多世纪,母亲走后不到三年,父亲就在今年暑期离开了我们。大集体时,姐姐自小在家当劳力;分田到户后,大妹小学毕业就辍学在家种田;小妹也在村里教书,做裁缝、织网供养父母,就是我在膝下承欢的时间少些。但我知道,我们子女对父亲的爱远远抵不过母亲。

  痛父亲少年失怙,青年破国,中年丧母,老来失伴,终生困厄,备尝炎凉;
  感不肖自小离家,奔命落魄,事亲不细,尽孝欠周,愧为逆子,遗恨靡涯。

这是父亲去世后我写下的句子。相对于父亲对我的厚望和期许,我觉得自己就是一个逆子。中华民族崇尚孝道,我以为那不仅是基于报答的天理,也不仅仅是基于"老吾老以及人之老,幼吾幼以及人之幼"的人伦,在把忠孝仁爱作为反面教材的环境中长大的人,它何尝不是对自己灵魂的自然拯救呢。

作家周国平说,一个人无论多大年龄上没有了父母,他都成了孤儿。他走入这个世界的门户,他走出这个世界的屏障,都随之塌陷了。这让人感觉到一种怎样的苍凉呢。

母　亲

我成长的年代,文风很不好,看的、写的都是假大空的东西,老师从未布置过写母亲的作文。二〇〇〇年参加九江市"母亲颂"征文大赛,所写作品《倾诉》虽然得了一等奖,但母亲已卧病在床,再也不能与我分享其中的快乐。

母亲虽说出生在一个富农家庭,但从小却做了别人的童养媳。这户人家的主人是上了地方史志的,不过是个反面人物,在日本人的维持会做过事,朝代更替中被定为恶霸地主枪决了,其儿子亦逃亡。成婚一年,刚刚生下我异父哥哥的母亲,一时漂若浮萍,无依无靠,只得回娘家与外婆相依为命。外婆老了,自己都要依靠两个舅舅,因此,母亲在娘家的日子十分艰难,靠挖野菜和要饭养活儿子,而这个逃亡的地主儿子命运未卜,迟迟不见踪影。三年后,母亲与父亲结为夫妻。

那时母亲只有二十出头,祖母还健在。家族人丁不旺,祖母盼星星盼月亮,就盼着母亲能生个男孩,把烟火传下去。不知为何,母亲生一胎是个女孩,生二胎是个女孩,生三胎还是个女孩(其中只养大一个姐姐),祖母的脸就黑得像个雷公样。直到十年后一个初春的夜晚,母亲生下了我,祖母才有了笑颜,可惜此时她已卧病在床,抱我都没有了力气,但还是想抱,叫父亲抱到床前,挣扎着起来,抱着我说:"崽呀,我怕只能抱你这一回哟!"不久就瞑目了。我的出生,让祖母不留遗憾地去到天堂,也让母亲有了很大的慰藉。

说来别人是不信的,母亲从富贵人家逃出,竟未带出一金一银。她一生不会交易,对钱没有什么概念。后来我们给她钱,她转手就给了父亲。有时不让她给父亲,非让她留着自己花出去,她就把钱压在床头棉絮中。不久,要晒床了,钱就晒在外面去了,她高度近视的眼睛哪里看得见,也许根本就不会去看。弄得别人说我家有钱,竟拿出去晒。此事发生后,她不再保管钱,怕又弄丢了。

"知不可争者,以不争争之",我想这或许就是母亲的处世态度。她与世无争,与人为善,对生活和人生也许有向往,但从未表现出不满。"文化大革命"时期,经常有人敲锣打鼓上门抄家或绑人开批斗会。每次有锣鼓进村,就有些喜欢看热闹的妇女在后头指点或干脆对我母亲说:"肯定是上你家的,快回去!"村人知道我母亲从地主家出来,似乎不查抄一回就说不过去,但结果没有一次是上我们家的。母亲清白做人、和善处世的态度让家人免遭了许多的无妄之灾。直到"文化大革命"过去,公社一个姓熊的常委在村里包队,听说我母亲从来不参加队里生产,家里又"超支",就与队长拿此说事,要我母亲"出工"。母亲二话没说,第二天就拿了镰刀去割禾。那时年少的我喜欢舞枪弄棒,心里把那个常委不知杀死了多少回。

母亲确实很少参加生产队劳动的,就是家里的菜园,她也不会侍弄。对此,父亲不计较,我们更以为是当然。因为眼睛高度近视,走路总是把脚抬得高高的,有些憨态可掬。她每天忙忙碌碌做的就是一日三餐饭,还有缝补浆洗,喂猪养鸡。在家中,起得最早的是母亲,睡得最晚的也是她。虽然她很劳碌,但她觉得在家中干这些事是不足道的,只有在外干活的父亲、姐姐、妹妹们才辛苦,每次从田地里劳动回来的亲人,都能享受母亲热情夸奖,或倒碗水,或打几下蒲扇,说些辛苦着累的话。就是柴、水也是整日挂在嘴上的,因为母亲挑不动一担水,所以非常节约用水,免得家人挑水着累;母亲不上山打柴,但也常在房前屋后找柴。母亲是个真正的柔弱女子,但给亲人的温情和力量却又是强大的。她是那样的善解人意,那样的宽厚待人,那样的喜欢赞美别人,让人不变好似乎就对她不起。

母亲对父亲盲目崇拜,在家庭中树立父亲的权威,父亲不管做什么,她都不说七说八。对儿女,母亲也盲目崇拜,在家中,别人都是皇帝,只有她是臣民。母亲常说,儿女是吓大的。为了养大一个孩子,不知要担多少心,受多少怕。她由此对天地神明和生命充满了敬畏。她从不对儿女提什么要求,只求上天和菩萨保佑他们易长易大,并为儿女的成长而感恩,为儿女的进步而快乐。她给我一颗感恩的心,让我从小懂得受要报答,予能快乐。刚读书时,有一位小姐姐送了我一截铅笔头,母亲就像受了别人很大恩惠似的,说了那位同学许多的好话,还叫我从家里带了两个桃子给她。后来上初中了，家里有时一个星期给我一毛钱，我在星期六早上就去国营饮食店排队，用一斤米一毛钱换十个馒头，自己一个都不舍得吃，等到下午放学带回家，交给母亲。母亲把它分给家人，反复夸奖。看着她吃一个馒头，仿佛那不是一分钱一个的馒头，而是一堆金子换回来的世上最美的佳肴。母亲不识文化，也没见过什么世面，但我觉得她是最懂得爱的人。

我们都深爱母亲。母亲知道这一点，怕突然离我们而去儿女受不了，竟在病床上躺了三年，似乎这样可以减轻我们的苦痛。母亲一生都是这样，没有一样不是替别人着想，唯独不考虑自己。

在一个人的心天中，亲人朋友像一颗一颗的星星一样嵌在上面，某一颗星星陨落了，就没有办法移另一颗去填满她的位置，而母亲那颗星星的陨落无异于天塌。母亲离开我们已经三年了，只能常常在梦中与她相见。

姐　姐

姐姐大我七岁，小的时候是她的跟屁虫，姐姐不管上哪儿，也都喜欢带着我，仿佛我是她保镖似的。

按那些年代时髦的说法，姐姐是生在新社会，长在红旗下，可她一天书都没有读过。到十多岁时，有位老师上门劝她上学，可老师说的不算数，父母说的也不算数，还要经过生产队长的同意。生产队长说，她家缺劳力，又超支（意为所攒工分不够集体分的口粮钱），不能去上学。姐姐就没有上成学。与她同龄的女孩也大都没上过几天学，可见也不是那个队长对我家有什么成见。后来在许多材料上看到某年代扫盲成绩如何，脱盲率达到若干，就知道都是些文字游戏。那时农村文盲多得是，没见啥时有人来"脱"过。

姐姐在家是老大,自小就知道当老大的责任。自己还是个儿童就要带弟弟妹妹。十三岁时就当劳力在生产队干活。砍柴、挑水、打草,什么活都干。打苦槠豆腐挑上街去卖,斫锄头棍上集市搞"物资交流",里里外外一把抓,把自己当个男孩为家撑门面。其实,姐姐小的时候黄皮寡瘦,身子很弱,病痛也多。有时肚痛病一来,满地打滚,父亲就请邻居一起抬着她飞跑上街,到医院去治。女大十八变,姐姐进入青春期后,不仅身体变好了,人也出落得像一朵花一样。此后就常常有些男孩喜欢到我家玩。这些男孩似乎很喜欢我,他们带我一起外出玩耍,一起回家睡,给我好吃的,给我讲故事。后来慢慢才明白,他们喜欢的是我姐姐。

姐姐是个有主见的人,不太与这些男孩来往。经人介绍,外村有一位青年教师相中了姐姐,父母都很中意,姐姐开始也同意了。按当时的程序,认了亲,察了家舍。每个周末,这个清清瘦瘦的教师就来我家一趟,住在他的一位远房亲戚家中。这样过了不久,姐姐就反脸了,最终在本村给我找了一个姐夫。我知道姐姐太顾家,知道自己父母力量弱,弟妹又小,怕嫁远了家里人没得饭吃。后来也果真是这样,家里"超支"欠的钱就算到姐夫头上。这样,到队里仓库称"口粮"的时候,才不会遭人白眼。

有姐姐的感觉真好,不仅有姐姐为我做棉鞋、织毛衣、嘘寒问暖,还有姐夫帮我干力气活。姐姐没有上过学,她希望我多读书。上中学的时候,姐夫帮我送柴。到外出读书时,她和姐夫为我挑箱担被去搭车。我是村子里第一个考取大中专院校的,家里穷,没准备请客。姐姐和姐夫商议,硬是请了几桌客,为我庆祝一番。又上县城为我买了第一件的确良衬衣,做了第一件黄军裤,买了第一双皮鞋。上学时又是姐夫为我挑担送行。就是到参加工作,也是姐夫一头箱子一头被地把我送到工作单位。那时交通不便,姐夫是划着鱼盆将我的行李送过宽阔的柘林湖的。

家里的农活,一直靠姐姐、姐夫帮着干,我不过在寒暑假帮点忙。后来进了城,就基本上不回家干农活。妹妹们陆续离开家里,父亲就不再种田了，两位老人就靠姐姐照顾。后来，母亲生病住院，姐姐和我日夜陪在床边。看着每天花出去的钱就像流水一样，病却不见有什么好转，姐姐心里就急。虽然我们不要她出一分钱，她也不舍得，主张回家治疗，起码可以免去住院费。姐姐将母亲接到家中，悉心照料，每天打针、熬药、喂饭。母亲好些后坚持要回家住。从此，姐姐一日三餐地送。这样的日子一过就是三年。母亲去世后，还有父亲。父亲身体好的时候，自己走两脚路，在姐姐家吃，不想走，姐姐也是一日三餐地送。父亲患皮肤恶疾多年，终日医药不断，又是八十多岁的人了，脾气肯定有点躁的，让姐姐受了不少气。

大　妹

现在都是独生子女，无缘体会兄弟姐妹之情，我总以为是一种缺憾。

母亲为我生了三个妹妹，却只养大了两个。比我小一岁的妹妹，是三岁那年夏天在祠堂门口的龙塘里淹死的，好像是与伙伴在龙塘里摘了荷叶做成帽子、项圈、裤子玩，不小心落水的。也许她想去摘才露尖的荷花吧，总之溜到塘里去了。等妈妈发现救起时，她已经走到另一个世界去了。只记得妹妹穿的是一双红色的凉鞋，其他什么都不记得了。母亲长久的悲伤，晚上坐在床上抱着我，叫我不要喊她"妈"，喊"姨"吧！过去儿女难养，做父母的总以为自己福薄，或让孩子不喊自己爹妈，或去结拜儿女多的人做干爹妈，这种虔诚心理包含着一种怎样的无奈呢。

过去兄弟姊妹多，都是大带小的。大妹比我小六岁，小时候最烦的就是带妹妹了，不管到哪里玩，都要带个尾巴，弄得自己玩不成。常常把妹妹丢一边，自己玩去。妹妹不听话，哭闹，就打，打了她还跟着你。

现在想起来心里还痛。

我参加工作那年,大妹小学毕业。大妹平时成绩很好的,作文、数学参加竞赛多次拿过奖,但不知怎么竟没有得到初中的录取通知书。没有考上,就辍学了,仿佛是天经地义的事,父母没有说什么,妹妹自己也没有说什么。可我参加工作就是到一所山乡中学教书,竟不知道把妹妹带去上学,仿佛自己不具备这个能力和面子似的,想都没有想过。从此,不满十四岁的大妹就在家种起了刚分到户的责任田,挑起了沉重的担子,让我在外安心地工作。

两年后,细妹小学毕业,又未考上初中。后来才知道,那几年小学升入初中的比例很小,大妹那一届村小学正式录取才两个人。我所在的小山村,和我大妹细妹在小学同学的有十二个人,只有一个读了初中,还是通过关系上的。谁能想到,二十世纪八十年代,读个初中还这么难。但对于吃商品粮和有关系的人来说,初中还是敞开门的,所以,细妹就随我到学校读书去了。我也不清楚细妹考了多少分,也不知我所在的中学校长是否为她办了学籍。有大妹在家种田,细妹去读书似乎就顺理成章。要知道大妹当时还属于适龄少年,不知她心里是怎样的羡慕呢。

后来有机会编写地方志,才知道当时教育部门在整顿中学,其缩减学校若干,减少招生若干,让原已普及的初中不再普及的成绩很是了得,竟然上了国家级杂志。乡间土话说人这边说过来,那边说过去为"翻花",真是形象生动。网点下伸是方便群众,网点收缩是提高质量,反正都是成绩。人嘴两块皮,什么都可以翻出花来呢。没有切肤之痛的人怎么能理解平民的苦楚呢,一个很小的坎就是横在面前的大山呢。这个成绩的背后,就是使许多像我妹妹一样的少年失去了上学的机会。

大妹长得瘦弱,年龄又小,人还没有锄头柄高,就要跟在姐夫、姐姐后面学插秧耘禾,割稻打谷,把锄头、耙梳一样一样扛起来。那时父亲已六十多岁,身体又不好,一般只做些看田放水,放牛种菜之类的事,重一点的活都是妹妹干的。好在姐姐、姐夫在一个村子,两家合起来,互相帮衬着把几亩田地种好,可维持一家人的生活。在田地里摸爬滚打,一干就是十年。也许劳累过度,有几年每到"双抢"踩打谷机,她就累得心跳加速,闭过气去。真担心她心脏出毛病,带她到县医院检查,说是心肌炎,吃点药竟好了,再也没有发过。我工作的地方离得远,一般到寒暑假回家帮点忙,妹妹总是体谅我没干惯体力活,让我歇着。我虽然是拿工资的,没有为她买过一件衣服,她也从未向我提过什么要求。

　　家里日子那样苦,她从未想要早点嫁出去。我结婚得晚,她就一直等我,直到我结婚的第二年才出嫁。出嫁以后,仍然领着妹夫按时回来把家里的田种好。好像她赡养了父母十年了,这个责任就是她的了。直到两年后,我决定家里不种田了,她才解除了这个劳役。

　　不久,农村的青年男女纷纷外出打工,她也跟着出去了。在浙江瑞安一家刀具厂做工,一做又是十年,成了厂里的老职工,从每月两百元做到一千多元。后来把老公也带了去。问她累不累,总说不累。也许相比于种田,在厂里做工算是轻快的,起码晒不着、淋不着。打工赚了一点钱,每年都要孝敬父母,不仅按时寄钱给父亲,过年还要为家里买柴,为父母买许多衣服。父母总夸她有孝心,越夸她就越有孝心。

　　大妹虽然没有读多少书,却喜欢读书看报。在外打工,别人都不相信她只读过小学。她像母亲一样,很懂得生活的智慧,那就是宽容和吃亏。妹夫是个厚道人,夫妻很恩爱。去年夫妻两个结束了长期的打工生活,回到小城办了一家废品加工厂,自己给自己打工,日子比打工自由多了,脸色也比打工时好得多。他们流自己的汗,吃自己的饭,日子过得很踏实。

伯　母

　　村里有个叫母的人，小时候觉得这个称呼很亲，又有些特别，长大后才知道是伯母的意思。就像新潮男女昵称对方，只叫姓名中最后的一个字一样，或许族中小辈太喜欢这位伯母，就昵称其为母了吧，可见乡间粗人也并不缺乏浪漫呢。

　　我在祠堂出生时，母就在我妈妈身边。她就是这样一个人，不管谁家有事，她都愿意帮忙，像个天使一样。妈妈总离不开她，常日"嫂子、嫂子"的叫，家中打豆腐要请她"扒浆"，过年煎糖要她来"作火色"，打豆粑、烫粉皮都要请她承头。现在妈妈要生产了，她就来帮接生。那个初春的夜晚，从祠堂的天井可以看到天上的星星闪着清冷的光辉，"轰"的一声雷响，我就生下来了。母说，大晴天的，怎么打雷呢？是雷公送子吧。于是就给我取了个雷子的乳名，让上天保佑我易长易大。

　　到我能记事时，母已经是位老婆婆了。她长得高高大大，脸长额宽，显得大气。头上经常裹一块棕色包袱，腰上总系一条黑布围裙，迈一双三寸金莲小脚，步态袅娜，一脸慈祥。

　　我们不知道她姓甚名谁，何方人氏。她年少时来到山村，嫁给我们族中的一位伯伯。这位伯伯我们没见过，中年病逝，后来与她一起生活的是族中一位高一个辈分的男子，这样，母的辈分也就高了一级。一个小小的村子，有两个辈分的人叫她母，可见母的名气在山村是足够大的了。

　　嫁到山村多年，母未生下一男半女，就到北山里抱了一个"望郎媳"，希望这个小女孩能带来好运，给家里添个男丁或长大招个男孩进门做崽，延续家中烟火。母给这位女孩取名邻香，我们就叫她邻香姐。邻香姐长大了，生得唇红齿白，脸若桃花，笑起来眼睛眯成一条线，一脸灿烂。家有梧桐树，不愁金凤凰。邻香姐不久果真就招了一位虎背熊腰的男孩进来。男孩改了姓，按我们的辈分取了名，叫第华，是我爹取的。第华哥一天书也没读过，家里穷得叮当响，但有的是力气，来到我们村做了母的儿子，撑起了这家人的门户。

母虽未生养，但对邻香姐夫妻视同己出，邻香姐生了崽，母为其取名星子，一直带在身边，痛若心肝，含在口里怕化了，捧在手里怕掉了。星子是我小时伙伴，比我们吃得好，穿得好。冷天睡觉，母要为其捂暖被子；热天乘凉，母要为其扇风。那时很羡慕他有个这么好的一个祖母。

村里伢崽都有些怕母。那时的伢崽容易得一种病，看上去黄皮寡瘦，像个猴精，还不愿吃饭。村人叫此病为积。其实是消化不良引起的营养不良，中医叫疳积。村中会"挑积"的只有母。伢崽生了积，就抱到母家，有时母也上门为伢崽挑，伢崽老远看到母就吓得大哭。母捉着伢崽的手，说不痛不痛，突然就用针将伢崽的指头扎破，挤出其中的黄水来。一次只能扎一个，扎多了，怕伢崽受不了，这样一来，就要扎个十来次，没有一个不被扎怕的。同时，母还拔积草（霍草），叫人煎了加入红糖，让伢崽服用，配合治疗，积病慢慢就好了。

还有伢崽长烧不退，吃了葱姜茶、艾叶水之类草药不灵的，母也教人"收吓"，意思是伢崽不知在何处被何物惊吓，丢了魂，要去收回来，病就好了。待到黄昏，抱着伢崽，在门前路口一边走一边叫，把山上、田沟、塘边、桥头叫个遍，把狗、猫、牛、羊都点到，不管在哪里吓着，被什么吓着，都请伢崽的魂回来，还一路撒些米。有人说是迷信，其实在无医无药、无可医药的情况下，它未曾不是一种心理疗法，不管好与不好，都能给一家老少带来很大的安慰。

那时乡村缺医少药，不仅小孩病了要找母看，大人有些怪病也是请母祛除的。有强壮汉子突然发了痧的，母就烧了火罐来刮。也有老年人腿脚突然不灵的,母就说,怕是中了"冷箭"吧,就令其挽了裤脚,面壁而立,将针扎进其腿上血管,放出许多的乌血来……

母是个快乐的人,见人一脸春风,开口颠三倒四,不仅能为人祛病除灾,还能给人带来许多的快乐。村人喜欢上她家坐,冷天烧火给人烤,热天端一碗莳萝茶,或留人吃饭,从不吝啬。不管男女老少上她家,都高兴得什么似的,请人锅里坐、缸里坐、桌上坐、天上坐……说了一大串,就是说不到凳上坐。教我们伢崽唱的歌也是有趣的歌:

    从来不唱白搭歌,驮把斧头去割禾。
    手拿灯草打破鼓,风吹石磙过江河。
    昨日看到牛生蛋,今日看到马衔窠。
    ……

这个一生以助人为乐的女人,有时像个医生,却从未收取医药费;有时像个巫婆,却从不装神弄鬼。她善良、豁达、乐观、智慧,仿佛是神灵派到山村来的,给贫困的人们以许多的慰藉。她离开这个世界的时候,合村为之哀恸。我那时在外地读书,没有去为她送行。寒假回到村里,到她的坟前磕了头,烧了纸,一堆黄土没立碑,最终不知道母的尊姓大名,仙方何处。

与儿说微信书

小童儿,往来数十书信,所谈问题多为家常。今日所问空间、微信之事,不免大哉。我谈一点认识,也可以说是自己的原则,不一定对,供作参考,聊博一笑。

世间万事万物,都有一个本意。空间、微博、微信是一个结缘的平台,虽然没有过去登门促膝的相亲,却自有一种广阔与方便。扣扣空间叫加好友,微信叫朋友圈。既是朋友,又在一个圈里,就形成了一个公共空间。这个空间没有人管束,全靠各人自律。如果每天打开都是一些乱七八糟的东西,大家就没有进去的欲望。许多人废弃了微博,废弃了空间,除了最初的新鲜劲过去而外,亦与这些空间叫人失望有关。

我的想法归纳为"四宜四不宜",不知以为然否?

四宜是:一宜原创性;二宜独特性;三宜趣味性;四宜选择性。缕析如下。

一宜原创性。就是自己的所思所想、所作所为、所见所闻、所爱所恨,都可做些记录,朋友们看了,亦可慰远念。每个人的学习、生活、工作、出游点滴,可以成为他的风景。

二宜独特性。就是个人爱好不同、特长不同、专业不同、认识不同,所记录的点滴必定有个人取向。如周国平先生的微博一直以来就写自己的思考,都是哲思妙语。阿来有一段时间每日发一种植物图片,让大家来认。还有人每天读佛经,就发一条读到的警句。还有人专门发旅游行踪,其他东西一概不发等等。一个人在空间的形象正如其面相那样的独特,是不一样的风景。

三宜趣味性。黄山谷说:"语言无味,面目可憎。"贾平凹说过:"人可以无耻,但不可以无趣。"讲话写文章其实最重要的是趣味,因为没有趣味别人不愿听或看。趣有理趣,有情趣;有俗趣,有雅趣。与人相见,讲些有趣味的事,就是让人开心的风景。

四宜选择性。每个人都有许多独特的东西,有许多有趣味的东西,有许多好的东西。我小的时候,乡村有一种风俗,家里有好吃的东西,都要送一些给邻居。分享是一种美德,亦有一种快乐。但是再好的东西也不能一股脑儿上,让人无法消化。特别是转发的东西,必须是自己看过的。想让某一个人或某几个人看的东西不宜放在公共空间。总之要选择最好的又最相宜的东西与人分享,就是能让人惊喜的风景。

四不宜有:一不宜倒垃圾;二不宜作指导;三不宜做广告;四不宜无节制。简述如次。

一是不宜倒垃圾。就是经常弄一些不好的资讯随意倾倒。如同类的东西发多次,把空间都占满;自己添堵的东西又发给朋友圈,没有一点担当;自己都没有耐心看下去的东西随意转发,不负责任;自己都不相信或不能认识的谣言也随意转发,污染视听;还有一些非常私密化的东西也发到空间。诸如此类,说得重一点,其实是对自己的朋友不尊重,也是不自珍自重的一种表现。

二是不宜作指导。就是每天转发一些如何砍柴,如何打草,如何烧火,如何睡觉之类的资讯。因为大家都有百度,有搜狗,没有必要占用这个空间。万一忍不住要发,就把如何砍柴发给樵夫,如何烧火发给厨娘也似乎妥当些。

三是不宜做广告。我有好些个扣扣群,几乎都要关闭了,就是被广告搞垮的。因为大家都知道怎么上淘宝,逛天猫,不可能要到自己的空间去看产品介绍。如果是偶尔推销一下自己独特的东西,让朋友们了解也无妨,但长年在上面发,就改变了这样一个空间的性质,朋友圈要改成广告台,大家就不喜欢到里面来玩。

四是不宜无节制。这一条是最为重要的。垃圾也好,指导也好,广告也好,只要不是经常发,大家是朋友,也可以包容。过多转发而且乐此不疲地转发一些七七八八的东西,成为空间的顽疾。如果每天打开,或偶尔打开自己的空间,总是看到少数几个人的转发,而且可以判断他自己都没有看的一些东西,是不是很添堵呢?好的东西是因为少,而不是因为多。以空间视觉而论,如果是原创,一人每天亦不宜超过三条,转发不宜超过一条。将心比心,又能有多少时间来看这些乱七八糟的信息呢。资讯越发达的时代,节制越成为难能可贵的美德。

以上是我胡诌的"四宜四不宜"的主要内容,那么在朋友圈做潜伏状是不是好呢?我的朋友高立东先生曾在朋友圈说,许多人加了好友,但从不发言,又不打招呼,那样默默地看着别人的一举一动,感觉有些恐怖。对此,我不这样看。许多人的空间好友或微信朋友圈,动辄成百上千,但其实一个人怎么可能有这样多的好友呢?古希腊哲学家亚里士多德说:"朋友过多之人其实没有朋友。"趣味相投,惺惺相惜的好友,能有几个就不错了。交友越便捷,人反而越孤独,刻骨铭心的爱情怎么会轻易生成呢?许多人在空间或朋友圈没有动静,有多种可能,也许是忙于工作或生活无暇在这里浪费时间;也许是对这些东西没有兴趣,觉得这里不好玩;也许是觉得这就是一个普通的工具,需要就用一下,不需要自然就放在那里;抑或就是大多数人对自己朋友的公共空间是有敬畏的,觉得不能随随便便去惊动别人。以我的经验,越多发的人越陌生,越少发的人反而有时会想起,这种无声胜有声的东西,不知是不是人之常情。

《诗经》有云:"民各有心。"就是对一个问题的认识总是千差万别的。我的这点对于网络朋友公共空间的意见,就谈到这里。你回信可以发表自己的看法。陶渊明《桃花源记》有一句:"不足为外人道也。"因为见识是这样的浅陋,姑妄言之,姑妄听之吧。

寄儿从军书

一

小童儿，每年元旦都是父母为你过生日的日子，今年你远离家乡，到了军营，可能有些不习惯，但今年你的生日于我和你妈妈都很有意义。我和妈妈在登柳山的途中接到你用军营提供的手机发来的短信并打来电话，虽然是寒冷的雨天，我们却感觉有阳光灿烂般的温暖。

我和妈妈都没当过兵，但对军营有一种向往，对军人有一种情结。从小就希望从军报国，青少年时期以穿军装为荣，把军服作为最时髦的装扮。我们都是做过、买过绿军服穿的。就是司马迁说的，虽不能至，心向往之。你如今能够从军，可以说是实现了我们的理想。部队是最能锻炼人、最能发展人的地方，从这个意义上来说，部队是最好的学校。我们相信你在为国服务的过程中能收获成长的快乐。

我们每天晚上都收看中央电视台七套的军事报道，每天都有新兵集训的报道，还有新兵心语。看到他们的身影就好像看到你；看到他们的活动，也大致知道你在部队的生活状况。也从节目中看到许多平凡的岗位，许多艰苦的环境，许多鲜为人知的境遇中作为军人的顽强与坚定，敬业与奉献，精神与风采。它带给我们这些军属，特别是新兵的亲人许多的温暖和慰藉。

人生态度决定人生高度,如果觉得有些苦和累,就送一句话给你,这是一句俗话,叫做人只有享不了的福,没有吃不了的苦。还有一句好像是温家宝说的,叫做一个人宁肯吃苦也不能叫苦。如果不觉得苦和累或者能甘之如饴,你对人生的认识就有了一定的高度,我祝福你。

二

小童儿,今日收到你入伍后给家里的第一封信,共三页,照片三张。冬常服穿在身上很英武。真有说不出的开心。早上还是大雾弥天,现在已经阳光明媚了。

这封信写了三页,是分三次写成的,可见新兵生活的紧张。虽然每次只写了一页,但写得确实很好。既写了你在军营的训练情况,又写了生活情况;既写了战友情谊,又写了思想状态。信里充满健康向上的气息,很是令人欣慰。

你的来信和照片,妈妈也反复看了,高兴得流下眼泪。她还给外婆、舅舅、大姨、细姨等亲人看了,大家都夸你信写得好,字也写得好。知道你不是一个娇惯的人,能很快适应军营生活,在吃的方面是做什么吃什么,在穿的方面是发什么穿什么,在用的方面是有什么用什么,真是做得很好,我和你妈妈也是很放心的。

看到你说报名参加春节晚会演出,很为你感到自豪。你真的成长了,敢于接受一些挑战了。记得你在学校时,有许多上台演出机会,你大都不愿意参加,我知道这是少年一种常见的自卑心理在作怪,对自己不自信,所以对事情缺乏勇气。要知道,一个人即使有天大的才华,如果他不自信,没有展示的勇气,他的才华永远不会被人知道,甚至也不会被自己知道,那天大的才华也就永远无法成为现实。胆子是练出来的,功夫也是练出来的,你一定要珍惜每一个机会,去实现自我价值。

还记得那年我们一起参加余静赣先生组织的青少年行万里路夏令营吧？你看余静赣是怎么训练大家的,在大庭广众之下唱歌、呐喊,就是要让大家不怕出丑,充满自信,充满阳光,充满活力,让人觉得很美。我们对你参加新兵春节晚会演出抱有热切的希望,毕竟你的二胡演奏节目在省里是拿过奖的。

随信寄去照片三张,一张是你入伍时,妈妈和她的同事在武装部为你送行时与你的合影,一张是我单位的同事送你参军时在酒店宴会上的合影,还有一张是我和你妈妈两边的亲人送你时的合影。我小的时候,就知道"一人参军,全家光荣",想到你一人参军,竟惊动这么多人来送行,我想你也会有一种荣誉感吧。历史告诉我们,国无防不立,民无防不安,这是我中华民族一种普及的国防观念,所以,义务服兵役不仅是一种光荣,更是一份责任与担当。

三

字谕小童儿:五月二十五日来信于昨晚收到。信共五页,主要写你对于经典的认识,对故乡的怀恋,还有对于真情的钦慕。从中可以看出你的思想和阅读趣味。一般来说,人在两个时期容易怀旧,一个自然是进入中年或老年,老年尤甚;一个就是遇到重大挫折,也就是所谓走背运的时候。一个人怀旧情绪过多,必然暮气增加,进取心就会减少,青年人应切忌之。青少年是人生最生机勃勃的时代,应该为自己创造一个生动活泼的局面,真正年纪大了,才有"旧"可以怀念。

古往今来,大凡优秀的文学作品都是文化人失意时的创造。我最近读《龙文鞭影》,发现其中所选典故有许多隐逸之人,或不愿出仕之人的故事,而后又说他官至某某,有何功业,有股酸气。这是读古籍时不得不注意的。这本书大致看完,但还没有去梳理,其中有许多有趣的故事以后写给你。

又来信最后说到,每天要站岗,有时还在深夜,真是很辛苦。当兵就是要吃苦的,站岗是一种修炼。长时间静静地站立,可以磨炼心性和意志。我小时候,暑假要到生产队帮割禾,长长的一垄割过去,腰非常的累,但是不能总是停下来歇息,否则后面的人就会赶超,就很没有面子。只有坚持,坚持,再坚持,哪怕速度慢一点,只要不直腰,一路割下去,才会一垄一垄割完,把任务完成。这种简单的劳作,磨砺的是一个人的韧性,也是人可以做一点事业的最为基础的素养。

给你的信,这是第二十一封。从这封信开始编号,你把前面的家信按时间顺序编一下,看是否有遗漏。

今天是六月十日,还上三天班就是端午节,可以放三天假。你们也会放假的吧。祝节日快乐!

四

小童儿,七月十九日来信今日收到。来信主要谈参加军训做教官的事。看了很开心,很为你的成长而欣慰。

你还是个新兵,要对和你年龄相仿的学生进行军事训练,一者要有勇气,不能怯场;二者要有本领,知道教什么;三者要有方法,知道怎么实施;再者还要有亲和力、感染力,所谓亲其师信其道。看来这些方面你都是做得很好的。说到嗓子都喊哑了,说明一者训练辛苦,二者可能有点心急,三者也许没有很好地训练讲话。《弟子规》对说话有规范,说:"凡道字,重且舒。勿急疾,勿模糊。"要做到这几个字,非常不容易,平时要注意用功。即使一个简单的发言,或简短的汇报,也要做到清楚地说出来,有条理地说出来,再就是能生动地说出来。

每天看中央台的天气预报,北京的气温特别高,都有四十多度。妈妈就很担心你,说你最怕热了,冷是不怕的。我想小孩子的适应能力是很强的。我中学时代,每年暑假都要参加生产队的劳动,那时是种两季稻,暑期要抢收抢种,叫做"双抢"。如火的太阳底下,每天都在田野中滚爬,割禾、打谷、拔秧、栽禾、耘禾,衣服湿透又干,干了又湿透,每个暑假都要晒脱一身皮。人的许多能力都是在艰苦的环境中表现出来的。现在的人,许多的功能都在退化,比如,上树能掏鸟,下河能摸鱼,这在我们那个时候的小孩子都是寻常事,现在的小孩子大多没有这个本事。所以你现在有机会磨砺自己,应该感谢生活的恩赐。

五

小童儿,九月二十三日给你发第三十二号信后又于九月二十六日给你寄了一本杂志和两份报纸,是作为印刷品寄的,所以没算一封信。杂志是省文联办的双月刊《创作评谭》第五期,其上发了我的一篇随笔《关于张潮〈幽梦影〉的跟帖》。这是今年在这份杂志上发的第二篇文章,之前的第三期上刊发了一篇散文《粉牌书大字》。报纸是九月十五日的《浔阳晚报》和九月三十日的《长江周刊》,分别刊登我的散文《煎糖》《露天电影记忆》,都是副刊编辑约的稿,许多作品都是逼着写出来的,寄你一读。

国庆长假已过一半。十月一日上午陪妈妈逛街,满大街的人,走路都迈不开步。中午请外婆、大姨、细姨、舅舅几家人到鱼米乡情农庄聚餐。晚上到外婆家吃饭。十月二日,邀两个同事和两个同学到八里棚钓鱼,妈妈、舅舅带宏伟也同去了。一伙人在毛家头大库湾钓红梢,我和妈妈、舅舅等在余家坳小库湾钓鲫鱼、鳊鱼。妈妈钓了一条小黄丫头就懒得钓了。因为下雨,就帮我打伞。宏伟帮他爸爸传递钓到的鱼放到我这边的鱼篓里,因为只有一只鱼篓。小鱼太多,穿蚯蚓穿不赢。上午大概钓了几斤。午饭后,我和妈妈到大姑家玩,他们继续钓。晚饭后驱车返回,大家都有不少收获。

今日天晴,太阳特别大,但热的劲头小多了,早晚还要穿外套。一夜之间,满城的桂花全开了。桂花是很不起眼的,正如平凡的众生。人们是先闻着馥郁的香味才知道是它开了,抬眼望去,米粒样的花簇挂满枝头,不是惊艳,却有实在的芬芳。

六

小童儿,今天是个好日子。上午请人调数码相机的时间,刚好是二〇一〇年十月十日十时。我和妈妈开车把带给你的东西送到妈妈的满姑那里。然后到车站接山背来的大姑。中午就在满姑家里吃饭。饭后送大姑、满姑到车站搭到九江的车,她们到北京的火车是晚上的。她们给大姑在北京的儿子带了许多东西,有竹笋、花生、干鱼等杂七杂八的东西,四五个大包。大姑带了一根扁担,说一个人能挑得动,不要紧。又帮我们带了一点东西,真是难为她们了。

给你带的东西有,黄桃罐头一箱,茶叶一提,菊花、金银花各一瓶,蜂蜜一瓶,数码相机一部,信笺两本,三十四号家书一封。她们是去为满姑看病,也不知哪一天送去你。她们是妈妈那边本族的亲戚,你称呼她们都要叫姑婆的哦。

相机是你原来在家用过的那部。菊花是修水朋友送的,妈妈说腌制得很好,泡出的茶是黄亮黄亮的。金银花是二姑摘的,当天摘当天晒干,用盐保鲜,泡出的茶有一股清香,是清热解毒的饮品。蜂蜜是南山里一位朋友自己养蜂酿的,我们平常也喝一点,养胃养颜。黄桃罐头是你平常喜欢吃的,就是太重,携带不便,本来可以多带一点,你要分给战友们吃。茶叶是本地毛尖,自己喝也可,送人也可。如果需要什么,可以告诉我们,家里寄过去也是很方便的。

看你平时来信用的是笔记本的纸,妈妈给你带了两本信笺,写信还是用信笺好些。你最近写信少些,妈妈说是你到部队的新鲜劲过去了,所以没有什么可说的。我想可能不是这样的,时代不同了,现在通讯这么发达,确实是很少有人写信了。

给你的第三十四号信是昨天写的,这是唯一一封没有通过邮局而是请人带给你的信,主要谈读《孟子》一书的认识。这样静下心来读《论语》《孟子》等经典,于我来说是第一次。我读书的年代,孔、孟都是被丑化或屏蔽的。后来当然有机会接触,但是因为陌生,竟没有好好去读。之所以是这样,一者是因为自己的智慧不够;二者是因为所处的文化气场也不够大吧。如果年轻的时候就熟读这些优秀经典,按照圣贤的话去修行,人生可能会过得更加快乐,内心也会更加充实,为人处世也会更加有益于家国的吧。

下午开始下雨。看天气预报,明后天也是雨天,气温会下降一些,也有十七至二十度,所以还是很适宜的气候。小城在开发沙田新区,又在挖路建桥,建昌路一座,太婆堰一座,沙田河的水引入到朝阳湖。一年来开工许多项目,天晴的日子,灰尘满天。等尘埃落定,也许你都不认得小城原来的面目哟。

七

小童儿,一月六日来信收到。这是你入伍一年来给家里写的第二十封信。信写得较长,也写得很好,字也有进步。一年过去,你身体健康,都没有感冒过,学琴有了长足进步,又学会了吉他。训练,做教官,日子也过得很充实,家里寄去的书也读完了,这一切都令我们欣慰。

元旦放假在家,将一年来给你写的四十封信复印件汇编成册,写了前言,打了页码,共二百四十五页,厚厚的一册,相当于我们单位一年的文件汇编。我在这本"与儿书"的前言中说:"小童儿于某年某月某日应征入伍,到北京中央警卫团服兵役。一年来,给儿子写了四十封家书,既有对儿子的思念、牵挂、嘱咐、希望,也将家中情况及时相告,有自己读书、写作、工作、游历、生活情况。杜甫有'家书抵万金'的诗句,现在是和平年代,资讯又很发达,除开军营中,已经很少有人写信了。物以稀为贵,敝帚自珍,特此汇编成册,以留作纪念。"云云。

元旦后上班,到武装部领取了你的"入伍通知书",还有"优待安置证"。入伍通知书自然是前年底你入伍时签发的,编号为非农0002412。凭这两样东西到民政局领取到你去年的优待金四千元人民币。当兵尽义务,地方政府还给予优待金,实在是令人感到温暖。我和妈妈的工作都不是很忙,每天过平静的日子,享受简单生活的快乐。

那天中午,妈妈炒了蒜苗炒腊肉,吃饭的时候,她说这菜是儿子最喜欢的。妈妈炒的菜总是最好吃的,但男孩子又不可能总在父母身边的。有句俗话说,少不离家是废人,老不离家是贵人。又说人不出门身不贵。好男儿实在是要志在四方的。

你是十八岁上去当的兵,今年二十岁,古人这个年龄要行加冠礼的,算是成年了。所以家中事都要让你知道。那天中午,妈妈弄好饭,我们一起吃了。她坐在沙发上,用被子盖着脚放在取暖器上烤火,电视上放什么不记得了,是新闻频道。我感觉妈妈神色很不好,问她有什么事,她默默地没有说。停一下,她问下午有空啵?我说要去开个会。她说要开一个下午吗?我说是政府的一个电视电话会,不知要多长时间。过一会,她就流出了眼泪。我吓着了。

说实话,我受这样的惊吓好像只有两次,一次是你小的时候,你外公在我们家吃午饭后去搭车回乡下,你从小在外公外婆身边养,很亲的,所以就跟出去了。我和妈妈招呼客人,没注意。你走在大街上一面走一面哭,差点走失。我和妈妈分头去找你时腿都是软的。这种惊吓,真是刻骨铭心,觉得太平世界是多么好。还一次是接到你大姑电话说你奶奶病危,我坐快艇冲过庐山西海回到山村,走到家门口喊"妈"没人应的时候,见到你奶奶已不能开言,我吓着了,当时嚎啕大哭,送你奶奶住进医院。

这次惊吓也非同小可,我坐到你妈妈身边,抱着她,问她怎么了,然后我眼泪也流下来。嗫嚅着,她说最放不下心的就是你,我就知道她觉得身体出了问题。我说你又不是医生你怎么这样乱想呢?然后我就与医生联系,是一位专家,她说在外面吃饭,叫我们下午上班就过去。我们两个就静静坐着,心里充满恐惧。我想到许多,我当时真是想如果她身体有什么事,我宁愿我自己有事。你妈妈比我小许多,是多么的健康啊!下午上班前,我开车陪妈妈去医院,找到肖医师,她带妈妈去诊疗室看病,我在外面等。此时我平静了许多,预感就没有什么事。大概过了一刻钟,肖医师和妈妈回到医生办公室。肖医师说是息肉,已切除,没有事。要做个病理检查,也是例行检查。结果已于昨日出来,正常。这件有惊无险的事告诉你,是想让你懂得,这个世界上,爱我们和我们爱的人是最值得我们珍惜的人。

妈妈说不应该将这个告诉你,怕你牵挂家里。我觉得还是告诉好些,一个军人,是要经得起各种严酷现实和危险局面考验的。

八

小童儿,好久没有收到你的来信,不知近来过得可充实和开心。

上周末和妈妈一同到浙江金华东阳横店影视城一游,是武宁一家叫牵手的旅行社组织的。四十多人,大多是女性,妈妈的同事就有十多人,乘坐一辆大巴。三月十八日中午出发,到晚上九点多才到达横店,整整坐八个小时的车,非常疲累。在一家绿色农庄用晚餐,下榻在江南路上的百合花大酒店。

第二天早早起床,早餐后游秦王宫,就是拍摄电影《英雄》、电视剧《汉武大帝》的地方。有点小雨,影响不大。看了一场《梦回秦汉》的演出,在宫中拍些图片。第二个景点是清明上河图,就是按照张择端的名画打造的景点。里面有个剧组在拍电视剧。也有演出,很多人在排队,我们就没有去看。园子里,柳树发芽了,迎春、玉兰、樱桃都开花了,一派春意盎然。路上看到油菜花也开了。长期窝在城中,很少去欣赏自然的美景,人都变麻木了。

下午,雨停。先游广州街,香港街,这是横店最早的影视城,就是为拍摄电影《鸦片战争》而修建的。里面有《朱德》《景德镇》等几个剧组在拍戏。有两场演出,只在粤海剧场看一场"大话黄飞鸿",是动作搞笑的演出,蛮好玩的。下午的第二个景点是明清宫苑,就是仿故宫建造的。走累了,和妈妈租了一辆两人座脚踏车,在园内骑游一圈。都是人造的景观,没有文化品位的,看一下就可以。

晚上到梦幻谷景区。这里也有许多演出,最重要的一场是《梦幻太极》。我们领到的票是九点钟的一场,所以有几个小时要等。我在"江南遗韵"看民乐演奏,有春江花月夜,梅花三弄,花好月圆,江南春早等,乐团只有十来个人,效果尚好。妈妈她们一伙同事想去坐蹦极,没有排上,只在小摊上吃小吃,喝酒。提前二十分钟进场,非常的拥挤,爆满。这个演出主要是靠声、光、电,再配大型舞蹈,演绎春、夏、秋、冬四季轮回和宇宙和谐。火山爆发为实景,真实,震撼。

第三天到义乌,龙游,主要是购物。东阳有金华火腿,有木雕。义乌有最大的小商品市场,龙游有发糕。每个地方有自己的产业。横店人却无中生有,花巨资打造影视城,无偿提供给愿意来此拍摄的剧组,从而形成一种文化,一个产业,由一个村变成一个镇,现在成了中国的好莱坞,真是非常不容易,也非常了不起。

九

小童儿,前日傍晚,你给妈妈打电话的时候,我们正在长沙城内的路上,准备返回平江。

我和妈妈是上周五驾车去湖南的。朋友钟俊新夫妇在平江开店,都好几年了,每年都邀请我们去玩,这次终于成行。我们这里到平江只有两百多公里,走省道,很通畅。午饭后出发,下午四点多就到达。平江在汨罗江边,江水平缓,似不流动,故名平江。站在新修的汨罗江大桥上怀想,因为屈原,这条普通的河流,似乎就很不一样。

周六到长沙,游岳麓书院,橘子洲头。书院创办于宋开宝九年(976),历经宋、元、明、清,清光绪二十九年(1903)改为湖南高等学堂,一九二六年定名为湖南大学。现为湖南大学的二级学院,实属世界罕见的千年学府。书院有前门、赫曦台、大门、讲堂、御书楼、时务轩、教学斋、文庙、六君子堂、船山祠、濂溪祠、屈子祠等建筑,古代书院讲学、藏书、祭祀三大格局基本保存。院旁辟有柳塘烟晓、桃坞烘霞、桐荫别经、风荷晚香、曲涧鸣泉、碧沼观鱼、花墩坐月、竹林冬翠八景。林木葱郁,环境清幽。大门"岳麓书院"额为宋真宗御书。清康熙、乾隆分别题赐"学达性天""道南正脉"匾。大门联最为有名:"惟楚有材;于斯为盛。"讲堂有两联写得好,其一为:

院以山名,山因院盛,千年学府传于古;
人因道立,道以人传,一代风流直到今。

其二为:

是非审之于己,毁誉听之于人,得失安之于数,陟岳麓峰头,朗月清风,太极悠然可会;
　　君亲恩何以酬,民物命何以立,圣贤道何以传,登赫曦台上,衡云湘水,斯文定有攸归。

出书院山门,可登岳麓山。听说只要一个多小时就可以登顶,我们怕累,又天气太热,没有去。在书院留连,在校园内的红枫餐馆吃午饭。然后去橘子洲,看湘江风光。洲上花草树木不少,但没有大树,中午太阳大,很是闷热。在江边走一走,在树荫下坐一坐。问一青年学生,橘子洲怎么不见橘子树呀?回答说,有的,在前面洲头,有橘园、桃园。打的过湘江,到平和堂购物后返回。

周日,先去买平江特产。主要有火焙鱼,酱干,炒货等。然后参观平江烈士陵园,平江起义纪念馆,天岳书院等。平江是彭德怀起义的地方,本朝有五十四位将军,所以叫将军县。又去游纯溪小镇,路特别陡,特别窄,特别险,好不容易开进去,既不是一个镇,也不是一个村,而是一个小山沟。现在的旅游景点,许多都是名实不符。

中午在长寿镇的一家叫和平的小店吃饭,钟俊新点的一个鱼头豆腐做得特别鲜,原料是鱼头、白豆腐、油豆腐、紫苏、生姜、大葱等。湖南人做菜喜欢用紫苏,在湖南大学院内一个小店吃过一盘紫苏黄瓜,紫苏还是干的。我们小时候,家园中亦植紫苏,不知怎么这些年来,乡间都见不到了。妈妈向老板要了几根鲜紫苏,说回家炒黄瓜吃。长寿镇是长寿之乡,一面吃饭时,一面听同伴讲这里的故事。说一个八十多岁的老婆婆,挑一担菜去河边洗。路人看见就说,老婆婆,您这么大年纪了还要干活,儿女真不孝顺呀。老婆婆说,今天是我爷爷过生日,我不干活才不孝顺哩!长寿人长寿的原因说是喜欢吃豆腐,不知是真是假?

湖南访友,有许多见闻,啰啰嗦嗦讲这些。妈妈吃过晚饭就到外婆家去了,送些特产过去。我到工作室来写信,就没有去。就写到这里,要回家休息了。

十

小童儿,有近一个月没有给你写信了。这个月主要是忙考试的事,先是高考,然后是中考,再是学业水平考试。虽然只是做后勤服务工作,不是很忙,但也没有时间外出。这封信几度提笔要写,又几次放下,总归是日子过于平淡,而又过于懈怠罢。日子忙乱并不等于精彩,但要让日子充实,总不可太过清闲。我现在的日子太过清闲而又心有不甘,所以就会常常感到空虚而迷惘。

你妈每天早早起床,洗衣服,打扫卫生,浇花,做豆浆,煮鸡蛋,然后匆匆吃早餐,洗漱,换衣服上班。出门前将阳台、窗户关好,拉上窗帘,以防暴晒,中午回家就很阴凉。她做这些时,我要不在睡觉,要不在看书。她要做那么多事,我应该帮忙做一些的,这样她做起来就轻快些,男耕女织的也有意思些。可是我却自以为自己还可以做点事,还没有沦落到只会在家做些烧茶煮饭,扫地抹桌之事的地步。当然这样说是不对的,因为妈妈也要上班,我也不过上班,并没有做出什么好大的事业,能够在家做些事情,为家人服务,岂不其乐融融?我想等退下来就专门在家做家务,每天上菜市场买菜,回到家里做饭,有空闲时间则读书。这样的日子似乎为期不远了。

这个月只读完两本书,一本是陈徒手的《人有病天知否——一九四九年后中国文坛纪实》,一本是胡兰成的《山河岁月》。前一本是写俞平伯、沈从文、丁玲、老舍等作家在一九四九年后的遭际,令人唏嘘。有位哲学家说过,人一思考,上帝就发笑。而在那些年代,人一思考,就有可能掉脑袋,如张志新、遇罗克等。即使你不思考,如果你有文化,就有可能打成右派,受到非人对待。这书的资料主要来自当事人的口述及当时写的检查交代材料,不是很喜欢读。另一本是写历史的。作者在书的序言中说:"我是从我的处境来知历史,来知万物的。"很有一些独特。我读此书读出中国文化的好,读出世道人心的好。

这几天变得炎热起来,上班都要开空调,关门闭户的,一个人坐在房里,特别安静。日前来信说要搞军训了,炎热天气,要注意防暑降温,注意饮食和休息。

十一

小童儿,这几天每天下午都是阴天,似乎要下大雨。酝酿多日,今天终于下来一场大雨,天气凉爽多了。我酝酿这封信比老天酝酿这场雨的时间还长,真是惭愧。

早上在家吃妈妈做的早餐,豆浆加面包。到办公室,有一位诗歌爱好者等在门口,说有首诗得了一个奖,要与我分享。他是一位农民,与我年龄相仿,在县城务工,每天为衣食谋,还能有此雅兴,殊为难得。我多次说过我是不懂诗的,别人兴冲冲来,又不好随便就打发走,所以一谈就是一个多小时。送走客人,关上房门,就来写这封信。

七月下旬,到陕西一游,是一个集体活动。一周的时间,先后到西安、临潼、黄陵、壶口、延安等地。主要有以下认识。

陕西是文化遗产大省、文物大省,历史沉淀浓厚。一出西安站,就能看见古城墙。我们是从东门的瓮城登上城墙的。据导游说,环绕城墙走一圈有十几公里。此城修建于明代,说是唐代的地基,有许多秦砖汉瓦,都是文物。第二天,车往临潼,在灞桥上高速,导游随手一指,这西安东边有灞河、浐河,灞桥前面就是灞上,自古遍植杨柳,建有长亭,是长安城折柳送别的地方。柳谐音留，有依依不舍之意。灞河边现在仍然是杨柳青青，但是坐在各色交通工具上，行色匆匆的人，再也不会有古意幽情。导游又随手往车窗右边一指，说那是半坡遗址，那是白鹿原，都是如雷贯耳的地方，只是都被高楼大厦遮蔽，难以看见其光芒。到临潼，主要看秦始皇兵马俑和华清池。兵马俑是秦陵陪葬坑，目前只开发一、二、三号坑，配以博物馆和仿造的秦陵地宫，让人了解地底的文化。华清池是皇家园林，在骊山脚下，依山而建，有杨贵妃当年洗浴的汤池遗址。可能因为时间原因，导游没有安排登骊山，去看那个周幽王戏诸侯以博褒姒一笑的烽火台。

有个段子说，到北京看砖头，到西安看坟头，到桂林看山头，到苏州看桥头。这里葬有七十二位帝王，所以说，南方的才子，北方的武将，陕西的黄土埋帝王。秦始皇兵马俑被誉为世界第八大奇迹，黄帝陵被称为天下第一陵，但是，一座坟墓再怎么说也不过是一堆土，内涵是看不见的，所以到这里走，只能是三分看，七分听。如果听不懂，或者听不见，就不会有应有的收获。

黄土高原缺水，所以可以住窑洞。在郑州看过黄河，也行车跨过黄河大桥，与在壶口看黄河不同。晋陕大峡谷、黄土高原气势磅礴。但黄河的水太少，流到峡谷，像条小水沟。黄河真黄，溅起的水雾洒到脸上，一抹都是黄泥。有句俗话说，血浓于水，但浓不过黄河水。从西安出城上高速有个加油站，导游说，下车方便下，再到前面就没有水冲式厕所了。话虽夸张，但是实情。宝塔山下的延河几乎干涸。从延安到西安经过洛河、葫芦河，都看不见什么水，有一点水也像黄河一样混浊。在黄陵、延安吃饭时，卫生间都没有水。在延安住红圣宾馆，自来水漂白粉都能看见。我们洗澡洗衣浪费不少水，这是南方人的坏毛病。我们经过南泥湾的时候正是黄昏，竟然下了一场雨，到延安就停了。第二天，延河里也未见涨水。

一方水土，一方物产。陕西因在陕原之西而得名，北面属黄土高原，中部为渭河平原，号称八百里秦川，乃富庶之地，南面以秦岭为界属长江流域的山地。西安以石榴花为市花，街道遍植国槐。我们到西安的时候，正是槐花盛开的时候。临潼三大特产，一是石榴，二是火晶柿子，三是兰田玉。路边随处可见大面积石榴园，挂满了果。延安的特产有红枣、苹果、小米等。又有陕北四宝之说，叫做米脂的婆姨绥德的汉，石门的石材瓦窑堡的炭。延安枣园也没有枣树，有槐、榆、银杏等。因此上有延安四怪之说，说富县不富，牛武没牛，甘泉没水，枣园没枣。古城墙上有一个博物馆，解说员从风水说起，然后说到貔貅，就是引导游人购买玉制的貔貅。汉语词典上对貔貅的解释只有一句话，说是古书上说的一种猛兽。但讲解员说得神乎其神，说它是招财进宝，驱凶辟邪之物。说"家有貔貅，一生无忧"。可能产玉的地方都有这种貔貅文化。我现在外出很少购物，因为便宜了明显是假的，太贵又容易受骗上当。所以往往只买一点实用的。这次只在延安买几袋狗头枣，外婆、大姨、细姨、大姑、二姑、三姑每家一袋，再买几个小物件送小孩，不过一点心意罢了。

一周时间，每餐饭上都有馍，我也吃得习惯。早上吃粥都是小米粥或者红米粥。菜吃得多的是凉皮，还有土豆。一桌饭两百元左右，价格便宜，也能吃饱。钟鼓楼广场是繁华地段，有两家老店，一为同盛祥，说是以做羊肉泡馍见长；一为德发长，以做饺子见长。可惜不是吃饭时间，没有机会品尝。只在回民一条街老孙家店里吃了一碗羊肉泡馍，觉得蛮鲜美的，不像你妈妈说得那样难吃。时令水果有桃、杏、苹果等，都是十元三斤五斤的，不贵，也好吃。

现在的旅游景点就是人多，也不能慢慢看，细细听，能够到景点照张相，证明自己来过此地就不错了。许多景点照张相都不能。壶口瀑布好的位置站满了人，并且越来越多。延安窑洞那么小的院子，人挤人都挤不过来，只能过一路。真正的游历是要与当地人打交道，不慌不忙地用自己的眼睛去看，用自己的心去感受，了解当地的文化背景。现在的人太忙了，很难去享受游历的过程。

你妈妈第一次出远门就是和同事一起到陕西，回来说了好长的西安。记得一是说吃不惯，羊肉泡馍难吃；二是说黄土高原荒凉，什么都看不到，只有黄土；她那次去的时候是冬季，草木凋零。我这次看见绿色可以覆盖住黄土，公路两边的林木还很茂盛。导游说这是退耕还林的结果，加上飞机播种草木，改变了黄土高原的生态。三是到壶口、延安的路难走，要坐很长时间的车。她那时是走国道。几年过去，高速通车，交通状况大为改善。我这次游的路线也是她游的路线，仿佛因为妈妈曾经来过这里，这里的一切就很亲似的。

十二

小童儿，这封信与你谈湘西见闻。我是十月二十六日外出的，早上坐南昌到长沙的动车，一行六人，结伴而行。中午到达长沙，张家界的一个司机接站。在火车站附近的九九食府用中餐。然后乘面包车往张家界。长沙至张家界有三百多公里，走长张高速，经益阳、常德，到达张家界武陵源区已近傍晚，在一个山庄住下来。

晚上去看导游推荐的大型晚会，这个晚会的名字叫魅力湘西。主要内容是湘西土家族、苗族、瑶族、白族、侗族风情的歌舞，具有一定的艺术水准。第一节为浪漫湘西，第二节为神秘湘西，第三节为快乐湘西。序幕鼓与火的场景很震撼。浪漫湘西主要讲少数民族男女情爱方式，如对歌、爬楼等。有一首《云水谣》歌尤其美：

郎是高山，山青青。妹是流水，水盈盈。
高山长青水长流，山水相依总是情。

神秘湘西主要讲土家族人赶尸、哭嫁等风俗。快乐湘西主要讲少数民族喜庆、丰收时的场景。其中有许多杂技表演穿插其中,甚为精彩。室内晚会结束后,室外还有一场表演,主要是上刀山,下火海,气功等武术表演,也很是壮观。可惜当晚下雨,没有留影。

第二天有小雨,山野雾大。到武陵源景区乘索道上天子山,因为大雾弥漫,无法观景。只到贺龙公园一游。下山到十里画廊,方可观得张家界特殊地貌。其山为石英砂岩,像一座座高楼矗立,形状独特,气势壮观。形态各异,三分看七分想。有的像母子,有的像姐妹,这一点有如桂林的山。不过桂林的山像一只只的笋,而这里的山像一座座的楼。

第三天,晴。游张家界国家森林公园。乘索道上黄石寨,这是一个山顶观景平台,全世界独一无二的张家界地貌尽收眼底,一座座石英砂岩山体,拔地而起,鬼斧神工,有那样神奇。下山游金鞭溪大峡谷。游黄石寨是从上往下看,游金鞭溪是从下往上看。视角不同,而感受一样美好。当地有俗话说:"不上黄石寨,枉到张家界。"又峡谷中有许多人的题词,不过都是现代人的。其中有一首云:

五岳归来不看山,黄山看罢觉一般。
今朝看过张家界,黄山只作等闲看。

难得的是有朱镕基的一首诗,因为在别处是看不到他的题字题词的,所以觉得新鲜。诗云:

湘西一梦六十年,故园依稀别有天。
吉首有材弦歌盛,张家界顶有神仙……

其后又在凤凰城看到他题写的"凤凰城"三个字。

半天时间的浏览，弥补了前一天的遗憾。中午在森林公园附近的樵园山庄用餐。然后行车往永顺县芙蓉镇。芙蓉镇因古华的一部小说和刘晓庆主演的一部电影而出名。近两个小时的车程，沿途可见张家界市区及澧水。古镇在酉水河边，一条石板小街和街边的吊脚楼像挂在河岸上。街道两边的商铺挂满《芙蓉镇》电影的图片，最多的就是"刘晓庆米豆腐店"。我们就在一家店里坐下来，吃了一碗米豆腐，寡淡无味。满街的土产及小玩意，与其他景点无异。

张家界的特产是所谓三宝一绝，三宝就是葛根、蕨根、岩耳，一绝是杜仲。水果以猕猴桃为多，出产还有小鱼小虾、腊肉之类，与我们这里的出产相似，所以没有买什么。

匆匆走过，然后驱车经古丈、过吉首，晚上到达凤凰。武宁的一位老乡在港湾大酒店请我们吃饭。千里之外，有人请客，殊为难得，所以大家都喝了一点酒。晚上漫步凤凰城，沱江两岸，灯火辉煌，灿若星河。两岸吊脚楼酒吧霓虹闪烁，歌声震耳欲聋，沿途揽客小姐热情招呼。我们进了一家酒吧，光束随激越的舞曲不断射向人眼，只见人影憧憧。每人点了一瓶啤酒，小坐一阵，我们就出来了。

第四天，游凤凰古城。先后参观沈从文故居、崇德堂、杨家祠堂、陈氏世家、熊希龄故居、东门城楼等。最后在沱江泛舟。凤凰的特产主要是姜糖和血粑鸭，满街都是，我们都买一点。

凤凰的美在于其山，但是这里的山一点都不出名；在于其水，但是这里的水也不是湖南著名的江河；在于其楼，但是这里没有一座名楼；在于其城墙，但是这里的城墙既不宏大也不透迤；在于其街巷，但是这里的街巷既不古老也不深远；在于其夜景的灿烂，但是一河两岸，灯火辉煌的城市多了去；在于其人文的意蕴，但是这里毕竟是偏远之地，谈不上有什么古老的文明。那么，凤凰的美到底在哪里呢？是山、水、城、楼、人融会和谐的美,是委婉包容的美,是互相映衬的美,是既不古老也不现代的美,是一种人间烟火的美,是既不令人仰视,也不叫人俯视的美。譬如其夜生活是繁华的,一河两岸全都是酒吧,高歌劲舞,美酒咖啡,但是并不是纸醉金迷,灯红酒绿,而是一种张扬个性,开放包容的风情。小城的几个人文景点,如陈氏世家、崇德堂的主人都不是凤凰人,而是江西人。陈宝箴的老家,江西修水的陈家大屋,除了一座房子外,什么都没有。而这里却收藏有陈氏家族的许多文物及故事。感觉这个没有文化的地方,他们是爱文化的,这比许多有文化的地方却不爱文化,甚至糟蹋文化要美好得多。

我有一个偏见,越是落后的地方,人情越好;越是荒蛮的地方,人情越真。可是现在的旅游接触到的都是商人,又怎么可能了解真正的地方风情呢?现在的旅游就是这样,短短几天,天上地下,一日千里,方便快捷,浮光掠影,空间的距离,天涯亦如咫尺,而心里的距离又何止是咫尺天涯。因此,在我的作品中,很少有记游的,只在给你的信中,略有涉及,也是不足与外人道的意思。

白杨何萧萧

一

恢复高考的第三年,我在家乡民办中学高中毕业,虽然考了学校头名,却离孙山尚远。这种结果毫不奇怪,从小学到高中九年,读的多是政治读物,再就是开门办学去劳动,上高中时,教我们的老师自己大多没有读过高中。随着我们这一届学生毕业,这所学校的高中部就被撤销,成为一所初级中学。

那时农村是大集体,就是在生产队劳动拿工分,以工分决算收入买自己生产的粮食糊口,所以每天劳动叫出工。我家六口人,只有父亲和姐姐两个人挣工分,母亲是家庭妇女,两个妹妹还小。父亲年老体弱,如姐姐一样都算弱劳力,就是那些身强力壮的人劳动一天挣十分,那么他们可能就在六、七分的样子。而且,这个底分不是根据工作量来评,而是开会评出来的。好的年成,一个工,就是满十分,可以合算到一元钱,差的年成只有几毛钱。所以,每年生产队年底决算,我们家都是"超支户"。意思是父亲和姐姐一年到头挣的工分收入不够一家人的口粮钱,就是年年爬起来欠公家的钱。家里劳力多,或者劳力强的人家就是进钱户,他们在"超支户"面前就是债主。那时候不像现在,欠钱的是大伯。"超支户"每次去仓库称粮食时,都要遭人白眼,抬不起头来。

那时候也没有童工一说,农村孩子每年寒暑假都参加劳动,一天挣两分算两分。中学时记得一天可以挣四分。那时水稻种两季,暑假抢收抢栽,叫"双抢",是一年里最为繁忙的时候。割禾,打谷,拔秧,耘禾,一般农活都会干。高中毕业那年暑假和往年一样,回来就归队长管,每天安排出工。一个星期就晒脱一身嫩皮。日记中写有这样一首诗:

> 不知是太阳烧着了空气,
> 还是空气点燃了太阳,
> 我的周围尽是火。
>
> 不知是汗水浸泡了身体,
> 还是身体化作了汗水,
> 我的身上全是水。
>
> 头上是火,脚下是水,
> 水与火,本不相容,
> 在我身上却得到统一。

这实在不成为一首诗,却是我学生时代参加"双抢"劳动的写照。农家孩子也最有一样好处,就是考不上大学却也不用担心就业。我们生产队长听说我没有考上大学,公开对我父亲说,这下好了,你家增加一个男劳力,应该可以甩掉"超支户"的帽子了。

父母出身都是寒门小户,没有兄弟姐妹,家族亲友中不说干部,连一个在集镇上的都没有,村子里也没有出过一个大中专毕业生。我生长的时期,招工招干是城里人才有的。当兵是农村人唯一的出路,但不是谁都当得上,多的是乡村干部的子弟或者亲友。如今有高考,却没有求学的地方,镇上的高中办不下去撤销了,县上和外面的学校又不认识一个引路的人,回乡务农就这样成为铁板钉钉。那些日子,我听到父母常常为家中唯一儿子的前途叹息,没有一点法子。

我们村是柘林水库的移民村子,柘林水库后来改名为庐山西海,人们早已忘记那些移民的苦难。那时移民没有安置房,都是自己修筑的干打垒的泥巴屋。陶渊明诗云:"众鸟欣有托,吾亦爱吾庐。"虽然是座危房,父亲也在房前栽种许多的桃梨果树。乡间有"前不栽棕,后不栽桐"的俗话。又有所谓风水先生说门前不能栽种桃树梨树的,因为桃谐音逃,梨谐音离。但是在城乡二元体制下,农村人被禁锢在土地上,逃离农村等于是鲤鱼跳龙门。我们正是苦于没有逃离的道路。

父亲栽种桃梨不为赏花,只把果子作为孩子们的零食。那时除了每家有一点自留地种菜,不能有个人的经济作物。桃梨果子成熟,只是送给左邻右舍和亲友分享,从来就没有到集市上卖过。可是这年炎热暑期的一天,父亲去向队长请半天假,一大早摘了一篮青皮梨,提一阵儿背一阵儿,走十几里山路,到一个叫做鸦雀山的车船码头上去卖。就是这一次机会,父亲遇到了少年时代的伙伴。我还记得父亲说他叫杨先拓。故人相见,几多欢喜。沧海桑田,不唯人非,物亦非。杨伯伯听完父亲的诉说,满口打包票说,去找翁逢淑,他在彭泽二团教书,叫他把儿子带去补习。

二

无处可逃身,早死免留身受苦;
有钱难买命,来生莫作富贵儿。

这副对联是我家乡的一个地主在改朝换代之际自缢前写下的。杨伯伯说的翁逢淑公就出生于这样的富贵人家。父亲说,他是逢字辈的,名字出自《诗经》:"淑人君子,怀允不忘。"过去的读书人不求出世,但求淑世。有长辈的美好寄托在里面。

我父亲九岁入私塾读书,十三岁上祖父去世,辍学。祖母就把他送到镇上升恒茂铺当学徒。升恒茂铺是我们箬溪镇上最大的一户商家,主人就是逢淑公的父亲。那时杨伯伯也在店铺当伙计,是逢淑公的亲舅舅。杨伯伯大我父亲三岁,我父亲又大逢淑公三岁,他们朝夕相处,成为要好的少年伙伴。那几年,可能是父亲生命中最好的时光,所以小时候,常听父亲讲逢淑公家的故事。逢淑公的父亲也是穷苦出身,父母早亡,少年时在外家放牛。后来到镇上店里当学徒。有一点积蓄后,与人合伙开店,再到自己开店,结交各路人物,成为一方富绅。

箬溪处四县交界,修河中游,水陆交通便捷,一个时期以来,成为一个繁华的集镇。李烈钧任江西省主席时在此建读书楼,戎马倥偬之余,亦常在街上行走。逢淑公的父亲不仅与李公是好友,而且与南来北往的各路驻军打交道,有一种大气,得人敬重与信赖。客人赊欠店里货物没有钱还,就用田地来抵,多年下来积累几百亩田地,但都分散在各个角落,周围几十里,都有他家的田庄。租给别人种,也是一种粗放管理,就是每亩一箩或者一担谷。有时佃户太穷,交不起,他们也不催促。他父亲为人豪爽,穷苦乡亲,甚至要饭的都可以到他家吃饭。对人有求必应,被称为一方的"灵菩萨"。

逢淑公是这个家里的一根独苗,人又长得帅气,家里宝贝得不得了。少年时较顽皮,读书总是换学校,一会儿进私塾,一会儿进国民小学。附近有名一点的学校,他都去就读过。他父亲送他读书不为求取功名,而是为修炼心性。因为我乡下俗语说,久读无顽子。后来日本人占据箬溪,时局动荡,我父亲回到山村。逢淑公一家也逃国难,到南山里隐居。沦陷区生活恢复后,逢淑公家里仍回箬溪经商,他自己则一直在外读书。沦陷时在九江读初中。抗战胜利后到武宁振风中学读高中。这个时候,他自己改名翁鹏展,有点要飞出去的志向罢。朝代改换后,先被录用为小学教师,后又去南昌、长沙读大学。毕业后分配到樟树农校,不久就打成"坏分子",送去劳改。一直就在彭泽二团劳改农场种棉花,失去自由,一种就是二十多年。

我父亲只熟悉少年时代的伙伴,后面的经历是我后来了解到的。他们一个在外闯荡,一个在乡间务农,日子再也没有交集。后来因建柘林水库,箬溪搬迁,杨伯伯一家和逄淑公家里人也都迁走了,多年也没有了联系。父亲在鸦雀山码头与杨伯伯的偶然相遇,似乎是上天的安排,有那样神奇。找学校复读也不一定就能跳出农门,但是除此而外,我们别无选择。虽然作为一个"超支户",队长是不同意我出去读书的。我父亲还是又去跟队长请假,也不知他是以什么借口请的假。因为到逄淑公所在村子,来回要两天。

经杨伯伯指点,父亲去找逄淑公。因为是暑假,他刚好在家。他家迁到南山里一个叫长水的村子。那时整个库区只有一艘客运渡船。父亲要走十几里路到码头搭船,坐上两个小时的船到达南岸。然后再走三十多里路到长水一个叫仓下的自然村,去求这个几十年没有见面的少年伙伴,也不知他在那边情况怎么样,又不是校长,又不是主任,而是一个在那劳改多年,被抽调到学校的普通老师。那个过程父亲没有详说,只说逄淑公答应了,要我们筹备好去他那里上学。听说我父亲找到这条门路后,又有三位乡亲去找他帮忙。他都二话没说,一口应承下来。这种古道热肠,是他家的传统吧,虽历尽磨难,仍然不会更改。

三

那是我第一次出远门。有另外一个本村同学一起去,他父亲当过队长,是村里的老党员,可能托他的福,队长没有以我家超支为由阻拦。挪借无门,家里只得把过年猪提前卖了,凑几十块钱。父亲要把我一个学期的粮食从集体的粮仓里先称出来,挑到公社的粮管所去,换成粮卡,才可以到外地学校买得到饭票。开学前,父亲和姐姐肩挑背扛送我到车站与逢淑公汇合,这是我第一次看见父亲的少年伙伴。论辈分,他要叫我叔,但是父亲嘱我叫他叔。此后,我就一直叫他叔。此时,逢淑公已经五十多岁,我脑中的一个可爱少年已经满头华发。他瘦高身材,清癯的脸庞,戴一副眼镜,脸上满是沧桑,上身穿一件白色长袖的确良衬衫,下身着黑色卡其长裤,脚上穿黑色塑料凉鞋,身板挺拔。一行人先乘车到九江,砂石土路,班车要摇晃大半天才能到达。到站后买好第二天去二团的票,逢淑公就带着我们几个少年去看长江。我们家乡的江河都是清亮的,可以映照出蓝天,看到长江这样的混浊,竟很失望,第一次感觉成长的疼痛。没有钱住店,逢淑公带着我们睡在江堤上,看着满天星斗,听着江上往来轮船的汽笛,对前途充满迷惘。第二天一早,乘车往二团。在湖口过渡,逢淑公告诉我们,这就是鄱阳湖。家乡的小溪、河流来到这里,改变了原来的模样。一路上都是砂石路,两边是高高的白杨,风吹过,啪啪作响。车子很颠簸,好几次把我放在后排的脸盆铺盖摔下来,把一个荷花底的新脸盆也摔掉了瓷漆,让我很是心痛了一些日子。

二团是原来的名字,叫江西省生产建设兵团第二团,我们去那里时已经改成九江地区国营芙蓉农场,但二团已成为此地的地名。这里就是一个劳改农场。车子到达场部,到处都是高高的白杨。往学校去的路上也是白杨夹道。到达学校,也是遍植白杨,教师宿舍门口和后面都是排成一列的白杨树。那时还没有那首唱遍全国的歌曲《小白杨》,但是中学语文课本里有茅盾的《白杨礼赞》。第一次看到这么多白杨,秋风一起,叶落哗哗,成为光秃秃一排,实在有一种萧瑟。

我那时只懵懂知道,逢淑公就是在这里劳改的,二十多年了,去年才到农场子弟学校来教书。

到了学校,才知道逢淑公的难。一间十几个平方米的房子,住了两个教师,他又带了四个学生来,都挤在一起。学校没有安排我们到学生宿舍,可能是住不下吧。我们四人中,有两个是入初中插班,两个插入高二,也就是毕业班。学校拿了几张试卷给我们做,我数理化加起来才考二十多分,成绩之差可想而知。也不知逢淑公给校长说了多少好话,学校总算让我们入了学。

那时候,场部的高音喇叭里整天放李谷一唱的《乡恋》、于淑珍唱的《我们的生活充满阳光》等歌曲,学校也显得生气勃勃。教我们的老师都是在这个农场劳动改造的地主、富农、反革命分子、坏分子、右派分子,简称"地、富、反、坏、右"。现在看这些身份标签也许觉得滑稽,但在当时都是多么沉重,甚至是要命的大帽子。这些被贴上各种身份标签的政治贱民在这里改造了几十年,现在能够来教书,也算过上了一种新生活吧。教我们数学的何老师,是上海人,据说上哈尔滨工业大学一年级时就被打成右派,押送到这里劳改。四十多岁了,还没有结婚。他上课的方式是一面板书、一面对着黑板自言自语讲解题步骤,写完一板,让学生看一下,立即擦掉,再写一板。他很少看学生,一见我们班女生,脸就红,推一下眼镜,笑一下。教体育的丁老师是上海体育大学的老师,刚刚参加工作就被打成右派,来到这里劳改。那时也五十多岁了,穿一身运动服,每天早上起来长跑,出一身汗,大冷天也要脱光了衣服在公共浴室冲冷水澡。化学老师姓张,是江苏人,教书极认真,讲解极透彻,因为是单身,课余也常到他房间请教。他送一本习题集我做,我做完,他又一一批改。与逢淑公同一间房住的是教历史的魏老师,厦门大学毕业的,五十岁的样子,头发都掉光了。大概是别人介绍,当地有一个孀妇与他谈婚嫁。可是他们却没有地方相聚,一起吃个饭也只能在我们的眼皮底下。所有老师都是大学毕业生，都进入中老年，都是单身在校，好像只有校长是有家室在学校的。而我的同学，基本上是农场的管理人员的子女，来自全国各地，他们都有优越感。彭泽当地的只有黄花墩一个姓查的同学，成绩不太好，后来没有考上。还有一个来自湖口的同学，姓纪，人长得秀气，成绩又好，有不懂的地方就问他，数学比何老师还会讲解。可惜他迷上黄梅戏，下课就唱，有时晚上自习时也轻声哼。听他唱"大哥休要泪淋淋"真是凄美。一个学期后，听说他跟一个剧团跑了，没有再来学校。

学校有个报栏，有个阅览室，那是我第一次接触一个时代的读物，对于我们这些读语录、选集长大的人来说，有耳目一新的喜悦。我现在还记得在《人民日报》上读张志新事迹，在《诗刊》上读雷抒雁长诗《小草在歌唱》的震撼。

四

逢淑公教我们班语文。讲课时一本书拿在手上，总要放到一定的距离才看得清，看下面同学听课情况或提问时则低下头，从眼镜上方看过来。现在知道是老花眼，看近处要眼镜，看远处不需要眼镜的。我们同学少不更事，有戴眼镜的同学在他下课后站上讲台学他这个动作，让大家哄笑，开一下心。记得他在讲韩愈的一篇文章《师说》时，背诵了韩愈的《左迁至蓝关示侄孙湘》，读到"云横秦岭家何在，雪涌蓝关马不前"时甚为动情，也许触动心底的痛吧。因为他老婆孩子也不在身边，在一个陌生的大山里边，这么多年，家也不像个家，相比于贬谪，要不堪得多。

我在原来的学校，写的作文都是得奖受表扬的，老师要拿到作文课上来读的。来到他这里，被批得体无完肤。我读小学初中正是"文化大革命"时期,写作文都是假、大、空的东西,凡写一句话,都用大而不当的话开头,如在某某某英明领导下,某某某的前面有要三口气才念得完的定语。譬如刚到学校的日记有"人们正捧着累累果实向祖国汇报,向党中央报喜"云云;元旦前日记则有"伟大的一九八〇年即将来临"云云,大概都是从报纸社论中学来的。有人总结那时的文章套路,有打油诗为证:

开头形势带帽,接着批判开道。
往下表表决心,最后高呼口号。

他毫不留情指出我的顽症,要我彻底改变这种文风。为赋新诗强说愁为什么不好,就是因为没有真情实意。所以《易经》里说,修辞立其诚。我去读他在学校宣传栏里的一篇文章,是写参加高考改卷生活的,非常的平实,又有时代气息,又吐露出他开始新的生活的喜悦和信心。

不仅学习上有许多陋习,生活上也像个野孩子。在那样一个极度贫穷又以穷为荣的时代,却也有许多的时尚。譬如曾经把红领巾缝成三角裤,在学校水塘洗澡时成为一道风景。还有把白口罩挂在胸前,只露出白线以为美。不知道孔子说过:"士志于道,而耻恶衣恶食者,未足与议也。"在家乡学校里,许多学生穿衬衫时,所有扣子不扣,把下摆提起来,在腰上系一下,并以此为时髦。来到这里仍然如此,逢淑公批评我多次,说这像个什么,地痞流氓吗?他是那种疾恶如仇的人,虽然被打入底层几十年,仍然有一种师表风范。

场部有座长方形的白墙,是用来放电影的,每周六晚上,有一场电影,成为惯例。每到周末,逢淑公就带我们去场部看露天电影。每人提一个杌子,早早去占位子。《一江春水向东流》《虎胆英雄》《三笑》《甜蜜的事业》都是那时看的。看电影成了我们师生最快乐的课余活动。

有一天，逢淑公送我一本《古诗十九首》。其中有诗云：

> 白杨多悲风，萧萧愁杀人。
> 思归故里闾，欲归道无因。

印象最深的就是那里风特别大，冬天特别冷。只有一个公共水龙头，不供热水。手、脚全冻伤，每天早上用几乎结冰的水洗脸，疼痛难忍。晚上坐在教室里，冷得打抖。躺在床上，听寒风嚎叫，无法入睡。

在那艰难的日子里，老师同学给予我许多的帮助与温暖。在这里，总归碰上好老师，同学也友爱，不懂有个地方问，数理化基础总算补上来了。日子虽然很苦，但也不乏读书做题的快乐。在他膝下受教一年，再回家乡报考。那年大中专招生是分开报考的，因为家里没有能力再送我补习，这是最后的机会，为求稳当，报考中专，总算如愿考上，逢淑公的心血没有白费。自我以后，在上世纪八十年代初的几年里，我们这个只有二十几户人家的小山村，考上大中专院校的有十人，其中有一半是他带到二团补习后考取的。这对他来说也许是很大的安慰吧。

五

逢淑公饱读诗书，可惜只能用来写交代材料。看过他给我父亲写的信，称我父亲为族公，有君子成人之美的句子，觉得很美。那年他母亲去世，我和父亲去吊孝，在他家住了两晚。大门挽联是他做的，上联是：长恨连绵，别子离孙跨鹤去；下联是：水波荡漾，寒光暗影送春来。正是春节过后，还在寒假里，他落户的村子叫长水，触景生情，他就嵌村名做了这样饱含深情的对联。因为觉得他有学问，所以，三十年多年来，我还记得。

多年后，他终于得到平反，并调回家乡，可惜垂垂老矣，不久就退休。我为衣食谋，也很少去看他，只在过年时去拜个年。他儿孙满堂，晚年终于过上了安定的生活。前些年送上自己新出版的一本作品集，请他指教，他没有和我交流，也不知他是否满意。

逢淑公生病住院的时候，我邀他带出去的几位弟子去医院探望。及至八十五岁上去世，我们去送他，不过是尽礼。想到一个人在难中，尚不忘救助别人，这种高古情义，急公好义，我们身上还有吗？其后写成《多少次梦里到二团》发在《教师博览》上，作为一种纪念。我乡下土话说，大恩不言谢。

有机会看逢淑公的档案，厚厚的一大袋，大多是上世纪五十年代以来，一个运动接着一个运动中写的交代材料。一九五〇年是镇压反革命运动，清查教师历史；一九五二年是思想改造运动；一九五四年是忠诚老实运动；一九五五年开始肃清一切暗藏反革命的学习运动，还没有等到反右，逢淑公就在这个运动中倒下了。仅就这个肃反运动，从年中到年尾，写了大半年的交代材料，用那种密密麻麻的小字写的，总共有一百二十页。我读这些反反复复写自己经历的材料，还有不厌其烦，郑重其事，不知耗费多少人精力，还有公款的调查证明，感到喘不过气来。不过就是在读高中时由学校组织加入"三青团"，又被推为副队长。就是学生时代的这点经历，在这次运动中，逢淑公被打成"坏分子"，被劳动教养六年。不过，即使这次没有被打倒，后面接着来的反右、"文化大革命"，他也过不去。劳教六年后没有任何说法，继续在劳改农场劳动。果然到一九六六年"文化大革命"开始后又升级为"历史反革命"。劳改变得遥遥无期。逢淑公结婚早，大的儿女此时都成人，小的与母亲相依为命。作为地主子女和"反革命分子"家属，一家人饱受歧视与欺凌。

直到一九七九年三月二十八日，九江国营芙蓉农场出具证明称：

根据彭革字(79)第1875号四类分子摘帽子通知书,反革命分子翁鹏展从一九七九年四月一日起摘掉帽子,称为农工。

从这个县的摘帽通知书编号可以看出,当时的四类分子何其多,一个年份的第一季度,就已摘帽近两千人。四类分子是最初的说法,后来增加右派,"文化大革命"期间政治贱民由五类又增加汉奸、叛徒、特务等共二十一类。我常想,是怎样的一种东西,让人类这样来互相摧残自己的同胞。

我想到,父亲那年暑期去找他帮忙的时候,他刚刚摘掉那沉重的帽子,但是并没有恢复公职,还是一个劳改农场的农工。只不过是恢复高考后,学校需要好的教师,他被抽调来任教。这样又过六年,不知经历怎样的申诉,当时将他送劳动教养的清江县,也就是樟树农校所在地县委,才发来一张公函,称自批复之日起,恢复翁鹏展同志公职和原工资级别。此时距送他劳教时已过去三十年,他已由一个青年变成老年,到了退休的年龄。

人不能选择自己的出身和生长的时代,但在那样一个时期,许多人都要为自己的出身和经历付出一生的代价。我在档案中看到逄淑公抄的一位县参议员在被镇压时写下的一副对联:

穷人翻身翻到卅三重天堂,上与玉皇大帝盖瓦;
富人打倒打入十八层地狱,下与阎王老子挖煤。

这就是一个时代的写照吧。自人类社会以来,穷富总是存在的,也必将长期存在,这样对抗不容,又能是一个什么样的世界呢?

六

想念一个地方,是因为想念一个地方的人。动过很多次去二团的念头,到三十年后才成行。我知道我离开那里后的几年里,老师们都调回原籍了。包括那些管理人员,还有我的那些同学,都离开了那个劳改农场,但还是想去看一下。记忆里那些白杨萧萧,还有一代知识分子在那里的际遇挥之不去。

从九华山返回的路上,决定去二团。彭泽县教育局的江炜兄陪我驱车前往。砂石土路变成了水泥路,路上那些高大的白杨树没有了,小樟树还只一人多高。原来场部和学校的建筑都没有了,那些高大的白杨也一扫而光,历史的烟云似乎消散。一位姓何的老师向我们指点学校的历史遗迹,我自然认得它们。想到逄淑公送我的一本《古诗十九首》,有一首《驱车上东门》,诗云:

> 驱车上东门,遥望郭北墓。
> 白杨何萧萧,松柏夹广路。
> 下有陈死人,杳杳即长暮。
> 潜寐黄泉下,千载永不寤。
> ……

逄淑公让我知道,在中国传统文化里,白杨、松柏都是墓地或者去往陵墓道路旁边的树。所以民间有俗云:"前不栽桑,后不栽柳,门前不栽鬼拍手。"鬼拍手就是杨树。苏东坡亦有杨花词云:

> 春色三分,二分尘土,一分流水。
> 细看来,不是杨花点点,是离人泪。

多年师生成兄弟

得到金刚去世的信息,我正在《创作评谭》编辑部和陈然兄聊天。反复确认后还是不相信,回来的路上,与当地的一个朋友打电话核实。去他的村子之前,又打电话问了当地的一个熟人。我不相信,他那么年轻,那么健康的一个人,怎么说走就走了呢?

一个人驱车到山乡,吴王峰下的一个村子。灵棚的横幅上称他为茂人,就是英年早逝的意思吧,多么地惊心。走过一重一重的祭案,来到他的灵前。看着他年轻帅气的遗像,抚着他的棺柩,不禁悲从中来。他妻子、兄弟陪我说他生前得病状况,叹一回,哭一回。家祭过后,亲友上香,歌手在电子琴的伴奏下在深情歌唱。现在农村礼仪队都装备了电脑、电子琴、乐队等,女歌手在唱《望星空》《洪湖水浪打浪》等歌。所谓长歌当哭,就是这个意思吧。我静静地坐在那里,脑中一幕一幕闪现那些过往。

那年秋天,我从师范毕业来到一所山乡中学当孩子王,他当时读初三,正处于叛逆时期,父母的话不听,老师的话不听,又谈恋爱,又喜欢出风头,在同学中猖狂霸道。校长、老师说起只有摇头。我初为人师,担任他们班的语文课,也兼教些体育、音乐什么的。山里人有习武的传统,他们村有个狮灯队,他加入其中,戏流绳、甩九节鞭,也习得一些武艺。一次,与社会青年打了起来,有学生来报告。我认为社会青年打学生总是不对的,保护学生也是老师的天职。来到校园外面的大路上,围了许多人,有学生指认打人的一伙青年,我就走上去,煽了那人一耳光。那人被打懵,扑上前来,我侧身让过,顺手牵羊把他撂倒了。学生见有老师助阵,一哄而上,将那伙人赶跑。在这一过程中,他一直站在我身边。我后来知道,这次事件是另一个捣蛋学生挑起来的,他名气比较大,不过是去帮忙。从此,他就同我很亲近。我那时喜欢每天早上穿一身绿色的球衣,戴上护腕和护腿,在我住的泥巴房前练一套岳家棍。他很是喜欢,我们常一起交流心得。他篮球也打得好,歌也唱得好。不久,全县中学生篮球比赛,我是领队兼裁判,他是主力队员,在片区赛上,我们一举夺冠。

　　他那时大概是常常把我挂在嘴上的,所以,他父母多次来学校感谢我。说他儿子终于肯听一个人的话了,这个人就是我。他对人好是贴心搭骨的。后来就同我吃在一起,住在一起。总之,像我乡下学艺的孩子一样,把我当作师傅来侍奉的。弄得校长找我谈话,说一个老师不可以对学生这样亲近的,何况是这样一个顽劣的学生。我一笑置之,觉得一个人怎么能辜负别人的好。

　　毕竟他是不喜欢读书的。我们朝夕相处,大概谈得多的是做人的道理。虽然比他虚长几岁,但是刚出校门,懂得什么人生道理呢?也许是他喜欢我,对我说的什么都信服,是所谓亲其师而信其道罢。

　　毕业后,他没有升学,又早早结婚,生了孩子。那时,他会经常来看我,每年还要接我到他家住一晚。早已准备了丰盛的饭菜,他不会喝酒,我也不喜欢,所以一般喝得很少。饭是送到手上的,洗脸洗脚水也都是送到面前的。那么多间房,他却腾出自己的住房,换上了干净被子让我睡。有时也陪我睡。像这样兄弟一样睡一张床,后来再也没有过了。

　　他运气一直不好,毕业后就学了开车。那时开车的都能发财,但他没有。后来外出打工,也开过车,开过餐馆,承包过食堂。我只在山乡中学待了五年就离开了。为生活奔波,联系少了。只在春节时给我打个电话,拜个年。也偶尔看见过他几次,发现他依然俊朗帅气。他做人有一种大气,一种豪气,一种正气,也有一种隐忍。虽然日子艰难,却活得潇洒。虽然地位卑微,却自有一种风度。也许觉得自己混得不好,所以他没有再来看我,得病了也不告诉我,想到这些我就很难过。人生的富贵贫贱自有天定,他唯有情有义。在这个世上,他有我这样一个老师,我有他这样一个学生,原也没有什么遗憾的。

　　我青年时期教了几年书,有情有义的学生都是不怎么喜欢读书的。有人说,仗义多为屠狗辈,负心多为读书人。这对教育是一种讽刺。

　　一个人离开这个世界时,其亲戚朋友或请人或自己写篇祭文在灵前哭读一遍,哀叹一回;也有农村妇女边哭边说,讲死者生前好处的。真的情感是无法言说的,我写下这些文字,觉得是多么空洞。

卷五 序跋古韵

虽然只有三尺硬地,人要创造出自己的世界来。

昨日春来今日秋

——散文小说集《无人喝彩》序

读书的时候,作文常常被老师在课堂上朗读、讲评,就像作品被发表一样有成就感,以为自己长大可以当作家。参加工作后,在一个大山沟里当"孩子王",终日抬头见山,出门爬坡,十足的一个井底之蛙,虽然文学之梦未泯,但只恨自己孤陋寡闻,阅历浅薄,无法写出一鸣惊人的作品。后来混进机关,虽然每天都是拨弄文字,可离文学的趣味已愈来愈远。岁月蹉跎,韶华易逝,恍惚间,不觉步入哀乐中年。

年少时有个文学朋友,是个诗人,因为写的诗无处可以发表,每次见面都将自己写的诗充满感情地朗诵给我听,声情并茂,仿佛要把自己变成诗句。但诗歌毕竟当不得饭,他只得卖苦力先养活自己,再好的诗也只能发表在自己心里。刚参加工作时,在大山里也有个文艺知己,是作曲的。他从未学过音乐,一次在大山里砍树受伤,昏迷数日,醒来后就迷上了作曲,在全国性的音乐杂志上发表过作品,但更多的时候是在一架破风琴上弹给自己听,穷得连老婆都娶不上。后来经商发家,终日忙碌,音乐的梦大概只能偶尔在床上做做。去年有个中学生捧了厚厚的一叠诗稿给我,足可出本诗集,但其中没有一首公开发表过。乡村僻野,见过许多做文学梦的人,无数作品在心中演绎,或变成粗砺的文字,找不到一个读者。还有许多的老人将自己平时的吟咏自编成书，印发给好友，过一把出书瘾。在我看来，读书随处净土，闭门即是深山。精神家园中的花花朵朵，更多的时候，像空谷幽兰，只能灿烂在寂寞孤独之中。

作家王跃文讲过一个故事，说某公奉调入京，官居要津，越明年，电令旧部，搜集其往日著作，出版文集。此公著述颇丰，都是别人为其写的讲话、报告。十几年来，我所写的大多就是某公文集之类的文字。码字为了糊口，不再做什么作家梦。但终日只制造一些过后就进废品收购店的文字，毕竟心有不甘，于是在公干之余，也弄些自己的小文散章。乡间俗语云：田沟里的鲫鱼婆，没见过大江河。其实条条小溪小河都是通江贯海的，如果田沟里的鲫鱼不总是逆水而上，而是顺势而游，它很快就能到达了江河。再说，田沟里的鲫鱼婆，为什么就要到大江河中去呢？据我所知，"性本爱丘山"的陶渊明就很少走出过家乡的那方水土。老子还说"其出弥远，其知弥少"呢。随着年岁的增长，不再耿耿于自己生活之路的平淡，动辄眼高手低，谓无所可写。于是怀着温暖的心情专门写些田沟里的事。写家乡的风土轶事，写乡间的凡人琐事，写童年的奇闻趣事。所感所悟，信手拈来。当时想能发表出来即可，从未想过要出书。就像有的人喜欢打牌，有的人喜欢钓鱼，业余爱好而已。

但凡搞文字工作的人都珍爱自己的作品，毕竟是浸透心血的东西。小青年发了"豆腐块"，会细心剪下来，贴在漂亮的笔记本上，妥善保管。将发表的文章结集出版，不过是做个更正式一点的剪贴本子罢了。在机关公干这些年，半年要写总结，一年要写总结，有些工作还要写专门的总结。有的时候，前一个年度的年份还没有写熟，日子就到了新的一年，常常有一种光阴虚度的紧迫。春种秋收，广种薄收，总算有一点收获。收集起来，算是对这些年所做文字耕耘的一个小小总结吧。

青少年时代，读过许多的外国文学名著，经常看到作者在书的扉页写上："谨将此书献给某某。"编这本书，要我说最想献给的人，就是我的母亲。虽然她大字不识一个，但我知道她是最能为我的作品喝彩的人。曾听妹妹说，我在外求学的日子，每次写信回家，母亲总是帮着父亲找出老花眼镜，把信展开递给父亲，然后凑在父亲的身后，仔细听父亲读我写的文字，生怕漏掉一个字。信读完了，母亲还瞪着眼睛盯着看，仿佛要把信上的字一个个抠出来细细品味。每当此时，父亲总是有些不耐烦地说："你又不认得，凑这近做甚？"母亲就讪笑着站起，将信拿过来，装好压在床头。有时就请才读小学的妹妹磕磕碰碰地再次读给她听。对她来说，这或许就是天下最美妙的文字了。树欲静而风不止，子欲养而亲不待。就在最近不到三年的时间，母亲、父亲先后离我而去。一个能读我文章的人，一个想听我作品的人，都走了。我的头上一下子失去了天空，心里充满了人生之秋的无奈与悲凉。

  周作人说，天下文章共有两种，一种是有题目的，一种是没有题目的。说实话，我写此文时就没有题目。正在书房绞尽脑汁，不知所云，写这些文字的时候，妻子一面忙着做家务，一面唱歌。她干起活来就像过年一样快乐，给我营造了温馨的环境，让我能在顺境中干事，在逆境中读书。她此时唱的应该是首上个世纪八十年代末的电影插曲，其中有一句"昨日春暖今日秋"，很贴近我此时的心境，又与本书的题目暗合，心下里以为这是神助，对家中领导的点睛之笔充满了感激。于是就以此为题，聊以为序。

自己的文章

——散文小说集《无人喝彩》跋

从搜集这些年来发表的一些东西,到整理出版,断断续续用了一年多的时间。屡次觉得无以成集,但禁不住好友的撺掇,其间蔡勋先生给了许多的鼓励,让我坚持了下来。去年十月写本书序的时候,是预备将此书作为新年的礼物的,与出版商的几个来回审校。当作家出版社的样书摆在面前的时候,光阴又荏苒大半年,直让人有"浮生却似冰底水,日夜东流人不知"之慨。

这集子中的作品大体有如下几类:其一是报刊征文。现在发稿难,一个省都没有几个园地,所以报刊征文时就跃跃欲试,自以为既可以获奖,又可以发表,是不可多得的机会,所以每每看到报刊有征文启事,就喜欢积极参与。像《以子为师》一文先后获国家和市里有关部门联合举办的教子有方有奖征文三等奖和一等奖,先后发在《中国妇女报》和《九江日报》上,还有《倾诉》《地主公逸事》《郭沫若赣北劳军》等都是为报刊征文而写,多篇获奖,受到的鼓励不少。其二是采风约稿。如《山寨飞歌》《走进柳山》《艾园寻梦》等都是文联组织采风活动约定的稿件,投寄报刊,陆续刊出。还有一些是报刊约稿。其三是纪实文学。从上个世纪末开始,在一家晚报做兼职记者,每月有发稿任务,写特稿一篇顶几篇,于是撰写了许多的纪实文学,主要是"世象"中的一组作品。《寺庙里的小女孩》还刊发在全国妇联主办的报刊《家庭周末报》上。略选几篇,以志纪念。其四是信手拈来。或有所感悟,或有所触动,总是如鲠在喉,必欲一吐,形诸文字,发于报刊,心下方安。虽然写了不少东西,可是要编入集子,却又似乎显得粗陋。就像农妇在家中招待贵客,用些粗茶土菜,总觉得端不上桌。出书的过程中,虽然每篇文章都尽量保持了刊发时的原状,但在篇目上,屡次增删,可见心中的惴惴,因此想到,敝帚实在不值得珍视。

有句俗话说:"老婆是别人的好,文章是自己的好。"这话感觉有些酸。其实,别人的老婆好不好,只有别人知道;而文章好不好,也只能由读者说了算。即便得了读者说一句好,就像是得了老师的批语,不过是鼓励一下罢了,并不表明真的就好。如果说也有自认为写得好的时候,就是在有了写作冲动,而又把这种冲动较为顺利地写出来,此时确实有些满足。但这种满足是短暂的,一旦变成了铅字,就再也不觉得它有什么好。这样一个过程推动着我在创作的道路上往前走。只是感觉先天不足,后天失调,总难以写出自己满意的东西。

古代私塾注重熏养功夫,从不教学生取巧。而我上学的年代,读的写的大都是假大空的东西,后来各种作文指导之类的书又多如牛毛,自己当老师的时候也是把一篇文章支离得七零八碎,仿佛教育的目的就是为了让人讨厌文字,又仿佛只要教学生一个模子,文章就自然做得好了。还曾死记中外作家大名及代表作,什么流什么派的,以为这样就是学文学。这实在是害人不浅。所以,我后来对文章作法甚至文艺理论之类的书根本不看。自己学作文还要尽量摆脱脑中的一些框框,像胡适之先生说的:"有什么话,说什么话;话怎么说,就怎么写。"做到让人看得明白,而不是不知所云;让人感觉有些趣味,而不是味同嚼蜡;让人感觉有所触动,而不是无动于衷。如此而已。

古人云："心安茅屋稳，情定菜羹香。"人生"不如意事常八九，可与人言无二三"，唯文字让我心安情定。明代才子袁宏道说："人情必有所寄，然后能乐。"为文虽有枯灯独坐、面壁向隅的煎熬，但如果有段时间没有写东西，心里就空落落的。相比于以弈为寄、以技为寄或以牌为寄的快乐，我自认为以文为寄的快乐要深沉些。所以我觉得自己对文学的追求是没有止境的，它是我快乐的源泉。

为了写本书的序，耽搁了不少时间。开始是预备请人写的，后又觉不妥。一则怕人说拉虎皮来作大旗；二则自己都嫌麻烦，干嘛要去与人为难呢；三则自己读书的时候，喜欢看作者自己写的序、跋，对别人的评价以为是多余，因为各人读书的感受不同，不必要别人来作指导。所以硬着头皮自己来写，虽然我觉得一本书不见得非要有序或跋。既然写了序，似乎就要写跋，大样出来后，又来写这篇后记。虽然序、跋本身就是题目，我还是给它们制作了一个标题，也不怕别人说画了个蛇足，当然也不自以为是点了个龙睛。

最后用《收获》杂志上的一句话来结束本文："当世间所有虚妄的追求过后，文学依然是灵魂的一片净土。"

想起小时去砍柴

——散文集《生如夏花》跋

其实,中国人是蛮有幽默感的。譬如作协有许多理事,本人竟也忝列市作协的常务理事。作协能有什么事,要这么多人来理。我们庐山西海岸边的这座小城也不能免俗,也有个作协组织,偶尔也会在一起聚谈,为了写总结不至于太空洞,每年总要做一两件事。

一个春日的下午,瘦梦、章军、小波兄,还有我在一起闲聊,大家不满足于每年出一本年刊,搞两次活动,章军兄主动担当,要出一本当地作者的散文集。这自然是件好事。我们当时的想法有这么几点:一是收集本地作家的散文作品;二是要是作者的代表作品;三是要是作者的最新作品;四是作品要达到一定的水准;五是能尽量收集所有会员的佳作,多的数篇,少的一篇。这就是这本书的来历。

国庆长假的最后一天,我们聚在章军兄的紫草轩,听着轻音乐品茗,捧读这书的定稿。半年来,章军兄筹措经费,与出版商签订了出书合同。小波兄收集作品,选定编目,联系编辑排版事宜,为此书的出版劳心费力,吃了不少苦。我和瘦梦兄不过提出一些原则意见和规范要求。大家俗务缠身,没有安静坐下来认真讨论,更没有好好品读收集来的作品。今日捧读此稿,心中不免惴惴。孔子说:"古者言之不出,耻躬之不逮也。"就是说,古时候的人言语不轻易出口,就是怕自己的行动赶不上。在这样一个浮躁的时代，说大话、空话已成为许多人的习惯，甚至白纸黑字，也敢大言不惭。我乡下人脸皮薄，说瞎话不但脸红，而且心下不安，怕人笑话。

在我看来，人人心中都有动人的歌，能够唱出来，总归是独特的。有的人一生也就写一两篇小文，但却是传世至文；有的人一年要写许多作品，但一生也许没有一两篇像样的文章。我们这个小地方，古属荒蛮偏远之地，从武宁这个地名就可以看出，有的人非要去考证，说跟武皇有关系。普天之下，莫非王土，武皇当朝，县名武宁，如此而已。但我地方志上不载，就是并不觉得这有什么值得一提。其实这一类的地名多的是，如怀化、绥远、靖安、息烽等，都是山高皇帝远，皇帝不放心的地方，需要武力或文化安抚的。但一方水土一方人，一方人也有一方的文化。山野歌谣，虽然流传不远，却也能愉悦心身。李渔说："凡作传世之文者，必先有可以传世之心。"德高才会文高，人奇才有文妙。好的文章毕竟不是文采和技巧，更不是玩文字游戏，那是要有视野，有襟怀，有智慧的；其次一点的也总要有些识见，有些情趣，有些意味吧。

小时候上山斫柴，也知道挑好烧的，差不多大的，砍成一样长的一堆，用夹篮担回家，码在阶沿整齐好看。我乡下土话说这种柴是硬柴，码在那里有一种成就感。大人忙起来喜欢斫毛柴，就是不管大小粗细，好烧不好烧，一路砍掉，砍一堆系成一捆。编一本书毕竟不是斫一捆毛柴，拢齐来算数，虽然这样的集子多得是。一本书编出来有没有匠心，有没有雅意，明眼人一看便知，怎么能够潦草马虎，又怎么能够不心存敬畏呢？瘦梦兄的《遥望九宫》是被收入地方志书的，充满对人生的悲悯与思索，是散文精品。章军兄一组写父亲的文字，至情至性，绵密温暖，是贴近心灵的写作。宇虹、周冲、海琴的作品有一种情趣，有一种况味，似乎多的是惆怅之作。栖霞兄有一篇散文叫《前娘后母》，是难得的性情文字，可惜没有收入。好的不能一一赞叹，遗憾总是难免。以我们的初衷，就是要把一个地方的独特书写，性情文字编成一册，以期共赏。

由于种种原因,可能与起意相去甚远,自然也有许多不足,但有几点是值得肯定的:一是这本书是当地散文作品的一个小小展示;二是这是当地文学创作协会成立以来的一个小小成果;三是编者想以此与外地文友交流,以就教于方家。

江西省文联范晓波兄为本书作序,为此书增色不少,这样的情意似乎不是感谢能够载得动的,用我乡下人的话说,叫做大恩不言谢。

一方教化知来自

——《武宁县教育志》跋

武宁立县千余年,一方水土,人才辈出,代有文章;流风余绪,教化价值,亦足可观。首部教育志编成付梓,前后断续历三十载。躬逢其盛,感慨莫名。殿言书后,恭申温情与敬意焉。

二〇一四年春,邱立平君主政教育。邑重教化,民寄厚望,历览前贤,志在振兴。越明年,教体合并,机关新迁,局面新创,观风思远。询我教育志事,告之已编志稿,搁置有年。遂议继前任之善举,出版发行,以存史立鉴,资政教化。乃命向平安、陈宗煜君牵头,聘王时福、陈英洪、刘俊三人为编辑。刘君此前曾主编《石门楼镇志》,经验丰富,业务精熟,与诸君欣然领命,玉成其事。二〇一五年仲秋开始,启动志书重修工作,乃重订旧稿,规范体例,完善资料,形成定稿。一邑教育文献,上起建县,下迄二〇一〇年,分为十二章,八十余万字,可谓巨著煌煌。前无古人,是一种不朽的开创。

二〇一六年秋,与诸君前往国家方志馆与方志出版社商定出版发行事宜。冬去春来,方志出版社经三审,提出书面审稿意见,以为"全书指导思想明确,整体设置科学,记述内容全面,条目信息丰富,编纂质量俱佳,符合《图书质量管理规定》之要求,是一部优秀综合性志书"云云。县邑千年一志,方今大功告成。

方志学集大成者章学诚有云:"有天下之史,有一国之史,有一家之史,有一人之史。传状志述,一人之史也;家乘谱牒,一家之史也;部府县志,一国之史也;综记一朝,天下之史也。"今一方教化,亦有一史,后来传道,知其来自;其裨益风教,功在当代,利及千秋,何其幸哉!

此志原稿,于二〇〇九年夏始修。其时卢斌君主政教育,倡修教育志,期在必成。乃聘欧阳可佳、黎哲明、王时福三人为编辑。其中黎哲明先生曾于二〇〇四年新修县志时为教育编章提供资料,是为此次修志之基础。三位忠厚长者,皆为我师,都曾主校一方,品德高尚,作风谨严,以修志为地方大事,不计得失,甘忍寂寞,埋头陋室,努力担当。三年间,广阅各地方志,查阅历代馆藏,多方征集资料,制订编纂规则,拟定志书大纲,编成资料长篇。其中,王时福先生负责概述、科举时代教育、学前教育、小学教育的编纂;黎哲明先生负责大事记、普通中学教育、职业教育、成人教育、民办教育的编纂;欧阳可佳先生负责教师、教育行政、经费与设施、人物、著作及附编的编纂。

二〇一一年夏,杨桦君主政教育,继续志书的编纂。三位编纂人员既分工,又合作,逐章逐节讨论,屡次增删,精益求精,于同年末形成志书初稿。又聘请邱树基、王汝章、张纲荣、温宏桢、付少平、张禄业等先生对志书初稿进行审阅,召开审稿会议,收集审稿意见。同时将初稿相关章节印发各学校和机关各股室予以审核。斟酌各方修改意见,于二〇一二年九月编成志书第二稿,经本志编纂委员会审查通过后送县志办审核。县志办审阅后提出书面审稿意见,以为"体例完备,结构合理,详今略古,内容翔实,语言规范,符合志书编纂要求"云云。根据县志办审稿要求再行修改,于二〇一二年十二月形成志书第三稿。此稿是武宁历史上第一部经方志部门审定可以出版的志稿。三位编纂人员不辱使命,用三年的时间完成预定目标任务,殊可钦佩。

追根溯源,纂修此稿又以上世纪八十年代编纂的教育志资料为基础。一九八八年春,时雷名仟君主政教育,首次倡修教育志。乃成立编纂委员会,组织冷先发、曹廷玉、罗昆、熊仁佑、胡雪梅等五人为编纂班子,历时四年,搜集整理上起建县,下迄一九八九年的教育资料,编成志书草稿。那时还是机械打印油印,数十万言,用铁丝装成三册。人事变迁,未能成书,高搁馆橱,纸已黄朽矣。今日编成之志书,一九八九年前之史料基本采用这一志书草稿。近三十年过去,老局长冷先发公及另两位编纂人员已作古多年。志书付梓之日,我们怀念他们。世界上有许多东西都会消亡,但人类的精神价值会载入史册,传之后人。

顾炎武论修志旨要有五:其一为修志人之学识;其二要网罗天下志书作参考;其三要有调查研究的功夫;其四要有充裕的时间;其五是文字要通俗易懂。又古人有史、志三长之说,才、学、识只能由读者评论,正、虚、公乃是我们之追求。在参考志书缺乏,时间又不充裕,尤其资料征集不能如意的情况下,修成此志,实属不易。许多遗珠之憾,不可避免。尤为遗憾者,因前一次修志未能成书,历史图片资料不见搜集保存。后一次修志虽然组织图片征集,亦未能如愿。所收图片有许多没有来历,聊胜于无罢。校园图片大都为近年拍摄,王臻、徐高峰两君拍摄、制作图片为本志增色,弥足珍贵。

乡贤刘堂江先生情系桑梓,邀约曾任国家教委副主任、国家总督学之职的柳斌先生为本志题写书名,并题词曰:"文章千古事,翰墨百家香。"其词简,其意深,给人以荣光,亦寄托希望。

《诗经》有云:"靡不有初,鲜克有终。"实在是世上有头无尾,虎头蛇尾之事多矣。此志出版,不唯填补一邑教化专志之空白,功德无量;也成就有始有终之美好,善莫大焉。

本人于二〇〇四年参与编纂新版县志,为兼职编辑,负责教育、文化篇章的编纂,始与此事结缘。二〇〇九年启动教育志编纂后,任分管之职,主持编务,做协调服务。此次整理出版,再续前缘。作为这部志书编纂出版的见证者,今略记成书始末,感恩为志书贡献才智者与提供无私帮助者,不能一一。是为跋。

回眸絮语

——《幕阜文学》卷首语之一

却说三国时颍川人荀彧,每至人家,坐处常三日香,想见其人之好。编这本《幕阜文学》,一方雅人咸集我心,胸中满满的。《诗经》有云,既饱以德,就是这个样子的吧。

文学是一方文化最为灿烂的花朵。幕阜山绵延于赣、鄂、湘三省数县,到过湖南平江,湖北通山、崇阳,自然也与修水的文学界有过交流,幕阜文学应该有一个怎样的高度呢?

从诗歌来说,瘦梦已经超越了幕阜文学的高度。文学有地域性,但文学思想和价值是普世的。二〇一一年夏,《瘦梦诗选·新诗卷》和《瘦梦诗选·散文诗卷》两本书的出版,是当地文坛近年的一大盛事,也是这个地方文化史的盛事,也可以说是幕阜山文化的盛事。雨果说过:"每个作家都要有一块适合自己耕耘的土地。"瘦梦对生于斯长于斯的土地是有深情的,他的耕耘是那样执着,又是那样温情;是那样忧伤,又是那样充满力量。一个诗人或作家要走出地域性,关键要形成自己的面貌,瘦梦诗歌创作始终坚持平实而深情的抒写,不为潮流所左右,尤其在散文诗的创作上有开拓性探索,并形成自己的风格。我不会写诗,但读瘦梦诗,如借他人酒杯,浇自己心中块垒,自有一种快意。感谢冷克明兄和俞王毛兄为这两本诗选写序写评,为我们作指导。我常常就是这样,对于一个好的东西,不能名言,唯有赞叹;赞叹不出,唯有喜欢。

写诗要靠天赋,小说却最费经营。陈遥中篇《山鼓谣》是近些年来当地文学创作最为可喜的成果。俗云,话须通俗方传远,语必关风始动人。《山鼓谣》是幕阜山下一轴生动的风俗画卷。小说关注传统,关注文化,关注历史,关注现实。对传统有一种温情和敬意,对现实有失落和焦虑。打鼓歌的传承是一切民间文化传承的一个缩影;小镇的变迁也是所有古老乡村失落的宿命。我只能说,如此独特,如此温情,如此惆怅,如此忧伤。

散文是性情文字,最是贴近心灵。某种意义上,一个作家,一辈子都在写他的童年。本期《幕阜文学》散文作品最多,大都是回忆文字。王章军、刘萍散文绵密细致、深情温暖。付少平散文厚积薄发,大气光华。周冲散文注重细节,大胆犀利,文字富于穿透力,常有惊奇与会心。夏宇红散文空灵舒缓,让人静心。李飞亮、余锦标、阴济军等人散文乡土气息浓厚,文字朴实。邱小波、成善新、成晨阳散文信手拈来,思趣存焉。葛俐、李希鑫、熊遥等散文写景抒情,爱我家乡。尤为可喜者,谢飞鹏、黄存平、楼宇航、赖溢洲、熊书琴等一批新人,小荷初露,清新宜人。

钟新强诗浅白有趣,是我喜欢的,又有付鹤鸣、余修兴、王恩帅、章从权、徐腊姣等人的诗来养我眼,真是何其有幸。这方水土,诗人画家辈出,总是这方佳山秀水的造化。

我对文学是个外行,因为不懂,又因为喜欢,所以不免瞎说,这原也是人之常情。

海风轻轻吹

——《西海》创刊卷首语

有人常说文学被边缘化,怀念那些文学热闹的岁月。其实那不是文学的常态。西方史学家说过:"五十年内无真实的历史。"真的文学也是和现实有一定距离的。

我是用纸笔写作的,不是想把字写得像书法家一样,而是觉得这样有温度的书写更贴近心灵。这自然不合时宜。我想到用甲骨写字的人,想到用竹简写字的人,想到用木牒写字的人,想到用锦帛写字的人,他们那样的书写是多么艰难,又倾注怎样的感情呢?是不是书写越艰难,思想就越深刻;书写越便捷,思想就越肤浅呢?网络是好东西,文章发表不再难。一般的平台读者动辄成千上万。但我常常觉得贫乏,是一种过剩的贫乏。

那天到乡下去送礼,贺朋友乔迁新居。见新房前有一台戏,是地方戏,可惜没有一个观众。我乡下有办喜事请戏班的风俗,就是要把自己的快乐与人共享。所有的戏剧都是演绎人生的,要静静地欣赏。我听戏、看戏,就知道当时的人是多么闲静优雅,因为蹙迫、浮躁的生活不可能有戏剧。

庐山西海边上有歌谣:"带唱山歌带种田,不费功夫不费钱。自己唱出心里话,别人听了也新鲜。"这里的一群文学爱好者,他们也为稻粱谋，但心中的文学之梦不灭，胸襟是宁静的。采得风来，自然要歌唱。于是就有了这本《西海》。

《西海》的前身是《幕阜文学》，总归是这一方山水的风采。《幕阜文学》在二〇一〇年之前是报纸，二〇一一年开始每年出一期杂志，推出文学新人，交流最新作品。二〇一二年就将近年较有代表性的散文结集出版，就是王章军兄主编的《生如夏花》。收五十一人作品一百一十八篇，凡四十五万字。

如今我静静地来编这第一期的《西海》，在这样的炎炎夏日，感觉有凉风轻轻地吹来。

张绪佑、肖亮等一批本土作家走出这方山水后，瘦梦兄就成为这里的文学领军人物。作家是要靠作品立足的，所以他不唯自己笔耕不辍，近年出版了两本书，又要默默地引领扶持他人，这个园地就是依靠他的力量支撑的。他的新作《致我的十八岁青春》，如歌一样咏叹那些过往，温暖而忧伤。小波兄的中篇小说《我也当过司令》是近年力作，那些荒唐的故事过去不久，如今看来竟恍若隔世。他本是一个闲人，但却弄许多事在身上，我常常惊异于他有如此的创作激情。邹冰、新强兄诗歌写得活泼清新，但近年来小说、散文创作势头强劲，有一批佳作，特选两篇共赏。章军兄散文有自己的面貌，新作《走过幸福巷》绵密情绪里有豪华气象。东亮兄散文平实中见悠远，这篇《老家在河南》实在是喜欢。熊章喜、谢飞鹏等创作热情高涨，发表不少作品，形势喜人。尤其令人欣慰的是每期杂志都有新的面孔，总是让人眼前一亮。

我乡下有句土话，叫做螺蛳壳里做道场。真是智慧的语言。终极意义上说，谁又不是在做这样的道场呢？所以《西海》是这样卑微，仿佛站在滚滚红尘的边缘，建设自己的精神园地。这也就是文学人生啊！

江西省作协主席陈世旭先生为《西海》题写刊名，对庐山西海文学真是莫大鼓励和鞭策，我们好像就坐在了西海的春风里。

自己的世界

——《西海》卷首语之二

天文学家告诉我们,宇宙间大约有一千亿银河系,每个银河系都包含一千亿左右的星球。意思是宇宙没有绝对的中心,因此,每个人都可以是中心。

我乡下土话说,人人门前有三尺硬地。说到底,在宇宙间,人是孤独的。俯仰之间,常使人产生虚无。萨特认为,生命应该有意义,这是一个命令。虽然只有三尺硬地,人要创造出自己的世界来。

不管在怎样的一个地方,总有一些人把文字作为证明生命意义的方式,虽然很寂寞。古时的诗文最初都是为某一个人写的,可见热闹不是文学的本意。在我看来,一本书或一篇文章有一个读者,也就可以了。如周作人先生说的,反正寂寞之上没有更上的寂寞了。

但是周冲的新书《你配得上更好的世界》在网上卖得很好,就是有许多的热闹,让人钦羡。这里刊发冉云飞先生为此书写的序《搞定自己是不容易的》,还有两篇与此有关的文章,分别是张雯哲的《我们都配得上更好的世界》,钟新强的《周冲,我愿你是海》,这三篇佳作见解都不凡,文字也充满灵性,关键有对于作者由衷的喜欢与关爱。同时配发一些名家对于此书的评价。许多温暖的文字,还有美好的情意,说明这个世界配得上我们。

去年到延安与当地作家座谈，《延安文学》主编侯波说到一种现象，就是现在有一些作者之前没见他们写过东西，也从来没投过稿，直接就写出长篇。我们这里也是这样，熊章喜长篇小说《石门楼》，余阳开长篇小说《老屋场之歌》就这样横空出世，其中《老屋场之歌》已由百花洲文艺出版社出版，叫人惊喜。这里节选两部长篇的片段，一睹为快，以期共赏。

瑞昌张绪平、都昌李冬凤、德安刘劲楠都是有独特书写的作家，近年或出版长篇小说，或出版散文集，都是我喜欢的。他们向《西海》赐稿，让人感到八面来风的美好，让刊物增色。绪平兄小说《追捕一粒叛逃的肉丸子》写一个时期平凡人的生存状态，有不平凡的艺术魅力。李冬凤散文《年的回味》、刘劲楠散文《银杏树去哪儿了》以生活细节写别样情绪，人在自己的家乡，乡愁却更深了。读这些文字，让人对于文学抱有一种信心，就是有一些东西是只有文学通过它独特的方式，才能够给予我们的。

我对于小说的认识有这样一些，诗歌起源于劳动，小说起源于休闲；正事归于文史，逸事归于小说；古之小说多是新闻，今之新闻奇于小说；古之小说多为娱乐，今之小说多为寄托；小说越来越繁荣，是因为世界越来越怪异。周冲、邹冰、邱小波的小说都形成自己的风格，这里每人选刊一篇新作，分别是《全世界最好吃的雪》《绿衣女》《红梅》，都有上好的表现，让人拿起来就不舍得放下。小说描摹过去或当下生活，书写个体命运，既深刻，又有趣味，让人震撼、让人叹息、让人思索、亦让人回味。谢飞鹏创作涉及诗歌、散文、小说，都有喜人的收获，这里发的小说新作《锁门》，通过一个普通场景反映乡村的失落。这一期发的小说都呈现出实力，这是西海文学一个非常值得关注的新气象。

瘦梦散文《1979年的疼痛》等两篇有诗歌意味，栩栩形象里有时代和生命的疼痛。邹幽篁散文《我的那些鸟兽虫鱼》充满生活情趣，文字也闲淡有味。柯善志散文《后娘》写母爱真情，温暖动人。尤其可喜的是大学生周维、初中学生郑之都亦向本刊投稿,而且写得生动活泼。周维散文《写给二十四岁的自己》抒写少年侠客之梦,是多数人都有过的,但他追问现代社会里人心里的侠应该是什么?回答是独立思考,这是很高的境界。在我看来,人与动物的区别是人会思考,但会思考的人却大多人云亦云,没有自己的精神世界。

叔本华以为,我们是否幸福,不取决于我们口袋里有什么宝贝,而是取决于我们脑袋里有什么东西。《楞伽经》有云"世界万有,皆由心造",每个人的作品都是这样独特,这就是他创造的自己的世界。

文化的风

——《西海》卷首语之三

那日,应星子宋渭之邀,与文友访紫阳旧陌、湖上落星。轻舟荡漾,和风拂面,一路风景,欢声笑语。王一民先生突然问一句,大家感受一下,这湖上的风是怎样一种味道?

辛弃疾有词云:"凿个池儿,唤个月儿来。"庐山西海文学,清新的气场里,有八面来风。仅仅在两千零十五年,我们这里就先后举行全国知名作家庐山西海采风、余阳开长篇小说《老屋场之歌》研讨会、黄沙诗会、凤凰山弥陀寺首届作家禅修营、水美武宁征文等活动。北京、天津、南昌及各地作家、学者、编辑与当地文化人建立联系,唱文学大风,扬山水美名。一年之间,在市以上报刊发表作品三百余篇。瘦梦、谢飞鹏、王造梁、熊章喜、夏宇红、邱小波等一批作者在《散文》《华厦散文》《散文选刊》《新华每日电讯》《散文诗》《创作评谭》《教师博览》《江西日报》等发表作品。余阳开出版抗战题材长篇小说《老屋场之歌》。熊巨芳出版长篇小说《陶渊明搜神记》。第一部反映山水武宁自然风光和文化风俗的散文集编辑完成待出版。以《艾风》《西海》和《武宁报》西海副刊为主要平台建设庐山西海文学。瘦梦、钟新强等多人作品入选江西省作协编辑出版的《江西山水入梦来》和江西美术出版社出版的《江右书院行之美文》等多种作品选集。一年中,经武宁作协推荐,有谢飞鹏、熊章喜、刘芙蓉等三人加入江西省作家协会;夏海琴、张雷、熊毅、付少平、余阳开、陈遥、成晨阳、王造梁、成善新、熊巨芳、张雯哲、柯朗朗、韩峰等十二人加入九江市作家协会。唐人陈子昂说"前不见古人"。文学其实报的是一个地方、一个时代的消息。

正是江南好风景,庐山西海聚诗情。新的一年,我们又举办首届庐山西海谷雨诗会,邀请各地诗人作家到最美小城赴一场诗歌盛会。《诗经》有云:"呦呦鹿鸣,食野之苹。我有嘉宾,鼓瑟吹笙。"一个地方能有多大气场,也许是天地造化,但是一个地方的人可以有自己的胸怀与担当。黄钟大吕有其威武,山歌村笛自有清音。

小城古时建有文峰塔,屡废屡建,现在庐山西海北岸,巍然矗立。人们建设精神家园的追求,永远不会停止。毕竟,一个地方、一个民族、一个国家,最终的伟大复兴是文化的复兴。

那些文化的风,让我们知道是怎样的人间。

乡音未改心沧桑

——写在《乡音》创刊十周年

我乡下有句古话,叫做宁卖祖宗的田,不改家乡的言。这样一种文化自觉与坚守使我中华文明得以延绵不断,历久弥新。《诗经》有云:"周虽旧邦,其命维新。"

那天晚上停电,我点一支蜡烛开始读钱穆《国史大纲》,这书是钱穆于抗战期间在云南昆明宜良西山岩泉下寺写成的。想他在那样艰难岁月,在乡下古庙孤灯下写作此著,我们在烛光下读来,心底就特别明亮。此书开篇要求读者具下列信念:一国之民应对本国已往历史略有所知;对本国已往历史怀有温情与敬意;不会感到自己是站在已往历史最高之顶点;不会将我们当身种种罪恶与弱点,一切诿卸于古人。近百年以来,中国就是不要自己的历史,不要自己的文化,将积贫积弱的原因归咎于自己的祖先。鲁迅说两千多年的历史只是吃人两个字。新文化运动提出打倒孔家店。到"文化大革命",对历史文化的破坏,可以说是空前绝后。一个古老的族群与已往历史文化的决绝,就如孙猴子一般,从石头缝里蹦出来,仿佛要这样才干净。

人毕竟是以文化的方式生存。苏东坡说,人之夭寿在元气,国之长短在风俗。我国家民族多次遭受外族入侵,而终将不灭,就是文化传统没有完全灭绝。也因此，世界文化才有这样的丰富，中国才可以言民族复兴。

大到国家民族，小到村落族群，都必须有根底，有自己的文化坚守，这样才是圣人说的和而不同。我先民造字，有智慧在其中，"和"字的篆书是一个人在吹箫，就是不同声音才是和谐的，才成为音乐，同一个音就是噪音，齐一就是丑。现在的这种发展模式，挖掉一座山，毁掉一片田，盖起一片楼，造起一座城。运动的方式像疟疾一样发作，常常给人一种感觉，叫做恍若隔世。某一个地方这样搞，有点新鲜；到处一样，就一点都不好玩。毕竟做房子只能把一个城市做大，不能把一个地方做伟大。这就像一个人的美好是智慧和品德。孔子说："德不孤，必有邻。"《史记·五帝本纪》说到舜，有这样一种吸引力，他住的地方"一年而所居成聚，二年成邑，三年成都"。我先民是这样走城镇化之路的。

这也就是乡音特别温暖的原因。这本《乡音》杂志是地方上的一个经济组织办的，他们懂得经济的长足发展要依赖文化。这样一个时代，喜欢日新月异，似乎没有什么是可以长久的，不说一个家园，昨天还好好的，过些日子就被夷为平地，或者建起陌生的高楼。就是高山大河，也像歌里唱的，叫它们改变了模样。那么，人总是要有精神家园的，许多的人要想凭吊家乡的旧时风景，幸得有这样一本《乡音》。

精神的高地

——《乡音》卷首语之一

柳山之于武宁,就如石钟山之于湖口,南山之于都昌,南崖之于修水,是古老县城近旁一座文化积淀深厚的山。相比较而言,柳山更为高大挺拔,更加峻峭秀丽。汉唐时武宁古城西安和新县均在柳山脚下。唐天宝四年,武宁县城迁至修河北岸的玉枕山前,南望柳山二十余里。柘林水库建成后,武宁县城又迁修河南岸南市岭,与柳山又靠近了一步。在邑人眼里,柳山成为武宁城的一个标志,有陶渊明"悠然见南山"的意蕴,有李白"相看两不厌"的情怀。

柳山的独特在于无人自芳的高洁,在于独自凭栏的意境。七百里修江迤逦东下,北有幕阜连绵,南有九岭逶迤。万山丛中,独柳山矗立于修江中段,如飞来之峰。古人说它像君子一样端庄,像学士一样秀雅,像隐者一样幽静,像侠士一样特立独行,真是一点也不为过。我想,这座并不壮阔险峻的山之所以受到先贤的爱慕,为县邑人青睐,就在于她不与万山相连,不与群峰为伍的孤独,从而在无数比她高峻的山岭间显示出自己的脊梁来。

地方志载,柳山原名飞来峰。相传许逊捕蛟至长乐乡,知其地有妖氛,用剑劈土,土掷飞五十余里,至此坠落,遂成一峰。飞来峰在修河边上看船来帆往,是在等待什么呢?终于在唐肃宗至德年间等来了河东人柳浑。县志上说,柳浑授浙江衢州司马时,弃官隐居此山,筑精舍读书。后征拜监察御史,官做到同中书门下平章事,封宜城伯,谥曰贞。后人就将此山改名为柳山。柳浑以飞来峰为平台出道,飞来峰亦从此涅槃。此后千百年来,人们常来登临怀想,不是因为地理海拔的巍峨,而是一种精神峻伟的高度。

胡适之先生说:"一时代的精神,只有一时代的祠祀,可以代表。"后人不断在此修祠堂,建书院,不就是为了传承一种宝贵的精神么?宋绍兴年间,世居柳山下的陈功显在柳浑精舍旧址建柳贞公祠,辟讲肆称柳山书堂。后毁于兵乱,功显之孙陈时章重建,丞相章鉴作记。元代又毁。明成化间,知县冯琦再建。其间屡废屡建,直至民国期间,柳公祠仍然弦歌不断。后毁不复重建,千年修行道场,只在地方志上留下寥寥数语。从唐代的精舍,到宋代的书院,其最可宝贵的精神是自我学习、自我研究的精神,也就是独立思考、自强不息的精神。私家讲学,研究学术,修炼心性,壮阔精神,进而形成一股力量,影响实际政治与世道人心,因为有这样活泼的民间,中华文明虽历万千劫难而终不可磨灭。

古人把修行的地方叫做精舍,又以为心是精之舍,所以张载要为天地立心,有那样高的境界。范仲淹在山寺苦读,得到先忧后乐的思想。王阳明龙场悟道,弘大人心的光明。古代先贤到山间读书正是为了养天地之气,悟万物之道,从而取得俯视人生的力量。

柳贞公弃官而入山,被召而出山,也就是此山的一个过客。能够让山人化为一体,山因人而名,人因山而存的东西不就是柳公耿介坚贞的品德和公正廉洁的清气吗?那么作为天地之过客,我们从中要汲取怎样的力量呢?

柳山虽是先贤隐居之地,又张宁公也是来武宁隐居,但是他们建设精神家园的理想成为后人的宝贵财富,让我们知道真正的修行不需要在名山。我们所熟知的柳山下、修河边的陈重印、陈政、陈建武、吴国富等等一批文化人不正是传承这种精神的代表么?

《乡音》虽是九江武宁人的一个经济组织创办的杂志,却以建设精神家园为己任,十年间团结各地武宁文化人,为山水武宁,人文武宁建设提供平台,功莫大焉。尤其这次组织《乡音》作者家园采风活动,参加人员多,创作作品多,是地方文艺创作成果的一次集中展示。瘦梦写乡愁,家常细节里,是人类恒久的情思与宿命。方平以戏剧传承民间文化,江湖渔樵,自有风俗教化。张友明怀着对历史的温情与敬意,考证思索三溪张氏的来源,慎终追远,悠思绵绵。张家和写知青生活,苦难的过往里亦有人世温暖。张雷、雷奇、夏海琴、王造梁等一批新人,不仅有很高的文字功夫,更有不同凡响的生命情怀。他们作品里的人间烟火自有一种高贵繁华。叫人想到,重要的不是写什么,而是有一种怎样的精神境界。

正如柳山是一座普通的山,但因为寄托了美好的精神而矗立人们的心头。《乡音》是一本普通的杂志,但是因为追求一种生命美学而成为西海兰亭。柳山下的人是平凡的人,但是我读这些的作品,感觉他们追求精神高地的情怀,有一种山高水长。

从忠实读者到签约作者

——写在《教师博览》创刊二十周年

我是在最基层的教学点发现《教师博览》的。那时,我在小城机关工作,小妹在一个村教学点任代课教师。这个山村在庐山西海边上,名字叫做棠下。春节我回到山村,小妹的书橱里摆了几本刚刚创刊的《教师博览》,我翻阅后,就有故友重逢的喜悦,可以说是一见钟情。其思想性、知识性、趣味性、艺术性非常符合我的口味,小妹也对这本杂志津津乐道,精心收藏。那几年,杂志的封三上每期登一首流行歌曲,小妹就用这些歌曲来上音乐课。我还记得《教师博览》一九九三年七月创刊时是作为《江西教育》的附属刊物,叫《江西教育·教师博览专号》。到一九九五年第一期才正式单独办刊,使用的还是内刊号,但它就是这样大气,有横空出世的味道。思想决定刊物的高度,文化决定刊物的品位,它以"博、新、深、精、趣"为办刊宗旨,很快形成自己的办刊特色。我们讲做人要按本色做人,按角色办事,按特色定位。《教师博览》正是以自己独特的人文本色和先进的教育理念及高雅的思想趣味立于全国优秀期刊之林。我还记得二〇〇三年七月,时任教育部副部长袁贵仁给《教师博览》创刊十周年写来贺信,评价它:"定位准确,内容丰富,品位高雅,风格清新,深受全国广大教师欢迎。"从最底层的代课教师到最高层的教育部长,他们对《教师博览》的评价是这样好。

从那时开始,我每年自费订阅《教师博览》,并想办法补齐了创刊初期的几期,我订阅杂志比较多,以文学为重。但二十年来一直坚持订阅的只有这本《教师博览》,并每年装订成册,成为书架上的珍藏。二〇〇九年《教师博览》原创版创刊后,我又毫不犹豫地把它作为新的必订刊物。《教师博览》追求卓越品质,文摘版已办成独一无二,原创版也果然办出品位。在这里,我认识了古今中外的许多教育大家,不仅可以看到朱永新、杨东平、肖川、刘铁芳等专家学者对教育的思考,而且展示管建刚、窦桂梅、蔡兴蓉等一批基层教师的教育实践。孔子说:"君子不器。"就是君子不像器皿般只有一定的用途。我长期阅读《教师博览》,觉得它就是期刊中的君子,它不是用来给人解决某些专门问题的,而是给人打下人文底色的,它是我们的精神家园。

《教师博览》创刊时,我还是个文学青年。其后,我在《中国妇女报》《中国教师报》《创作评谭》《江西日报》《江西教育》等报刊发表过许多作品,并于二〇〇六年结集出版,成为省作家协会会员。二〇〇九年发表于《江西教育》第七、八期合刊的散文《背着书包上学堂》获得"60年的教育记忆"征文第一名。连续三年来,我先后参加《江西教育》在南昌、瑶里、厦门等地组织的重点作者座谈会。我的创作成长历程大致也就是做《教师博览》忠实读者的这二十年,虽然发表不少作品,也出版了散文小说集《无人喝彩》,但我心底一直有一个私密的心愿,那就是自己的文章可以发表在《教师博览》上。原来它只有文摘版,自己知道很难,因为要有读者的推荐,还要入得了编辑的法眼。到二〇〇九年原创版创刊后,我看到希望,仔细研究它栏目的定位风格,觉得有合适的作品就可以先寄给它。二〇一一年底,写成《我的读书生活》一文,投寄给《教师博览》原创版,刊发在二〇一二年第五期的"书话"栏中,终于实现多年的夙愿。同年十月,我又写成散文《多少回梦里到二团》,又被

《教师博览》刊发在二〇一三年第一期的"文苑"栏中，与我熟知的作家陈世旭、张丽钧等先生的大作放在一起，这真是莫大的荣幸。《教师博览》二〇一三年第六期公布了"本刊第三批签约作者名录"，我的名字亦忝列其中，真是受宠若惊。因为我看了第一、第二期签约作者中，有许多专家学者，如肖川、刘铁芳、傅国涌、吴非等，我正是通过《教师博览》认识这些专家学者的，得到过他们思想的滋养。也有许多一线的特别有影响的教师，如谢云、王木春、茅卫东、蔡朝阳、郭学萍等成为签约作家。后来又与他们在《教师博览》组织的各种活动中相聚，有这样一种难得的缘。

青瓷里的乡愁

——读李冬凤新书《鄱阳湖与女人》

读李冬凤新书《鄱阳湖与女人》所写札记主要有两个方面,一是作者印象;二是作品印象。作品是人的生命气象,这两点又是联结在一起的。其人其书,总的一句话,青瓷的美是她身上扛着的文化,还有历史。

作者印象。概言之,如花、如水、如歌。

如花是我对于冬凤面貌的认识。也是我对于鄱阳湖的又一点印象。那年初冬,应邀到都昌参加鄱阳湖主题散文《失落的文明》作品研讨会,蓼子花开满湖滩。这样卑微,似有似无,如我乡间的红花草;又这样烂漫,铺天盖地,一片紫色的海洋,成为鄱阳湖独特的风景。就是在这里,我第一次认识冬凤。在宴会上,我说:"有花方酌酒,无事高枕眠。"她就陪我喝酒,有一种内敛的大方。又她笔名昵称都叫紫云英,山间的红花草,没有惊艳,是一种家常的美。

如水是我对于冬凤品质的认识。俗话说:"女子无才便是德。"也许是人们见多了有才的女子往往偏执、刻薄,不懂得女人的力量是她的没有力量,从而失去造化赋予她的美好。老子说:"上善若水,水利万物而不争……"又说:"天下莫柔弱于水,而攻坚强者,莫之能先……"鄱阳湖边长大的女人,得天地造化,自有一种宽广,知道柔弱的力量是善良。

冬凤是特别有女人味的,柔弱妩媚中自有一种端庄。书中有写自己的两篇散文《第一道风景》和《生命之源》,是写她生产和哺乳的经历,平淡的叙述中有生命的惊心动魄,隐忍的苦难中有对于人世的爱。

如歌是我对于冬凤价值的认识。与冬凤相识后,我开始关注她的写作,先后在天津文学上读到她的小说《青瓷》,在《创作评谭》上读到她的《牯父牛母》《巧儿》等作品,觉得她的作品简约、节制,正如青瓷的精致。在这个不知道节制的时代,这是很大的美德。一方水土养一方人,一方人有一方文化。都昌有一个作家群,阵容大、品位高。他们办报纸杂志,发表作品,出版书籍,创造鄱阳湖文化。杨廷贵、摩罗是黄钟大吕;作为后起之秀,冬凤的文字是独特的歌唱。我是同时认识摩罗、冬凤的,虽然风格影响差别有万水千山,但文化的面目是一样的清晰。

作品印象。概言之,是写女人之书,是写乡愁之书,是写亲爱之书。

这是写女人的书。写的是鄱阳湖女人的命运。外婆、二外婆、拼饼奶奶、母亲、大娘、青瓷等,还有作者自己,几代女人的悲欢与情怀。作者在《鄱阳湖与女人》一文中说:"鄱阳湖孕育女人,女人成了鄱阳湖的风景。"集中来写鄱阳湖女人这道风景,世上只有李冬凤。一般说来,江西属山区,朱熹说江西的山多从南来,就是逆向走势,可印证的是自古土匪多。但是赣北鄱阳湖有一种开阔,这里的人有一种天大地大的胸怀。《小脚外婆》里写道:"经历了一个世纪的风霜雨雪,已经由一个千金小姐,变成了地道的农家太婆。"日子是那么地千疮百孔,生命却有一种完美。《青瓷》写一个富贵人家的千金带着十几船的嫁妆,下嫁一个穷书生。"俊俏粉嫩的脸蛋,一双顾盼生辉的大眼睛,微微张开的小嘴,十指纤纤,怀抱一个青花瓷瓶。简直就是观音娘娘……"我们都听过传男不传女的宝贝秘方,这个青瓷却是传女不传男的宝贝,目的是旺夫。"娘说瓷瓶跟着外婆,外婆的外婆,都是夫旺子女全,瓷瓶也一定能保佑我儿孙满堂……"中国传统是"嫁出去的女,泼出去的水",但鄱阳湖女人的这个传统，是这样特别而美好。青瓷的烧制，那一抹天青，如人的生命是一种偶然，怎么样无愧于这个偶然的生命，让他发出青瓷一样的光华，这是青瓷的寓意。世上最美的毕竟是智慧，鄱阳湖女人的美正在于此。

这是写乡愁的书。《年的回味》写温暖的记忆里那些失落的民俗。《元宵心吟》回忆乡村元宵的热闹与快乐，有怅然情怀。《小渠水远流》里写道："人越长越大，便越来越不像自己，所以才要到生命的源头去还原自己。"如今乡愁不是远离故土才有，人在自己的家乡，乡愁反而更深了。正如《心中的田园》所说的："人是上帝用泥土捏的，可是人却要把自己与泥土隔开，让自己孤独和冷漠。"那些有形的渔村，那些无形的风俗，都消失在岁月的沧海。此书的乡愁还在于语言的古朴。《年的回味》写道："母亲说过年的鸡不能说杀，只可说高，叫高年鸡。"我乡下也是这样，杀过年猪，叫高猪。打扫房屋梁柱叫掸阳尘。出湖捕鱼，家庭用度，凡事有恭敬之心。《大山深处》写小勇不会读书，成了全校有名的"桐油篓"。我乡下说"桐油罐"。都昌话不好懂，写成文字，赣方言还是相通。生动的语言里有丰富悠久的文明信息。还有《青瓷》里的"公分碗，蓑衣屋"之类的儿歌，唱的都是一个过去的时代，还有失落的文明。青瓷是那么易碎，但人的念想却那么悠长。

这是写亲爱的书。《牯父牛母》写牛的灵性，发怒相斗的两头牛与小女孩狭路相逢竟然没有伤人，"这因命大福大，牛都不敢踩！大难不死，必有后福！"从此拜那水牯做爹、母牛做娘，心中有了一种别样的牵挂。科学和哲学之父泰勒斯曾宣称："万物中皆有神在。"感恩这个世界，是多么地温暖。《母爱三章》既写刻骨铭心的亲情，又写宗教情怀的慈悲，家常的细节里有汩汩的温暖。《小脚外婆》等篇章写老一辈人的爱，多的是责任、是宽容、是忘我。人世纵然有千般不是，女人还是要用爱来温暖人间。外婆不愿离开老屋，是这样说的："我住惯了，舍不得离开,这屋里有你外公,屋前还能看见湖!"一个世纪的风雨化作烟云,外婆心里只有爱。世间有一种人生,是在红尘烟火中修行,虽然卑微到尘埃,亦有一种爱的快乐。

还有一点印象。这是一本散文小说集,用小说的细节来写散文,用散文的结构来写小说,不管是散文还是小说,平凡的世界里,是那样真切的人生。语言亦不乏深刻。《小城家族三篇》写道:"一个家族在一个屋檐下,彼此互相照应,对外抱成一团,光鲜的都露给了别人,家族里鸡毛狗爪的小事烂在窝里。"还有:"世态炎凉原只是看两个字:一是势,二是钱。"文章中有许多这样发光的句子,像珍珠一样,让人会心惊喜。

杨绛在《我们仨》一书中说过:"我们读书,总是从一本书的最高境界来欣赏和品评。"百花洲文艺出版社姚雪雪社长在本书的序中就是从这样的高度来评价的。我写下这些文字,不过在边上鼓下掌而已,境界谈不上,喜欢是有的。

山水武宁赋

诗云：

行过武宁县，初晴景物和。
岸回惊水急，山浅见天多。
细岸浓兰泼，轻烟匹练拖。
晚来何处宿，一笛起渔歌。

山水武宁，生态之乡。吴头楚尾，赣鄂边缘。八山一水半分田，半分道路与庄园。幕阜横亘于北，九岭逶迤于南；修江自西而来，东流庐山西海。森林广袤，绿遍山原；河溪奔流，汇集百川。田畴如画，烟村点点。武陵岩，誉称"百里芙蓉帐"；鲁溪洞，有亿年溶岩奇观。柳山似飞来之峰，兀立江岸，一峰独秀；九宫处吴楚要塞，雄峙赣北，无限风光。神雾山，竹涛连绵雾迷漫；观湖岛，绿岛如莲水如蓝。上汤温泉，洗浴风情存古朴；峡谷漂流，纵情山水画中游。长塅新村建"农家之乐"，九岭公园有"武陵人家"。艾园留古城遗韵，平尧建生态农庄。罗溪、澧溪、烟港，条条溪流如泻玉；瓜源、枣源、上洞，诸多河源产山珍。云豹、长尾雉，大山之宝；银鱼、棍子鱼，西海珍藏。南山红豆、杉松尤为珍贵，北屏川芎、油茶四时飘香。

　　山水武宁,历史悠长。五千年古邑,七百里修江。梅山、友爱遗址,是新石器文明;西安、新县村庄,有旧城堡残砖。殷商为艾候领地,周代分属越楚吴。秦隶九江郡,汉初属豫章。汉献帝建安四年立西安县,晋武帝太康元年改名豫宁。唐长安四年,始定现名;唐天宝四年,城迁玉枕。向属巨邑,编乡二十;划出八乡,县设分宁;再割县南,以益靖安。明清为九乡五十四都,如今有八镇一十一乡。柘林筑坝,水淹千年城;南市之岭,再建新宁镇。九宫山为闯王李自成殉难之地,吴王峰有孙权曾祖母天葬坟。太平山保留宋代佑圣宫,为道教圣地;凤凰山建有古刹弥陀寺,是千年道场。棺材山,抗日英雄拒倭寇;走马岗,岳飞饮马讨杨么。龙潭石上,山谷镌字;四望山亭,韩琦题诗。郑郊草堂、柳浑精舍、玉枕清风、鹤桥明月、钟陵瓜圃、伊洞龙鳅、南浦渔歌、东林牧笛,旧时号"豫宁八景";小城夜景、西海花源、太平仙境、九宫温泉、柳山遗踪、长水农庄、武陵漂流、凤凰禅院,各大景区新风光。

　　山水武宁,人文其昌。紫鹿岭,张宁忤权贵辞官而归隐;飞来峰,柳浑筑精舍读书而拜相。鲁溪隔河两司令,三里五将军;鹤溪一门八进士,三代十朝官。南唐兵部尚书卢俦屯兵县境,兴修水利,广栽树木,福荫后人;宋代吏部侍郎邢凯致仕归里,修建书院,著书讲学,青史留名。豫宁三盛,诗钞同入清史;江西四子,汪轫名列其一。程盟山题梅花百咏,张闰榻吟医药千方。卢雾人愤世嫉俗,诗文享誉桑梓;徐若林扶危济困,辩才压服豪强。张大鹏,武艺高强,嘉庆武进士,摘取榜眼;熊肇勋,北伐骁将,冲锋总在前,为国捐躯。李烈钧,英雄本色,护国护法举义旗,浴血共和,民国元勋;李屏仁,投身革命,红五军团参谋长,铁流后卫,血洒疆场。余心乐,江南大才子,语言学家,蜚声海内外;吴国富,农民研究生,自学典范,美名神州扬。陈重印,国画大家,提携家乡才俊;余静赣,装饰奇才,带富赣北一方。

山水武宁，艺术留芳。山歌奇葩打鼓歌，风格独特，唱出国家非物质文化遗产；民间戏剧采茶戏，乡土韵腔，成为江西四大地方戏之一。《我们山歌牛毛多》走出国门，《梆儿声声》摘国际小戏银奖。傩舞、蛇舞、乡村舞蹈自娱乐，狮灯、龙灯，民间灯彩闹新春。思凡锣鼓、郎马锣鼓、丝弦锣鼓、唱道锣鼓，民间锣鼓，丰富多彩；耘禾歌谣、车水歌谣、采茶歌谣、锄山歌谣，山歌小调，代代传唱。民间道情，登上舞台；山里故事，讲进上海。全县诗社二十个，乡土诗人三百人。戏班数十上百，活跃农村文化；画笔成千上万，打造装饰之乡。历代文集两百多种，今人作品堪称皇皇。

山水武宁，今创辉煌。政通人和，百业俱兴。经济繁荣，社会文明。两桥飞架修江，天堑变通途。国道、省道、高速路、乡村路，道路通达，融入庐山旅游圈；招商、安商，工业园、科技园，工业强县，承接东部产业链。城市化建设，日新月异；新农村面貌，走进小康。生态旅游大县，宜居宜业家园。水有藻、石有苔、花有蝶，生态建设膺全国示范；山定权、树定根、人定心，林权改革树华夏样板。全国园林城市，山环水绕；国家卫生县城，月白风清。全国文明平安县城，创建有功；全国社会文化先进，堪称殊荣。孟建柱寄语"文明美丽"，温家宝题词"山水武宁"。青山绿水，为之增光；爱我家乡，赋表衷肠。歌曰：

> 幕阜巍巍兮西海泱泱，
> 历览前贤兮山高水长。
> 科学发展兮奋发图强，
> 当代风流兮再写华章。

武宁第一小学赋

　　幕阜巍巍,西海泱泱。传承古邑县学,启蒙教化一方。百年筚路蓝缕,几代风流荣光。

　　深情回望,风雨沧桑。废除科举,兴办学堂。正谊高等小学堂,清末肇始;城北高等小学校,民国改创。抗战爆发,附属省立乡村师范;烽火连天,屡迁山间庙宇祠堂。驱逐倭寇,回到古城怀抱;迎来新政,合并两校力量。天翻地覆,崭新气象。曰甫田,曰城区,曰古艾,曰新宁。校名屡改换,不变是担当。

　　桑田沧海,最是难忘。水淹千年古城,城迁南市山冈。克勤克俭,从来创业维艰;一砖一瓦,校建白石岭上。甫一立足,再扩两部。数年之间,三校鼎昌。一小之名,自此而扬。普及初等教育,扫除新老文盲。奠基文化素养,喜看桃李芬芳。

　　世纪新启,再谱华章。改建扩建,面貌变样;争优创优,发奋图强。附办特殊教育,十年不同寻常。最重校园文明,满园扑鼻书香。校训书学无止境,志存高远;校徽寓小鸟奋飞,春芽绽放。校风宏扬正气大气朝气,校歌唱理想从这里启航。师德师风荣膺赣北先进,读书活动获得全省大奖。立德树人,播种希望。莘莘学子,几多栋梁。

绿色发展，时代巨响。最美小城，名扬四方。注重民生，学校面貌一新；尊师重教，光大传统风尚。群楼场馆，矗立环湖路上；古校新景，南望山水广场。岁在丙申，时序仲春。华构新成，躬逢其盛。鸿图大展，春风浩荡。高山仰止，赋表衷肠。歌曰：

　　　　　　古邑文风兮大观洋洋，
　　　　　　历尽风霜兮弦歌悠扬。
　　　　　　当代风流兮再创辉煌，
　　　　　　薪火相传兮中国梦想。

黄沙诗序

　　贰零壹伍,岁在乙未。金秋十月,时近重阳。黄沙女王造梁,邀约县邑文友,山村采风,雅意分享。瘦梦成人之美,邹冰联络各方。县作协、武宁报应约组织,船滩镇、黄沙村盛情迎迓。同道二十余人,共赴曲水流觞。

　　黄沙处赣鄂交界,水口汇三港清溪。太阳山下,飞瀑流响。石桥古塔,老屋泥房。祠祀明代胡大海,古风有神歌传唱。越溪跳涧,探横坑瀑布;过畈穿林,观巨松树王。荞麦花如雪,油茶果飘香。深山摘野果,村口访祠堂。一路好风景,客来哨子香。淳朴民风,古道热肠。人意最美,山高水长。

　　登高览胜,俯观人生。此地有茂林修竹,何处无明月清风。世上寻常风景,人常漠然相忘。千古兰亭,悠然远意;情慕高古,望风怀想。雷奇张雷主持,聚于村中会堂。个个诗情洋溢,人人登台吟唱。畅抒胸襟,文字激扬。人虽为过客,景抑或变幻,而相聚清欢,古今总一样。为志纪念,汇集华章。刊于《西海》,以期共赏。

西海诗序

贰零壹陆,岁在丙申。时近谷雨,序属暮春。瘦梦倡办诗会,同道一呼百应。各地作家诗人,齐聚山水武宁。庐山西海,一时流光溢彩;曲水流觞,千古情慕兰亭。

烟雨江南,唯美小城。夜游西海湾,人在画中行。采茶戏演楼台会,十八相送多情趣;打鼓歌唱到山来,三月芥菜起了心。八音公园存古朴意味;沙田湿地显生态文明。一路欢歌笑语,地方文化风情。乘风破浪去巾口,纵情山水留倩影。山乡热情宴宾客,高山流水有清音。

西海宾馆搭高台,谷雨诗会聚精英。鄱阳陈阿郎开场,追问人生,一鸣惊人;九江朱文丹登台,抚摸月光,何堪深情。罗会珊高古,自编自唱李白将进酒;陈杰敏奇才,多思多叹巴金何飘零。余玲玲墨宝一帧,弥足珍贵;桂婉婷高歌一曲,叫人开心。德安邹时福倾情吟雪;彭泽汪伯林激情咏春。雯哲演绎瘦梦《水的歌谣》,是生命心曲;张雷深情抒写《家乡河赞》,传历史足音。几多期待,永林方言吼都昌小调;空谷幽兰,雷奇英语诵叶芝爱情。南昌方心田、陈论水,文坛高论;北京秦传安、冷克明,专家点评。浔阳晚报,连国秀言大力推介;江州文坛,蔡勋寄语高屋建瓴。意外惊喜,庐山铁佛寺释演顺拍摄绝美盛况;不同眼光,江西社科院赖丽华谈说诗意学问。高朋满座,媒体云集,一时之盛;百章佳构,风流文采,煌煌莫名。

亘古山河,西海却年轻;呦呦鹿鸣,前不见古人。世上人家,寻常风景;精神高地,其命维新。为志纪念,汇集雄文。流布人间,求其友声。聊缀数语,以为小引。慷慨系之,不知所云。

山里散人传

　　山里散人,是在网上结识的好友,大概是个昵称。考其来历,旧时启蒙读物《幼学琼林》有云:"无系累者曰江湖散人;负豪气者曰湖海之士。"大概其人不在江湖,僻居山里,又慕庄子逍遥无用树下的自在,因以名之。

　　其空间有点滴文字,知道是庐山西海人氏。那里古时为艾地,又其妻乃艾氏,所以给自己的三间瓦房取名为艾之居。属相为虎,又为厅堂命名为虎啸堂。常在空间发些读书认识,大概是其爱好吧。

　　一日,在其空间日志偶得其自述,大概中年时反省之文字,盖自画像耳。今节录概要如下。

　　苏格拉底说,未经省察的人生没有价值。孔子也说,五十要知天命。希腊德尔斐神庙上的一句箴言是:"认识你自己。"那么,审验一番,我认识自己么?

　　我是命贱之人。虽然从没有去算过命,但知道自己是一个草民贱命。我乡下孩子出生都会取些很贱的乳名,如花子、癞子、狗子、臭货之类,就是贱的东西才好养。又我妈妈一度叫我喊她姨,也有结拜干娘的,就是怕自己的命生养不大一个儿。天地予我不薄,虽生在山村寒素之家，但有父母、姐妹天伦亲爱。自己没有拐脚缺手癞头瞎眼，也没有五官不正等残疾。虽上树掏鸟，下河摸鱼，戏水、玩火、乘车、划船、病痛等许多凶险，到底没有打短命。又读书一般，刚好可以混碗饭吃。过平凡简单的日子，没有高高的想望，所以也没有深深的失意。可悲的是，有了一个命，却不认识这个命，不能正确对待这个命，于是就有许多的世界乱象。所谓心比天高，命同纸薄之说，都是不知命。一个人的命就是他的禀赋。《论语》有云："死生有命，富贵在天。"现代科学证实，世间万事万物莫不有数。同时，要让自己的命发挥最大的潜能方不负造化。明代有个叫袁了凡的人说："命由我作，福自己求。"主要是讲以自己的努力来求得福报。曾国藩说："尽其在我，听其在天。"也是讲要尽自己的性命。命贵的人，知道要堂堂正正做好一个人。像我们这样命贱的人，却只有懈怠而已。《中庸》有云："素富贵行乎富贵，素贫贱行乎贫贱，素夷狄行乎夷狄，素患难行乎患难，君子无入而不自得焉。"就是懂得天命的君子，没有进入某种处境而不感到自得的。如明代宗臣在《报刘一丈书》中所说："人生有命，吾惟守分而已。"实在是，守住自己的本分就守住了人生的繁华。

我是福薄之人。我家世代草根，没有出过人物，因为家谱毁于"文化大革命"，祖父以上先人连姓名都没有留下来。老子说："天地之大德曰生。"一个家族能够后继有人，传下来一脉人烟，也算是冥冥之中的造化。父母都是良善之人，在许多的动荡灾难年月里卑微地求生。也许凭他们的福荫，我能够过上衣食无忧的生活。乡间土话说："子孙无福，怪坟怪屋。"中国文化里有一个倾向，就是把不好的东西归于祖先。其实一个人的福是自己积累起来的，要怪只能怪自己。清人张潮说："值太平世，生湖山郡，官长廉静，家道优裕，娶妇贤淑，生子聪慧。人生如此，可云全福。"按这个标准，世道也算太平，湖山也算风景，妻子贤惠，儿子聪明，应该说有很大的福报。我说自己福薄，主要是说自己没有吃过什么苦,也没有吃过许多的亏,人世予我的多,我给世界的少。上没有好好孝顺父母及尊敬师长,中没有给亲人朋友应有的帮助或更多的情谊,下没有建立子孙的福祉。俗话说,势不可使尽,福不可享尽。只有一点点福分,就自己享用尽了,这是怎样的一种薄凉呢?

我是德寡之人。古人云:"富润屋,德润身。"品德给人一种丰富和宽广。英国思想家洛克说过:"德行愈高的人,其他一切成就的获得也愈容易。"自己没有成就,也可以说是德行不够。其一为眼界浅。就是我乡下人说的眼皮薄,虽一介平民,百无一用,却有许多看不惯。其二为口德差,看不惯倒也罢了,却又忍不住,就是随便讥诮人事。明代陈继儒《小窗幽记》有云:"祸莫大于纵己之欲,恶莫大于言人之非。"又云:"开口讥诮人,是轻薄第一件事,不惟丧德,亦足丧身。"孟子说:"言人之不善,当如后患何?"历史上确有因乱说话而掉脑袋的,祸从口出的事大小不一,总是修养不够。其三为心气急。遇事脸上有颜色。也曾将一联"气象勿傲勿暴勿怠,颜色宜和宜静宜庄"置于座右,做起来却又常常丢在脑后。总是事情过去徒有后悔。其四为心肠冷。本来一无所长,却还不愿意舍己帮人。凡事又怕求人,正如俗话说的"上山擒虎易,开口告人难。"古人以为,德者,得也。又有舍得一词,就是有舍才有得。一个人有不有德,也许标准正是有不有付出。尤其遇权势或浅薄之人易生傲气,显示自己的清高。自以为《周易》所云"不事王侯,高尚其事"是一种洁身自好。凡此种种,都是德寡的表现。《易》云:"厚德载物。"就是有容量,有担当之人,懂得宽恕与包容,和气与欢喜常在心间。佛正是因为内心光明强大,才可以是低眉垂眼。

我是智浅之人。生在山野,自小打架游戏,亦曾偷鸡摸狗,形同野人,不曾习过规矩礼仪。读书又遇"文化大革命",读些假话空语,没有基本的文明启蒙。后来虽然通过高考走到外面,读书做事,按部就班,始终缺乏独立思考,没有对于人生和社会的智慧。此生最喜欢的是读书,但直到中年才进入经典阅读,形成读书趣味。小时有许多贴心搭骨的伙伴,长大慢慢陌生。人常常是这样,习染于声色富贵,良心善性都蒙蔽了。就是庄子说的"嗜欲深者天机浅"。还有就是不能言行一致,读再多的书,懂得再多的道理,如果不能去做,有口无心的念经,终不入道,也是没有智慧的一种表现。王阳明说:"吾辈用功只求日减,不求日增,减得一份人欲,便是复得一份天理。"老子也说"为道日损"。没有智慧就是只知道在世俗中做加法的原因吧。柏拉图《理想国》中有一句话说:"凡是美好的总是困难的。"智慧也不是人想有就有的吧。

我是耻寿之人。就是对于死亡的认识。父母生我也晚,到我懂事时,他们都显老朽。小时最怕父母讨论这个话题,因为在儿女心中,父母仿佛永远不会离开我们,有这样一种深爱。其实这个问题大概人人都会有一些思考。多种宗教都追求长生久视,因果轮回,以此安顿人的灵魂。《庄子·天地》有记,上古帝王尧对华封人说:"寿则多辱。"意思是人年纪大了,就有许多错误及耻辱。唐尧尚且如此,何况我们这些凡夫呢?所以,我乡下也有"老人家,叫你孙子牵你去吃草"的笑话。古希腊的亚里士多德也认为,重要的不是活得久,而是活得好。周作人写过一个日本的和尚,叫兼好法师,他说:"人生能够常住不灭,恐世间将更无趣味。人世无常,或者正是很妙的事吧。"他的意见是,人过了中年,便将忘记自己的老丑,想在人群中胡混,到了暮年还爱恋子孙,希冀长寿得见他们的繁荣,执着人生,私欲益深,人情物理都不复了解,亦可叹息。这样的事情多了去。实在是,在不能常住的世间,活到老丑,又有什么意思呢?但是人的寿命,自己又不能做主。庄子说:"万物皆出于机,皆入于机。"造化这样的弄人,亦只能警惕老丑而安时处顺罢,但惭愧是这样的深。

命贱、福薄、德寡、智浅,这是自己的一点认识。其实还有很多的陋质恶行,又怎么说得完。《易经》有云:"非所居而居焉,身必危。"知道自己的卑贱,所以不慕高官,不营别墅,不置豪车,不图清誉,亦不想长寿,文字亦不足论,因为一个人的文字就是他生命的气象,人不可能走到自己的前面去。

《诗经》有云:"不愧于人,不畏于天。"俯仰之间,要一种怎样的境界。人世有一种慈悲,是可以有深深的忏悔。

以上是山里散人自述概要。因其一贯隐身,又留言亦从不回复,终不得与之对话。

想当年,司马迁为人作传,不过道听途说。如今人生而自由,却无往而不在网中。此传能成,幸赖其功。世上作传记的人多为王侯将相,或名人精英,一般人读来,不能感同身受。中国人有为普通人作传的传统,《史记》中有鸡鸣狗盗之辈,韩愈为泥工作传,柳宗元为木匠作传,我今为山里散人作传,盖此类耳。又一人之传记,自己所述最佳,别人不免隔靴搔痒。以此论之,此传亦善哉。乃据其所述而为赞曰:

> 生长在山村,性本爱自然。
> 顺习跳农门,入校读师范。
> 先做孩子王,后当公务员。
> 说文可写作,要武会种田。
> 雅趣喜看戏,随俗能上班。
> 无意奔仕途,不求于文坛。
> 有花方酌酒,无事高枕眠。
> 闲静度岁月,庐山西海间。

跋

出书记

　　上古的时候，人们把心思写在风中，有那样一种宽广。后来书写在龟甲竹简或者木片上，亦不留名。他们知道，有总是小于无的。许多的古籍经过无数人的手，面目却也清晰，因为他们写书，不是为了留名，而是传承一种文明。

　　如今的人写书出书，有为评上职称的，有为当上作协会员的，有为申报项目的，也有为赚钱的，还有是因为有钱而要做着来玩的。唯物的时代，精神有这样的一种繁荣。

　　我出书不为赚钱，也肯定赚不到钱；也不是为当上作协会员，更不为评职称。也不是因为有钱，要来消费许多纸张。有人闲暇时种了一点红薯，成熟了要收进来。发表在各种报刊的文章，还有收录在各种选本里的作品，也像是种在那些地里的红薯，如今要收进来。收获有一种喜悦，也是人之常情吧。

　　这是我的第二本书，收集第一本书结集后发表的部分作品。实在说，我第一次买盗版书是不知情的，有那样一种可怜。其后出书是出版商找上门的，出的也是盗版，请车子到九江火车站接到从北京发来的成品，做得还差强人意。后来咨询懂行的朋友才知道。心想又不是畅销书，又不是名著，要这样干什么？虽然古代没有盗版一说，印书是自己的事，但如今有人来帮助把关，一个书号却要许多银子，引得一些骗子来欺负我乡下没有见过世面的人。

正如序中说的,我不觉得非要有两本书,好的东西总是少的。但是因为第一本书是这样的不堪,心里总有一个疤,不出一本总是一个遗憾。又觉得新的作品总是好过旧的,近些年来主要时间都用来读书写作,流落在各个角落的作品,似乎有必要收集起来,算是对这些作品的一个交代。

去年秋,我负责编纂的《武宁县教育志》终于要出版,安排编辑网上联系,电话咨询,又与有关部门确认,决定在方志出版社出书。还是不放心,又大老远到北京国家方志馆,在出版社的办公室签订出书合同。书稿的电子版,出版社之前已经看过,合同签订后即进入审稿、申报等程序。

回来后,想到自己的书。打开一个硬盘,发现这本书前一年就编好目录,是准备在离开职场时完成的。不想一年来竟没有捡起这件事,日子就这样蹉跎。

一公一私,这两本书几乎是同时在做。方志印刷,一般多由编纂方联系,因为校稿太麻烦,出版社只要求印刷厂的资质达到要求就行。不想单位联系的河南一家印刷厂做来审稿的样书,几乎与原来打字店做的差不多,编辑送到我工作室,一看就傻了,以为又碰上印刷的李鬼了。不要说,出版社也通不过。只得到印刷厂去看。好在厂家是个大厂,资质没有问题。现场沟通,重新来过,做出样书,发到出版社,已经到年底了。出版社立即安排审稿,一审、二审、三审,行业术语叫点红,用去一个多月的时间。八十多万字,每千字七元的审稿费,真是不容易。根据审稿意见,再来修改完善。到今年二月底,书号也下来了。三月,出版社开出图书印刷委托书。一旦要出书,心里反而惴惴。仅就封面和图片就反复斟酌,调整修改几次。所有的资料完善,于五月初到印刷厂校对,又做成样书,再看一遍,觉得很满意,然后签字发排印制。

选择到江西人民出版社出自己的这本书,也属偶然,就是手上刚好有两本书是这个出版社的,还比较中意。反之,看到某一个出版社出了一本看不上眼的书,就不会想到要到那里去做书。真实的情况是,出版社是追求经济效益的,只要没有政治问题,有书还是会做的,而且各人的审美不同,同一个社做出来的东西也有千差万别。但是我期望能做一本自己满意的书。

二〇一六年十月九日将《春过江南》内容提要和目录发给江西人民出版社编务总监陈世象先生。同年十一月二十九日又将书稿及编辑有关要求发过去。三个多月过去,冬去春来,只和陈先生有简单的交流,知道在审稿、申报。二〇一七年三月十七日,收到编辑万莲花快件寄来的第一次排版的书稿。非常的失望,感觉就是还没有入门的学徒试着交出的作业,根本就没有用心。好在陈先生和编辑都说,会做到满意为止的。沟通以后,没有校对,只就总体情况写出自己的意见。三月下旬,我去西藏前将书稿及审稿意见寄给编辑。三月中旬从西藏回来,应邀去参加江西省文联和作协在永丰县举办的谷雨诗会,然后就忙于中国第二庐山西海谷雨诗会的事。其间开始封面设计,与书籍设计章雷有过电话沟通。刚刚办完诗会,送走来自全国各地的诗人、作家朋友,四月二十五日,出版社寄来样书,初看好像有点不起眼,但是还比较耐看,比预想的要好很多。但我知道这还不是最终的样子。一件事,要经过许多的挫折,方能办成,好像这样才是正常的人生。

《武宁县教育志》进入最后审稿校对的时候,同时来校这本《春过江南》。到河南郑州去印刷厂校对志书时,也把这本书带在身边。郑州的街头植有楝树,此时花如紫雪。关上房门,如在深山。就那样静静地读书校稿,也不觉得寂寞。郑州的公交车便宜,一元钱可以坐到黄河公园去。等待做样书的日子,我们到处走一走散心。当地人赞女孩漂亮说齐整;赞男孩帅气说排场。这也正是我对于此书的期望。齐整如果好比是说人的五官端正,那么,可比于书的规范美观。排场不是名家作序,大腕推介,而是作品的内在气象。

古语有说,校书如扫尘,随扫随有。所以国家出版规范允许有万分之一以内的差错。审校一遍,果然就发现方方面面许多的问题。尤其一些相同的内容或者句子出现在不同的文章中,难以删除干净。想过请人来校对一遍,又觉得一本书还没有出来,就让人看到是不好的。宁愿自己多校一次。我乡下人做事有一种敬畏,以为好事一说出口就不一定会来的。

方志出版社审稿有三个人的书面意见,又书上有三种颜色不同的校改记录。十分有趣的是,不仅有修改,而且有点评。志书选录的一篇作品中,有提到二十世纪五六十年代的一个特殊时期,说"那时正值三年自然灾害时期"。编辑把"自然灾害"改为"困难"两字,并点评"那不是自然灾害,而是人祸"。我们之间也有意见分歧。最突出者是凡例第一条,出版社列的是一个通行的大帽子,而我们觉得没有必要。因为我从几千年的中外历史中看不到这样的东西,比如秦朝的历史没有说以嬴政主义、汉朝的历史没有说以刘邦主义、清朝的历史没有说以努尔哈赤主义什么的为指导。如果能写出历史的真实面貌,就是最高境界。反之,历史可以指导,就没有价值。总之,沟通都很顺利。而自己的这本书,编辑是在沟通、修改后做出书稿寄来我校对的,就是看不到三审情况的,但是编辑高度的政治敏感给我留下非常深的印象。

所有事情,做起来不及预想的美好,这是人世之常情。从秋到冬,从春到夏。二〇一七年五月十八日,我一个人驱车去南昌,到出版社去签合同的时候,责任编辑万莲花生下孩子才几天,没有见面。做一本书,也像生一个孩子。如今她的孩子生下来了,我的这本书也快要出版了。

陈世象先生的办公室在出版社三楼,房间的书柜里、桌子上到处是书。我们是第一见面,他给我儒雅的印象。交谈中,知道他学术著作做得多,而现在却要来接手我这本文学作品。余下来的事一一确认。印刷的事也叫了厂里的人来,但是却不能做出一本出版社选择纸张的样书。陈先生说印刷厂也可以自己联系,只要是有国家印刷正式出版物许可证的印刷厂就可以,我们会办好手续。如果这样又要费许多时间。最后还是听陈先生一句,他们毕竟是做这个的,对此要有基本的信任。所以这本书现在的样子,是陈先生赋予的。

  读书、云游是近年生活常态。修行的人,放弃的与其说是世俗的生活,不如说放弃的是贪欲。生活在生活边缘的人,有一种旷达。遇一僧,他说,饿死不化缘,穷死不攀缘。这话听起来硬气,但感觉还是俗世的境界。修行最难的是制伏自己的心。佛陀叫人乞讨,正是为了要人降伏骄慢之心。而布施又可以除去人的贪念,培养人的仁爱之心。这对于双方都是一件好事。当年佛陀以一钵去到人家化缘,教化众生。我如今要用这本书去与世间结缘,让读者朋友给我卑微的生命以指教。

翁还童
丁酉小满日于艾之居

图书在版编目(CIP)数据

春过江南/翁还童著. —南昌：江西人民出版社,2017.5
ISBN 978-7-210-09247-6

Ⅰ.①春… Ⅱ.①翁… Ⅲ.①散文集-中国-当代 Ⅳ.①I267

中国版本图书馆 CIP 数据核字(2017)第 054602 号

春过江南

翁还童 著
责任编辑:万莲花
书籍设计:章 雷
出版:江西人民出版社
发行:各地新华书店
地址:江西省南昌市三经路 47 号附 1 号
编辑部电话:0791-86898650
发行部电话:0791-86898815
邮编:330006
网址:www.jxpph.com
E-mail:jxpph@tom.com   web@jxpph.com
2017 年 5 月第 1 版   2017 年 5 月第 1 次印刷
开本:787 毫米×1092 毫米   1/16
印张:24.25
字数:285 千字
ISBN 978-7-210-09247-6
赣版权登字—01—2017—207
版权所有 侵权必究
定价:56.00 元
承印厂:南昌市红星印刷有限公司
赣人版图书凡属印刷、装订错误,请随时向承印厂调换